U0137752

紅樓夢

脂評匯校本

典藏版

貳

曹雪芹 著

脂硯齋 評

吴銘恩 匯校

第二十二回　聽曲文寶玉悟禪機　製燈謎賈政悲讖語

戚 禪理偏成曲調，燈謎巧隱讖言。其中冷暖自尋看，晝夜因循暗轉。

話説賈璉聽鳳姐兒説有話商量，因止步問是何話。鳳姐道：「二十一是薛妹妹的生日，你到底怎麽樣呢？」庚 好！賈璉道：「我知道怎麽樣！你連多少大生日都料理過了，這會子倒没了主意？」鳳姐道：「大生日料理，不過是有一定的則例在那裏。如今他這生日，大又不是，小又不是，所以和你商量。」庚 有心機人在此。賈璉聽了，低頭想了半日道：「你今兒糊塗了。

現有比例，那林妹妹就是例。往年怎麼給林妹妹過的，如今也照依給薛妹妹過就是了。」庚 此例引的極是。無怪賈政委以家務也。鳳姐聽了，冷笑道：「我難道連這個也不知道？我原也這麼想定了。但昨兒聽見老太太說問起大家的年紀生日來〔二〕，聽見薛大妹妹今年十五歲，雖不是整生日，也算得將笄之年。老太太說要替他作生日。想來若果真替他作，自然比往年與林妹妹的不同了。」賈璉道：「既如此，比林妹妹的多增些。」鳳姐道：「我也這麼想着，所以討你的口氣。我若私自添了東西，你又怪我不告訴明白你了。」賈璉笑道：「罷，罷，這空頭情我不領。你不盤察我就够了，我還怪你！」說着，一逕去了，不在話下。庚 一段題綱寫得如見如聞，且不失前篇幃內之旨。最奇者黛玉乃賈母溺愛之人也，不聞爲作生辰，却云特意與寶釵，實非人想得着之文也。此書通部皆用此法，瞞過多少見者，余故云不寫而寫是也。

且說史湘雲住了兩日，因要回去。賈母因說：「等過了你寶姐姐的生日，看了戲再回去。」史湘雲聽了，只得住下。又一面遣人回去，將自己舊日作的兩色針綫活計取來，爲寶釵生辰之儀。

庚 將薛、林作甄玉、賈玉，看書則不失執筆人本旨矣。丁亥夏。畸笏叟。

庚 前看鳳姐問璉作生日數語甚泛泛，至此見賈母蠲資，方知作者寫阿鳳心機無絲毫漏筆。己卯冬夜。

庚 小科諢解頤，却爲借當伏綫。壬午九月。

誰想賈母自見寶釵來了，喜他穩重和平，庚 四字評倒黛玉，是以特從賈母眼中寫出。正值他纔過第一個生辰，便自己蠲資二十兩，庚 寫出太君高興，世家之常事耳。喚了鳳姐來，交與他置酒戲。鳳姐湊趣笑道：「一個老祖宗庚 家常話，却是空中樓閣，陡然架起。給孩子們作生日，不拘怎樣，誰還敢争，又辦什麽酒戲。既高興要熱鬧，就説不得自己花上幾兩。巴巴的找出這霉爛的二十兩銀子來作東西，這意思還叫我賠上。果然拿不出來也罷了，金的、銀的、圓的、扁的，壓塌了箱子底，只是勒掯我們。舉眼看看，誰不是兒女？難道將來只有寶兄弟頂了你老人家上五臺山不成？那些梯己只留於他，我們如今雖不配使，也別苦了我們。這個够酒的？够戲的？」説的滿屋裏都笑起來。賈母亦笑道：「你們聽聽這嘴！我也算會説的，怎麽説不過這猴兒。你婆婆也不敢强嘴，你和我啷啷的。」鳳姐笑道：「我婆婆也是一樣的疼寶玉，我也没處去訴冤，倒説我强嘴。」説着，又引着賈母笑了一回，庚 正文在此一句。賈母十分喜悦。

到晚間，衆人都在賈母前，定昏之餘，大家娘兒姊妹等説笑時，賈母因問寶釵愛聽何戲，愛吃何物等語。寶釵深知賈母年老人，喜熱鬧戲文，愛吃甜爛之食，便總依賈母往日素喜者説了出來。【庚】看他寫寶釵，比顰兒如何？賈母更加歡悦。次日便先送過衣服玩物禮去，王夫人、鳳姐、黛玉等諸人皆有隨分不一，不須多記。

至二十一日，就賈母内院中搭了家常小巧戲臺，【庚】另有大禮所用之戲臺也，侯門風俗斷不可少。定了一班新出小戲，崑弋兩腔皆有。【庚】是賈母好熱鬧之故。就在賈母上房排了幾席家宴酒席，【庚】是家宴，非東閣盛設也。非世代公子再想不及此。並無一個外客，只有薛姨媽、史湘雲、寶釵是客，餘者皆是自己人。【庚】將黛玉亦算爲自己人，奇甚！這日早起，寶玉因不見林黛玉，【庚】又轉至黛玉，文字亦不可少也。便到他房中來尋，只見林黛玉歪在炕上。寶玉笑道：「起來吃飯去，就開戲了。你愛看那一齣？我好點。」林黛玉冷笑道：「你既這樣説，你特叫一班戲來，揀我愛的唱給我看。這會子犯不上跐着人借光兒問我。」【庚】好聽之極，令人絶倒。寶玉笑道：「這有什麼難的。明兒就這樣行，也叫他們借咱們的光兒。」一面説，一面拉起他來，携手出去吃了飯。

點戲時，賈母一定先叫寶釵點。寶釵推讓一遍，無法，只得點了一折《西遊記》。

【庚】鳳姐點戲，脂硯執筆事，今知者聊聊矣，不怨夫？

【庚】前批「知者聊聊」，今丁亥夏只剩朽物一枚，寧不痛乎！

【庚】是順賈母之心也。賈母自是歡喜，然後便命鳳姐點。鳳姐亦知賈母喜熱鬧，更喜謔笑科諢，【庚】寫得週到，想得奇趣，實是必真有之。便點了一齣《劉二當衣》。賈母果真更又喜歡，然後便命黛玉點。【庚】先讓鳳姐點者，是非待鳳先而後玉也。蓋亦素喜鳳嘲笑得趣之故，今故命彼點，彼亦自知，並不推讓，承命一點，便合其意。此篇是賈母取樂，非禮筵大典，故如此寫。黛玉因讓薛姨媽王夫人等。賈母道：「今日原是我特帶着你們取笑，咱們只管咱們的，別理他們。我巴巴的唱戲擺酒，爲他們不成？他們在這裏白聽白吃，已經便宜了，還讓他們點呢！」說着，大家都笑了。黛玉方點了一齣。【庚】不提何戲，妙！蓋黛玉不喜看戲也。正是與後文「妙曲警芳心」留地步，正見此時不過草草隨衆而已，非心之所願也。然後寶玉、史湘雲、迎、探、惜、李紈等俱各點了，接齣扮演。

至上酒席時，賈母又命寶釵點。寶釵點了一齣《魯智深醉鬧五臺山》。寶玉道：「只好點這些戲。」寶釵道：「你白聽了這幾年的戲，那裏知道這齣戲的好處，排場又好，詞藻更妙。」寶玉道：「我從來怕這些熱鬧。」寶釵笑道：「要說這一齣熱鬧，你還算不知戲呢。【庚】是極！寶釵可謂博學矣，不似黛玉只一《牡丹亭》便心身不自主矣。真有學問如此，寶釵是也。你過來，我告訴你，這一齣戲熱鬧不熱鬧。——是一套北《點絳脣》，鏗鏘頓挫，韻律不用說是好的了，只那詞藻中有一支《寄生草》，填的極妙，你何曾知道。」寶玉見說的這般好，便凑近來央告：「好姐姐，念與我聽聽。」寶釵便念道：

漫揾英雄淚，相離處士家。謝慈悲剃度在蓮臺下。没緣法轉眼分離乍。赤條條來去無牽掛。那裏討煙蓑雨笠捲單行？一任俺芒鞋破鉢隨緣化！〔庚〕此闋出自《山門》傳奇。近之唱者將「一任俺」改爲「早辭却」，無理不通之甚。必從「一任俺」三字，則「隨緣」二字方不脱落。

寶玉聽了，喜的拍膝畫圈，稱賞不已，又讚寶釵無書不知，林黛玉道：「安静看戲罷，還没唱《山門》，你倒《妝瘋》了。」〔庚〕趣極！今古利口莫過於優伶。此一詼諧，優伶亦不得如此急速得趣，可謂才人百技也。一段醋意可知。說的湘雲也笑了。於是大家看戲。

至晚散時，賈母深愛那作小旦的與一個作小丑的，因命人帶進來，細看時亦發可憐見。〔庚〕是賈母眼中（之）［心］内之想。因問年紀，那小旦纔十一歲，小丑纔九歲，大家嘆息一回。賈母令人另拿些肉果與他兩個，又另外賞錢兩串。鳳姐笑道：「這個孩子扮上活像一個人，你們再看不出來。」〔庚〕明明不叫人說出。

【庚】湘雲、探春二卿，正「事無不可對人言」之性。丁亥夏。畸笏叟。

寶釵心裏也知道，便只一笑，不肯說。【庚】寶釵如此。寶玉也猜着了，亦不敢說。【庚】「不敢」，(少)「妙」。史湘雲接着笑道：「倒像林妹妹的模樣兒。」【庚】事無不可對人言。【庚】口直心快，無有不可說之事。寶玉聽了，忙把湘雲瞅了一眼，使個眼色。衆人却都聽了這話，留神細看，都笑起來了，說果然不錯。一時散了。

晚間，湘雲更衣時，便命翠縷把衣包打開收拾，都包了起來。翠縷道：「忙什麼，等去的日子再包不遲。」湘雲道：「明兒一早就走。在這裏作什麼？——看人家的鼻子眼睛，什麼意思！」【庚】此是真惱，非顰兒之惱可比，然錯怪寶玉矣。亦不可不惱。寶玉聽了這話，忙趕近前拉他說道：「好妹妹，你錯怪了我。林妹妹是個多心的人。別人分明知道，不肯說出來，也皆因怕他惱。誰知你不防頭就說了出來，他豈不惱你。我是怕你得罪了他，所以纔使眼色。你這會子惱我，不但辜負了我，而且反倒委曲了我。若是別人，那怕他得罪了十個人，與我何干呢。」湘雲摔手道：「你那花言巧語別哄我。我也原不如你林妹妹，別人說他，拿他取笑都使得，只我說了就有不是。我原不配說他。他是小姐主子，我是奴才丫頭，得罪了他，使不得！」寶玉急的説道：「我倒是爲你，反爲出不是來了。〔庚〕玉兄急了。我要有外心，立刻就化成灰，叫萬人踐踹！」〔庚〕千古未聞之誓，懇切盡情。寶玉此刻之心爲如何？湘雲道：「大正月裏，〔庚〕回護石兄。少信嘴胡説。這些沒要緊的惡誓、散話、歪話，説給那些小性兒、行動愛惱的人，〔庚〕此人爲誰？會轄治你的人聽去！別叫我啐你。」説着，一逕至賈母裏間，忿忿的躺着去了。

寶玉沒趣，只得又來尋黛玉。剛到門檻前，黛玉便推出來，將門關上。寶玉又不解其意，在窗外只是吞聲叫「好妹妹」。黛玉總不理他。寶玉悶悶的垂頭自審。襲人早知端的，當此時斷不能勸。〔庚〕寶玉在此時一勸必崩了，襲人見機甚妙。那寶玉只是呆呆的站在那裏。

黛玉只當他回房去了，便起來開門，只見寶玉還站在那裏。黛玉反不好意思，不好再關，只得抽身上床躺着。寶玉隨進來問道：「凡事都有個原故，説出來，人也不委曲。好好的就惱了，終是什麽原故起的？」林黛玉冷笑道：「問的我倒好，我也不知爲什麽原故。我原是給你們取笑的，——拿我比戲子取笑！」寶玉道：「我並沒有比你，我並沒笑，爲什麽惱我

庚 此書如此等文章多，不能枚舉，機括神思自從天分而有。其毛錐寫人口氣傳神攝魄處，怎不令人拍案稱奇叫絶！丁亥夏。畸笏叟。

庚 神工乎，鬼工乎？文思至此盡矣。丁亥夏。畸笏。

呢？」黛玉道：「你還要比？你還要笑？你不比不笑，比人比了笑了的還利害呢！」庚 可謂「官斷十條路」是也。寶玉聽說，無可分辯，不則一聲。庚 何便無言可辯？真令人不解。前文湘雲方來，「正言彈妒意」一篇中，顰、玉角口，後收至「褂子」一篇，余已註明不解矣。回思自心、自身是玉、顰之心，則洞然可解，否則無可解也。身非寶玉，則有辯有答；若是寶玉，則再不能辯不能答。何也？總在二人心上想來。

黛玉又道：「這一節還恕得。再你爲什麼又和雲兒使眼色？這安的是什麼心？莫不是他和我頑，他就自輕自賤了？他原是公侯的小姐，我原是貧民的丫頭，他和我頑，設若我回了口，豈不他自惹人輕賤呢。是這主意不是？這却也是你的好心，只是那一個偏又不領你這好情，一般也惱了。庚 顰兒自知雲兒惱，用心甚矣！你又拿我作情，倒說我小性兒，庚 顰兒却又聽見，用心甚矣！行動肯惱。你又怕他得罪了我，我惱他。我惱他，與你何干？他得罪了我，又與你何干？」庚 問的却極是，但未必心應。若能如此，將來淚盡夭亡已化烏有，世間亦無此一部《紅樓夢》矣。

寶玉見說，方纔與湘雲私談，他也聽見了。細想自己原爲他二人，怕生隙惱，方在中調和，不想並未調和成功，反已落了兩處的貶謗。正合着前日所看《南華經》上，有「巧者勞而智者憂，無能者無所求，飽食而遨遊，泛若不繫之舟」，又曰「山木自寇」［庚］按原註：「山木，漆樹也。精脉自出，豈人所使之？故云『自寇』，言自相戕賊也。」「源泉自盜」等語。［庚］源泉味甘，然後人争取之，自尋乾涸也，亦如山木意，皆寓人智能聰明多知之害也。前文無心云看《南華經》，不過襲人等惱時，無聊之甚，偶以釋悶耳。殊不知用於今日，大解悟大覺迷之功甚矣。市徒見此必云：前日看的是外篇《胠篋》，如何今日又知若許篇？然則彼時只曾看外篇數語乎？想其理，自然默默看過幾篇，適至外篇，故偶觸其機，方續之也。若云只看了那幾句便續，則寶玉彼時之心是有意續《莊子》，並非釋悶時偶續之也。且更有見前所續，則曰續的不通，更可笑矣。試思寶玉雖愚，豈有安心立意與莊叟争衡哉？且寶玉有生以來，此身此心爲諸女兒應酬不暇，眼前多少現成有益之事尚無暇去做，豈忽然要分心於腐言糟粕之中哉？可知除閨閣之外，並無一事是寶玉立意作出來的。大則天地陰陽，小則功名榮枯，以及吟篇琢句，皆是隨分觸情。偶得之，不喜；失之，不悲。若當作有心，謬矣。只看大觀園題咏之文，已算平生得意之句得意之事矣，然亦總不見再吟一句，再題一事，據此可見矣。然後可知前夜是無心順手拈了一本《莊子》在手，且酒興（醮醮）［醺醺］，芳愁默默，順手不計工拙，草草一續也。若使順手拈一本近時鼓詞，或如「鍾無艷赴會」「齊太子走國」等草野風邪之傳，必亦續之矣。觀者試看此批，然後謂余不謬。所以可恨者，彼夜却不曾拈了《山門》一齣傳奇。若使《山門》在案，彼時拈着，又不知於《寄生草》後續出何等超凡入聖大覺大悟諸語録來。◇黛玉一生是聰明所誤，寶玉是多事所誤。多事者，情之事也，非世事也。多情曰多事，亦宗《莊》筆而來，蓋余亦偏矣，可笑。阿鳳是機心所誤，寶釵是博識所誤，湘雲是自愛所誤，襲人是好勝所誤，皆不能跳出莊叟言外，悲亦甚矣。再筆。因此越想越無趣。再細想來，目下不過這兩個人，尚未應酬妥協，將來猶欲爲何？［庚］看他只這一筆，寫得寶玉又如何用心於世道。言閨中紅粉尚不能週全，何碌碌僭欲治世待人接物哉？視閨中自然如兒戲，視世道如虎狼矣，誰云不然？想到其間也無庸分辯回答，自己轉身回房來。［庚］襲兒云「與你何干」，寶玉如此一回則曰「與我何干」可也。口雖未出，心已悟矣，但恐不常耳。若常存此念，無此一部書矣。看他下文如何轉折。林黛玉見他去了，便知回思無趣，賭氣去了，一言也不曾發，不禁自己越發添了氣，〔庚〕只此一句又勾起波浪。去則去，來則來，又何氣哉？總是斷不了這根孽腸，忘不了這個禍害，既無而又有也。便說道：「這一去，一輩子也別來，也別說話。」

寶玉不理，〔庚〕此是極心死處，將來如何？回房躺在床上，只是瞪瞪的。襲人深知原委，不敢就說，〔庚〕一說必崩。〔戚〕一說就惱。只得以他事來解釋，因說道：「今兒看了戲，又勾出幾天戲來。寶姑娘一定要還席的。」寶玉冷笑道：「他還不還，管誰什麼相干。」〔庚〕大奇大神之文。此「相干」之語仍是近文與顰兒之語之「相干」也。上文來說，終存於心，却於寶釵身上發泄。素厚者唯顰、雲，今爲彼等尚存此心，况於素不契者有不直言者乎？情理筆墨，無不盡矣。襲人見這話不是往日的口吻，因又笑道：「這是怎麼說？好好的大正月裏，娘兒們姊妹們都喜喜歡歡的，你又怎麼這個形景了？」寶玉冷笑道：「他們娘兒們姊妹們歡喜不歡喜，也與我無干。」〔庚〕先及寶釵，後及衆人，皆一顰之禍流毒於衆人。寶玉之心實僅有一顰乎？襲人笑道：「他們既隨和，你也隨和，豈不大家彼此有趣。」寶玉道：「什麼是『大家彼此』！他們有『大家彼此』，我是『赤條條來去無牽掛』。」〔庚〕拍案叫好！當此一發，西方諸佛亦來聽此棒喝，參此語録。談及此句，不覺淚下。〔庚〕還是心中不净、不了，斬不斷之故。襲人見此光景，不肯再說。寶玉細想這句趣味，不禁大哭起來，

〔庚〕此是忘機大悟，世人所謂瘋顛是也。翻身起來至案，遂提筆立占一偈云：

你證我證，心證意證。
是無有證，斯可云證。
無可云證，是立足境。〔庚〕已悟已覺，是好偈矣。◇寶玉悟禪亦由情，讀書亦由情，讀《莊》亦由情。可笑。

寫畢，自雖解悟，又恐人看此不解，〔庚〕自悟則自了，又何用人亦解哉？此正是猶未正覺大悟也。因此亦填一支《寄生草》，也寫在偈後。〔庚〕此處亦續《寄生草》。余前批云不曾見續，今却見之，是意外之幸也。蓋前夜《莊子》是道悟，此日是禪悟，天花散漫之文也。自己又念一遍，自覺無掛礙，中心自得，便上床睡了。〔庚〕前夜已悟，今夜又悟，二次翻身不出，故一世墮落無成也。不寫出曲文何辭，却留於寶釵眼中寫出，是交代過節也。

誰想黛玉見寶玉此番果斷而去，故以尋襲人爲由，來視動静。〔庚〕這又何必？總因慧刀不利，未斬毒龍之故也。大都如此，嘆嘆！襲人笑回：「已經睡了。」黛玉聽説，便要回去。襲人笑道：「姑娘請站住，有一個字帖兒，瞧瞧是什麽話。」説着，便將方纔那曲子與偈語悄悄拿來，遞與黛玉看。黛玉看了，知是寶玉一時感忿而作，不覺可笑可嘆，〔庚〕是個善知覺。何不趁此大家一解，齊證上乘，甘心墮落迷津哉？便向襲人道：「作的是玩意兒，無甚關係。」〔庚〕黛玉說「無關係」，將來必無關係。◇余正恐顰、玉從此一悟，則無妙文可看矣。不想顰兒視之爲漠然，更曰「無關係」，可知寶玉不能悟也。余心稍慰。蓋寶玉一生行爲，顰知最確，故余聞語則信而又信，不必定玉而後證之方信也。◇余云恐他二人一悟則無妙文可看，然欲爲開我懷，爲醒我目，却願他二人永墮迷津，生出孽障，余心甚不公矣。世云損人利己者，余此願是矣。試思之，可發一笑。今自呈於此，亦可爲後人一笑，以助茶前酒後之興耳。而今後天地間豈不又添一趣談乎？凡書皆以趣談讀去，其理自明，其趣自得矣。說畢，便携了回房去，與湘雲同看。〔庚〕却不同湘雲分崩，有趣！次日又與寶釵看。寶釵看其詞〔庚〕出自寶釵目中，正是大關鍵處。曰：

無我原非你，從他不解伊。肆行無礙憑來去。茫茫着甚悲愁喜，紛紛說甚親踈密。從前碌碌却因何，到如今回頭試想真無趣！〔庚〕看此一曲，試思作者當日發願不作此書，却立意要作傳奇，則又不知有如何詞曲矣。

看畢，又看那偈語，又笑道：「這個人悟了。都是我的不是，都是我昨兒一支曲子惹出來的。這些道書禪機最能移性。〔庚〕拍案叫絶！此方是大悟徹語録，非寶卿不能談此也。明兒認真說起這些瘋話來，存了這個意思，都是從我這一隻曲子上來，我成了個罪魁了。」說着，便撕了個粉碎，遞與丫頭們說：「快燒了罷。」黛玉笑道：「不該撕，等我問他。你們跟我來，包管叫他收了這個痴心邪話。」

三人果然都往寶玉屋裏來。一進來，黛玉便笑道：「寶玉，我問你：至貴者是『寶』，至堅者是『玉』。爾有何貴？爾有何堅？」【庚】拍案叫絶！大和尚來答此機鋒，想亦不能答也。非顰兒，第二人無此靈心慧性也。寶玉竟不能答。三人拍手笑道：「這樣鈍愚，還參禪呢。」黛玉又道：「你那偈末云：『無可云證，是立足境。』固然好了，只是據我看，還未盡善。我再續兩句在後。」因念云：「無立足境，是方乾净。」【庚】拍案叫絶！此又深一層也。亦如諺云：「去年貧，只立錐；今年貧，錐也無。」其理一也。寶釵道：「實在這方悟徹。當日南宗六祖惠能，初尋師至韶州，聞五祖弘忍在黄梅，他便充役火頭僧。五祖欲求法嗣，令徒弟諸僧各出一偈。上座神秀説道：『身是菩提樹，心如明鏡臺，時時勤拂拭，莫使有塵埃。』彼時惠能在厨房碓米，聽了這偈，説道：『美則美矣，了則未了。』因自念一偈曰：『菩提本非樹，明鏡亦非臺，本來無一物，何處惹塵埃？』五祖便將衣鉢傳他。【庚】出《語録》。總寫寶卿博學宏覽，勝諸才人；顰兒却聰慧靈智，非學力所致——皆絶世絶倫之人也。寶玉寧不愧殺！今兒這偈語，亦同此意了。只是方纔這句機鋒，尚未完全了結，這便丢開手不成？」黛玉笑道：「彼時不能答，就算輸了，這會子答上了也不爲出奇。只是以後再不許談禪了。連我們兩個所知所能的，你還不知不能呢，還去參禪呢。」寶玉自己以爲覺悟，不想忽被黛玉

【庚】用得妥當之極！

[庚] 前以《莊子》爲引，故偶續之。又借顰兒詩一鄙駁，兼不寫着落，以爲瞞過看官矣。此回用若許曲折，仍用老莊引出一偈來，再續一《寄生草》，可謂大覺大悟矣。以之上承果位，以後無書可作矣。却又輕輕用黛玉一問機鋒，又續偈言二句，並用寶釵講五祖六祖問答二實偈子，使寶玉無言可答，仍將一大善知識，始終跌不出警幻幻榜中，作下回若干回書。真有機心游龍不測之勢，安得不叫絶？且歷來小説中萬寫不到者。己卯冬夜。

一問，便不能答，寶釵又比出「語録」來，此皆素不見他們能者。自己想了一想：「原來他們比我的知覺在先，尚未解悟，我如今何必自尋苦惱。」想畢，便笑道：「誰又參禪，不過一時頑話罷了。」説着，四人仍復如舊。[庚] 輕輕抹去也。「心浄難」三字不謬。

忽然人報，娘娘差人送出一個燈謎兒，命你們大家去猜，猜着了每人也作一個進去。四人聽説忙出去，至賈母上房。只見一個小太監，拿了一盞四角平頭白紗燈，專爲燈謎而製，上面已有一個，衆人都争看亂猜。小太監又下諭道：「衆小姐猜着了，不要説出來，每人只暗暗的寫在紙上，一齊封進宮去，娘娘自驗是否。」寶釵等聽了，近前一看，是一首七言絶句，並無甚新奇，口中少不得稱讚，只説難猜，故意尋思，其實一見就猜着了。寶玉、黛玉、湘雲、探春[庚] 此處透出探春，正是草蛇灰綫，後文方不突然。四個人也都解了，各自暗暗的寫了半日。一併將賈環、賈蘭等傳來，一齊各揣機心都猜了，[庚] 寫出猜謎人形景，看他偏於兩次（戒）[禪]機後，寫此機心機事，足見用意至深至遠。寫在紙上。然後各人拈一物作成一謎，恭楷寫了，掛在燈上。

太監去了，至晚出來傳諭：「前娘娘所製，俱已猜着，惟二小姐與三爺猜的不是。〔庚〕迎春、賈環也。交錯有法。小姐們作的也都猜了，不知是否。」説着，也將寫的拿出來。也有猜着的，也有猜不着的，都胡亂説猜着了。太監又將頒賜之物送與猜着之人，每人一個宮製詩筒，〔庚〕詩筒，身邊所佩之物，以待偶成之句草録暫收之，其歸至窗前不致有忘也。或茜牙成，或琢香屑，或以綾素爲之，不一，想來奇特事，從不知也。一柄茶筅，〔庚〕破竹如帚，以净茶具之積也。◇二物極微極雅。獨迎春、賈環二人未得。迎春自爲頑笑小事，並不介意，〔庚〕大家小姐。賈環便覺得没趣。且又聽太監説：「三爺説的這個不通，娘娘也没猜，叫我帶回問三爺是個什麽。」衆人聽了，都來看他作的什麽，寫道是：

大哥有角只八個，二哥有角只兩根。

大哥只在床上坐，二哥愛在房上蹲。〔庚〕可發一笑，真環哥之謎。◇諸卿勿笑，難爲了作者摹擬。

衆人看了，大發一笑。賈環只得告訴太監説：「一個枕頭，一個獸頭。」〔庚〕虧他好才情，怎麽想來？太監記了，領茶而去。

賈母見元春這般有興，自己越發喜樂，便命速作一架小巧精緻圍屏燈來，設於當屋，命他姊妹各自暗暗的作了，寫出來黏於屏上，然後預備下香茶細果以及各色玩物，爲猜着之賀。賈政朝罷，見賈母高興，况在節間，晚上也來承歡取樂。設了酒果，備了玩物，上房懸了彩燈，請賈母賞燈取樂。上面賈母、賈政、寶玉一席，下面王夫人、寶釵、黛玉、湘雲又一席，迎、探、惜三個又一席。地下婆娘丫鬟站滿。李宮裁、王熙鳳二人在裏間又一席。〔庚〕細緻。賈政因不見賈蘭，便問：「怎麽不見蘭哥？」〔庚〕看他透出賈政極愛賈蘭。地下婆娘忙進裏間問李氏，李氏起身笑着回道：「他説方纔老爺並没去叫他，他不肯來。」婆娘回復了賈政。衆人都笑説：「天生的牛心古怪。」賈政忙遣賈環與兩個婆娘將賈蘭喚來。賈母命他在身旁坐了，抓果品與他吃。大家説笑取樂。

往常間只有寶玉長談闊論，今日賈政在這裏，便惟有唯唯而已。〔庚〕寫寶玉如此。非世家曾經嚴父之訓者，斷寫不出此一句。

餘者湘雲雖係閨閣弱女，却素喜談論，今日賈政在席，也自緘口禁言。〔庚〕非世家經明訓者，斷不知此一句。寫湘雲如此。黛玉本性懶與人共，原不肯多語。〔庚〕黛玉如此。與人多話則不肯，豈得與寶玉話（更）［便］多哉？寶釵原不妄言輕動，便此時亦是坦然自若。〔庚〕瞧他寫寶釵，真是又曾經嚴父慈母之明訓，又是世府千金，自己又天性從禮合節，前三人之長併歸一身。前三人（向）［尚］有捏作之態，故唯寶釵一人作坦然自若，亦不見逾規越矩也。故此一席雖是家常取樂，反見拘束不樂。〔庚〕非世家公子斷寫不及此。想近時之家，縱其兒女哭笑索飲，長者反以爲樂，其無禮不法，何如是耶！賈母亦知因賈政一人在此所致之故，〔庚〕這一句又明補出賈母亦是世家明訓之千金也，不然斷想不及此。酒過三巡，便攆賈政去歇息。賈政亦知賈母之意，攆了自己去後，好讓他們姊妹兄弟取樂的。賈政忙陪笑道：「今日原聽見老太太這裏大設春燈雅謎，故也備了彩禮酒席，特來入會。何疼孫子孫女之心，便不略賜以兒子半點？」〔庚〕賈政如此，余亦淚下。賈母笑道：「你在這裏，他們都不敢説笑，没的倒叫我悶。你要猜謎時，我便説一個你猜，猜不着是要罰的。」賈政忙笑道：「自然要罰。若猜着了，也是要領賞的。」賈母道：「這個自然。」説着便念道：

猴子身輕站樹梢。〔庚〕所謂「樹倒猢猻散」是也。打一果名。

賈政已知是荔枝，（庚：的是賈母之謎。）便故意亂猜别的，罰了許多東西，然後方猜着，也得了賈母的東西。然後也念一個與賈母猜，念道：

身自端方，體自堅硬。雖不能言，有言必應。（庚：好極！的是賈老之謎，包藏賈府祖宗自身，「必」字隱「筆」字。妙極，妙極！）打一用物。

説畢，便悄悄的説與寶玉。寶玉意會，又悄悄的告訴了賈母。（庚：太君身分。）賈母想了想，果然不差，便説：「是硯臺。」賈政笑道：「到底是老太太，一猜就是。」回頭説：「快把賀彩送上來。」地下婦女答應一聲，大盤小盤一齊捧上。賈母逐件看去，都是燈節下所用所頑新巧之物，甚喜，遂命：「給你老爺斟酒。」寶玉執壺，迎春送酒。賈母因説：「你瞧瞧那屏上，都是他姊妹們做的，再猜一猜我聽。」賈政答應，起身走至屏前，只見頭一個寫道是：

能使妖魔膽盡摧，身如束帛氣如雷。
一聲震得人方恐，回首相看已化灰。（庚：此元春之謎。纔得僥倖，奈壽不長，深可悲哉！）

賈政道：「這是炮竹嗄。」寶玉答道：「是。」賈政又看道：

天運人功理不窮，有功無運也難逢。

因何鎮日紛紛亂，只爲陰陽數不同。[庚]此迎春一生遭際，惜不得其夫何！

賈政道：「是算盤。」迎春笑道：「是。」又往下看是：

階下兒童仰面時，清明妝點最堪宜。

遊絲一斷渾無力，莫向東風怨别離。[庚]此探春遠適之讖也。使此人不遠去，將來事敗，諸子孫不致流散也，悲哉傷哉！

賈政道：「這是風箏。」探春笑道：「是。」又看道是：

前身色相總無成，不聽菱歌聽佛經。

莫道此生沉黑海，性中自有大光明。[庚]此惜春爲尼之讖也。公府千金至緇衣乞食，寧不悲夫！〔二〕

[庚]暫記寶釵製謎云：朝罷誰攜兩袖煙，琴邊衾裏總無緣。曉籌不用人鷄報，五夜無煩侍女添。焦首朝朝還暮暮，煎心日日復年年。光陰荏苒須當惜，風雨陰晴任變遷。此回未成而芹逝矣，嘆嘆！丁亥夏。畸笏叟。

賈政道：「這是佛前海燈嗄。」惜春笑答道：「是海燈。」

[庚]此後破失，俟再補。

賈政心内沉思道：「娘娘所作爆竹，此乃一響而散之物。迎春所作算盤，是打動亂如麻。探春所作風箏，乃飄飄浮蕩之物。惜春所作海燈，一發清净孤獨。今乃上元佳節，如何皆作此不祥之物爲戲耶？」心内愈思愈悶，因在賈母之前，不敢形於色，只得仍勉强往下看去。只見後面寫着七言律詩一首，却是寶釵所作，隨念道：

朝罷誰携兩袖煙，琴邊衾裏總無緣。

曉籌不用鷄人報，五夜無煩侍女添。

焦首朝朝還暮暮，煎心日日復年年。

光陰荏苒須當惜，風雨陰晴任變遷。

賈政看完，心内自忖道：「此物還倒有限。只是小小之人作此詞句，更覺不祥，皆非永遠福壽之輩。」想到此處，愈覺煩悶，大有悲戚之狀，因而將適纔的精神減去十分之八九，只垂頭沉思。

賈母見賈政如此光景，想到或是他身體勞乏亦未可定，又兼之恐拘束了衆姊妹不得高興頑耍，即對賈政云：「你竟不必猜了，去安歇罷。讓我們再坐一會，也好散了。」賈政一聞此言，連忙答應幾個「是」字，又勉强勸了賈母一回酒，方纔退出去了。回至房中只是思索，翻來覆去竟難成寐，不由傷悲感慨，不在話下。

且說賈母見賈政去了，便道：「你們可自在樂一樂罷。」一言未了，早見寶玉跑至圍屏燈前，指手畫脚，滿口批評，這個這一句不好，那一個破的不恰當，如同開了鎖的猴子一般。寶釵便道：「還像適纔坐着，大家説説笑笑，豈不斯文些兒。」鳳姐自裏間忙出來插口道：「你這個人，就該老爺每日令你寸步不離方好。適纔我忘了，爲什麼不當着老爺，攛掇叫你也作詩謎兒。若果如此，怕不得這會子正出汗呢。」説的寶玉急了，扯着鳳姐兒，扭股兒糖似的只是廝纏。賈母又與李宫裁並衆姊妹説笑了一會，也覺有些睏倦起來。聽了聽已是漏下四鼓，命將食物撤去，賞散與衆人，隨起身道：「我們安歇罷。明日還是節下，該當早起。明日晚間再玩罷。」且聽下回分解。

戚 總評：作者具菩提心，捉筆現身説法，每於言外警人再三再四。而讀者但以小説古詞目之，則大罪過。其先以莊子爲引，及偈曲句作醒悟之語，以警覺世人。猶恐不入，再以燈謎伸詞致意，自解自嘆，以不成寐爲言，其用心之切之誠，讀者忍不留心而慢忽之耶？

〔一〕「説問」：詢問。明淩濛初《初刻拍案驚奇》卷五：「你去對方才救醒的小娘子説問，可是張家德容小姐不是？」此詞今北方農村仍有使用。

〔二〕按：底本本回至此止（列本同），後另頁書「暫記寶釵製謎……」。以下補文有不同版本，均爲後人所補，兹據戚本（蒙、舒本略同）。甲辰本補文將「更香」謎歸於黛玉，另補入寶釵「竹夫人」謎和寶玉「鏡」謎，情節甚不合理，不再附録。

綵鸞
繡鸞

第二十三回　西厢記妙詞通戲語　牡丹亭艷曲警芳心

戚 群艷大觀中，柳弱繫輕風。惜花與度曲，笑看利名空。

話説賈元春自那日幸大觀園回宫去後，便命將那日所有的題咏，命探春依次抄録妥協，自己編次，叙其優劣，又命在大觀園勒石，爲千古風流雅事。因此，賈政命人各處選拔精工名匠，在大觀園磨石鐫字，賈珍率領蓉、萍等監工。因賈薔又管理着文官等十二個女戲並行頭等事，不大得便，因此賈珍又將賈菖、賈菱唤來監工。一日，湯蠟釘朱，動起手來。這也不在話下。

且說那個玉皇廟並達摩庵兩處，一班的十二個小沙彌並十二個小道士，如今挪出大觀園來，賈政正想發到各廟去分住。不想後街上住的賈芹之母周氏，正盤算着也要到賈政這邊謀一個大小事務與兒子管管，也好弄些銀錢使用，可巧聽見這件事出來，便坐轎子來求鳳姐。鳳姐因見他素日不大拿班作勢的，便依允了，庚一派心機。想了幾句話便回王夫人說：「這些小和尚道士萬不可打發到别處去，一時娘娘出來就要承應。倘或散了，若再用時，可是又費事。依我的主意，不如將他們竟送到咱們家廟裏鐵檻寺去，月間不過派一個人拿幾兩銀子去買柴米就完了。說聲用，走去叫來，一點兒不費事呢。」王夫人聽了，便商之於賈政。賈政聽了笑道：「倒是提醒了我，就是這樣。」即時唤賈璉來。

當下賈璉正同鳳姐吃飯，一聞呼喚，不知何事，放下飯便走。鳳姐一把拉住，笑道：「你且站住，聽我說話。若是别的事我不管，若是爲小和尚們的事，好歹依我這麼着。」如此這般教了一套話。賈璉笑道：「我不知道，你有本事你說去。」鳳姐聽了，把頭一梗，把筷子一放，蒙活跳。腮上似笑不笑的瞅着賈璉道：「你當真的，是玩話？」賈璉笑道：「西廊下五嫂子的兒子芸兒來求了我兩三遭，蒙可發一笑。要個事情管管。我依了，叫他等着。好容易出來這件事，你又奪了去。」鳳姐兒笑道：「你放心。園子東北角子上，娘娘說了，還叫多多的種松柏樹，樓底下還叫種些花草。等這件事出來，我管保叫芸兒管這件工程。」賈璉道：「果然這樣也罷了。只是昨兒晚上，庚蒙寫鳳姐風月之文如此，總不脱漏。粗蠢，情景可笑。後將有大觀園中一段奇情韻［事］，不得不先爲此等醜語一跌，以我不過是要改個樣兒，你就扭手扭脚的。」鳳姐兒聽了，「嗤」的一聲笑了，庚好章法！作未火先煙之象。向賈璉啐了一口，低下頭便吃飯。賈璉已經笑着去了。

到了前面，見了賈政，果然是小和尚一事。賈璉便依了鳳姐主意，説道：「如今看來，芹兒倒大大的出息了，這件事竟交與他去管辦。橫竪照在裏頭的規例，每月叫芹兒支領就是了。」賈政原不大理論這些事，聽賈璉如此説，便如此依了。賈璉回到房中告訴鳳姐兒，鳳姐即命人去告訴了周氏。賈芹便來見賈璉夫妻兩個，感謝不盡。鳳姐又作情央賈璉先支三個月的，叫他寫了領字，賈璉批票畫了押，登時發了對牌出去。銀庫上按數發出三個月的供給來，白花花二三百兩。賈芹隨手拈一塊，撂與掌平的人，叫他們吃了茶罷。於是命小廝拿回家，與母親商議。登時僱了大叫驢，自己騎上，又僱了幾輛車，至榮國府角門，喚出二十四個人來，坐上車，一逕往城外鐵檻寺去了。當下無話。

【庚】大觀園原係十二釵棲止之所，然工程浩大，故借元春之名而起，再用元春之命以安諸艷，不見一絲扭捻。己卯冬夜。

如今且說賈元春，因在宮中自編大觀園題詠之後，忽想起那大觀園中景致，自己幸過之後，賈政必定敬謹封鎖，不敢使人進去騷擾，豈不寥落。況家中現有幾個能詩會賦的姊妹，何不命他們進去居住，也不使佳人落魄，【庚】韻人行韻事。花柳無顏。卻又想到寶玉自幼在姊妹叢中長大，【蒙】何等精細！不比別的兄弟，若不命他進去，只怕他冷清了，一時不大暢快，未免賈母、王夫人愁慮，須得也命他進園居住方妙。想畢，遂命太監夏守忠到榮國府來下一道諭，命寶釵等只管在園中居住，不可禁約封錮，命寶玉仍隨進去讀書。

賈政、王夫人接了這諭，待夏守忠去後，便來回明賈母，遣人進去〔一〕各處收拾打掃，安設簾幔床帳。別人聽了還自猶可，惟寶玉聽了這諭，喜的無可不可。正和賈母盤算，要這個，弄那個，忽見丫鬟來説：「老爺叫寶玉。」（庚 多大力量寫此句。）寶玉聽了，（蒙 大家風範！余亦驚駭，況寶玉乎！回思十二三時，亦曾有是病來。想時不再至，不禁淚下。）好似打了個焦雷，登時掃去興頭，臉上轉了顏色，便拉着賈母扭的好似扭股兒糖，殺死不敢去。賈母只得安慰他道：「好寶貝，你只管去，有我呢，他不敢委屈了你。（蒙 寫盡祖母溺愛，作後文之本！）況且你又作了那篇好文章。想是娘娘叫你進去住，他吩咐你幾句，不過不教你在裏頭淘氣。他説什麼，你只好生答應着就是了。」一面安慰，一面喚了兩個老嬤嬤來，吩咐：「好生帶了寶玉去，別叫他老子唬着他。」老嬤嬤答應了。

寶玉只得前去，一步挪不了三寸，傎到這邊來。可巧賈政在王夫人房中商議事情，金釧兒、彩雲、彩霞、繡鸞、繡鳳等衆丫鬟都在廊檐底下站着呢，一見寶玉來，都抿着嘴笑。金釧一把拉住寶玉，（庚 有是事，有是人。）悄悄的笑道：「我這嘴上是纔擦的香浸胭脂，（庚 活像活現。）你這會子可吃不吃了？」彩雲一把推開金釧，笑道：「人家正心裏不自在，你還奚落他。趁這會子喜歡，快進去罷。」寶玉只得挨進門去。原來賈政和王夫人都在裏間呢。趙姨娘打起簾子，寶玉躬身進去。只見賈

庚 傎，撐去聲。

政和王夫人對面坐在炕上説話，地下一溜椅子，迎春、探春、惜春、賈環四個人都坐在那裏。一見他進來，惟有探春和惜春、賈環站了起來。

賈政一舉目，見寶玉站在跟前，神彩飄逸，【庚】「消氣散」用的好。秀色奪人，看看賈環，人物委瑣，舉止荒疎，【庚】批至此，幾乎失聲哭出。忽又想起賈珠來，再看看王夫人只有這一個親生的兒子，素愛如珍，自己的鬍鬚將已蒼白：【蒙】爲天下年老者父母一哭！因這幾件上，把素日嫌惡處分寶玉之心不覺減了八九。半晌説道：「娘娘吩咐説，你日日外頭嬉遊，漸次疎懶，如今叫禁管，同你姊妹在園裏讀書寫字。你可好生用心習學，再如不守分安常，你可仔細！」寶玉連連的答應了幾個「是」。王夫人便拉他在身旁坐下。【蒙】活現！他姊弟三人依舊坐下。

【庚】寫寶玉可入園，用「禁管」二字，得體，理之至。壬午九月。

王夫人摸挲着寶玉的脖項説道：「前兒的丸藥都吃完了？」寶玉答道：「還有一丸。」王夫人道：「明兒再取十丸來，天天臨睡的時候，叫襲人伏侍你吃了再睡。」寶玉道：「只從太太吩咐了，襲人天天晚上想着，打發我吃。」【庚】大家細細聽去，活似小兒口氣。賈政問道：「襲人是何人？」王夫人道：「是個丫頭。」賈政道：「丫頭不管叫個什麽罷了，是誰這樣刁鑽，起這樣的名字？」王夫人見賈政不自在了，便替寶玉掩飾道：「是老太太起的。」賈政道：「老太太如何知道這話，一定是寶玉。」寶玉見瞞不過，只得起身回道：「因素日讀詩，曾記古人有一句詩云：『花氣襲人知晝暖』〔二〕。因這個丫頭姓花，便隨口起了這個名字。」王夫人忙又道：「寶玉，你回去改了罷。老爺也不用爲這小事動氣。」賈政道：「究竟也無礙，〔庚〕幾乎改去好名。又何用改。只是可見寶玉不務正，專在這些濃詞艷賦上作工夫。」說畢，斷喝一聲：〔庚〕好收拾。「作業的畜生，還不出去！」王夫人也忙道：「去罷，〔蒙〕嚴父慈母，其事雖異，其行則一。只怕老太太等你吃飯呢。」寶玉答應了，慢慢的退出去，向金釧兒笑着伸伸舌頭，帶着兩個嬷嬷一溜煙去了。

剛至穿堂門前，〔庚〕妙！這便是鳳姐掃雪拾玉之處，一絲不亂。只見襲人倚門立在那裏，〔蒙〕何等牽連！一見寶玉平安回來，堆下笑來問〔庚〕等壞了，愁壞了。所以有「堆下笑來問」之話。道：「叫你作什麽？」寶玉告訴他：「没有什麽，不過怕我進園去淘氣，〔庚〕就說大話，畢肖之至！吩咐吩咐。」一面說，一面回至賈母跟前，回明原委。只見林黛玉正在那裏，寶玉便問他：「你住那一處好？」林黛玉正心裏盤算這事，【庚】顰兒亦有盤算事，揀擇清幽處耳，未知擇鄰否？一笑。忽見寶玉問他，便笑道：「我心裏想着瀟湘館好，愛那幾竿竹子隱着一道曲欄，比別處更覺幽静。」寶玉聽了拍手笑道：「正和我的主意一樣，我也要叫你住這裏呢。我就住怡紅院，【蒙】【庚】擇鄰出於玉兄，所謂真知己。作後文無限張本。咱們兩個又近，又都清幽。」

二人正計較，就有賈政遣人來回賈母說：「二月二十二，日子好，哥兒姐兒們好搬進去的。這幾日内遣人進去分派收拾。」薛寶釵住了蘅蕪苑，林黛玉住了瀟湘館，賈迎春住了綴錦樓，探春住了秋爽齋〔三〕，惜春住了蓼風軒，李氏住了稻香村，寶玉住了怡紅院。每一處添兩個老嬷嬷，四個丫頭，除各人奶娘親隨丫鬟不算外，另有專管收拾打掃的。至二十二日，一齊進去，登時園内花招繡帶，柳拂香風，【庚】八字寫得滿園之内處處有人，無一處不到。不似前番那等寂寞了。

閒言少叙。且説寶玉自進花園以來，心滿意足，再無別項可生貪求之心。每日只和姊妹、丫頭們一處，【庚】未必。或讀書，或寫字，或彈琴下棋，作畫吟詩，以至描鸞刺鳳，【庚】有之。鬭草簪花，低吟悄唱，拆字猜枚，無所不至，倒也十分快樂。他曾有幾首即事詩，雖不算好，却倒是真情真景，略記幾首云：

春夜即事

霞綃雲幄任鋪陳，隔巷蟆更聽未真。

枕上輕寒窗外雨，眼前春色夢中人。

盈盈燭淚因誰泣，默默[四]花愁爲我嗔。

自是小鬟嬌懶慣，擁衾不耐笑言頻。

夏夜即事

倦繡佳人幽夢長，金籠鸚鵡唤茶湯。

窗明麝月開宫鏡，室靄檀雲品御香。

琥珀杯傾荷露滑，玻璃檻納柳風凉。

水亭處處齊紈動，簾捲朱樓罷晚妝。

秋夜即事

絳芸軒裏絶喧嘩，桂魄流光浸茜紗。
苔鎖石紋容睡鶴，井飄桐露濕棲鴉。
抱衾婢至舒金鳳，倚檻人歸落翠花。
靜夜不眠因酒渴，沉煙重撥索烹茶。

冬夜即事

梅魂竹夢已三更，錦罽鸘衾睡未成。
松影一庭惟見鶴，梨花滿地不聞鶯。
女兒翠袖詩懷冷，公子金貂酒力輕。
却喜侍兒知試茗，掃將新雪及時烹。

庚 四詩作盡安福尊榮之貴介公子也。壬午孟夏。

因這幾首詩，當時有一等勢利人，見是榮國府十二三歲的公子作的，抄録出來各處稱頌，再有一等輕浮子弟，愛上那風騷妖艷之句，也寫在扇頭壁上，不時吟哦賞讚。因此竟有人來尋詩覓字，倩畫求題的。寶玉亦發得了意，鎮日家作這些外務。

誰想静中生煩惱，忽一日不自在起來，這也不好，那也不好，出來進去只是悶悶的。園中那些人多半是女孩兒，正在混沌世界，天真爛漫之時，坐卧不避，嬉笑無心，那裏知寶玉此時的心事。那寶玉心内不自在，便懶在園内，只在外頭鬼混，却又痴痴的。〔庚〕不進園去，真不知何心事。茗煙見他這樣，因想與他開心，左思右想，皆是寶玉頑奈煩了的，不能開心，惟有這件，寶〔庚〕書房伴讀累累如是，余至今痛恨。玉不曾看見過。想畢，便走去到書坊内，把那古今小説並那飛燕、合德、武則天、楊貴妃的外傳與那傳奇角本買了許多來，引寶玉看。寶玉何曾見過這些書，一看見了便如得了珍寶。茗煙囑咐他不可拿進園去，〔蒙〕自古惡奴壞事。「若叫人知道了，我就吃不了兜着走呢」。寶玉那裏捨的不拿進去，踟蹰再三，單把那文理細密的揀了幾套進去，放在床頂上，無人時自己密看。那粗俗過露的，都藏在外面書房裏。

那一日，正當三月中浣，早飯後，寶玉携了一套《會真記》，走到沁芳閘橋邊桃花底下一塊石上坐着，展開《會真記》，從頭細玩。正看到「落紅成陣」，只見一陣風過，把樹頭上桃花吹下一大半來，[庚]好一陣凑趣風。落的滿身滿書滿地皆是。寶玉要抖將下來，恐怕脚步踐踏了，[庚]情不情。只得兜了那花瓣，來至池邊，抖在池内。那花瓣浮在水面，飄飄蕩蕩，竟流出沁芳閘去了。

回來只見地下還有許多，寶玉正踟躕間，只聽背後有人説道：「你在這裏作什麼？」寶玉一回頭，却是林黛玉來了，[蒙][庚]一幅採芝圖，非葬花圖也。真是韻人韻事！肩上擔着花鋤，鋤上掛着花囊，〔五〕手内拿着花帚。[辰]寫出掃花仙女。寶玉笑道：「好，好，[庚]如見如聞。來把這個花掃起來，撂在那水裏。我纔撂了好些在那裏呢。」林黛玉道：「撂在水裏不好。你看這裏的水乾净，只一流出去，有人家的地方髒的臭的混倒，仍舊把花遭塌了。那畸角上我有一個花塚，[庚]好名色！新奇！葬花亭裏埋花人。如今把他掃了，裝在這絹袋裏，拿土埋上，日久不過隨土化了，[庚]寧使香魂隨土化。豈不乾净。」[庚]寫黛玉又勝寶玉十倍痴情。

[庚]此圖欲畫之心久矣，誓不遇仙筆不寫，恐褻我顰卿故也。己卯冬。

[庚]丁亥春間，偶識一浙省發，其白描美人，真神品物，甚合余意。奈彼因宦緣所纏無暇，且不能久留都下，未幾南行矣。余至今耿耿，悵然之至。恨與阿顰結一筆墨緣之難若此！嘆嘆！丁亥夏。畸笏叟。

寶玉聽了喜不自禁，笑道：「待我放下書，[庚]顧了這頭，忘却那頭。幫你來收拾。」黛玉道：「什麼書？」寶玉見問，慌的藏之不迭，便説道：「不過是《中庸》《大學》。」黛玉笑道：「你又在我跟前弄鬼。趁早兒給我瞧，好多着呢。」寶玉道：「好妹妹，若論你，我是不怕的。你看了，好歹别告訴别人去。真真這是好書！你這看了，連飯也不想吃呢。」一面説，一面遞了過去。林黛玉把花具且都放下，接書來瞧，從頭看去，越看越愛看，不過頓飯工夫，將十六齣俱已看完，自覺詞藻警人，餘香滿口。雖看完了書，却只管出神，心内還默默記詞。

寶玉笑道：「妹妹，你説好不好？」林黛玉笑道：「果然有趣。」寶玉笑道：「我就是個『多愁多病身』，你就是那『傾國傾城貌』。」庚看官説寶玉忘情有之，若認作有心取笑，則看不得《石頭記》。辰借用得妙！林黛玉聽了，不覺帶腮連耳通紅，登時直竪起兩道似蹙非蹙的眉，瞪了兩隻似睁非睁的眼，微腮帶怒，薄面含嗔，指寶玉道：「你這該死的胡説！好好的把這淫詞艷曲弄了來，還學了這些混話來欺負我。我告訴舅舅舅母去。」説到「欺負」兩個字上，早又把眼睛圈兒紅了，轉身就走。庚唬殺！急殺！寶玉着了急，向前攔住説道：「好妹妹，千萬饒我這一遭，原是我説錯了。若有心欺負你，明兒我掉在池子裏，教個癩頭黿呑了去，變個大忘八，等你明兒做了【庚】雖是混話一串，却成了最新最奇的妙文。『一品夫人』病老歸西的時候，我往你墳上替你馱一輩子的碑去。」【辰】此誓新鮮。【庚】看官想用何等話，令黛玉一笑收科？說的林黛玉「嗤」的一聲笑了，揉着眼睛，一面笑道：「一般也唬的這個調兒，還只管胡說。『呸，原來是苗而不秀，是個銀樣鑞槍頭』。」【辰】更借得妙！寶玉聽了，笑道：「你這個呢？我也告訴去。」林黛玉笑道：「你說你會過目成誦，【蒙】兒女情態，毫無淫念，韻雅之至！難道我就不能一目十行麼？」

寶玉一面收書，一面笑道：「正緊快把花埋了罷，別提那個了。」二人便收拾落花，正纔掩埋妥協，只見襲人走來，說道：「那裏没找到，摸在這裏來。那邊大老爺身上不好，姑娘們都過去請安，老太太叫打發你去呢。快回去換衣裳去罷。」寶玉聽了，忙拿了書，別了黛玉，同襲人回房換衣不提。【庚】一語度下。

這裏林黛玉見寶玉去了，又聽見衆姊妹也不在房，自己悶悶的。【庚】有原故。正欲回房，剛走到梨香院墻角上，【庚】入正文方不牽强。只聽墻内笛韻悠揚，歌聲婉轉。林黛玉便知是那十二個女孩子演習戲文呢。只是林黛玉素習不大喜看戲文，〔庚：妙法！必云「不大喜看」。〕便不留心，只管往前走。偶然兩句吹到耳內，明明白白，一字不落，唱〔庚：却一喜便總不忘，方見契得緊。〕道是：「原來姹紫嫣紅開遍，似這般都付與斷井頹垣。」林黛玉聽了，倒也十分感慨纏綿，便止住步側耳細聽，又聽唱道是：「良辰美景奈何天，賞心樂事誰家院。」聽了這兩句，不覺點頭自嘆，心下自思道：〔庚：非不及釵，係不曾於雜學上用意也。〕「原來戲上也有好文章。可惜世人只知看戲，未必能領略這其中的趣味。」〔庚：將進門，便是知音。〕想畢，又後悔不該胡想，耽誤了聽曲子。又側耳時，只聽唱道：「則爲你如花美眷，似水流年……」林黛玉聽了這兩句上，不覺心動神搖。又聽道「你在幽閨自憐」等句，亦發如醉如痴，站立不住，便一蹲身坐在一塊山子石上，細嚼「如花美眷，似水流年」八個字的滋味。忽又想起前日見古人詩中有「水流花謝兩無情」之句，再又有詞中有「流水落花春去也，天上人間」之句，又兼方纔所見《西厢記》中「花落水流紅，閒愁萬種」之句，都一時想起來，凑聚在一處。仔細忖度，不覺心痛神痴，眼中落淚。正没個開交，忽覺背上擊了一下，及回頭看時，原來是……且聽下回分解。正是：

〔庚：情小姐故以情小姐詞曲警之，恰極當極！己卯冬。〕

妝晨繡夜心無矣，對月臨風恨有之。

〔庚〕前以《會真記》文，後以《牡丹亭》曲，加以有情有景消魂落魄詩詞，總是急於令顰兒種病根也。看其一路不即不離，曲曲折折寫來，令觀者亦技難持，况瘦怯怯之弱女乎！

〔戚〕總評：詩童才女，添大觀之顔色；埋花聽曲，寫靈慧之悠閒。妒婦主謀，愚夫聽命，惡僕殷勤，淫詞胎邪。開楞嚴之密語，闡法戒之真宗，以撞心之言，與石頭講道，悲夫！

〔一〕「讀書……遣人進去」二十七字原缺，諸本均有，文字小異，據列、楊等本補。

〔二〕出宋陸游《村居書喜》詩。「晝」，原作「驟」。

〔三〕原作「秋掩齋」，依戚、蒙本改，其餘各本均作「秋掩書齋」。按：此齋名在書中其他地方出現均作「秋爽齋」，此處異文或爲作者修改過程殘存的痕跡。

〔四〕「默默」，原作「點點」，除甲辰本同底本外，蒙、戚、列、楊、舒、鄭諸本均作「默默」（楊本被塗改爲「點」），「點」當爲「默」之形訛，據諸本改。

〔五〕「花囊」，原作「行囊」，蒙、戚本同，據列、楊本改，餘本作「紗囊」。

小红

第二十四回　醉金剛輕財尚義俠　痴女兒遺帕惹相思

庚 夾寫「醉金剛」一回是劇中之大净場，聊醒看官倦眠耳。〔一〕然亦書中必不可少之文，必不可少之人。今寫在市井俗人身上，又加一「俠」字，則大有深意存焉。

話説林黛玉正自情思縈逗，纏綿固結之時，忽有人從背後擊了一掌，説道：「你作什麽一個人在這裏？」林黛玉倒唬了一跳，回頭看時，不是别人，却是香菱。林黛玉道：「你這個傻庚 此「傻」字加於香菱，則有多少丰神跳於紙上，其嬌憨之態可想而知。丫頭，唬我這麽一跳好的。你這會子打那裏來？」香菱嘻嘻的笑道：「我來尋我們的姑娘的，找他總找不着。你們紫鵑也找你呢，【庚】一絲不漏。説璉二奶奶送了什麽茶葉來給你的。走罷，回家去坐着。」【庚】「回家去坐着」之言，是恐石上冷意。一面説着，一面拉着黛玉的手回瀟湘舘來了。果然鳳姐兒送了兩小瓶上用新茶來。林黛玉和香菱坐了。况他們有甚正事談講。【庚】爲學詩伏綫。不過説些這一個繡的好，那一個刺的精，又下一回棋，看兩句書，【庚】棋不論盤，書不論章，皆是嬌憨女兒神理，寫得不即不離，似有似無，妙極！香菱便走了。不在話下。

【庚】是書最好看如此等處，係畫家山水、樹頭、丘壑俱備，末用濃淡墨點苔法也。丁亥夏。畸笏叟。

如今且説寶玉因被襲人找回房去，果見鴛鴦歪在床上看襲人的針綫呢，見寶玉來了，便説道：「你往那裏去了？老太太等着你呢，叫你過那邊請大老爺的安去。還不快換了衣服走呢。」襲人便進房去取衣服。寶玉坐在床沿上，褪了鞋等靴子穿的工夫，回頭見鴛鴦穿着水紅綾子襖兒，青緞子背心，束着白縐綢汗巾兒，臉向那邊低着頭看針綫，脖子上戴着花領子。寶玉便把臉凑在他脖項上，聞那粉香油氣，不住用手摩挲，其白膩不在襲人之下，便猴上身去涎皮笑道：「好姐姐，把你嘴上的胭脂賞我吃了罷。」【庚】胭脂是這樣吃法。看官可經過否？一面説着，一面扭股糖似的黏在身上。鴛鴦便叫道：【庚】不向寶玉説話，又叫襲人，鴛鴦亦是幻情洞天也。「襲人，你出來瞧瞧。你跟他一輩子，也不勸勸，還是這麽着。」襲人抱了衣服出來，向寶玉道：「左勸也不改，右勸也不改，你到底是怎麽樣？〔庚：此五字内有深意深心。〕你再這麽着，這個地方可就難住了。」一邊説，一邊催他穿了衣服，同鴛鴦往前面來見賈母。

見過賈母，出至外面，人馬俱已齊備。剛欲上馬，只見賈璉請安回來了，〔庚：一絲不漏。〕正下馬，二人對面，彼此問了兩句話。〔庚：芸哥此處一現，後文不見突然。〕只見旁邊轉出一個人來，「請寶叔安。」寶玉看時，只見這人容長臉，長挑身材，年紀只好十八九歲，生得着實斯文清秀，倒也十分面善，只是想不起是那一房的，〔庚：大族人衆，畢真，有是理。〕叫什麽名字。賈璉笑道：「你怎麽發獃，連他也不認得？他是後廊上住的五嫂子的兒子芸兒。」寶玉笑道：「是了，是了，我怎麽就忘了。」因問他母親好，這會子什麽勾當。賈芸指賈璉道：「找二叔説句話。」寶玉笑道：「你倒比先越發出挑了，倒像我的兒子。」賈璉笑道：「好不害臊！人家比你大四五歲呢，就替你作兒子了？」寶玉笑道：「你今年十幾歲了？」〔庚：何嘗是十二三歲小孩語。〕賈芸道：「十八歲。」

原來這賈芸最伶俐乖覺，聽寶玉這樣説，便笑道：「俗語説的，『摇車裏的爺爺，拄拐的孫孫』。雖然歲數大，山高高不過太陽。只從我父親没了，〔庚〕雖是隨機而應，伶俐人之語，余却傷心。這幾年也無人照管教導。如若寶叔不嫌侄兒蠢笨，認作兒子，就是我的造化了。」賈璉笑道：「你聽見了？認兒子〔庚〕是兄湊弟趣，可嘆！不是好開交的呢。」説着就進去了。寶玉笑道：「明兒你閒了，只管來找我，別和〔庚〕何其堂皇正大之語。他們鬼鬼祟祟的。這會子我不得閒兒。明兒你到書房裏來，和你説天話兒，我帶你園裏頑要去。」説着扳鞍上馬，衆小厮圍隨往賈赦這邊來。

見了賈赦，不過是偶感些風寒，先述了賈母問的話，然後自己請了安。賈赦先站起來回了賈母話，〔庚〕一絲不亂。次後便喚人來：「帶哥兒進去太太屋裏坐着。」寶玉退出，來至後面，進入上房。邢夫人見了他來，先倒站了起來請過賈母安，〔庚〕一絲不亂。寶玉方請安。〔辰〕好規矩。邢夫人拉他上炕坐了，方問別人好，〔庚〕好層次，好禮法，誰家故事？又命人倒茶來。一鍾茶未吃完，只見那賈琮來問寶玉好。邢夫人道：「那裏找活猴兒去！你那奶媽子死絶了，也不收拾收拾你，弄的黑眉烏嘴的，那裏像大家子念書的孩子！」

正説着，只見賈環、賈蘭小叔侄兩個也來了，請過安，邢夫人便叫他兩個椅子上坐了。賈環見寶玉同邢夫人坐在一個坐褥上，邢夫人又百般摩挲撫弄他，早已心中不自在了，（庚：千里伏綫。）坐不多時，便和賈蘭使眼色兒要走。賈蘭只得依他，一同起身告辭。寶玉見他們要走，自己也就起身，要一同回去。邢夫人笑道：「你且坐着，我還和你説話呢。」寶玉只得坐了。邢夫人向他兩個道：「你們回去，各人替我問你們各人母親好。你們姑娘、姐姐妹妹都在這裏呢，鬧的我頭暈，今兒不留你們吃飯了。」（庚：明顯薄情之至。）賈環等答應着，便出來回家去了。

寶玉笑道：「可是姐姐們都過來了，怎麼不見？」邢夫人道：「他們坐了一會子，都往後頭不知那屋裏去了。」寶玉道：「大娘方纔説有話説，不知是什麼話？」邢夫人笑道：「那裏有什麼話，不過是叫你等着，同你姊妹們吃了飯去。還有一個好玩的東西給你帶回去玩。」娘兒兩個説話，不覺早又晚飯時節。調開桌椅，羅列杯盤，母女姊妹們吃畢了飯。寶玉去辭别了賈赦，同姊妹們一同回家，見過賈母、王夫人等，各自回房安息。不在話下。【庚】一段爲五鬼魘魔法作引。脂硯。

且說賈芸進去見了賈璉，因打聽可有什麼事情。賈璉告訴他：「前兒倒有一件事情出來，【庚】反説體面話，懼内人累累如是。偏生你嬸子再三求了我，給了賈芹了。他許了我，説明兒園裏還有幾處要栽花木的地方，等這個工程出來，一定給你就是了。」賈芸聽了，半晌説道：「既是這樣，我就等着罷。叔叔也不必先在嬸子跟前提我今兒來打聽的話，【庚】已得了主意了。到跟前再説也不遲。」賈璉道：【庚】已被芸哥瞞過了。「提他作什麼，我那裏有這些工夫説閒話兒呢。明兒一個五更，還要到興邑去走一趟，須得當日趕回來纔好。你先去等着，後日起更以後你來討信兒，來早了我不得閒。」説着便回後面換衣服去了。

賈芸出了榮國府回家，一路思量，想出一個主意來，便一逕往他母舅卜世仁【辰】名義可思。家來。【庚】既云「不是人」，如何肯共事？想芸哥此來空了。原來卜世仁現開香料舖，方纔從舖子裏來，忽見賈芸進來，彼此見過了，因問他這早晚什麼事跑了來。賈芸道：「有件事求舅舅幫襯幫襯。我有一件事，用些冰片麝香使用，好歹舅舅每樣賒四兩給我，八月裏按數送了銀子來。」【庚】甥舅之談如此，嘆嘆！卜世仁冷笑道：【庚】何如，何如？余言不謬。「再休提賒欠一事。

前兒也是我們舖子裏一個夥計，替他的親戚賒了幾兩銀子的貨，至今總未還上。因此我們大家賠上，立了合同，再不許替親友賒欠。誰要賒欠，就要罰他二十兩銀子的東道。況且如今這個貨也短，你就拿現銀子到我們這不三不四的舖子裏來買，【庚】推脱之辭。也還没有這些，只好倒扁兒去。這是一。二則你那裏有正緊事，不過賒了去又是胡鬧。你只説舅舅見你一遭兒就派你一遭兒不是。你小人兒家很不知好歹，也到底立個主見，賺幾個錢，弄得穿是穿吃[二]是吃的，我看着也喜歡。」

賈芸笑道：「舅舅説的倒乾净。我父親没的時候，我年紀又小，不知事。後來聽見我母親説，都還虧舅舅們在我們家出主意，料理的喪事。難道舅舅就不知道的，還是有一畝地兩間房子，如今在我手裏花了不成？【庚】芸哥亦善談，井井有理。◇余二人亦不曾有是氣。巧媳婦做不出没米的粥來，叫我怎麽樣呢？還虧是我呢，要是別個，死皮賴臉三日兩頭兒來纏着舅舅，要三升米二升豆子的，舅舅也就没有法呢。」

卜世仁道：「我的兒，舅舅要有，還不是該的。我天天和你舅母説，只愁你没算計兒。

你但凡立的起來，到你大房裏，就是他們爺兒們見不着，便下個氣，和他們的管家或者管〔庚〕可憐可嘆，余竟爲之一哭。事的人們嬉和嬉和，也弄個事兒管管。前日我出城去，撞見了你們三房裏的老四，騎着大叫驢，帶着五輛車，有四五十和尚道士，〔庚〕妙極！寫小人口角，羡慕之言加一倍，畢肖。却又是背面傅粉法。往家廟去了。他那不虧能幹，就有這樣的事到他了！」賈芸聽他韶刀的不堪，〔庚〕有志氣，有果斷。便起身告辭。卜世仁道：「怎麽急的這樣，吃了飯再去罷。」一句未完，〔庚〕雖寫小人家澀細，一吹一唱，酷肖之至，却是一氣逼出，後文方不突然。只見他娘子説道：「你又糊塗了。説着没有米，這裏買了《石頭記》筆仗全在如此樣者。半斤麵來下給你吃，這會子還裝胖呢。留下外甥挨餓不成？」卜世仁説：「再買半斤來添上就是了。」他娘子便叫女孩兒：「銀姐，往對門王奶奶家去問，有錢借二三十個，明兒就送過來。」夫妻兩個説話，那賈芸早説了幾個「不用費事」，〔庚〕有知識有果斷人，自是不同。去的無影無踪了。〔辰〕世情寫透。

不言卜家夫婦，且説賈芸賭氣離了母舅家門，一逕回歸舊路，心下正自煩惱，一邊想，一邊低頭只管走，不想一頭就碰在一個醉漢身上，〔庚〕自上看來，可是一口氣否？把賈芸唬了一跳。聽那醉漢罵道：「臊你娘的！瞎了眼睛，碰起我來了。」賈芸忙要躲身，早被那醉漢一把抓住，對面一看，不是別

【庚】這一節對《水滸記》楊志賣刀遇没毛大蟲一回看，覺好看多矣。己卯冬夜。脂硯。

人，却是緊鄰倪二。原來這倪二是個潑皮，專放重利債，在賭博場吃閒錢，專管打降吃酒。如今正從欠錢人家索了利錢，吃醉回來，不想被賈芸碰了一頭，正没好氣，掄拳就要打。只聽那人叫道：「老二住手！是我衝撞了你。」倪二聽見是熟人的語音，將醉眼睜開看時，見是賈芸，忙把手鬆了，【庚】寫生之筆。趔趄着笑道：【庚】如此稱呼，可知芸哥素日行止，是「金盆雖破分兩在」也。「原來是賈二爺，我該死，我該死。這會子往那裏去？」賈芸道：「告訴不得你，平白的又討了個没趣兒。」【庚】本無心之談也。倪二道：「不妨不妨，【庚】如聞。有什麽不平的事，告訴我，替你出氣。【庚】寫得酷肖，總是漸次逼出，不見一絲勉强。這三街六巷，憑他是誰，有人得罪了我醉金剛倪二的街坊，管叫他人離家散！」賈芸道：「老二，你且别氣，聽我告訴你這原故。」【庚】可是一順而來？説着，便把卜世仁一段事告訴了倪二。倪二聽了大怒，【庚】仗義人豈有不知禮者乎？何嘗是破落户？冤殺金剛了。「要不是令舅，我便罵不出好話來，真真氣死我倪二。也罷，你也不用愁煩，我這裏現有幾兩銀子，你若用什麽，只管拿去買辦。但只一件，你我作了這些年的街坊，我在外頭有名放賬，你却從没有和我張過口。也不知你厭惡我是個潑皮，【庚】知己知彼之話。怕低了你的身分，也不知是你怕我難纏，利錢重？若説怕利錢重，這銀子我是不要利錢的，也不用寫文約，若說怕低了你的身分，【庚】知己知彼之話。我就不敢借給你了，各自走開。」一面說，一面果然從搭包裏掏出一卷銀子來。

賈芸心下自思：「素日倪二雖然是潑皮無賴，却因人而使，頗頗有義俠之名。【庚】四字是評，難得難得，非豪傑不可當。若今日不領他這情，怕他臊了，倒恐生事。不如借了他的，改日加倍還他也倒罷了。」想畢笑道：「老二，你果然是個好漢，我何曾不想着你，和你張口。但只是我見你所相與交結的，都是些有膽量的有作爲的人，似我們這等無能無爲的你倒不理。【庚】芸哥亦善談，好口齒。我若和你張口，你豈肯借給我。今日既蒙高情，我怎敢不領，回家按例寫了文約過來便是了。」倪二大笑道：「好會說話的人。我【庚】「光棍眼内揉不下沙子」是也。却聽不上這話。既說『相與交結』四個字，【庚】如今不單是親友言利，不但親友，即閨閣中亦然，不但生意新發户，即大户舊族頗頗有之。如何放賬給他，使他的利錢！既把銀子借與他，圖他的利錢，便不是相與交結了。閒話也不必講。既肯青目，這是十五兩三錢有零的銀子，便拿去治買東西。你要寫什麼文契，趁早把銀子還我，讓我放給那些有指望的人使去。【庚】爽快人，爽快話。」賈芸聽了，一面接了銀子，一面笑道：「我便不寫罷了，有何着急的。」倪二笑道：「這不是話。天氣黑了，也不讓茶讓酒，我還到那邊有點事情去，你竟請回去。我還求你帶個信兒與舍下，叫他們早些關門睡罷，我不回家去了，倘或有要緊事兒〔三〕，叫我們女兒明兒一早到馬販子王短腿家〔庚 常起坐處人，畢真。〕來找我。」一面說，一面趔趄着脚兒去了，〔庚 仍應前。〕不在話下。

且說賈芸偶然碰了這件事，心中也十分罕希，想那倪二倒果然有些意思，只是還怕他一時醉中慷慨，到明日加倍的要起來，便怎處，心內猶豫不决。〔庚 芸哥實怕倪二，並非以小人之心度君子也。〕忽又想道：「不妨，等那件事成了，也可加倍還他。」想畢，一直走到個錢舖裏，將那銀子稱一稱，十五兩三錢四分二厘。賈芸見倪二不撒謊，心下越發歡喜，收了銀子，來至家門，先到隔壁將倪二的信捎了與他娘子知道，方回家來。見他母親自在炕上拈綫，見他進來，便問那去了一日。賈芸恐他母親生〔庚 孝子可敬。此人後來榮府事敗，必有一番作爲。〕氣，便不說起卜世仁的事來，只說在西府裏等璉二叔的，問他母親吃了飯不曾。他母親已吃過了，說留的飯在那裏。小丫頭子拿過來與他吃。那天已是掌燈時候，賈芸吃了飯收拾歇息，一宿無話。

〔庚〕讀閱「醉金剛」一回，（務）［如］吃劉鋐丹家山查丸一付，一笑。〔四〕◇余卅年來得遇金剛之樣人不少，不及金剛者亦不少，惜書上不便歷歷註上芳諱，是余不（是）［足］心事也。壬午孟夏。

次日一早起來，洗了臉，便出南門，大香舖裏買了冰麝，便往榮國府來。打聽賈璉出了門，賈芸便往後面來。

到賈璉院門前，只見幾個小廝拿着大高笤帚在那裏掃院子呢。忽見周瑞家的從門裏出來叫小廝們：「先別掃，奶奶出來了。」賈芸忙上前笑問：「二嬸嬸那去？」周瑞家的道：「老太太叫，想必是裁什麽尺頭。」正説着，只見一群人擁着鳳姐出來了。庚當家人有是派頭。賈芸深知鳳姐是喜奉承尚排場的，庚那一個不喜奉承。忙把手逼着，恭恭敬敬搶上來請安。鳳姐連正眼也不看，仍往前走着，只問他母親好，「怎麽不來我們這裏逛逛？」賈芸道：「只是身上不大好，倒時常記掛着嬸子，要來瞧瞧，又不能來。」鳳姐笑道：「可是會撒謊，不是我提起他來，你就不説他想我了。」賈芸笑道：「侄兒不怕雷打了，就敢在長輩前撒謊。昨兒晚上還提起嬸子來，説嬸子身子生的單弱，事情又多，虧嬸子好大精神，竟料理的週週全全，要是差一點兒的，早累的不知怎麽樣呢。」

庚自往卜世仁處去已安排下的。芸哥可用。己卯冬夜。

鳳姐聽了滿臉是笑，不由的便止了步，問道：「怎麽好好的你娘兒們在背地裏嚼起我來？」（庚 過下無痕，天然而來文字。）

賈芸道：（庚 接得如何？）「有個原故，只因我有個朋友，家裏有幾個錢，現開香舖。只因他身上捐着個通判，前兒選了雲南不知那一處，（庚 隨口語，極妙！）連家眷一齊去，把這香舖也不在這裏開了。便把賬物攢了一攢，該給人的給人，（蒙 世法人情，隨便招來，皆是奇妙文章。）該賤發的賤發了，像這細貴的貨，都分着送與親朋。他就一共送了我些冰片、麝香。（庚 像得緊，何嘗撒謊？）我就和我母親商量，若要轉賣，不但賣不出原價來，而且誰家拿這些銀子買這個作什麽，便是很有錢的大家子，也不過使個幾分幾錢就挺折腰了，（蒙 作者是何神聖，具此等大光明眼，無微不照？）若説送人，也没個人配使這些，倒叫他一文不值半文轉賣了。因此我就想起嬸子來。（蒙 爲大千世界一哭。）往年間我還見嬸子大包的銀子買這些東西呢，别説今年貴妃宫中，就是這個端陽節下，不用説這些香料自然是比往常加上十倍去的。因此想來想去，（蒙 有此一番必當孝順、必當收下、必得備用之情景，行文（妙）〔好〕看殺人，立意（稀）〔奚〕落殺人，看至此不知當哭當笑。）只孝順嬸子一個人纔合式，方不算遭塌這東西。」一邊説，一邊將一個錦匣舉起來。

鳳姐正是要辦端陽的節禮，採買香料藥餌的時節，忽見賈芸如此一來，聽這一篇話，心下又是得意又是歡喜，【蒙】逼真。便命豐兒：「接過芸哥兒的來，【庚】像個嬸子口氣，好看煞！送了家去，交給平兒。」因又說道：「看着你這樣知好歹，怪道你叔叔常提你，說你說話兒也明白，心裏有見識。」【庚】看官須記，鳳姐所喜者，是奉承之言，打動了心，不是見物而歡喜，若說是見物而喜，便不是阿鳳矣。賈芸聽這話入了港，便打進一步來，故意問道：「原來叔叔也曾提我的？」鳳姐見問，纔要告訴他與他管事情的那話，便忙又止住，【庚】的是阿鳳行事心機筆意。心下想道：「我如今要告訴他那話，倒叫他看着我見不得東西似的，爲得了這點子香，就混許他管事了。今兒先别提起這事。」想畢，便把派他監種花木工程的事都隱瞞的一字不提，隨口說了兩句淡話，便往賈母那裏去了。賈芸也不好提的，只得回來。

因昨日見了寶玉，【蒙】一樣叔嬸，兩般侍奉。叫他到外書房等着，賈芸吃了飯便又進來，到賈母那邊儀門外綺霰齋書房裏來。只見茗煙〔五〕、鋤藥兩個小廝下象棋，爲奪「車」正拌嘴，還有引泉、掃花、【庚】好名色。挑雲、伴鶴四五個，又在房檐上掏小雀兒玩。【蒙】行雲流〔水〕，一字不空。真是空靈活跳。

賈芸進入院内，把脚一跺，說道：「猴頭們淘氣，我來了。」衆小厮看見賈芸進來，都纔散了。賈芸進入房内，便坐在椅子上問：「寶二爺沒下來？」茗煙道：「今兒總沒下來。二爺説什麼，（庚 五遁之外，名曰「哨探遁」法。）我替你哨探哨探去。」説着，便出去了。這裏賈芸便看字畫古玩，有一頓飯工夫還不見來，再看看别的小厮，都頑去了。正是煩悶，只聽門前嬌聲嫩語的叫了一聲「哥哥」。

賈芸往外瞧時，看是一個十六七歲的丫頭，生的倒也細巧乾净。那丫頭見了賈芸，便抽身躲了過去。（蒙 是必然之理。）恰值茗煙走來，見那丫頭在門前，便説道：「好，好，（庚 二「好」字是遮飾半句來不到語。）正抓不着個信兒。」賈芸見了茗煙，也就趕了出來，問怎麼樣。茗煙道：「等了這一日，也沒個人兒過來。這就是寶二爺房裏的。（庚 口氣極像。）好姑娘，你進去帶個信兒，就説廊上的二爺來了。」那丫頭聽説，方知是本家的爺們，便不似先前那等迴避，（庚 一句，禮當。）下死眼把賈芸釘了兩眼。（蒙庚 這句是情孽上生。五百年風流孽冤。）聽那賈芸説道：「什麼是廊上廊下的，你只説是芸兒就是了。」半晌，（庚 神情是深知房中事的。）那丫頭冷笑了一笑：「依我説，二爺竟請回家去，有什麼話明兒再來。今兒晚上得空兒我回了他。」茗煙道：「這是怎麼説？」那丫頭道：（庚 一連兩個「他」）「他今兒也沒睡字，怡紅院中使得，否則有假矣。

中覺，自然吃的晚飯早。晚上他又不下來。難道只是要的（蒙 業已種下愛根，俟後無計可拔。）二爺在這裏等着挨餓不成！不如家去，明兒來是正緊。便是回來有人帶信，那都是不中用的。他不過口裏應着，他倒給帶呢！」賈芸聽這丫頭説話簡便俏麗，待要問他的名字，因是寶玉房裏的，又不便問，只得説道：「這話倒是，我明兒再來。」説着便往外走。茗煙道：（庚 滑賊。）「我倒茶去，二爺吃了茶再去。」賈芸一面走，一面回頭説：「不吃茶，我還有事呢。」口裏説話，眼睛瞧那丫頭還站在那裏呢。

那賈芸一逕回家。至次日來至大門前，可巧遇見鳳姐往那邊去請安，纔上了車，見賈芸來，便命人喚住，隔窗子笑道：（庚 也作的不像撒謊，用心機人可怕是此等處。）「芸兒，你竟有膽子在我的跟前弄鬼。怪道你送東西給我，（蒙 非此等話法，則是因昨日之物起見了。錦心繡口，真真拜服。）原來你有事求我。昨兒你叔叔纔告訴我説你求他。」賈芸笑道：「求叔叔這事，嬸子休提，我昨兒正後悔呢。早知這樣，我竟一起頭求嬸子，（蒙 這樣話實是以非理加之，而世人大都樂受喜聞，吾深怪之。）這會子也早完了。誰承望叔叔竟不能的。」鳳姐笑道：「怪道你那裏没成兒，昨兒又來尋我。」賈芸道：「嬸子辜負了我的孝心，我並没有這個意思。若有這個意思，昨兒還不求嬸子？如今嬸子既知道了，我倒要把叔叔丢下，少不得求嬸子好歹疼我一點兒。」鳳姐冷笑道：「你們要揀遠路兒走，叫我也難説。庚曹操語。早告訴我一聲兒，有什麼不成的，多大點子事，耽誤到這會子。那園子裏還要種花，我只想不出一個人來，你早來不早完了。」賈芸笑道：「既這樣，嬸子明兒就派我罷。」鳳姐半晌道：「這個我看着不大好。庚又一折。等明年正月裏煙火燈燭那個大宗兒下來，再派你罷。」賈芸道：「好嬸子，先把這個派了我罷。果然這個辦的好，再派我那個。」鳳姐笑道：「你倒會拉長綫兒。罷了，要不是你叔叔説，庚總不認受冰麝賄。我不管你的事。我也不過吃了飯就過來，你到午錯的時候來領銀子，後兒就進去種樹。」説畢，令人駕起香車，一逕去了。

賈芸喜不自禁，來至綺霰齋打聽寶玉，誰知寶玉一早便往北静王府裏去了。賈芸便呆呆的坐到晌午，打聽鳳姐回來，便寫個領票來領對牌。至院外，命人通報了，彩明走了出來，單要了領票進去，批了銀數年月，一併連對牌交與了賈芸。賈芸接了，看那批上銀數批了二百兩，心中喜不自禁，翻身走到銀庫上，交與收牌票的，領了銀子。回家告訴母親，自是母子俱各歡喜。次日一個五鼓，賈芸先找了倪二，將前銀按數還他。那倪二見賈芸有了銀子，他便按數收回，不在話下。這裏賈芸又拿了五十兩，出西門找到花兒匠方椿家裏去買樹，不在話下。〔庚〕至此便完種樹工程。◇一者見得趲趕工程原非正文，不過虛描盛時光景，借此以出情文。二者又爲避難法。若不如此了，必曰其樹其價、怎麽買、定幾株，豈不煩絮矣？

如今且說寶玉，自那日見了賈芸，曾說明日着他進來說話兒。如此說了之後，他原是富貴公子的口角，那裏還把這個放在心上，〔庚〕若是一個女孩兒，可保不忘的。因而便忘懷了。這日晚上，從北靜王府裏回來，見過賈母、王夫人等，回至園內，換了衣服，正要洗澡。襲人因被薛寶釵煩了去打結子，秋紋、碧痕兩個去催水，檀雲又因他母親的生日接了出去，麝月又現在家中養病，雖還有幾個作粗活聽喚的丫頭，估着叫不着他們，都出去尋夥覓伴的玩去了。不想這一刻的工夫，〔庚〕妙！必用「一刻」二字方是寶玉的房中，見得時時原有人的，又有今一刻無人，所謂湊巧其一也。只剩了寶玉在房內。偏生的〔庚〕三字不可少。寶玉要吃茶，一連叫了兩三聲，方見兩三個老嬤嬤走進來。〔庚〕妙！文字細密，一絲不落，非批得出者。寶玉見了他們，連忙搖手兒說：「罷，罷，不用你們了。」【庚】是寶玉口氣。老婆子們只得退出。

寶玉見沒丫頭們，只得自己下來，拿了碗向茶壺去倒茶。只聽背後說道：「二爺仔細燙了手，讓我們來倒。」【庚】神龍變化之文，人豈能測？一面說，一面走上來，早接了碗過去。寶玉倒唬了一跳，問：「你在那裏的？忽然來了，唬我一跳。」那丫頭一面遞茶，一面回說：「我在後院子裏，纔從裏間的後門進來，難道二爺就沒聽見脚步響？」寶玉一面吃茶，一面【庚】六個「一面」，是神情，並不覺厭。仔細打量那丫頭：穿着幾件半新不舊的衣裳，倒是一頭黑鬒鬒的頭髮，挽着個鬢，容長臉面，細巧身材，却十分俏麗乾净。【庚】與賈芸目中所見不差。寶玉看了，便笑問道：【庚】神情寫得出。「你也是我這屋裏的人麼？」【庚】妙問。必如此問方是籠絡前文。那丫頭道：「是的。」寶玉道：「既是這屋裏的，我怎麼不認得？」那丫頭聽說，便冷笑了一聲道：【庚】神理如畫。「認不得的也多，豈只我一個。從來我又不遞茶遞水，拿東拿西，眼見的事一點兒不作，那裏認得呢。」寶玉道：【庚】這是下情不能上達意語也。「你爲什麼不作那眼見的事？」那丫頭道：【庚】不伏氣語，況非爾可完，故云「難説」。「這話我也難說。只是有一句話回二爺：昨兒有個什麼芸兒來找二爺。我想二爺不得空兒，便叫茗煙回他，叫他今日早起來，不想二爺又往北府裏去了。」剛説到這句話，只見秋紋、碧痕嘻嘻哈哈的説笑着進來，兩個人共提着一桶水，一手撩着衣裳，趔趔趄趄、潑潑撒撒的。那丫頭便忙迎去接。庚好！有眼色。那秋紋、碧痕正對着抱怨，「你濕了我的裙子」，那個又説「你踹了我的鞋」。忽見走出一個人來接水，二人看時，不是别人，原來是小紅。二人便都詫異，將水放下，忙進房來東瞧西望，庚四字漸露大丫頭素日怡紅細事也。並没個别人，只有寶玉，便心中大不自在。只得預備下洗澡之物，待寶玉脱了衣裳，二人便帶上門出來，庚清楚之至。走到那邊房内便找小紅，問他方纔在屋裏説什麽。小紅道：「我何曾在屋裏的？只因我的手帕子不見了，往後頭找手帕子去。不想二爺要茶吃，叫姐姐們一個没有，是我進去了，纔倒了茶，姐姐們便來了。」秋紋聽了，兜臉啐了一口，罵道：「没臉的下流東西！正緊叫你去催水去，你説有事故，倒叫我們去，你可等着做這個巧宗兒。庚難説小紅無心，白描。一里一里的，這不上來了。難道我們倒跟不上你了？你也拿鏡子照照，配遞茶遞水不配！」庚「難説」二字全在此句來。碧痕道：「明兒我説給他們，凡要茶要水送東送西的事，咱們都别動，只叫他去便是了。」秋

庚怡紅細事俱用帶筆白描，是大章法也。丁亥夏。畸笏叟。

紋道：「這麽説，不如我們散了，單讓他在這屋裏呢。」二人你一句我一句，正鬧着，只見有個老嬷嬷進來傳鳳姐的話説：「明日有人帶花兒匠來種樹，叫你們嚴禁些，衣服裙子別混曬混晾的。那土山上一溜都攔着幃幕呢，可別混跑。」〔庚〕用秋紋問，是暗透之法。秋紋便問：「明兒不知是誰帶進匠人來監工？」那婆子道：「説什麽後廊上的芸哥兒。」秋紋、碧痕聽了都不知道，只管混問別的話。〔庚〕可是暗透法？那小紅聽見了，心内却明白，就知是昨兒外書房所見那人了。

原來這小紅本姓林，〔庚〕又是個林。小名紅玉，〔庚〕「紅」字切「絳珠」，「玉」字則直通矣。只因「玉」字犯了林黛玉、寶玉，〔庚〕妙文。便都把這個字隱起來，便都叫他「小紅」。原是榮國府中世代的舊僕，他父母現在收管各處房田事務。這紅玉年方十六歲，因分人在大觀園的時節，把他便分在怡紅院中，倒也清幽雅静。不想後來命人進來居住，偏生這一所兒又被寶玉佔了。這紅玉雖然是個不諳事的丫頭，却因他有三分容貌，〔庚〕有三分容貌尚且不肯受屈，况黛玉等一干才貌者乎？心内着實妄想痴心的往上攀高，〔庚〕爭奪者同來一看。每每的要在寶玉面前現弄現弄。只是寶玉身邊一干人，〔庚〕「難説」的原故在此。都是伶牙利爪的，那裏插的下手去。

不想今兒纔有些消息，〔庚〕余前批不謬。又遭秋紋等一場惡意，心内早灰了一半。〔庚〕争名奪利者齊來一哭。正悶悶的，忽然聽見老嬤嬤説起賈芸來，不覺心中一動，便悶悶的回至房中，睡在床上暗暗盤算，翻來掉去，正没個抓尋。忽聽窗外低低的叫道：「紅玉，你的手帕子我拾在這裏呢。」紅玉聽了忙走出來看，不是别人，正是賈芸。紅玉不覺的粉面含羞，問道：「二爺在那裏拾着的？」賈芸笑道：「你過來，我告訴你。」一面説，一面就上來拉他。那紅玉急回身一跑，〔庚〕睡夢中當然一跑，這方是怡紅之鬟。却被門檻絆倒。要知端的，下回分解。

〔庚〕《紅樓夢》寫夢章法總不雷同。此夢更寫的新奇，不見後文，不知是夢。

紅玉在怡紅院爲諸鬟所掩，亦可謂生不遇時，但看後四章供阿鳳驅使可知。

〔戚〕總評：冷暖時，只自知，金剛、卜氏渾閒事。眼中心，言中意，三生舊債原無底。任你貴比王侯，任你富似郭、石，一時間，風流願，不怕死！

〔一〕「劇」，原作「處」（戚本作「書」），依吴世昌説（見《〈風月寶鑒〉的棠村序文鉤沉與研究》

一文注釋）改。「醒」，原誤「醉」，據同有此批的蒙戚本改。又，「大浄場」，蒙戚本作「大文字」；「眠」，戚本作「眼」。按：大浄場，指以浄角爲主的戲碼。戲曲中的浄行角色有粗獷豪爽的特點，用以比喻倪二的「義俠」。浄場戲唱做熱鬧，故能醒倦。

〔二〕「你小人兒家……穿是穿吃」二十七字原缺，諸本均有，文字小異，據楊本補。

〔三〕「叫他們早些……有要緊事兒」二十二字原缺，諸本均有，文字小異，據楊本補。

〔四〕這句批語是説，讀了「醉金剛」這段文字，令人心中鬱結頓消，像吃了一貼「劉鉉丹山楂丸」一樣清爽暢快。據此酌改「務」爲「如」字。另有一種解讀：讀了「醉金剛」一回文字，會使人太過爽快，泄瀉過甚，務須吃一副「劉鉉丹山楂丸」止瀉。此説不用改字，但「山楂丸」似無止瀉之效。按：山查即山楂，功用和胃、消食。劉鉉丹家山楂丸是當時京城名牌，清潘榮陛《帝京歲時紀勝》卷三《皇都品彙》：「劉鉉丹山楂丸子，能補能消。」

〔五〕原作「焙茗」。按：寶玉的小斯「茗煙」，從本回至第三十四回稱作「焙茗」，第三十九回以後又作「茗煙」。現統一爲「茗煙」。

第二十五回　魘魔法叔嫂逢五鬼　通靈玉蒙蔽遇雙真〔一〕

〔戚〕有緣的，推不開；知心的，死不改。縱然是通靈神玉也遭塵敗。夢裏徘徊，醒後疑猜，時時兜底上心來。怕人窺破笑盈腮，獨自無言偷打咳。這的是、前生造定今生債。

話説紅玉情思纏綿，忽朦朧睡去，見賈芸要拉他，却回身一跑，被門檻子絆了一跤，唬醒過來，方知是夢。因此翻來覆去，一夜無眠。至次日天明，方纔起來，就有幾個丫頭來會他去打掃屋子地，提洗臉水。這紅玉也不梳洗，向鏡中胡亂挽了一挽頭髮，洗了洗手，腰内束了一條汗巾子，便來掃地。

誰知寶玉昨兒見了紅玉，也就留了心。若要直點名喚他來使用，〔甲〕是寶玉心中想，不是襲人拈酸。一則怕襲人等寒心；二則又不知紅玉是何等行爲，〔甲〕不知「好」字是如何講？答曰：在「何等行爲」四字上看便知，玉兄每情不情，況有情者乎？若好還罷了，若不好起來，那時倒不好退送的。因此心中悶悶的，一早起來也不梳洗，只坐着出神。一時下了窗子，隔着紗屜子，向外看的真切，只見好幾個丫頭在那裏掃地，〔甲〕八字寫盡蠢鬟，是爲襯紅玉，亦如用豪貴人家濃妝艷飾插金戴銀的襯寶釵、黛玉也。都擦胭抹粉，簪花插柳的，獨不見昨兒那一個。寶玉便靸了鞋，晃出了房門，只裝着看花兒，這裏瞧瞧，〔庚〕文字有層次。那裏望望，一抬頭，只見西南角上遊廊底下欄杆外，似有一個人在那裏倚着，却恨面前有一株海棠花遮着，看不真切。〔甲〕余所謂此書之妙，皆從詩詞句中翻出者，皆係此等筆墨也。試問觀者，此非「隔花人遠天涯近」乎？可知上幾回非余妄擬也。只得又轉了一步，仔細一看，可不是昨兒的那個丫頭在那裏出神？待要迎上去，又不好去的。正想着，忽見碧痕來催他洗臉，只得進去了。不在話下。

却說紅玉正自出神，〔甲〕此處方寫出襲人來，是襯貼法。忽見襲人招手叫他，只得走來。襲人道：「你到林姑娘那裏去，把他們的噴壺借來使使，我們的還沒有收拾了來呢。」紅玉答應了，便往瀟湘舘去。正走上翠煙橋，抬頭一望，只見山坡上高處都攔着幃幕，方想起今兒有匠人在裏頭種樹。因轉身一望，只見那邊遠遠的一簇人在那裏掘土，賈芸正坐在山子石上。紅玉待要過去，又不敢過去，只得悶悶的向瀟湘館取了噴壺回來，無精打彩，自向房内倒着去。衆人只説他一時身上不快，都不理論。（甲 文字到此一頓，狡猾之甚。）

展眼過了一日，（甲 必云「展眼過了一日」者，是反襯紅玉「挨一刻似一夏」也，知乎？）原來次日就是王子騰夫人的壽誕，那裏原打發人來請賈母王夫人的，王夫人見賈母不去，自己也便不去了。（甲 所謂一筆兩用也！）倒是薛姨媽同鳳姐兒並賈家三〔二〕個姊妹、寶釵、寶玉一齊都去了，至晚方回。

且説王夫人見賈環下了學，便命他來抄個《金剛咒》唪誦。（甲 用《金剛咒》引五鬼法。）那賈環在王夫人炕上坐了，命人點上燈，拿腔作勢的抄寫。（甲 小人乍得意者齊來一玩。）一時叫彩雲倒茶來，一時又叫玉釧兒來剪剪燈花，一時又説金釧兒擋了燈影。衆丫頭們素日厭惡他，都不答理。只有彩霞還和他合的來，（甲 暗中又伏一風月之隙。）倒了一鍾茶

【庚】此等世俗之言，亦因人而用，妥極當極！壬午孟夏，雨窗。畸笏。

遞與他。見王夫人和人説話兒，便悄悄的向賈環説道：「你安些分罷，何苦討這個厭呢。」賈環道：「我也知道了，你别哄我。如今你和寶玉好，把我不答理，我也看出來了。」彩霞咬着嘴唇，向賈環頭上戳了一指頭，説道：「没良心的！纔是狗咬吕洞賓，不識好人心。」【甲】風月之情，皆係彼此業障所牽。雖云「惺惺惜惺惺」，但亦從業障而來。蠢婦配才郎，世間固不少，然俏女慕村夫者尤多，所謂業障牽魔，不在才貌之論。

二人正説着，只見鳳姐來了，拜見過王夫人。王夫人便一長一短的問他，今兒是那幾位堂客在那裏，戲文如何，酒席好歹等話。説了不多幾句，寶玉也來了，進門見了王夫人，不過規規矩矩説了幾句話，【甲】是大家子弟模樣。便命人除去抹額，脱了袍服，拉了靴子，便一頭滚在王夫人懷内。【甲】余幾幾失聲哭出。王夫人便用手滿身滿臉摩挲撫弄他，【甲】普天下幼年喪母者齊來一哭。寶玉也搬着王夫人的脖子説長道短的。【甲】慈母嬌兒寫盡矣。王夫人道：「我的兒，你又吃多了酒，臉上滚熱。你還只是揉搓，一會鬧上酒來。還不在那裏静静的倒一會子呢。」説着，便叫人拿個枕頭來。寶玉聽了便下來，在王夫人身後倒下，又叫彩霞來替他拍着。寶玉便和彩霞説笑，只見彩霞淡淡的不大答理，兩眼睛只向賈環處看。寶玉便拉他的手笑道：「好姐姐，你也理我一理兒呢。」彩霞奪了手道：「再鬧，我就嚷了。」

二人正說，原來賈環聽的見，素日原恨寶玉，如今又見他和彩霞厮鬧，心中越發按不下這口毒氣。雖不敢明言，却每每暗中算計，只是不得下手。今兒相離甚近，便要用蠟燈裏的滚油燙他一下。〔甲〕已伏金釧回矣。因而故意裝作失手，把那一盞油汪汪的蠟燈〔三〕向寶玉臉上只一推。只聽寶玉「嗳喲」了一聲，滿屋人都唬一跳。連忙把地下的戳燈挪過來，又將裏外屋的拿了三四盞看時，只見寶玉滿臉滿頭都是蠟油。王夫人又急又氣，一面命人來給寶玉擦洗，一面又罵賈環。鳳姐三步兩步跑上炕去，給寶玉收拾着，〔甲〕阿鳳活現紙上。一面笑道：「老三還是這樣慌脚鷄似的，我說你上不得高臺盤。趙姨娘時常也該教導教導他纔是。」〔庚〕爲下文緊一步。一句話提醒了王夫人，王夫人便不罵賈環，便叫過趙姨娘來罵道：「養出這樣不知道理、下流黑心種子來，也不管管！幾番幾次我都不理論，〔甲〕補出素日來。你們倒得了意了，這不亦發上來了！」

那趙姨娘素日雖然也常懷嫉妒之心，不忿鳳姐寶玉兩個，也不敢露出來；如今賈環又生了事，受這場惡氣，不但吞聲承受，而且還要替寶玉來收拾。只見寶玉左邊臉上燙了一溜燎泡，幸而眼睛没動。王夫人看了，又是心疼，又怕明日賈母問怎麼回答，〔甲〕總是爲楔緊「五鬼」一回文字。急的又把趙姨娘數落一頓。然後又安慰了寶玉一回，又命取敗毒消腫藥來敷上。寶玉道：「有些疼，還不妨事。明兒老太太問，就說是我自己燙的罷了。」〔甲〕兩笑，壞極。〔甲〕玉兄自是悌弟之心性，一嘆。鳳姐笑道：「便說自己燙的，也要罵人爲什麼不小心看着，叫你燙了！横豎有一場氣生，〔甲〕壞極！總是調唆口吻，趙氏寧不覺乎？到明兒憑你怎麼說去罷。」王夫人命人好生送了寶玉回房，襲人等見了，都慌的了不得。〔庚〕爲五鬼法作引，非泛文也。雨窗。

林黛玉見寶玉出了一天門，就覺得悶悶的，没個可説話的人。至晚正打發人來問了兩三遍回來没有，這遍方纔説回來，偏生又燙了臉。林黛玉便趕着來瞧，只見寶玉正拿鏡子照呢，左邊臉上滿滿的敷着一臉藥。黛玉只當燙的十分利害，忙上來問怎麼燙了，要瞧瞧。寶玉見他來了，忙把臉遮着，摇手不肯叫他看。知道他的癖性喜潔，見不得這些東西。〔甲〕寫寶玉文字，此等方是正緊筆墨。林黛玉自己也知道有這件癖性，〔甲〕寫林黛玉文字，此等方是正緊筆墨。故二人文字雖多，如此等暗伏淡寫處亦不少，觀者實實看不出。知道寶玉的心内怕他嫌髒，〔甲〕二人純用體貼工夫。因笑道：「我瞧瞧燙了那裏了，有什麽遮着藏着的。」一面説，一面就凑上來，强搬着脖子瞧了一瞧，〔甲〕將二人一並，真真寫他二人之心玲瓏七竅。問疼的怎麽樣。寶玉道：「也不很疼，養一兩日就好了。」黛玉坐了一回，悶悶的回房去了。〔甲〕此原非正文，故草草寫來。一宿無話。次日，寶玉見了賈母，雖然自己承認是自己燙的，不與别人相干，免不得賈母又把跟從的人罵一頓。

過了一日，就有寶玉寄名的乾娘馬道婆進榮國府來請安。見了寶玉，唬了一跳，問起原故，説是燙的，便點頭嘆惜一回，又向寶玉臉上用指頭畫了幾畫，又口内嘟嘟囔囔的持誦了一回，就説道：「管保你好了，這不過是一時飛災。」又向賈母道：〔甲〕一段無倫無理信口開河的渾話，却句句都是耳聞目睹者，並非杜撰而有。作者與余實實經過。「祖宗老菩薩，那裏知道那經典佛法上説的利害。大凡那王公卿相人家的子弟，只一生下來，暗中就有許多促狹鬼跟着他，得空便擰他一下，掐一下，或吃飯時打下他的飯碗來，或走着推他一跤，所以往往的那大家子的子孫多有長不大的。」賈母聽見如此説，便趕着問道：「這可有什麽佛法解釋没有呢？」馬道婆道：「這個容易，只是替他多多做些因果善事也就罷了。再那經上還説，西方有位大光明普照菩薩，專管照耀陰暗邪祟，若有那善男子善女人虔心供奉者，可以永佑兒孫康寧安静，再無驚恐邪祟撞客之災。」賈母道：「倒不知怎麽供奉這位菩薩呢？」馬道婆道：「也不值什麽，除香燭供養之外，一天多使幾斤香油，添在大海燈裏。這海燈，就是菩薩的現身法像，晝夜是不敢熄的。」賈母道：「一天一夜也得多少油？明白告訴我，我好做這件功德。」馬道婆聽説，便笑道：「這也不拘，隨施主們心願捨罷了。像我們廟裏，就有好幾處的王妃誥命供奉：南安郡王太妃有許多，〔甲 賊婆先用大鋪排試之。〕願心大〔四〕，一天是四十八斤油，一斤燈草，那海燈也只比缸略小些；錦田侯的誥命次一等，一天不過二十四斤；再還有幾家，也有五斤的、三斤的、一斤的，都不拘數。那小家子捨不起這些，就是四兩半斤，也少不得替他點。」賈母聽了，點頭思忖。馬道婆又道：「還有一件，若是爲父母尊親長上點，多捨些不妨；〔甲 賊道婆！是自「太君思忖」上來，後用如此數語收之，使太君必心悦誠服願行。賊婆，賊婆，費我作者許多心機摹寫也。〕像老祖宗如今爲寶玉，若捨多了倒不好，還怕他禁不起，倒折了福，也不當家。要捨，大則七斤，小則五斤，也就是了。」賈母説：「既這樣，你便一日五斤合準了，每月來打

甲「點頭思忖」是量事之大小，非吝嗇也。〔壬午夏雨窗，畸笏。〕

◇日費香油四十八斤，每月油二百五十餘斤，合錢三百餘串。〔五〕爲一小兒，如何服衆？太君細心若是。

蔓關了去。」馬道婆念了一聲「阿彌陀佛，慈悲大菩薩」。賈母又命人來吩咐道：「以後大凡寶玉出門的日子，拿幾串錢交給他小子們帶着，遇見僧道窮苦之人好施捨的。」說畢，那馬道婆又問話了一回，便又往各院各房問安，閒逛了一回。

【甲】有「各院各房」，接此方不覺突然。

一時來至趙姨娘房內，二人見過，趙姨娘叫小丫頭倒了茶來與他吃。馬道婆因見炕上堆着些零碎綢緞彎角，趙姨娘正黏鞋呢。馬道婆道：「可是我正沒有鞋面子。【甲】見者有分是也。趙奶奶你有零碎緞子，不拘什麽顏色，弄一雙給我。」趙姨娘聽說，嘆口氣道：「你瞧瞧，那裏頭還有那一塊是成樣的？成樣的東西，也到不了我手裏來！有的沒的都在那裏，你不嫌，就挑兩塊子去。」那馬道婆見說，果真挑了兩塊袖起來。

趙姨娘問道：「可是前兒我送了五百錢去，在藥王跟前上供，你可收了沒有？」馬道婆道：「早已替你上了供了。」趙姨娘嘆口氣道：「阿彌陀佛！我手裏但凡從容些，也時常的上個供，只是心有餘力量不足。」馬道婆道：「你只放心，將來熬的環哥兒大了，得個一官半職，那時你要做多大的功德不能？」趙姨娘聽了，鼻子裏笑了一聲，道：「罷，罷，再別説起。如今就是個樣兒，我們娘兒們跟的上那一個？也不是有了寶玉，竟是得了個活龍。他還是小孩子家，長的得人意兒，【甲】趙嫗數語，可知玉兄之身分，况在背後之言。大人偏疼他些也還罷了，我只不服這個主兒。【甲】活現趙嫗。」一面説，一面又伸出倆指頭來。【甲】活現阿鳳。馬道婆會意，便問道：「可是璉二奶奶麽？」趙姨娘唬的忙摇手兒，走到門前，掀簾子向外看看無人，【甲】是心膽俱怕破。方進來向馬道婆悄悄的説道：「了不得，了不得！提起這個主兒〔六〕，這一分家私要不教他搬送了娘家去，我就不是個人。【庚】這是妒心正題目。」

馬道婆見他如此説，【庚】有隙即入，所謂賊婆，是極！便探他口氣説道〔七〕：「我還用你説，難道都看不出來？也虧你們心裏都不理論，只憑他去。倒也妙。」趙姨娘道：「我的娘，不憑他去，難道誰還敢把他怎麽樣？」馬道婆聽説，鼻子裏一笑，【庚】二笑。半晌説道：「不是我説句造孽的話，你們没本事也難怪。【甲】賊婆操必勝之權〔八〕，趙嫗已墮術中，故敢直出明言。可畏可怕！明不敢怎麽樣，暗裏也就算計了，還等到這時候！」趙姨娘聽這話有道理，心裏暗暗的歡喜，便問道：「怎麽暗裏算計？我倒有這心，只是没這樣的能幹人。你若教給我這法子，我大大的謝你。」馬道婆聽説，這話打攏了一處，他便又故意説道：「阿彌陀佛！你快休來問我，我〔甲〕遠一步却是近一步。賊婆，賊婆！那裏知道這些事。罪過，罪過。」趙姨娘道：「又來了。你是最肯濟困扶危的人，難道就眼睁睁的看着人家來擺佈死了我們娘兒兩個不成？還是怕我不謝你？」馬道婆聽如此説，便笑道：「若説我不忍叫你娘兒們受了委屈還猶可，若説『謝』的這個字，可是你錯打了法馬了。就便是我希圖你的謝，〔甲〕探謝禮大小是如此説法，可怕可畏！靠你又有什麼東西能打動了我？」趙姨娘聽這話口氣鬆了些，便説道：「你這麼個明白人，怎麼也糊塗起來了。你若果然法子靈驗，把他兩個絶了，明日這家私不怕不是我環兒的。那時你要什麼不得？」馬道婆聽説，低了頭，半晌説道：「那時候事情妥當了，又無憑據，你還理我呢！」趙姨娘道：「這有何難。如今我雖手裏没什麼，也零零碎碎攢了幾兩梯己，還有幾件衣服、簪子，你先拿了去。下剩的，我寫個欠銀子的文契給你，你要什麼保人也有，到那時我照數給你。」〔甲〕所謂狐群狗黨，大家難免，看官着眼。馬道婆道：「果然這樣？」趙姨娘道：「這如何撒得謊！」説着便叫過一個心腹婆子來，在耳根底下嘁嘁喳喳説了幾句話。那婆子出去了，一時回來，果然寫了個五百兩的欠契來。趙姨娘便印了手模，【甲】痴婦，痴婦！走到厨櫃裏將梯己拿了出來，與馬道婆看看，道：「這個你先拿了去，做香燭供奉使費，可好不好？」馬道婆看看白花花的一堆銀子，又有欠契，【甲】有道婆作乾娘者來看此句。「並不顧」三字怕殺人。千萬件惡事皆從三字生出來。可怕可畏可警，可長存，戒之。並不顧青紅皂白，滿口裏應着，伸手先去接了銀子掖起來，然後收了欠契。又向褲腰裏掏了半晌，【甲】如此現成，更可怕。【庚】如此現成，想賊婆所害之人豈止寶玉、阿鳳二人哉？大家太君夫人誡之慎之。掏出十幾個紙鉸的青臉紅髮的鬼來，並兩個紙人，遞與趙姨娘，又悄悄的道：「把他兩個的年庚八字寫在這兩個紙人身上，一併五個鬼都掖在他們各人的床上就完了。我只在家裏作法，自有效驗。千萬小心，不要害怕！」正纔説完，只見王夫人的丫鬟進來找道：「奶奶可在這裏，太太等你呢。」二人方散了，不在話下。

【甲】寶玉乃賊婆之寄名兒，［一樣下此毒手，］況阿鳳乎？三姑六婆之爲害如此，即賈母之神明，在所不免。其他只知吃齋念佛之夫人太君，豈能防（悔）［範］得來？此［係老太君一大病。］作者一片婆心，不避嫌疑，特爲寫出，使看官再四着眼。吾家兒孫慎之戒之！〔九〕

却説黛玉因見寶玉近日燙了臉，總不出門，倒時常在一處説説話兒。這日飯後看了二三篇書，自覺無味，便同紫鵑、雪雁做了一回針綫，更覺得煩悶。便倚着房門出了一回神，【甲】所謂「閒倚繡房吹柳絮」是也。信步出來，【甲】妙妙！「筝根稚子無人見」，今得顰兒一見，何幸如之。看堦下新迸出的稚笋，不覺出了院門。【甲】恐冷落園亭花柳，故有是十數字也。一望園中，四顧無人，惟見花光柳影，鳥語溪聲。【甲】純用畫家筆寫。

〔庚〕二寶答言，是補出諸艷俱領過之文。乙酉冬，雪窗。畸笏老人。

林黛玉信步便往怡紅院來，只見幾個丫頭舀水，都在迴廊上圍着看畫眉洗澡呢。〔甲〕閨中女兒樂事。聽見房內有笑聲，林黛玉便入房中看時，原來是李宮裁、鳳姐、寶釵都在這裏呢，一見他進來，都笑道：「這不又來了一個。」林黛玉笑道：「今日齊全，倒像誰下帖子請來的。」鳳姐道：「前兒我打發人送了兩瓶茶葉去，〔庚〕有照應。你往那去了？」黛玉笑道：「可是，〔甲〕該云「我正看《會真記》呢」。一笑。我倒忘了，多謝多謝。」鳳姐又道：「你嚐了可還好不好？」没有說完，寶玉便道：「論理可倒罷了，只是我說不大甚好，可也不知別人嚐着怎麼樣。」寶釵道：「味倒輕，只是顏色不大很好。」鳳姐道：「那是暹羅進貢來的。我嚐着也没什麼趣兒，還不如我每日吃的呢。」〔甲〕卿愛因味輕也。卿如何擔的起味厚之物耶？黛玉道：「我吃着好。」寶玉道：「你果然吃着好，把我這個也拿了去罷。」鳳姐道：「你真愛吃，我那裏還有呢。」林黛玉道：「果真的，我就打發人取去了。」鳳姐道：「不用取去，我叫人送來就是了。我明日還有一件事求你，一同打發人送來。」黛玉聽了笑道：「你們聽聽，這是吃了他一點子茶葉，就來使喚我來了。」〔甲〕二玉事，在賈府上下諸人，即看書人、批書人皆信定一（段）〔雙〕好夫妻，書中常常每每道及。豈其不然，嘆嘆！〔庚〕二玉之配偶，在賈府上下諸人，即觀者、批者、作者皆爲無疑，故常常有此等點題語。鳳姐笑道：「倒求你，你倒說這些閒話。你既吃了我們家的茶，怎麼還不給我們家作媳婦？」

衆人聽了都一齊笑起來。〔庚〕我也要笑。

黛玉便紅了臉，一聲兒也不言語，回過頭去了。李宫裁笑向寶釵道：「真真我們二嬸子的詼諧是好的。」〔庚〕好讚！該他讚。林黛玉含羞笑道：「什麽詼諧，不過是貧嘴賤舌討人厭惡罷了。」〔甲〕此句還要候查。説着便啐了一口。鳳姐笑道：「你别做夢！給我們家做了媳婦，你想想——」便指寶玉道：「你瞧，〔甲〕大大一泄，好接後文。人物兒、門第配不上，還是根基配不上？模樣兒配不上，是家私配不上？那一點玷辱了誰呢？」林黛玉便起身要走。寶釵便叫道：「顰兒急了，還不回來坐着。走了倒没意思。」説着便站起來拉住。

只見趙姨娘和周姨娘兩個人進來瞧寶玉。李宫裁、寶釵、寶玉等都讓他兩個坐。獨鳳姐只和黛玉説笑，正眼也不看他們。寶釵方欲説話時，只見王夫人房内的丫頭來説：「舅太太來了，請姑娘奶奶們出去呢。」李宫裁聽了，忙叫着鳳姐等要走。周、趙兩個也忙辭了寶玉出去。寶玉道：「我也不能出去，你們好歹别叫舅母進來。」又道：「林妹妹，你先站一站，我和你説一句話。」鳳姐聽了，回頭向黛玉笑道：「有人叫你説話呢。」説着，便把林黛玉往裏一推，和李紈一同去了。

這裏寶玉拉着林黛玉的袖子，〔庚 此刻好看之至！〕只是嘻嘻的笑，〔甲 是已受鎮説不出來，勿得錯會了意。〕心裏有話，只是口裏説不出來。此時林黛玉只是禁不住把臉紅漲起來了，掙着要走。〔甲 自黛玉看書起閒閒一段寫來，真無容針之空。如夏日烏雲四起，疾閃長雷不絶，不知雨落何時，忽然霹靂一聲，傾盆大注，何快如之，何樂如之，其令人寧不叫絶！〕寶玉忽然「噯喲」了一聲，説：「好頭疼！」林黛玉道：「該，阿彌陀佛！」只見寶玉大叫一聲：「我要死！」將身一縱，離地跳有三四尺高，嘴裏亂嚷亂叫，説起胡話來了。林黛玉並丫頭們都唬慌了，忙去報知賈母、王夫人等。此時王子騰的夫人也在這裏，都一齊來看時，寶玉越發拿刀弄杖，尋死覓活的。賈母、王夫人見了，唬的抖衣亂顫，且「兒」一聲「肉」一聲慟哭起來。於是驚動衆人，連賈赦、邢夫人、賈珍、賈政、賈璉、賈蓉、賈芸、賈萍、薛姨媽、薛蟠並家中一干家人，上上下下裏裏外外衆媳婦丫頭等，〔甲 寫玉兄驚動若許人忙亂，正寫太君一人之鍾愛耳。看官勿被作者瞞過。〕都來園内看視。登時亂麻一般。正都没個主見，只見鳳姐兒手持一把明晃晃鋼刀砍進園來，見鷄殺鷄，見狗殺狗，見人就要殺人。

〔庚 黛玉念佛，是吃茶之語在心故也。然摹寫神妙，一絲不漏如此。己卯冬夜。〕

（甲 此處焉用鷄犬？然輝煌富麗，非處家之常也，鷄犬閒閒，始爲兒孫千年之業，故於此處必用「鷄犬」二字，方是一簇騰騰大舍。）衆人亦發慌了。周瑞媳婦忙帶着幾個有力量的膽壯的婆娘上去抱住，奪下刀來，抬回房去。平兒、豐兒等哭的淚天淚地。賈政等心中也有些煩難，顧了這裏，丢不下那裏。

别人慌張自不必講，（甲 寫獃兄忙，是愈覺忙中之愈忙，且避正文之絮煩。好筆仗，寫得出。）（庚 寫獃兄忙是躲煩碎文字法。好想頭，好筆力。《石頭記》最得力處在此。）獨有薛蟠更比諸人忙到十分去：又恐薛姨媽被人擠倒，又恐薛寶釵被人瞧見，又恐香菱被人臊皮——（甲 從阿獃兄意中，又寫賈珍等一筆，妙！）知道賈珍等是在女人身上做工夫的，因此忙的不堪。忽一眼（甲 忙到容針不能。此似唐突顰兒，却是寫情字萬不能禁止者，又可知顰兒之丰神若仙子也。）瞥見了林黛玉風流婉轉，已酥倒在那裏。（甲 忙中寫閒，真大手眼，大章法。）

當下衆人七言八語，有的説請端公送祟的，有的説請巫婆跳神的，有的又薦什麼玉皇閣的張真人，種種喧騰不一。也曾百般的醫治祈禱，問卜求神，總無效驗。堪堪的日落。王子騰的夫人告辭去後，次日王子騰自己親來瞧問。（甲 寫外戚，亦避正文之繁。）接着小史侯家、邢夫人兄弟輩並各親眷都來瞧看，也有送符水的，也有薦僧道的，也都不見效。他叔嫂二人越發糊塗，不省人事，睡在床上，渾身火炭一般，口内無般不説。到夜時，那些婆娘、媳婦、丫頭們都不敢上前。因此把他二人都抬到王夫人的上房内，〔甲〕收拾得乾净有着落。〔庚〕收拾的得體正大。夜間派了賈芸等帶着小子們挨次輪班看守。賈母、王夫人、邢夫人、薛姨媽等寸地不離，只圍着乾哭。

此時賈赦、賈政又恐哭壞了賈母，日夜熬油費火，鬧的人口不安，也都没有主意。賈赦還是各處去尋僧覓道。賈政見都不靈效，着實懊惱，〔甲〕四字寫盡政老矣。因阻賈赦道：「兒女之數，皆由天命，非人力可强者。他二人之病出於不意，百般醫治不效，想天意該當如此，也只好由他們去罷。」〔甲〕念書人自應如是語。賈赦也不理此話，仍是百般忙亂，那裏見些效驗。看看三日光陰，那鳳姐和寶玉躺在床上，一發連氣都將没了。合家人口無不驚慌，都説没了指望，忙着將他二人的後世衣履都治備下了。賈母、王夫人、賈璉、平兒、襲人這幾個人，更比諸人哭的忘餐廢寢，覓死尋活。趙姨娘、賈環等心中歡喜稱願。〔甲〕補明趙嫗進怡紅爲作法也。

到了第四日早晨，賈母等正圍着他兩個哭時，只見寶玉睁開眼説道：〔甲〕「語不驚人死不休」，此之謂也。「從今以後，我可不在你家了！快些收拾，打發我走罷。」賈母聽了這話，就如同摘去心肝一般。趙姨娘在旁勸道：「老太太也不必過於悲痛了。庚斷不可少此句。哥兒已是不中用了，不如把哥兒的衣裳穿好，讓他早些回去罷，也免些苦。只管捨不得他，這口氣不斷，他在那世裏也受罪不安生。」甲大遂心人必有是語。〔一〇〕這些話還没説完，被賈母照臉啐了一口唾沫，罵道：「爛了舌根的混賬老婆，誰叫你來多嘴多舌的！你怎麽知道他在那世裏受罪不安生？怎麽見得不中用了？你願他死了，有什麽好處？你别做夢！他死了，我只和你們要命。素日都是你們調唆着逼他寫字念書，甲奇語，所謂溺愛者不明，然天生必有是一段文字的。把膽子唬破了，見了他老子還不像個避猫鼠兒？都不是你們這起淫婦調唆的！這會子逼死了他，你們遂了心了。我饒那一個！」一面罵，一面哭。賈政在旁聽見這些話，心中越發難過，便喝退趙姨娘，自己上來委婉解勸。甲偏寫一頭不了又一頭之文，真步步緊之文。一時又有人來回説：「兩口棺材都作齊備了，請老爺出去看。」賈母聽了，如火上澆油一般，便罵道：「是誰做了棺材？」一疊連聲只叫把做棺材的拉來打死。

正鬧的天翻地覆，没個開交，甲不費絲毫勉强，輕輕收住數百言文字，《石頭記》得力處全在此處。以幻作只聞得隱隱的木魚聲響，念了一句：「南無解冤孽菩薩。」

真，以真作幻，看書人亦要如是看法爲幸。又聽説道：「有那人口不安，家宅顛倒，或逢凶險，或中邪祟不利者，我們善能醫治。」賈母、王夫人等聽見這些話，那裏還耐得住，便命人去快請來。賈政雖不自在，奈賈母之言如何違拗；甲 作者是幻筆，合屋俱是幻耳，焉能無聞？ 又想如此深宅，何得聽的如此真切，心中亦是希罕，甲 政老亦落幻中。 便命人請了進來。衆人舉目看時，原來是一個癩頭和尚與一個跛足道人。甲 僧因鳳姐，道因寶玉，一絲不亂。 只見那和尚是怎生模樣：

鼻如懸膽兩眉長，目似明星蓄寶光，
破衲芒鞋無住跡，腌臢更有滿頭瘡。

看那道人又是怎生模樣，但見：

一足高來一足低，渾身帶水又拖泥。
相逢若問家何處，却在蓬萊弱水西。

賈政問道：「你道友二人在那廟焚修？」那僧笑道：「長官不須多言。甲 避俗套法。 因聞得尊府人口不利，故特來醫治。」賈政道：「倒有兩個人中邪，不知二位有何符水？」那道笑道：「你家現放着希世奇珍，如何倒還問我們有符水？」賈政聽這話有意思，心中便動了，因説道：「小兒落草時雖帶了一塊寶玉下來，上面説能除邪祟，【庚】點題。誰知竟不靈驗。」那僧笑道：「長官，你那裏知道那物的妙用。只因他如今被聲色貨利所迷，【庚】棒喝之聲。【甲】石且能迷，可知其害不小。觀者着眼，方可讀《石頭記》。故此不靈驗了。【甲】讀書者觀之。你今且取他出來，待我們持誦持誦，只怕就好了。」【庚】「只怕」二字，是不知此石肯聽持誦否？

賈政聽説，便向寶玉項上取下那玉來遞與他二人。那和尚接了過來，擎在掌上，長嘆一聲道：「青埂峰一别，【庚】正點題，大荒山手捧時語。展眼已過十三載矣！人世光陰，如此迅速，塵緣滿日，若似彈指！【甲】見此一句，令人可嘆可驚，不忍往後再看矣！可羡你當時的那段好處：

天不拘兮地不羈，【甲】所謂越不聽明越快活。心頭無喜亦無悲；

却因煅煉通靈後，便向人間覓是非。

可嘆你今朝這番經歷：

粉漬脂痕污寶光，綺櫳晝夜困鴛鴦。

沉酣一夢終須醒，冤孽償清好散場！」〔甲〕無百年的筵席。〔甲〕三次煅煉，焉得不成佛作祖？

念畢，又摩弄一回，説了些瘋話，遞與賈政道：「此物已靈，不可褻瀆，懸於卧室上檻。將他二人安在一室之内，除親身妻母外，〔庚〕是要緊語，是不可不寫之套語。不可使外人沖犯。三十三天之後，包管身安病退，復舊如初。」説着，回頭便走了。賈政趕着，還説讓他二人坐了吃茶，要送謝禮，他二人早已出去了。賈母等還只管使人去趕，那裏有個踪影？少不得依言將他二人就安在王夫人卧室之内，將玉懸在門上。王夫人親自守着，不許别個人進來。

至晚間，他二人竟漸漸的醒來，〔甲〕能領持誦，故如此靈效。説腹中飢餓。賈母、王夫人等如得了珍寶一般，〔甲〕昊天罔極之恩如何報得？哭殺幼而喪親者。旋熬了米湯來與他二人吃了，精神漸長，邪祟少退，一家子纔把心放下來。李宫裁並賈府三艷、薛寶釵、林黛玉、平兒、襲人等在外間聽信。聞得吃了米湯，省了人事，别人未開口，林黛玉先就念了聲「阿彌陀佛」。〔甲〕針對得病時那一聲。寶釵便回頭看了他半日，「嗤」的一笑。衆人都不會意，惜春問道：「寶姐姐，好好的笑什麽？」寶釵笑道：「我笑如來佛比人還忙：〔庚〕這一句作正意看，餘皆雅謔，但此一謔抵顰兒半部之謔。又要講經説法，又要

〔庚〕通靈玉除邪，全部百回只此一見，何得再言？僧道踪跡虚實，幻筆幻想，寫幻人於幻文也。壬午孟夏，雨窗。

〔甲〕通靈玉聽癩和尚二偈即刻靈應，抵却前回若干《莊子》及語録機鋒偈子。正所謂物各有主也。◇嘆不得見玉兄「懸崖撒手」文字爲恨。［丁亥夏，畸笏叟。］

普渡衆生；這如今寶玉與二姐姐病了，又是燒香還願、賜福消災；今兒纔好些，又要管林姑娘的姻緣了。你説忙的可笑不可笑。」黛玉不覺紅了臉，啐了一口道：「你們這起人不是好人，不知怎麼死！再不跟着好人學，只跟那些貧嘴惡舌的人學。」一面説，一面摔簾子出去了。

甲 總批：先寫紅玉數行引接正文，是不作開門見山文字。

燈油引「大光明普照菩薩」，「大光明普照菩薩」引五鬼魘魔法是一綫貫成。

通靈玉除邪，全部只此一見，却又不靈，遇癩和尚、跛道人一點方靈應矣。寫利慾之害如此。

此回本意是爲禁三姑六婆進門之害，難以防範。

庚 此回書因才幹乖覺太露引出事來，作者婆心，爲世之乖覺人爲鑑。

戚 總評：慾深魔重復何疑，苦海冤河解者誰？結不休時冤日盛，井天甚小性難移。

〔一〕回目，列、舒、楊本同，庚、蒙、戚本作「魘魔法姊弟逢五鬼　紅樓夢通靈遇雙真」，個别文字小異。甲辰本上句同底本，下句同庚本。

〔二〕原作「四」，庚、戚寧、蒙、列、舒本均同，當係早期原稿本之誤。據有正、甲辰本改爲「三」，楊本則改爲「幾」。

〔三〕「把那一盞油汪汪的蠟燈」，原無，諸本均有，文字略異，茲據庚、蒙、戚本補。

〔四〕「有許多，願心大」，文字有點彆扭，意思還明白。其他各本改文也未見佳，不從。

〔五〕此批折算月耗油量顯誤。有網友提出後一「斤」字應爲「金」字音訛，爲月耗油錢額。可參考。

〔六〕此後列、楊本多出「來，真真把人氣殺，叫人一言難盡。我白和你打個賭，明兒」二十二字，語氣似更完整順暢。但因庚、戚、蒙等本同無此語，當非底本奪漏，而是列、楊本擅增。

〔七〕原只作「馬道婆道」，亦通。爲兼顧庚本批語，據諸本補。

〔八〕「操必勝之權」：手握必勝的砝碼。「權」，意為秤錘、砝碼。清李百川《緑野仙蹤》第三十三回：「衆賊趁林桂芳無備，以為操必勝之權。」此語今多作「操必勝之券」。另，第三十三回正文有「操克奪之權」一語，「權」指權力。兩者句式相似，用法不同。

〔九〕庚辰本也有此批，文字略異。現把底本所缺兩句加括號補入，庚批不再另出。

〔一〇〕此批甲戌本影印本漏印，據沈治鈞《甲戌本縮微膠卷校讀記》（載《紅樓夢學刊》二〇一七年第二輯）補。

賈芸

第二十六回　蜂腰橋設言傳蜜意　瀟湘館春困發幽情

戚 一個是時纔得傳消息，一個是舊喜化作新歌。真真假假事堪疑，哭向花林月底。

話説寶玉養過了三十三天之後，不但身體强壯，亦且連臉上瘡痕平復，仍回大觀園内去。這也不在話下。

且説近日寶玉病的時節，賈芸帶着家下小厮坐更看守，晝夜在這裹，那紅玉同衆丫鬟也在這裏守着寶玉，彼此相見多日，都漸漸的混熟了。那紅玉見賈芸手裏拿的手帕子，倒像是自己從前掉的，待要問他，又不好問的。不料那和尚、道士來過，用不着一切男人，賈芸仍種樹去了。這件事待要放下，心內又放不下，待要問去，又怕人猜疑，正是猶豫不決、神魂不定之際，（庚甲 岔開正文，却是爲正文作引。你看他偏不寫正文，偏有許多閒文，却是補遺。）忽聽窗外問道：「姐姐在屋裏没有？」紅玉聞聽，在窗眼內望外一看，原來是本院的小丫頭名叫佳蕙的，因答說：「在家裏，你進來罷。」佳蕙聽了跑進來，就坐在床上，笑道：「我好造化！纔剛在院子裏洗東西，寶玉叫往林姑娘那裏送茶葉，（庚甲 交代井井有法。前文有言。）花大姐姐交給我送去。可巧老太太那裏給林姑娘送錢來，（庚 是補寫否？ 甲 瀟湘常事出自別院婢口中，反覺新鮮。）正分給他們的丫頭們呢。見我去了，林姑娘就抓了兩把給我，也不知多少。你替我收着。」便把手帕子打開，把錢倒了出來，紅玉替他一五一十的數了收起。

佳蕙道：「你這一程子心裏到底覺怎麼樣？依我說，你竟家去住兩日，請一個大夫來瞧瞧，吃兩劑藥就好了。」紅玉道：「那裏的話，好好的，家去作什麼！」佳蕙道：「我想起來

（庚 此等細事是舊族大家閨中常情，今特爲暴發錢奴寫來作鑑。一笑。壬午夏，雨窗。）

了，林姑娘生的弱，時常他吃藥，庚是補寫否？你就和他要些來吃，也是一樣。」甲閒言中叙出黛玉之弱。草蛇灰綫。紅玉道：「胡説！藥也是混吃的。」庚如聞。佳蕙道：「你這也不是個長法兒，又懶吃懶喝的，終久怎麼樣？」庚從旁人眼中口中出，妙極！紅玉道：「怕什麼，還不如早些兒死了倒乾净！」甲此句令人氣噎，總在無可奈何上來。佳蕙道：「好好的，怎麼説這些話？」紅玉道：「你那裏知道我心裏的事！」

佳蕙點頭想了一會，道：「可也怨不得，這個地方難站。就像昨兒老太太因寶玉病了這些日子，庚是補文否？説跟着服侍的這些人都辛苦了，如今身上好了，各處還完了願，庚是補寫否？叫把跟着的人都按着等兒賞他們。庚是補寫否？我算年紀小，上不去，不得我也不怨；像你怎麼也不算在裏頭？庚道着心病。我心裏就不服。襲人那怕他得十個分兒，也不惱他，原該的。説良心話，庚確論公論，方見襲卿身分。誰還敢比他呢？别説他素日殷勤小心，便是不殷勤小心，也拼不得。可氣晴雯、綺霰他們這幾個，都算在上等裏去，仗着老子娘的臉面，衆人倒捧着他去。你説可氣不可氣？」紅玉道：「也不犯着氣他們。俗語説的，『千里搭長棚，甲此時寫出此等言語，令人墮淚。没有個不散的筵席』，誰守誰一輩子呢？不過三年五載，各人幹各人的去

【甲】紅玉一腔委屈怨憤，係身在怡紅不能遂志，看官勿錯認爲芸兒害相思也。[己卯冬。]

【甲】「獄神廟」紅玉、茜雪一大回文字惜迷失無稿。

【庚】「獄神廟」回有茜雪、紅玉一大回文字，惜迷失無稿。嘆嘆！丁亥夏。畸笏叟。

了。那時誰還管誰呢？」這兩句話不覺感動了佳蕙的心腸，【庚】不但佳蕙，批書者亦淚下矣。由不得眼睛紅了，又不好意思好端端的哭，只得勉强笑道：「你這話説的却是。昨兒寶玉還説，【庚】還是補文。明兒怎麼樣收拾房子，怎麼樣做衣裳，倒像有幾百年的熬煎。」【甲】却是小女兒口中無味之談，實是寫寶玉不如一鬟婢。

紅玉聽了冷笑了兩聲，【甲】文字又一頓。方要説話，只見一個未留頭的小丫頭子走進來，手裏拿着些花樣子並兩張紙，説道：「這是兩個樣子，叫你描出來呢。」説着向紅玉擲下，回身就跑了。紅玉向外問道：「倒是誰的？也等不的説完就跑，誰蒸下饅頭等着你，怕冷了不成！」那小丫頭在窗外只説得一聲：「是綺大姐姐的。」【甲】又是不合式[之]言，擢心語。抬起脚來咕咚咕咚又跑了。【甲】活龍活現之文。【庚】如畫。紅玉便賭氣把那樣子擲在一邊，【庚】何如？向抽屜内找筆，找了半天都是禿了的，因説道：「前兒一支新筆，【庚】是補文否？放在那裏了？【庚】既在矮檐下，怎敢不低頭？怎麼一時想不起來。」一面説，【甲】總是畫境。一面出神，想了一會方笑道：「是了，前兒晚上鶯兒拿了去了。」【庚】還是補文。便向佳蕙道：「你替我取了來。」佳蕙道：「花大姐姐還等着我替他抬箱子呢，你自取去罷。」紅玉道：「他等着你，你還坐着閒打牙兒？【庚】襲人身分。我不叫你取去，他也不等着你了。壞透了的小蹄子！」説着，自己便出房來，出了怡紅院，一逕往寶釵院内來。〔庚〕曲折再四，方逼出正文來。

剛至沁芳亭畔，只見寶玉的奶娘李嬷嬷從那邊走來。〔甲〕奇文，真令人不得機關。紅玉立住問道：「李奶奶，你老人家那去了？怎打這裏來？」李嬷嬷站住，將手一拍道：「你説説，好好的又看上了那個種樹的什麽雲哥兒雨哥兒的，〔甲〕囫圇不解語。◇奇文神文。這會子逼着我叫了他來。明兒叫上房裏聽見，可又是不好。」〔甲〕更不解。紅玉笑道：「你老人家當真的就依了他去叫了？」〔甲〕是遂心語。李嬷嬷道：「可怎麽樣呢？」〔甲〕妙！的是老嫗口氣。紅玉笑道：「那一個要是知道好歹，〔甲〕更不解。就回不進來纔是。」〔甲〕是私心語，神妙！李嬷嬷道：「他又不痴，爲什麽不進來？」紅玉道：「既是來了，你老人家該同他一齊來，回來叫他一個人亂碰，可是不好呢。」〔甲〕總是私心語，要直問又不敢，只用這等語慢慢套出。有神理。李嬷嬷道：「我有那樣工夫和他走？不過告訴了他，回來打發個小丫頭子或是老婆子，帶進他來就完了。」説着，拄着拐一逕去了。紅玉聽説，便站着出神，且不去取筆。〔甲〕總是不言神情，另出花樣。

一時，只見一個小丫頭子跑來，見紅玉站在那裏，便問道：「林姐姐，你在這裏作什麽呢？」紅玉抬頭見是小丫頭子墜兒。甲墜兒者，贅兒也。人生天地間已是贅疣，況又生許多冤情孽債。嘆嘆！紅玉道：「那去？」墜兒道：「叫我帶進芸二爺來。」庚等的是這句話。說着一逕跑了。這裏紅玉剛走至蜂腰橋門前，只見那邊墜兒引着賈芸來了。甲妙！不説紅玉不走，亦不説走，只説「剛走到」三字，可知紅玉有私心矣。若説出必定不走必定走，則文字死板，亦且稜角過露，非寫女兒之筆也。那賈芸一面走，一面拿眼把紅玉一溜；那紅玉只裝作和墜兒説話，也把眼去一溜賈芸。四目恰相對時，紅玉不覺臉紅了，甲看官至此，須掩卷細想，上三十回中篇篇句句點「紅」字處，可與此處（想）［相比］如何？一扭身往蘅蕪苑去了。不在話下。

這裏賈芸隨着墜兒，逶迤來至怡紅院中。墜兒先進去回明了，然後方領賈芸進去。賈芸看時，只見院内略略的有幾點山石，種着芭蕉，那邊有兩隻仙鶴在松樹下剔翎。一溜迴廊上吊着各色籠子，各色仙禽異鳥。上面小小五間抱厦，一色雕鏤新鮮花樣隔扇，上面懸着一個匾額，四個大字題道是「怡紅快緑」。賈芸想道：「怪道叫『怡紅院』，可知原來匾上是恁樣四個字。」甲傷哉，展眼便紅稀緑瘦矣。嘆嘆！甲是文若張僧繇點睛之龍，破壁飛矣，焉得不拍案叫絶！正想着，只聽裏面隔着紗窗子笑道：「快進來罷。我怎麽就忘了你兩三個月！」賈芸聽得是寶玉的聲音，連忙進入房内。抬頭一看，只見金碧輝煌，甲 器皿叠叠。庚 不能細覽之文。文章烱灼，甲 陳設壘壘。庚 不得細玩之文。却看不見寶玉在那裏。甲 武夷九曲之文。一回頭，只見左邊立着一架大穿衣鏡，從鏡後轉出兩個一般大的十五六歲的丫頭來説：「請二爺裏頭屋裏坐。」賈芸連正眼也不敢看，連忙答應了。又進一道碧紗櫥，只見一張小小填漆床上，懸着大紅銷金撒花帳子。甲 這是等芸哥看，故作款式。若果真看書，在隔紗窗子説話時已放下了。玉兄若見此批，必云：老貨，他處處不放鬆我，可恨可恨！回思將余比作釵、顰等，乃一知己，余何幸也！一笑。庚 小叔身段。寶玉穿着家常衣服，靸着鞋，倚在床上拿着本書看，〔一〕見他進來，將書擲下，早堆着笑立起身來。賈芸忙上前請了安。寶玉讓坐，便在下面一張椅子上坐了。寶玉笑道：「只從那日見了你，我叫你往書房裏來，誰知接接連連許多事情，就把你忘了。」賈芸笑道：「總是我没福，偏偏又遇着叔叔身上欠安。叔叔如今可大安了？」寶玉道：「大好了。我倒聽見説你辛苦了好幾天。」賈芸道：「辛苦也是該當的。叔叔大安了，甲 不倫不理，迎合字樣，口氣逼肖，可笑可嘆！庚 誰一家子？可發一大笑。也是我們一家子的造化。」説着，只見有個丫鬟端了茶來與他。甲 前寫不敢正眼，今又如此寫，是因茶來，有心人故留此神，於接茶時站起，方不突然。庚 此句是認人，非前溜紅玉之文。那賈芸口裏和寶玉説着話，眼睛却溜瞅那丫鬟：細挑身材，容長臉面，穿着銀紅襖子，青緞背心，白綾細折裙。甲《水滸》文法用的恰當，是芸哥眼中也。——不是别人，却是襲人。那賈芸自從寶玉病了，他在裏頭混了兩天，他却把那有名人口認記了一半。[甲]一路總是賈芸是個有心人，一絲不亂。他也知道襲人在寶玉房中比別個不同，[庚]何如？可知余前批不謬。今見他端了茶來，寶玉又在旁邊坐着，便忙站起來笑道：「姐姐怎麼替我倒起茶來。我來到叔叔這裏，又不是客，讓我自己倒罷了。」[甲]總寫賈芸乖覺，一絲不亂。寶玉道：「你只管坐着罷。丫頭們跟前也是這樣。」賈芸笑道：「雖如此說，叔叔房裏姐姐們，我怎麼敢放肆呢？」[甲]紅玉何以使得？一面說，一面坐下吃茶。

那寶玉便和他說些没要緊的散話。[甲]妙極是極！況寶玉又有何正緊可說的！[庚]此批被作者偏過了。又說道誰家的戲子好，誰家的花園好，又告訴他誰家的丫頭標緻，誰家的酒席豐盛，又是誰家有奇貨，又是誰家有異物。[甲]幾個「誰家」，自北静王、公侯駙馬諸大家包括盡矣，寫盡紈袴口角。[庚]脂硯齋再筆：對芸兄原無可說之話。〔三〕那賈芸口裏只得順着他說，說了一回，見寶玉有些懶懶的了，便起身告辭。寶玉也不甚留，只說：「你明兒閒了，只管來。」仍命小丫頭子墜兒送他出去。

出了怡紅院，賈芸見四顧無人，便把脚慢慢的停着些走，口裏一長一短和墜兒說話，先問他「幾歲了？名字叫什麼？你父母在那一行上？在寶叔房內幾年了？（甲）漸漸入港。一個月多少錢？共總寶叔房內有幾個女孩子？」那墜兒見問，便一樁樁的都告訴他了。賈芸又道：「剛纔那個與你說話的，他可是叫小紅？」墜兒笑道：「他倒叫小紅。你問他作什麼？」賈芸道：「方纔他問你什麼手帕子，我倒揀了一塊。」墜兒聽了笑道：「他問了我好幾遍，可有看見他的帕子。我有那麼大工夫管這些事！今兒他又問我，他說我替他找着了，（庚）「傳」字正文，此處方露。他還謝我呢。纔在蘅蕪苑門口說的，二爺也聽見了，不是我撒謊。好二爺，你既揀着了，給我罷。我看他拿什麼謝我。」

原來上月賈芸進來種樹之時，便揀了一塊羅帕，便知是所在園內的人失落的，但不知是那一個人的，故不敢造次。今兒聽見紅玉問墜兒，便知是紅玉的，心內不勝喜幸。又見墜兒追索，心中早已得了主意，便向袖內將自己的一塊取了出來，向墜兒笑道：「我給是給你，你若得了他的謝禮，可不許瞞着我。」墜兒滿口裏答應了，接了手帕子，送出賈芸，回來找紅玉，不在話下。〔甲〕至此一頓，狡猾之甚！原非書中正文之人，寫來間色耳。

如今且説寶玉打發了賈芸去後，意思懶懶的歪在床上，似有朦朧之態。襲人便走上來，坐在床沿上推他，説道：「怎麼又要睡覺？悶的很，你出去逛逛不是？」寶玉見説，便拉他的手笑道：「我要去，只是捨不得你。」〔甲〕不答的妙！〔庚〕不答上文，妙極！襲人笑道：「快起來罷！」一面説，一面拉了寶玉起來。寶玉道：「可往那裏去呢？〔庚〕玉兄最得意之文，起筆却如此寫。怪膩膩煩煩的。」襲人道：「你出去了就好了。只管這麼葳蕤，越發心裏煩膩。」

寶玉無精打采的，只得依他。晃出了房門，在迴廊上調弄了一回雀兒；出至院外，順着沁芳溪看了一回金魚。只見那邊山坡上兩隻小鹿箭也似的跑來，寶玉不解何意，〔甲〕余亦不解。正自納悶，只見賈蘭在後面拿着〔甲〕前文。〔庚〕此等文可是人能意料的？一張小弓追了下來。一見寶玉在前面，便站住了，笑道：「二叔叔在家裏呢，我只當出門去了。」寶玉道：「你又淘氣了。好好的射他作什麼？」賈蘭笑道：

【甲】奇文奇語，默思之方意會。爲玉兄之毫無一正事，只知安富尊榮而寫。【庚】答的何其堂皇正大，何其坦然之至！「這會子不念書，閒着作什麼？所以演習演習騎射。」寶玉道：「把牙栽了，那時纔不演呢。」

【甲】無一絲心機，反似初至者，故接有忘形忘情話來。【庚】原無意。說着，順着腳一逕來至一個院門前，【庚】像無意。只見鳳尾森森，龍吟細細。【甲】與後文「落葉蕭蕭，寒煙漠漠」一對，可傷可嘆！舉目望門上一看，只見匾上寫着「瀟湘館」【庚】三字如此出，足見真出無意。三字。寶玉信步走入，只見湘簾垂地，悄無人聲。走至窗前，覺得一縷幽香從碧紗窗中暗暗透出。【甲】寫得出，寫得出。寶玉便將臉貼在紗窗上，往裏看時，耳內忽聽得【甲】未曾看見先聽見，有神理。細細的長嘆了一聲道：「『每日家情思睡昏昏』。」【甲】用情忘情，神化之文。寶玉聽了，不覺心內癢將起來，再看時，只見黛玉在床上伸懶腰。【甲】有神理，真真畫出。寶玉在窗外笑道：「爲什麼『每日家情思睡昏昏』？」一面說，一面掀簾進來了。

林黛玉自覺忘情，不覺紅了臉，拿袖子遮了臉，翻身向裏裝睡着了。寶玉纔走上來要搬他的身子，只見黛玉的奶娘並兩個婆子却跟了進來說：【甲】一絲不漏，且避若干嚼蠟之文。「妹妹睡覺呢，等醒了再請來。」剛說着，黛玉便翻身向外坐起來，【甲】妙極！可知黛玉是怕寶玉去也。笑道：「誰睡覺呢？」那兩三個婆子見黛玉起來，便笑道：

【庚】先用「鳳尾森森，龍吟細細」八字，「一縷幽香自紗窗中暗暗透出」，「細細的長嘆一聲」等句，方引出「每日家情思睡昏昏」仙音妙音來，非純化功夫之筆不能，可見行文之難。

【庚】二玉這回文字，作者亦在無意上寫來，所謂「信手拈來無不是」是也。

「我們只當姑娘睡着了。」説着，便叫紫鵑説：「姑娘醒了，進來伺候。」一面説，一面都去了。

黛玉坐在床上，一面抬手整理鬢髮，一面笑向寶玉道：「人家睡覺，你進來作什麽？」寶玉見他星眼微餳，香腮帶赤，不覺神魂早蕩，一歪身坐在椅子上，笑道：「你纔説什麽？」黛玉道：「我没説什麽。」寶玉笑道：「給你個榧子呢，我都聽見了。」

二人正説話，只見紫鵑進來。寶玉笑道：「紫鵑，把你們的好茶倒碗我吃。」紫鵑道：「那裏是好的呢？要好的，只是等襲人來。」黛玉道：「别理他，你先給我舀水去罷。」紫鵑笑道：「他是客，自然先倒了茶來再舀水去。」説着倒茶去了。寶玉笑道：「好丫頭，『若共你多情小姐同鴛帳，〔甲〕真正無意忘情。〔庚〕真正無意忘情沖口而出之語。怎捨得叠被鋪床？』」林黛玉登時撂下臉來，〔甲〕我也要惱。説道：「二哥哥，你説什麽？」寶玉笑道：「我何嘗説什麽。」黛玉便哭道：「如今新興的，外頭聽了村話來，也説給我聽；看了混賬書，也來拿我取笑兒。我成了替爺們解悶的。」一面哭着，一面下床來，往外

〔庚〕方纔見芸哥所拿之書一定是《西厢》，不然如何忘情至此？

〔庚〕若無如此文字收拾二玉，寫顰無非至再哭慟哭，玉只以賠盡小心軟求慢懇，二人一笑而止。且書內若此亦多多矣，未免有犯雷同之病。故用險句結住，使二玉心中不得不將現事抛却，各懷一驚心意，再作下文。壬午孟夏，雨窗。畸笏。

就走。寶玉不知要怎樣，心下慌了，忙趕上來，「好妹妹，我一時該死，你別告訴去。我再要敢，嘴上就長個疔，爛了舌頭。」

正説着，只見襲人走來説道：「快回去穿衣服，老爺叫你呢。」寶玉聽了，不覺的打了個焦雷一般，〔甲〕不止玉兄一驚，即阿顰亦不免一嚇，作者只顧寫來收拾二玉之文，忘却顰兒也。想作者亦似寶玉道《西厢》之句，忘情而出也。〔呵呵〕也顧不得别的，急忙回來穿衣服。出園來，只見茗煙在二門前等着，寶玉便問道：「是作什麽？」茗煙道：「爺快出來罷，横竪是見去的，到那裏就知道了。」一面説，一面催着寶玉。

轉過大廳，寶玉心裏還自狐疑，只聽墻角邊一陣呵呵大笑，回頭看時，見是薛蟠拍着手〔甲〕如此戲弄，非獃兄無人。欲釋二玉，非此戲弄不能立解，勿得泛泛看過。不知作者胸中有多少丘壑。〔庚〕非獃兄行不出此等戲弄，但作者有多少丘壑在胸中，寫來酷肖。跳了出來，笑道：「要不説姨父叫你，你那裏出來的這麽快。」茗煙也笑着跪下了。寶玉怔了半天，方解過來是薛蟠哄他出來。薛蟠連忙打躬作揖陪不是，〔庚〕酷肖。又求「不要難爲了小子，都是我逼他去的」。寶玉也無法了，只好笑，因説道：「你哄我也罷了，怎麽説我父親呢？我告訴姨娘去，評評這個理，可使得麽？」薛蟠忙道：「好兄弟，我原爲求你快些出來，就忘了忌諱這句話。甲寫粗豪無心人畢肖。庚真真亂話。改日你也哄我，説我的父親就完了。」寶玉道：「噯，噯，越發該死了！」又向茗煙道：「反叛肏的，還跪着作什麽！」茗煙連忙叩頭起來。薛蟠道：「要不是我也不敢驚動，只因明兒五月初三日是我的生日，誰知古董行的程日興，他不知那裏尋了來的這麽粗、這麽長粉脆的鮮藕，庚如見如聞。這麽大的大西瓜，這麽長的一尾新鮮的鱘魚，這麽大的一個暹羅國進貢的靈柏香熏的暹猪。你説，他這四樣禮可難得不難得？那魚、猪不過貴而難得，這藕和瓜虧他怎麽種出來的。我連忙孝敬了母親，趕着給你們老太太、姨父、姨母送了些去。如今留了些，我要自己吃，甲獃兄亦有此語，批書人至此誦《往生咒》至恒河沙數也。恐怕折福，左思右想，除我之外，甲此語令人哭不得笑不得，亦真心語也。惟有你還配吃，所以特請你來。可巧唱曲兒的一個小子又纔來了，我同你樂一日何如？」

一面説，一面來至他書房裏。只見詹光、程日興、胡斯來、單聘仁等並唱曲兒的都在這裏，見他進來，請安的，問好的，都彼此見過了。吃了茶，薛蟠即命人擺酒來。説猶未了，衆小厮七手八脚擺了半天，庚又一個寫法。纔停當歸坐。寶玉果見瓜藕新異，因笑道：「我的壽禮還未送來，倒先擾了。」薛蟠道：「可是呢，〔庚〕逼真，酷肖。明兒你送我什麼？」寶玉道：「我可有什麼可送的？若論銀〔甲〕誰説得出？經過者方説得出。嘆嘆！錢吃穿等類的東西，究竟還不是我的，惟有或寫一張字，畫一張畫，纔算是我的。」

薛蟠笑道：「你提畫兒，我纔想起來了。昨兒我看人家一張春宮，〔庚〕阿獃兄所見之畫也！畫的着實好。上面還有許多的字，我也没細看，只看落的款，原來是『庚黃』畫的。〔甲〕奇文，奇文！真真好的了不得！」寶玉聽説，心下猜疑道：「古今字畫也都見過些，那裏有個『庚黃』？」想了半天，不覺笑將起來，命人取過筆來，在手心裏寫了兩個字，又問薛蟠道：「你看真了是『庚黃』？」薛蟠道：「怎麼看不真！」寶玉將手一撒，與他看道：「别是這兩個字罷？其實與『庚黃』相去不遠。」衆人都看時，原來是「唐寅」兩個字，都笑道：「想必是這兩字，大爺一時眼花了也未可知。」薛蟠自覺没意思，〔庚〕實心人。笑道：「誰知他『糖銀』『果銀』的。」

正説着，小厮來回：「馮大爺來了。」寶玉便知是神武將軍馮唐之子馮紫英來了。薛蟠等一齊都叫：「快請。」説猶未了，只見馮紫英一路説笑已進來。〔甲〕一派英氣如在紙上，特爲金閨潤色也。〔庚〕如見如聞。衆人忙起席讓坐。馮紫英笑

〔甲〕閒事順筆，罵死不學之紈袴。嘆嘆！

〔庚〕閒事順筆，將罵死不學之紈袴。壬午雨窗。畸笏。

【庚】紫英豪俠小小一段，是爲金閨間色之文。壬午雨窗。

【庚】寫倪二、紫英、湘蓮、玉菡俠文，皆各得傳真寫照之筆。丁亥夏。畸笏叟。

【庚】惜「衛若蘭射圃」文字迷失無稿。嘆嘆！丁亥夏。畸笏叟。

道：「好呀！也不出門了，在家裏高樂罷。」【庚：如見其人於紙上。】寶玉、薛蟠都笑道：「一向少會，老世伯身上康健？」紫英答道：「家父倒也託庇康健。近來家母偶着了些風寒，不好了兩天。」薛蟠見他面上有些青傷，便笑道：「這臉上又和誰揮拳的？掛了幌子了。」馮紫英笑道：「從那一遭把仇都尉的兒子打傷了，我就記了再不慪氣，如何又揮拳？這個臉上，是前日打圍，在鐵網山教兔鶻捎一翅膀。」【庚：如何着想？新奇字樣。】寶玉道：「幾時的話？」紫英道：「三月二十八日去的，前兒也就回來了。」寶玉道：「怪道前兒初三四兒，我在沈世兄家赴席不見你呢。我要問，不知怎麼就忘了。單你去了，還是老世伯也去了？」紫英道：「可不是家父去，我没法兒，去罷了。難道我閒瘋了，咱們幾個人吃酒聽唱不樂，尋那個苦惱去？這一次，大不幸之中又大幸。」【甲：似又伏一大事樣，英俠人累累如是，令人猜摹。】

薛蟠衆人見他吃完了茶，都説道：「且入席，有話慢慢的說。」【庚：餘文再述。】馮紫英聽説，便立起身來説道：「論禮，我該陪飲幾杯纔是，只是今兒有一件大大要緊事，回去還要見家父面回，實不敢領。」薛蟠、寶玉衆人那裏肯依，死拉着不放。馮紫英笑道：「這又奇了。【庚：如聞如見。】你我這些年，那一回有這個道理的？果然不能遵命。若必定叫我領，〔庚〕寫豪爽人如此。拿大杯來，我領兩杯就是了。」衆人聽說，只得罷了，薛蟠執壺，寶玉把盞，斟了兩大海。那馮紫英站着，一氣而盡。〔甲〕令人快活煞。〔庚〕爽快人如此，令人羨煞。寶玉道：「你到底把這個『不幸之幸』說完了再走。」馮紫英笑道：「今兒說的也不盡興。我爲這個，還要特治一東，請你們去細談一談；二則還有所懇之處。」說着執手就走。薛蟠道：「越發說的人熱刺刺的丢不下。多早晚纔請我們，〔庚〕實心人如此，絲毫形跡俱無，令人痛快煞。告訴了也免的人猶豫。」馮紫英道：「多者十日，少則八天。」一面說，一面出門上馬去了。衆人回來，依席又飲了一回方散。〔甲〕收拾得好。

寶玉回至園中，襲人正記掛着他去見賈政，〔甲〕「生員切己之事」，時刻難忘。不知是禍是福，〔庚〕下文伏綫。只見寶玉醉醺醺的回來，問其原故，寶玉一一向他說了。襲人道：「人家牽腸掛肚的等着，你且高樂去，也到底打發人來給個信兒。」寶玉道：「我何嘗不要送信兒，只因馮世兄來了，就混忘了。」

正說着，只見寶釵走進來笑道：「偏了我們新鮮東西了。」寶玉笑道：「姐姐家的東西，自然先偏了我們了。」寶釵摇頭笑道：「昨兒哥哥倒特特的請我吃，我不吃他，叫他留着送人請人罷。我知道我的命小福薄，〔甲〕暗對獃兄言寶玉配吃語。不配吃那個。」説着，丫鬟倒了茶來，吃茶説閒話兒，不在話下。

却説那林黛玉聽見賈政叫了寶玉去了，一日不回來，心中也替他憂慮。〔甲〕本是切己事。至晚飯後，聞得寶玉來了，〔甲〕獃兄此席，的是合和筵也。一笑。〔庚〕這席東道是和事酒不是？心裏要找他問問是怎麽樣了。一步步行來，見寶釵進寶玉的院内去了，〔甲〕《石頭記》最好看處是此等章法。自己也便隨後走了來。剛到了沁芳橋，只見各色水禽都在池中浴水，也認不出名色來，但見一個個文彩炫耀，好看異常，因而站住看了一回。〔庚〕避難法。再往怡紅院來，只見院門關着，黛玉便以手扣門。

誰知晴雯和碧痕正拌了嘴，没好氣，忽見寶釵來了，那晴雯正把氣移在寶釵身上，正在院内抱怨説：「有事没事跑了來坐着，〔甲〕犯寶釵如此寫法。叫我們三更半夜不得睡覺！」〔甲〕指明人，則暗寫。忽聽又有人叫門，晴雯越發動了氣，也並不問是誰，〔甲〕犯黛玉如此寫明。便説道：「都睡下了，明兒再來罷！」〔甲〕不知人，則明寫。林黛玉素知丫頭們的情性，他們彼此頑耍慣了，恐怕院内的丫頭没聽真是他的聲音，只當是别的丫頭們來了，所以

〔庚〕晴雯遷怒是常事耳，寫釵、顰二卿身上，與踢襲人之文，令人於何處設想着筆？丁亥夏。畸笏叟。

甲 想黛玉高聲亦不過你我平常説話一樣耳，況晴雯素昔浮躁多氣之人，如何辨得出？此刻須得批書人唱「大江東去」的喉嚨，嚷着「是我林黛玉叫門」方可。又想若開了門，如何有後面許多好字樣好文章看，觀者〔三〕意爲是否？

不開門，因而又高聲説道：「是我，還不開麽？」晴雯偏生還没聽出來，便使性子説道：「憑你是誰，二爺吩咐的，一概不准放人進來呢！」林黛玉聽了，不覺氣怔在門外，待要高聲問他，鬭起氣來，自己又回思一番：「雖説是舅母家如同自己家一樣，到底是客邊。

甲 寄食者着眼，況顰兒何等人乎？

如今父母雙亡，無依無靠，現在他家依棲。如今認真淘氣，也覺没趣。」一面想，一面又滚下淚珠來。正是回去不是，站着不是。正没主意，只聽裏面一陣笑語之聲，細聽了一聽，竟是寶玉、寶釵二人。林黛玉心中亦發動了氣，左思右想，忽然想起早起的事來：「必定是寶玉惱我告他的原故。但只我何嘗告你去了，你也不打聽打聽，就惱我到這步田地。你今兒不叫我進來，難道明兒就不見面了！」越想越傷感，也不顧蒼苔露冷，花徑風寒，獨立墻角邊花陰之下，悲悲戚戚嗚咽起來。

甲 可憐殺！可疼殺！余亦淚下。

原來這林黛玉秉絶代姿容，具希世俊美，不期這一哭，那附近柳枝花朵上的宿鳥棲鴉一

甲 沉魚落雁，閉月羞花，原來是哭出來的〔四〕。一笑。

聞此聲，俱忒楞楞飛起遠避，不忍再聽。真是：

花魂默默無情緒，鳥夢痴痴何處驚。

因有一首詩道：

顰兒才貌世應希，獨抱幽芳出繡閨；

嗚咽一聲猶未了，落花滿地鳥驚飛。

那林黛玉正自啼哭，忽聽「吱嘍」一聲，院門開處，不知是那一個出來。且看下回。甲每閱此本，掩卷者十有八九，不忍下閱看完，想作者此時淚下如豆矣。

甲此回乃顰兒正文，故借小紅許多曲折瑣碎之筆作引。

怡紅院見賈芸，寶玉心内似有如無，賈芸眼中應接不暇。

「鳳尾森森，龍吟細細」八字，「一縷幽香從碧紗窗中暗暗透出」，又「細細的長嘆一聲」等句方引出「每日家情思睡昏昏」仙音妙音，俱純化工夫之筆。

二玉這回文字，作者亦在無意上寫來，所謂「信手拈來無不是」是也。

收拾二玉文字，寫顰無非哭玉、再哭、慟哭，玉只以陪事小心軟求慢懇，二人一笑而止。

且書内若此亦多多矣，未免有犯雷同之病。故險語結住，使二玉心中不得不將現事抛却，各懷以驚心意，再作下文。

前回倪二、紫英、湘蓮、玉菡四樣俠文皆得傳真寫照之筆。惜「衛若蘭射圃」文字迷失無稿，嘆嘆！

晴雯遷怒係常事耳，寫於釵、顰二卿身上，與踢襲人、打平兒之文，令人於何處設想着筆。

黛玉望怡紅之泣，是「每日家情思睡昏昏」上來。

戚 總評：喜相逢，三生註定；遺手帕，月老紅絲。幸得人語説連理，又忽見他枝並蒂。難猜未解細追思，罔多疑，空向花枝哭月底。

〔一〕「若果」的「若」，原作「者」；「余何幸」的「余」，原作「全」，據同有此批的庚辰本改。按：此批爲持「脂硯是女性」論者的主要證據。

〔二〕此處兩條夾批，庚、蒙、戚本均有，兩批間空一格書寫。蒙、戚本删「脂硯齋再筆」五字，並於句末添「故閒叙」三字。

〔三〕「看，觀者」原作「看官者」，據庚辰本改。按：本書批語中「看官」「觀者」均常用，惟「看官者」則不可通。

〔四〕此句原誤「來來哭止的」，據庚辰本改。

寶釵

第二十七回　滴翠亭楊妃戲彩蝶　埋香塚飛燕泣殘紅

庚《葬花吟》是大觀園諸艷之歸源小引，故用在餞花日諸艷畢集之期。餞花日不論其典與不典，只取其韻耳。

話説林黛玉正自悲泣，忽聽院門響處，只見寶釵出來了，寶玉、襲人一群人送了出來。待要上去問着寶玉，又恐當着衆人問，羞了他倒不便，因而閃過一旁，讓寶釵去了，寶玉等進去關了門，方轉過來，庚四字閃煞顰兒也。猶望着門洒了幾點淚。自覺無味，便轉身回來，無精打彩的卸了殘妝。

紫鵑、雪雁素日知道他的情性：無事悶坐，庚畫美人之秘訣。不是愁眉，便是長嘆，且好端端的不知爲了什麽，便常常的就自淚自乾。庚補寫，却是避繁文法。先時還解勸，怕他思父母，想家鄉，受了委屈，用話來寬慰解勸。誰知後來一年一月竟常常的如此，甲補瀟湘館常文也。把這個樣兒看慣了，也都不理論了。所以没人去理，由他去悶坐，庚所謂「久病床前少孝子」是也。只管睡覺去了。那林黛玉倚着床欄杆，庚前批的畫美人秘訣，今竟畫出《金閨夜坐圖》來了。甲畫美人秘訣。兩手抱着膝，眼睛含着淚，好似木雕泥塑的一般，甲木是旃檀，泥是金沙方可。直坐到三更多天方纔睡了。一宿無話。

至次日，乃是四月二十六日，原來這日未時交芒種節。尚古風俗：凡交芒種節的這日，都要設擺各色禮物，祭餞花神，言芒種一過，便是夏日了，衆花皆卸，花神退位，須要餞行。庚無論事之有無，看去有理。然閨中更興這件風俗，所以大觀園中之人都早起來了。那些女孩子，或用花瓣柳枝編成轎馬的，或用綾錦紗羅叠成干旄旌幢的，都用彩綫繫了。每一顆樹每一枝花上，都繫上了這些物事。甲數句大觀園景，倍勝省親一回，在一園人俱得閒閒尋樂上看，彼時只有元春一人鬧耳。庚數句抵省親一回文字，反覺閒閒有趣有味的領略。滿園中繡帶飄飄，花枝招展，更又兼這些人打扮的桃羞杏讓，甲桃杏、燕鶯是這樣用法。燕妒鶯慚，一時

【庚】寫鳳姐隨大衆一筆，不見紅玉一段則認爲泛文矣。何一絲不漏若此。畸笏。

也道不盡。

且説寶釵、迎春、探春、惜春、李紈、鳳姐等並巧姐、大姐〔一〕、香菱與衆丫鬟們都在園内頑耍，獨不見林黛玉。迎春因説道：「林妹妹怎麽不見？好個懶丫頭！這會子還睡覺不成？」寶釵道：「你們等着，我去鬧了他來。」説着便丢下衆人，一直的往瀟湘舘來。正走着，只見文官等十二個女孩子也來了，【庚】一人不漏。見寶釵問了好，説了一回閒話。寶釵回身指道：「他們都在那裏呢，你們找去罷。我叫林姑娘去就來。」【甲】安插一處，好寫一處，正一張口難説兩家話也。説着便往瀟湘舘來。忽見寶玉進去了，寶釵便站住，低頭想了一想：寶玉合黛玉是從小一處長大，他二人間多有不避嫌疑之處，嘲笑喜怒無常；【庚】道盡二玉連日事。况且黛玉素習猜忌，好弄小性兒。此刻自己也進去，一則寶玉不便，二則黛玉嫌疑，【甲】道盡黛玉每每小性，全不在寶釵（身）〔心〕上。倒是回來的妙。

想畢，抽身要尋别的姊妹去，忽見前面一雙玉色蝴蝶，大如團扇，一上一下的迎風翩躚，十分有趣。寶釵意欲撲了來頑耍，【甲】可是一味知書識禮女夫子行止？寫寶釵無不相宜。遂向袖中取出扇子來，向草地下來撲。只見那一雙蝴蝶忽起忽落，來來往往，穿花度柳，將欲過河。倒引的寶釵躡手躡脚的，一直跟到池中的滴翠亭，香汗淋漓，嬌喘細細，〔庚〕若玉兄在，必有許多張羅。也無心撲了。〔庚〕原是無可無不可。剛欲回來，只聽亭子裏面嘁嘁喳喳有人説話。〔甲〕無閒紙閒筆之文如此。原來這亭子四面俱是遊廊曲橋，蓋在池中，週圍都是雕鏤槅子糊着紙。

寶釵在亭外聽見説話，便站住往裏細聽，只聽説道：「你瞧瞧這手帕子，果然是你丢的那塊，你就拿着；要不是，就還芸二爺去。」又有一人道：「可不是那塊！拿來給我罷。」又聽説道：「你拿什麼謝我呢？難道白尋了來不成。」又答道：「我既許了謝你，自然不哄你。」又聽説道：「我尋了來給你，自然謝我；但只是揀的人，你就不拿什麼謝他？」又回道：「你别胡説。他是個爺們家，揀了我們的東西，自然該還的。叫我拿什麼給他呢？」又聽説道：「你不謝他，我怎麼回他呢？况且他再三再四的和我説了，若没謝的，不許給你呢。」半晌，又聽答道：「也罷，拿我這個給他，就算謝他的罷。——你要告訴别人呢？須説個誓來。」又聽説道：「我要告訴一個人，就長一個疔，日後不得好死！」又聽説道：「嗳喲！咱

〔庚〕這椿風流案，又一體寫法，甚當。己卯冬夜。

【庚】這是自難自法，好極好極！◇慣用險筆如此。壬午夏，雨窗。

們只顧説話，看有人來悄悄的在外頭聽見。【庚】豈敢。【庚】「賊起飛（志）〔智〕」〔二〕，不假。不如把這槅子都推開了，便是有人見咱們在這裏，他們只當我們説頑話呢。若走到跟前，咱們也看的見，就別説了。」

寶釵在外面聽見這話，心中吃驚，【甲】四字寫寶釵守身如此。想道：「怪道從古至今那些姦淫狗盜的人，心機都不錯。【庚】道盡矣。這一開了，見我在這裏，他們豈不臊了。況纔説話的語音兒，大似寶玉房裏的紅兒。他素習眼空心大，最是個頭等刁鑽古怪的東西。今兒我聽了他的短兒，一時人急造反，狗急跳墻，不但生事，而且我還没趣。如今便趕着躲了，料也躲不及，少不得要使個『金蟬脱殼』的法子。」猶未想完，只聽「咯吱」一聲，【庚】閨中弱女機變，如此之便，如此之急。寶釵便故意放重了脚步，笑着叫道：「顰兒，我看你往那裏藏！」一面説，一面故意往前趕。那亭子裏的紅玉、墜兒剛一推窗，只見寶釵如此説着往前趕，兩個人都唬怔了。寶釵反向他二人笑道：【庚】像極！好煞，妙煞！焉得不拍案叫絶！「你們把林姑娘藏在那裏了？」墜兒道：「何曾見林姑娘了。」寶釵道：「我纔在河邊看着他在這裏蹲着弄水兒的。我要悄悄的唬他一跳，還没走到跟前，他倒看見我了，朝東一繞就不見了。必是藏在這裏頭了。」【庚】像極！是極！一面説，一面

【庚】此節實借紅玉反寫寶釵也，勿得認錯作者章法。

故意進去尋了一尋，〔庚〕像極！是極！抽身就走，口裏説道：「一定又是在那山子洞裏去。遇見蛇，咬一口也罷了。」〔甲〕真弄嬰兒，輕便如此，即余至此亦要發笑。一面説一面走，心裏又好笑：這件事算遮過去了，不知他二人是怎麽樣。

誰知紅玉聽見了寶釵的話，〔甲〕寶釵身分。〔庚〕實有這一句的。便信以爲真，讓寶釵去遠，便拉墜兒道：「了不得了！林姑娘蹲在這裏，〔庚〕移東挪西，任意寫去，却是真有的。一定聽了話去了！」墜兒聽説，也半日不言語。紅玉又道：「這可怎麽樣呢？」〔甲〕二句係黛玉身分。墜兒道：「便聽見了，管誰筋疼，各人幹各人的就完了。」〔庚〕勉强話。紅玉道：「若是寶姑娘聽見，還倒罷了。林姑娘嘴裏又愛刻薄人，心裏又細，他一聽見了，倘或走露了，怎麽樣呢？」二人正説着，只見文官、香菱、司棋、待書等上亭子來了。二人只得掩住這話，且和他們頑笑。

只見鳳姐兒站在山坡上招手叫紅玉，紅玉連忙棄了衆人，跑至鳳姐前，笑問：「奶奶使喚作什麽？」鳳姐打量了一打量，見他生的乾净俏麗，説話知趣，因説道：「我的丫頭今兒没跟進來。我這會子想起一件事來，要使喚個人出去，可不知你能幹不能幹，説的齊全不齊全？」紅玉道：「奶奶有什麽話，只管吩咐我説去。若説不齊全，〔甲〕操必勝之權。紅兒機括志量，自知能應阿鳳使令意。誤了奶奶的事，憑奶奶責罰罷了。」

鳳姐笑道：「你是誰房裏的？【庚】反如此問。我使你出去，他回來找你，我好替你答應。」【庚】問那小姐爲此。紅玉道：「我是寶二爺房裏的。」鳳姐聽了笑道：【甲】「噯喲」「怪道」四字，一是玉兄手下無能爲者。前文打量生的「乾净俏麗」四字，合而觀之，小紅則活現於紙上矣。「噯喲！【庚】誇讚語也。你原來是寶玉房裏的，怪道呢。也罷了，你到我家，告訴你平姐姐：外頭屋裏桌子上汝窑盤子架兒底下放着一卷銀子，那是一百二十兩，給繡匠的工價，等張材家的來要，當面稱給他瞧了，再給他拿去。【庚】一件。再裏頭屋裏床上有個小荷包，拿了來給我。【庚】二件。」

紅玉聽了，撤身去了。回來只見鳳姐不在這山坡上了。因見司棋從山洞裏出來，站着繫裙子，【庚】小點綴。一笑。便上來問道：「姐姐，不知道二奶奶往那去了？」司棋道：「没理論。」【庚】妙極！紅玉聽了，又往四下裏看，只見那邊探春、寶釵在池邊看魚。紅玉便走來陪笑問道：「姑娘們可看見二奶奶没有？」探春道：「往大奶奶院裏找去。」紅玉聽了，纔往稻香村來，【庚】又一折。頂頭只見晴雯、綺霞、碧痕、紫綃、麝月、待書、入畫、鶯兒等一群人來了。晴雯一見了紅玉，便説道：「你只是【庚】必有此數句，方引出稱心得意之語來。再不用本院人見小紅，此差只幾分遂心。瘋罷！花兒也不澆，雀兒也不喂，茶爐子也不攏，就在外頭逛。」紅玉道：「昨兒二爺説了，今兒不用澆花，過一日再澆罷。我喂雀兒的時候，姐姐還睡覺呢。」碧痕道：「茶爐子呢？」【甲】岔一人問，俱是不受用意。紅玉道：「今兒不是我爖的班兒，有茶没茶别問我。」綺霰道：「你聽聽他的嘴！你們别説了，讓他逛去罷。」紅玉道：「你們再問問我逛了没有。【甲】非小紅誇耀，係爾等逼出來的，離怡紅意已定矣。二奶奶纔使喚我説話取東西去的。」説着將荷包舉給他們看，【庚】得意！稱心如意，在此一舉荷包。方没言語了，【甲】衆女兒何苦自討之。大家分路走開。晴雯冷笑道：「怪道呢！原來爬上高枝兒去了，把我們不放在眼裏。不知説了一句半句話，名兒姓兒知道了不曾呢，就把他興的這樣！這一遭兒半遭兒的算不得什麽，過了後兒還得聽呵！有本事的從今兒出了這園子，長長遠遠的在高枝兒上纔算得。」【庚】雖是醋語，却（與）〔過〕下無痕。一面説着走了。

這裏紅玉聽説，也不便分證，只得忍着氣來找鳳姐。到了李氏房中，果見鳳姐在那裏説話兒呢。紅玉便上來回道：「平姐姐説，奶奶剛出來了，他就把銀子收起來了，【甲】交代不在盤架下了。纔張材家的來取，當面稱了給他拿去了。」説着將荷包遞了上去，【庚】兩件完了。又道：「平姐姐叫我回奶奶，説：旺兒進來討奶奶的示下，好往那家子去的。平姐姐就把這話按着奶奶的主意打發他去了。」鳳姐

【甲】可知前紅玉云「就把那按奶奶的主意」，「主意」是欲儉，但恐累贅耳，故阿鳳有是問，彼能細答。

笑道：「他怎麼按我的主意打發去了？」紅玉道：「平姐姐說：我們奶奶問這裏奶奶好。原是我們二爺不在家，雖然遲了兩天，只管請奶奶放心。【甲】又一門。等五奶奶好些，我們奶奶還會了五奶奶來瞧奶奶呢。五奶奶前兒打發人來說，【甲】又一門。舅奶奶帶了信來了，問奶奶好，還要和這裏的【甲】又一門。姑奶奶尋兩丸延年神驗萬全丹。若有了，奶奶打發人來，只管送在我們奶奶這裏。明兒有人去，就順路給那邊舅奶奶帶去的。」

話未說完，李紈笑道：【甲】紅玉今日方遂心如意，却爲寶玉後伏綫。【庚】又一潤色。「噯喲喲！這話我就不懂了。什麼『奶奶』『爺爺』的一大堆。」鳳姐笑道：「怨不得你不懂，這是四五門子的話呢。」說着又向紅玉笑道：「好孩子，倒難爲你說的齊全。別像他們扭扭捏捏蚊子似的。【庚】寫死假斯文。嫂子不知道，如今除了我隨手使的這幾個人之外，我就怕和別人說話。他們必定把一句話拉長了作兩三截兒，咬文咬字，拿着腔，哼哼唧唧的，急的我冒火。先時我們平兒也是這麼着，我就問着他：必定裝蚊子哼哼，難道就是美人了？【庚】貶殺，罵殺。說了幾遭纔好些了。」李宫裁笑道：「都像你破落户纔好。」鳳姐又道：【甲】紅玉聽見了麽？「這個丫頭就好。方纔

【甲 紅玉此刻心內想：可惜晴雯等不在傍。】說話雖不多，聽那口氣就簡斷。」說着又向紅玉笑道：「你明兒伏侍我去罷。我認你作女兒，我再調理調理，你就出息了。」【庚 不假。】

紅玉聽了，撲哧一笑。鳳姐道：「你怎麽笑？你說我年輕，比你能大幾歲，就作你的媽了？你别做春夢呢！你打聽打聽，這些人都比你大的大的，趕着我叫媽，我還不理呢！」紅玉笑道：「我不是笑這個，我笑奶奶認錯了輩數了。【庚 所以說「比你大的大的」。】我媽是奶奶的女兒，這會子又認我作女兒。」鳳姐道：「誰是你媽？」【庚 晴雯說過。】李宮裁道：「你原來不認得他？他就是林之孝之女。」【甲 管家之女，而晴卿輩擠之，招禍之媒也。】鳳姐聽了十分詫異，因笑道：「哦！【甲 傳神。】原來是他的丫頭。」又笑道：「林之孝兩口子都是錐子扎不出一聲兒來的。我成日家說，他們倒是配就了的一對，夫妻一雙天聾地啞。【甲 用的是阿鳳口角。】那裏承望養出這麽個伶俐丫頭來！你十幾歲了？」紅玉道：「十七歲了。」又問名字，【甲 真真不知名，可嘆！】紅玉道：「原叫紅玉的，因爲重了寶二爺，如今叫紅兒了。」

鳳姐聽了將眉一皺，把頭一回，說道：「討人嫌的很！【庚 又一下針。】得了玉的益似的，你也玉，我也

【庚】奸邪婢豈是怡紅應答者，故即逐之。前良兒，後篆兒，便是確證。作者又不得可也。己卯冬夜。

【庚】此係未見「抄没」「獄神廟」諸事，故有是批。丁亥夏。畸笏。

玉。」因說道：「既這麼着，上月〔三〕我還和他媽說，『賴大家的如今事多，也不知這府裏誰是誰，你替我好好的挑兩個丫頭我使』，他一般的答應。他饒不挑，倒把他這女孩子送了別處去。難道跟我必定不好？」李紈笑道：「你可是又多心了。他進來在先，你說話在後，怎麼怨得他媽呢！」鳳姐道：「既這麼着，明兒我和寶玉說，【甲】有悌弟之心。叫他再要人，叫這丫頭跟我去。【甲】總是追寫紅玉十分心事。可不知本人願意不願意？」紅玉笑道：「願意不願意，【甲】好答！可知兩處俱是主兒。【庚】有話。好答。我們不敢說。只是跟着奶奶，我【庚】千願意萬願意之言。們也學些眉眼高低，出入上下，【甲】且係本心本意，「獄神廟」回内方見。大小的事也得見識見識。」剛說着，只見王夫人的丫頭來請，【庚】截得真好。鳳姐便辭了李宮裁去了。【庚】好，接得更好。紅玉回怡紅院，不在話下。

如今且說林黛玉因夜間失寐，次日起遲了，聞得衆姊妹都在園中作餞花會，恐人笑他痴懶，連忙梳洗了出來。剛到了院中，只見寶玉進門來了，笑道：「好妹妹，【甲】明知無是事，不得不作開談。昨兒可告我不曾？叫我懸了一夜心。」【庚】並不爲告懸心。林黛玉【甲】不見寶玉，阿顰斷無此一段閑言，總在欲言不言難禁之意，了却「情情」之正文也。【庚】倒像不曾聽見的。便回頭叫紫鵑道：「把屋子收拾了，下一扇紗屜子；看那大燕子回來，把簾子放下來，拿獅子倚住；燒了香，就把爐罩上。」一面說一面仍往外走。寶玉見他這樣，還認作是昨日中晌的事，【甲】畢真，不錯。那知晚間的這段公案，還打恭作揖的。黛玉正眼也不看，各自出了院門，一直找別的姊妹去了。寶玉心中納悶，自己猜疑：看起這個光景來，不像是爲昨日的事；但只昨日我回來的晚了，又沒見他，再沒有衝撞了他的去處。【庚】畢真，不錯。一面想，一面走，又由不得從後面追了來。【庚】二玉文字豈是容易寫的，故有此截。

只見寶釵、探春正在那邊看仙鶴，見黛玉來了，三個一同站着說話兒。又見寶玉來了，【甲】橫雲截嶺，好極，妙極！二玉文原不易寫，《石頭記》得力處在茲。探春便笑道：「寶哥哥，身上好？整整三天沒見了。」寶玉笑道：「妹妹身上好？我前兒還在大嫂子跟前問你呢。」探春道：「哥哥往這裏來，我和你說話。」【庚】是移一處語。寶玉聽說，便跟了他，來到一棵石榴樹下。探春因說道：「這幾天老爺可叫你沒有？」【甲】老爺叫寶玉再無喜事，故園中合宅皆知。寶玉道：「沒有叫。」探春道：「昨兒我恍惚聽見說老爺叫你出去的。」寶玉笑道：「那想是別人聽錯了，並沒叫的。」【甲】非謊也，避繁也。【庚】怕文繁。探春又笑道：「這幾個月，我又攢下有十來吊錢了。你還拿去，明兒逛去的時候，或是好字畫、書

【庚】《石頭記》用截法、岔法、突然法、伏綫法、由近漸遠法、將繁改簡法、重作輕抹法、虛敲實應法種種諸法，總在人意料之外，且不曾見一絲牽强，所謂「信手拈來無不是」是也。己卯冬夜。

〔庚 若無此一岔，二玉和合則成嚼蠟文字。《石頭記》得力處正此。丁亥夏。畸笏叟。〕

籍卷册、輕巧頑意兒，給我帶些來。」寶玉道：「我這麽城裏城外、大廊小廟的逛，也没見個新奇精緻東西，左不過是金玉銅器、没處擱的古董，再就是綢緞、吃食、衣服了。」探春道：「誰要那些。像你上回買的那柳條兒編的小籃子，整竹子根摳的香盒兒，膠泥垛的風爐兒，這就好。把我喜歡的什麽似的，誰知他們都愛上了，都當寶貝似的搶了去了。」寶玉笑道：「原來要這個。這不值什麽，拿五百錢出去給小子們，〔庚 不知物力艱難，公子口氣也。〕管拉兩車來。」探春道：「小厮們知道什麽。你揀那樸而不俗、直而不倨〔四〕〔甲 是論物？是論人？看官着眼。〕者，這些東西，你多多的替我帶了來。我還像上回的鞋作一雙你穿，比那雙還加工夫，如何呢？」

寶玉笑道：「你提起鞋來，我想起個故事來：那一回我穿着，可巧遇見了老爺，〔庚 補遺法。〕老爺就不受用，問是誰作的。我那裏敢提『三妹妹』三個字，我就回説是前兒我的生日，是舅母給的。老爺聽了是舅母給的，纔不好説什麽，半日還説：『何苦來！虚耗人力，作踐綾羅，作這樣的東西。』因而我回來告訴襲人，襲人説這還罷了，趙姨娘氣的抱怨的了不得：『正緊兄弟，〔庚 指環哥。〕

鞋搭拉襪搭拉的没人看見，〔甲〕何至如此，寫妒婦信口逗。且作這些東西！』」探春聽説，登時沉下臉來，道：「你説，這話糊塗到什麽田地！怎麽我是該做鞋的人麽？環兒難道没有分例的，没有人的？衣裳是衣裳，鞋襪是鞋襪，丫頭、老婆一屋子，怎麽抱怨這些話！給誰聽呢！我不過閒着没有事，做一雙半雙的，愛給那個哥哥兄弟，隨我的心。誰敢管我不成！這也是他氣的？」寶玉聽了，點頭笑道：「你不知道，他心裏自然又有個想頭了。」探春聽説，一發動了氣，將頭一扭，説道：「連你也糊塗了！他那想頭自然有的，不過是那陰微鄙賤的見識。他只管這麽想，我只管認得老爺、太太兩個人，别人我一概不管。就是姊妹兄弟跟前，誰和我好，我就和誰好，什麽偏的庶的，我也不知道。論理我不該説他，但他特昏憒的不像了！還有笑話兒呢：〔甲〕開一步，妙妙！就是上回我給你那錢，替我帶那頑的東西。過了兩天，他見了我，也是説没錢使，怎麽難，我也不理論。誰知後來丫頭們出去了，他就抱怨起我來，説我攢了錢爲什麽給你使，倒不給環兒使了。我聽見這話，又好笑又好氣，我就出來往太太屋裏去了。」正説着，只見寶釵那邊笑道：〔庚〕截得好。「説完

〔庚〕這一節特爲「興利除弊」一回伏綫。

庚 不因見落花，寶玉如何突至埋香塚？不至埋香塚，如何寫《葬花吟》？《石頭記》無閒文閒字正此。丁亥夏。畸笏叟。

甲「開生面」「立新場」，是書多多矣，惟此回（處）［更］生更新。非顰兒斷無是佳吟，非石兄斷無是情聆。難爲了作者了，故留數字以慰之。

庚「開生面」「立新場」是書不止「紅樓夢」一回，惟是回更生更新，且讀去非阿顰無是佳吟，非石兄斷無是章法行文，愧殺古今小說家也。畸笏。

了，來罷。顯見的是哥哥妹妹了，丢下別人，且說梯己去。我們聽一句兒就使不得了！」說着，探春、寶玉二人方笑着來了。（甲 兄妹話雖久長，心事總未少歇，接得好。）

寶玉因不見林黛玉，便知他是躲了別處去了，想了一想，（甲 作書人調侃耶？）越性遲兩日，等他的氣消一消再去也罷了。因低頭看見許多鳳仙、石榴等各色落花，錦重重的落了一地，因嘆道：「這是他心裏生了氣，也不收拾這花兒了。（甲 至埋香塚方不牽强，好情理。）待我送了去，明兒再問他。」說着，只見寶釵約着他們往外頭去。（甲 收拾得乾净。）寶玉道：「我就來。」說畢，等他二人去遠了，（甲 怕人笑說。）便把那花兜了起來，登山渡水，過樹穿花，一直奔了那日同林黛玉葬桃花的去處。將已到了花塚〔五〕，（庚 新鮮。）猶未轉過山坡，只聽山坡那邊有嗚咽之聲，（甲 奇文異文，俱出《石頭記》上，且愈出愈奇文。）一行數落着，哭的好不傷感。寶玉心中想道：「這不知是那房裏的丫頭，受了委屈，（甲 岔開綫絡，活潑之至！）跑到這個地方來哭。」一面想，（庚 詩詞文章，試問有如此行筆者乎？）一面煞住脚步，聽他哭道是：（甲 詩詞歌賦，如此章法寫於書上者乎？）

花謝花飛飛滿天，紅消香斷有誰憐？
遊絲軟繫飄春榭，落絮輕沾撲繡簾。

閨中女兒惜春暮，愁緒滿懷無釋處，
手把花鋤出繡簾，忍踏落花來復去。
柳絲榆莢自芳菲，不管桃飄與李飛。
桃李明年能再發，明年閨中知有誰？
三月香巢已壘成，梁間燕子太無情！
明年花發雖可啄，却不道人去梁空巢也傾。
一年三百六十日，風刀霜劍嚴相逼，
明媚鮮妍能幾時，一朝飄泊難尋覓。
花開易見落難尋，堦前悶殺葬花人，
獨倚花鋤淚暗洒，洒上空枝見血痕。
杜鵑無語正黄昏，荷鋤歸去掩重門。

青燈照壁人初睡，冷雨敲窗被未温。
怪奴底事倍傷神，半爲憐春半惱春：
憐春忽至惱忽去，至又無言去不聞。
昨宵庭外悲歌發，知是花魂與鳥魂？
花魂鳥魂總難留，鳥自無言花自羞。
願奴脅下生雙翼，隨花飛到天盡頭。
天盡頭，何處有香丘？
未若錦囊收艷骨，一抔〔六〕净土掩風流。
質本潔來還潔去，强於污淖陷渠溝。
爾今死去儂收葬，未卜儂身何日喪？
儂今葬花人笑痴，他年葬儂知是誰？

庚 余讀《葬花吟》凡三閱，其凄楚感慨，令人身世兩忘，舉筆再四不能加批。◇先生想身非寶玉，何得而下筆？即字字雙圈，料難遂顰兒之意。俟看過玉兄後文再批。◇噫嘻！客亦《石頭記》化來之人！故擲筆以待。故停筆以待。

試看春殘花漸落，便是紅顏老死時。

一朝春盡紅顏老，花落人亡兩不知！

寶玉聽了，不覺痴倒。要知端底，再看下回。

甲 余讀《葬花吟》至再至三四，其凄楚感慨，令人身世兩忘，舉筆再四不能加批。有客曰：「先生身非寶玉，何能下筆？即字字雙圈，批詞通仙，料難遂顰兒之意。俟看過玉兄之後文再批。」噫嘻！阻余者想亦《石頭記》來的？

甲 餞花辰不論典與不典，只取其韻致生趣耳。池邊戲蝶，偶爾適興；亭外急智，〔金蟬〕脱殼。明寫寶釵非拘拘然一迂女夫子。鳳姐用小紅，可知晴雯等埋没其人久矣，無怪有私心私情。且紅玉後有寶玉大得力處，此於千里外伏綫也。

《石頭記》用截法、岔法、突然法、伏綫法、由近漸遠法、將繁改簡法、重作輕抹法、虚敲實應法種種諸法，總在人意料之外，且不曾見一絲牽强，所謂「信手拈來無不是」是也。不因見落花，寶玉如何突至埋香塚；不至埋香塚又如何寫《葬花吟》。埋香塚葬花乃諸艷歸源，《葬花吟》又係諸艷一偈也。

戚總評：幸逢知己無迴避，密語隔窗怕有人。總是關心渾不了，叮嚀囑咐爲輕春。心事將誰告，花飛動我悲。埋香吟哭後，日日斂雙眉。

〔一〕鳳姐的女兒，本名大姐兒，在第四十二回纔由劉姥姥改名巧姐的。但是在此處和第二十九回却有巧姐、大姐同時出現，這是作品修改過程留下的痕跡，只能一仍其舊。

〔二〕「飛智」，原誤「飛志」。按：「賊起飛智」爲當時熟語，指賊人往往會急中生智。

〔三〕「上月」，原作「肯跟」，庚本同。此處作「肯跟」不通，「肯」疑爲「上」「月」連寫之誤，依列本、楊本改。

〔四〕「倨」，原作「作」，庚、楊、蒙、戚諸本同，舒本作「曲」，列本作「詐」，甲辰本及程本作「拙」。《左傳·襄公二十九年》：「至矣哉！直而不倨，曲而不屈。」

〔五〕此句原無，據諸本補。

〔六〕「抔」，原作「坯」，甲辰本同，舒本作「坏」，庚、蒙、戚本作「堆」，列本作「盃」，楊本作「杯」，程本始作「抔」。按：「坯」「坏」爲同音同義字。而兩字在指墳墓之義時，與「抔」「杯」通用。如原典出處《史記·張釋之列傳》：「取長陵一杯土」之「杯」，駱賓王《爲李敬業討武氏檄》中名句「一坏之土未乾，六尺之孤何託」之「坏」，今通行本均作「抔」。鑒於「坏」已被「壞」借形簡化，爲免生歧義，此處仍改爲通行的「抔」字。

蒋玉函

第二十八回　蔣玉菡情贈茜香羅　薛寶釵羞籠紅麝串

庚 茜香羅、紅麝串寫於一回，蓋琪官雖係優人，後回與襲人供奉玉兄寶卿得同終始者，非泛泛之文也。

自「聞曲」回以後，回回寫藥方，是白描顰兒添病也。

話説林黛玉只因昨夜晴雯不開門一事，錯疑在寶玉身上。至次日，又可巧遇見餞花之期，正是一腔無明正未發泄，又勾起傷春愁思，因把些殘花落瓣去掩埋，由不得感花傷己，哭了

【甲】不言煉句煉字，詞藻工拙，只想景、想情、想事、想理，反復推求，悲傷感慨，乃玉兄一生天性。真顰兒之知己，則實無再有者。昨阻余批《葬花吟》之客，嫡是玉兄之化身無疑。余幾作點金成鐵之人，笨甚笨甚！〔一〕

幾聲，便隨口念了幾句。不想寶玉在山坡上，聽見是黛玉之聲，先不過是點頭感嘆；次後聽到「儂今葬花人笑痴，他年葬儂知是誰」，「一朝春盡紅顔老，花落人亡兩不知」等句，不覺慟倒山坡之上，懷裏兜的落花撒了一地。試想林黛玉的花顔月貌，將來亦到無可尋覓之時，寧不心碎腸斷！既黛玉終歸無可尋覓之時，推之於他人，如寶釵、香菱、襲人等，亦可到無可尋覓之時矣。寶釵等終歸無可尋覓之時，則自己又安在哉？且自身尚不知何在何往，則斯處、斯園、斯花、斯柳，又不知當屬誰姓矣！因此一而二，二而三，反復推求了去，【庚】百轉千回矣。真不知此時此際欲爲何等蠢物，杳無所知，【甲】非大善知識，說不出這句話來。逃大造，出塵網，使可解釋這段悲傷。正是：

花影不離身左右，鳥聲只在耳東西。【甲】二句作禪語參。

【甲】一大篇《葬花吟》却如此收拾，真好機杼筆仗，令人焉得不叫絶稱奇！

那黛玉正自悲傷，忽聽山坡上也有悲聲，心下想道：「人人都笑我有些痴病，難道還有一個痴子不成？」【甲】豈敢豈敢。想着，抬頭一看，見是寶玉。林黛玉看見，便道：「啐！我當是誰，原來是這個狠心短命的……」剛說到「短命」二字，【甲】「情情」，不忍道出「的」字來。【庚】「情情」。不忍也。又把口掩住，長嘆了一聲，自己抽身便走了。

這裏寶玉悲慟了一回，見黛玉去了，便知黛玉看見他躲開了，自己也覺無味，抖抖土起來，〔甲〕折得好，誓不寫開門見山文字。下山尋歸舊路，往怡紅院來。〔庚〕哄人字眼。可巧看見林黛玉在前頭走，連忙趕上去，說道：「你且站住。我知你不理我，我只說一句話，從今以後撂開手。」〔甲〕非此三字難留蓮步，玉兄之機變如此。林黛玉回頭見是寶玉，待要不理他，聽他說「只說一句話，從今撂開手」，這話裏有文章，少不得站住說道：「有一句話，請說來。」寶玉笑道：〔甲〕相離尚遠，用此句補空，好近阿顰。「兩句話，說了你聽不聽？」黛玉聽說，回頭就走。〔庚〕走的是。寶玉在身後面嘆道：〔甲〕自言自語，真是一句話。「既有今日，何必當初！」林黛玉聽見這話，由不得站住，回頭道：「當初怎麼樣？今日怎麼樣？」〔甲〕以下乃答言，非一句話也。寶玉嘆道：「當初姑娘來了，〔甲〕我阿顰之惱，玉兄實摸〔頭〕不着，不得不將自幼之苦心實事一訴，方可明心，以白今日之故，勿作閒文看。那不是我陪着頑笑？憑我心愛的，姑娘要，就拿去；我愛吃的，聽見姑娘也愛吃，連忙乾乾净净收着等姑娘吃。一桌子吃飯，一床上睡覺。丫頭們想不到的，我怕姑娘生氣，我替丫頭們想的到。我心裏想着：姊妹們從小兒長大，親也罷，熱也罷，和氣到了頭，纔見得比人好。〔庚〕要緊語。如今誰承望姑娘人大心大，〔庚〕反派不是。不把我放在眼裏，倒把外四路的什麼〔庚〕心事。〔甲〕用此人瞞看官也，瞞顰兒也。心動阿顰在此數句也。一節頗似說辭，玉兄口中却是衷腸話。寶姐姐鳳姐姐的放在心坎兒上，倒把我三日不理四日不見的。我又没個親兄弟親

【庚】一節頗似説辭，在［玉］兄口中却是衷腸之語。己卯冬夜。

姊妹——雖然有兩個，你難道不知道是和我隔母的？我也和你是獨出，只怕同我的心一樣。誰知我是白操了這個心，弄的我有冤無處訴！」說着不覺滴下淚來。【甲】玉兄淚非容易有的。

黛玉耳内聽了這話，眼内見了這形景，心内不覺灰了大半，也不覺滴下淚來，低頭不語。寶玉見他這般形景，遂又説道：「我也知道我如今不好了，但只憑着怎麼不好，萬不敢在妹妹跟前有錯處。【庚】有是語。便有一二分錯處，你倒是或教導我，戒我下次，【庚】可憐語。或駡我兩句，打我兩下，我都不灰心。誰知你總不理我，【庚】實難爲情。叫我摸不着頭腦，少魂失魄，不知怎麼樣纔是。【庚】真有是事。就便死了，也是個屈死鬼，任憑高僧高道懺悔也不能超昇，【庚】又瞞看官及批書人。還得你申明了緣故，我纔得託生呢！」

黛玉聽了這話，不覺將昨晚的事都忘在九霄雲外了，【甲】「情情」本來面目也。【庚】「情情」衷腸。便説道：「你既這麼説，昨兒爲什麼我去了，你不叫丫頭開門？」【庚】正文，該問。寶玉詫異道：「這話從那裏説起？【庚】實實不知。我要是這麼樣，立刻就死了！」【甲】急了。黛玉啐道：【庚】如聞。「大清早死呀活的，也不忌諱。你説有呢就有，沒有就沒有，起什麼誓呢。」寶玉道：「實在沒有見你去。【庚】不用兄言，彼已親睹。就是寶姐姐坐了一坐，就出來了。」林黛玉想了一想，笑道：「想必是你的丫頭們懶怠動，喪聲歪氣的也是有的。」寶玉道：「想必是這個原故。等我回去問了是誰，教訓教訓他們就好了。」（庚：玉兄口氣畢真。）黛玉道：「你的那些姑娘們（庚：不快活之稱。）也該教訓教訓，（庚：照樣的妙！）只是論理我不該說。今兒得罪了我的事小，倘或明兒寶姑娘來，什麼貝姑娘來，（庚：也還一句，的是心坎上人。）也得罪了，事情豈不大了。」（甲：至此心事全無矣。）說着抿着嘴笑。寶玉聽了，又是咬牙，又是笑。

二人正說話，只見丫頭來請吃飯，（甲：收拾得乾淨。）遂都往前頭來了。王夫人見了林黛玉，因問道：「大姑娘，你吃那鮑太醫的藥可好些？」（庚：是新換了的口氣。）林黛玉道：「也不過這麼着。老太太還叫我吃王大夫的藥呢。」（庚：何如？）寶玉道：「太太不知道，林妹妹是内症，先天生的弱，所以禁不住一點風寒，不過吃兩劑煎藥，（甲：引下文。）踈散了風寒，還是吃丸藥的好。」王夫人道：「前兒大夫說了個丸藥的名字，我也忘了。」寶玉道：「我知道那些丸藥，不過叫他吃什麼人參養榮丸。」王夫人道：「不是。」寶玉又道：「八珍益母丸？左歸？右歸？再不，就是麥味地黃丸。」王夫人道：「都不是。我只記得有個『金剛』兩個字的。」（甲：奇文奇語。）寶玉扎手笑道：（甲：慈母前放肆了。）「從來也沒聽見有個什麼

〔庚〕此寫玉兒，亦是釋却心中一夜半日要事，故大大一泄。己卯冬夜。

〔庚〕寫藥案是暗度顰卿病勢漸加之筆，非泛泛閒文也。丁亥夏。畸笏叟。

〔庚〕寫得不犯冷香丸方子。◇前「玉生香」回中，顰云「他有金你有玉；他有冷香你豈不該有暖香？」是寶玉無藥可配矣。今顰兒之劑，若許材料皆係滋補熱性之藥，兼有許多奇物，而尚未擬名，何不竟以「暖香」名之？以代補寶玉之不足，豈不三人一體矣。己卯冬夜。

『金剛丸』。〔甲〕寶玉因黛玉事完，一心無掛礙，故不知不覺手之舞之，足之蹈之。若有了『金剛丸』，自然有『菩薩散』了！」說的滿屋裏人都笑了。寶釵笑道：「想是天王補心丹。」〔甲〕慧心人自應知之。王夫人笑道：「是這個名兒。如今我也糊塗了。」寶玉道：「太太倒不糊塗，都是叫『金剛』『菩薩』〔甲〕是語甚對，余幼時所聞之語合符，哀哉傷哉！支使糊塗了。」王夫人道：「扯你娘的臊！又欠你老子捶你了。」〔庚〕伏綫。寶玉笑道：「我老子再不爲這個捶我的。」〔甲〕此語亦不假。

王夫人又道：「既有這個名兒，明日就叫人買些來。」寶玉道：「這些藥都是不中用的。太太給我三百六十兩銀子，我給妹妹配一料丸藥，包管一料不完就好了。」王夫人道：「放屁！什麽藥就這麽貴？」寶玉道：「當真的呢，我這方子比別個不同。這個藥名兒也古怪，一時也說不清。只講那頭胎紫河車，〔庚〕只聞名。人形帶葉參，三百六十兩不足〔二〕。〔庚〕聽也不曾聽過。龜大何首烏，千年松根茯苓膽，諸如此類的藥都不算爲奇，〔庚〕還有奇的。只在群藥裏算。那爲君的藥，說起來唬人一跳。前兒薛大哥求了我有一二年，我纔給了他這個方子。他拿了方子去又尋了二三年，花了有上千的銀子，纔配成了。太太不信，只問寶姐姐。」寶釵聽說，笑着摇手兒道：「我不知道，也没聽見。你別叫姨娘問我。」王夫人笑道：「到底是寶丫頭，好孩子，不撒謊。」寶玉站在當地，聽見如此說，一回身把手一拍，說道：「我說的倒是真話呢，倒說我撒謊。」說着一回身，只見黛玉坐在寶釵身後抿着嘴笑，用手指在臉上畫着羞他。庚好看煞，在顰兒必有之。

鳳姐因在裏間屋裏看着人放桌子，聽如此說，便走來笑道：「寶兄弟不是撒謊，這倒是有的。庚且不接寶玉文字，妙！上月薛大哥親自和我尋珍珠，我問他作什麽，他說是配藥。他還抱怨說，不配也罷了，如今那裏知道這麽費事。我問他什麽藥，他說是寶兄弟的方子，說了多少藥，我也没工夫聽。他說：『不然我也買幾顆珍珠了，只是定要頭上戴過的，所以來和你尋。』他說：『妹妹若没散的，花兒上也得，掐下來，過後兒我揀好的再給妹妹穿了來。』我没法兒，把兩枝珠花現拆了給他。還要了一塊三尺大紅庫紗去，乳鉢乳了隔面子呢。」鳳姐說一句，寶玉念一句佛，說：「太陽在屋裏呢！」鳳姐說完了，寶玉又道：「太太想，這不過是將就呢。正緊按那方子，這珍珠寶石定要古墳裏的，有那古時富貴人家裝裹的頭面，拿了來纔好。如今那裏爲這個去刨墳掘墓，所以只要活人戴過的，也可以使得。」王夫人隨念：「阿彌陀佛，不當家花花的！就是墳裏有這個，人家死了幾百年，如今翻屍盜骨的，作了藥也不靈！」【甲】不止阿鳳圓謊，今作者亦爲圓謊了，看此數句則知矣。

寶玉向林黛玉説道：「你聽見了没有，難道二姐姐也跟着我撒謊不成？」臉望着黛玉説話，却拿眼睛飄〔三〕着寶釵。黛玉便拉王夫人道：「舅母聽聽，寶姐姐不替他圓謊，他直問着我。」王夫人也道：「寶玉很會欺負你妹妹。」寶玉笑道：「太太不知道原故。寶姐姐先在家裏住着，那薛大哥的事，他就不知道，何况如今在裏頭住着呢，【庚】分析的是，不敢正犯。自然是越發不知道了。林妹妹纔在背後，以爲是我撒謊，就羞我。」

説着，只見賈母房裏的丫頭找寶玉、黛玉吃飯。林黛玉也不叫寶玉，便起身拉了那丫頭就走。那丫頭説等着寶玉一塊兒走。林黛玉道：「他不吃飯了，咱們走〔四〕。我先走了。」説着便出去了。寶玉道：「我今兒還跟着太太吃罷。」王夫人道：「罷，罷，我今兒吃齋，你正緊吃去罷。」寶玉道：「我也跟着吃齋。」説着便叫那丫頭「去罷」，自己先跑到炕上坐了。

王夫人向寶釵道：「你們只管吃你們的去，由他罷。」寶釵因笑道：「你正緊去罷。吃不吃，陪着林妹妹走一趟，他心裏打緊的不自在呢。」寶玉道：「理他呢，過一會子就好了。」〔庚〕後文方知。

一時吃過飯，寶玉一則怕賈母記掛，二則也記掛着黛玉，忙忙的要茶漱口。探春、惜春都笑道：「二哥哥，你成日家忙些什麼？〔甲〕冷眼人自然了了。吃飯吃茶也是這麼忙碌碌的。」寶釵笑道：「你叫他快吃了瞧林妹妹去罷，叫他在這裏胡羼些什麼。」寶玉吃了茶便出來，直往西院走。可巧走到鳳姐院前，只見鳳姐蹬着門檻子拿耳挖子剔牙，〔庚〕也纔吃了飯。看着小子們挪花盆呢。〔庚〕是阿鳳身段。見寶玉來了，笑道：「你來的正好。進來，進來，〔庚〕如聞。替我寫幾個字兒。」寶玉只得跟了進來。到了房裏，鳳姐命人取過筆硯紙來，向寶玉道：「大紅妝緞四十匹，蟒緞四十匹，上用紗各色一百匹，金項圈四個。」寶玉道：「這算什麼？又不是賬，又不是禮物，怎麼個寫法？」鳳姐道：「你只管寫上，橫竪我自己明白就罷了。」〔庚〕有是語，有是事。寶玉聽說，只得寫了。鳳姐收起來，笑道：「還有句話告訴你，不知你依不依？你屋裏有個丫頭叫紅玉，我和你說說，要叫了來使喚，也總沒得說，今兒見你纔想起來。」（甲 字眼。）寶玉道：（甲 紅玉接杯倒茶，自紗屜内覓至迴廊下，再見此處如此寫來，可知玉兄除顰兒外，俱是行雲流水。）「我屋裏的人也多的很，姐姐喜歡誰，只管叫了來，何必問我。」鳳姐笑道：「既這麼着，（甲 又了却怡紅一冤孽，一嘆！）我就叫人帶他去了。」寶玉道：「只管帶去。」説着便要走。（甲 忙極！）鳳姐道：「你回來，我還有句話説。」寶玉道：（甲 非也，林妹妹叫我呢。一笑。）「老太太叫我呢，有話等我回來罷。」説着，便來至賈母這邊，已經都吃完了飯。賈母因問他：「跟着你母親吃什麼好的了？」寶玉笑道：「也沒什麼好的，我倒多吃了一碗飯。」（甲 安慰祖母之心也。）因問：「林妹妹在那裏呢？」（甲 何如？余言不謬。）賈母道：「裏頭屋裏呢。」

寶玉進來，只見地下一個丫頭吹熨斗，炕上兩個丫頭打粉綫，黛玉彎着腰，拿着剪子裁什麼呢。寶玉走進來笑道：（庚 句。）「哦，這是作什麼呢？纔吃了飯，這麼空着頭，一會子又頭疼了。」黛玉並不理，只管裁他的。有一個丫頭道：「這塊綢子角兒還不好呢，再熨他一熨。」黛玉把剪子一撂，説道：（甲 有意無意，暗合針對，無怪玉兄納悶。）「理他呢，過一會子就好了。」寶玉聽了，只是納悶。只見寶釵、探春也來了，和賈母説了一會話。寶釵也進來問：「林妹妹作什麼呢？」見黛玉裁剪，因笑道：「越發能幹了，連裁剪都會了。」黛玉笑道：「這也不過是撒謊哄人罷了。」寶釵笑道：

「我告訴你個笑話兒，纔剛爲那個藥，我說了個不知道，寶玉心裏不受用了。」林黛玉道：「理他呢，過一會子就好了。」寶玉又向寶釵道：「老太太要抹骨牌，正沒人，你抹骨牌去。」

甲 連重二次前言，是顰、寶氣味暗合，勿認作有小人過言也。

庚 連重兩遍前言，是顰、玉氣味相彷，無非偶然暗合相符，勿認作有過言小人也。

寶釵聽說，便笑道：「我是爲抹骨牌纔來了？」說着便走了。林黛玉道：「你倒是去罷，這裏有老虎，看吃了你！」說着又裁。寶玉見他不理，只得還陪笑說道：「你也去逛逛再裁不遲。」黛玉總不理。寶玉便問丫頭們：「這是誰叫裁的？」黛玉見問丫頭們，便說道：「憑他誰叫裁，不管二爺的事！」寶玉聽了，方欲說話，只見有人進來回說「外頭有人請你呢」。寶玉聽說，忙撤身出來。甲 仍丢不下，嘆嘆！黛玉向外說道：「阿彌陀佛！趕你回來，我死了也罷了。」甲 何苦來？余不忍聽。

寶玉出來，到外頭，只見茗煙說道：「馮大爺家請。」寶玉聽了，知道是昨日的話，便說：「要衣裳去。」自己便往書房裏來。甲 此門請出玉兄來，故信步又至書房，文人弄墨，虛點綴也。茗煙一直到了二門前等人，只見出來個老婆子，茗煙上去說道：「寶二爺在書房裏等出門的衣裳，你老人家進去帶個信兒。」那婆子道：庚 活現活跳。「你媽的屄倒好〔五〕！寶二爺如今在園子裏住着，甲 與夜間叫人對看。跟他的人都在園子裏，你又跑了這裏來帶信兒！」茗煙聽了，笑道：「罵的是，我也糊塗了。」説着一逕往東邊二門上來。可巧門上小厮在甬路底下踢球，茗煙將原故説了。有個小厮跑了進去，半日纔抱了一個包袱出來，遞與茗煙。回到書房裏，寶玉換了，命人備馬，只帶着茗煙、鋤藥、雙瑞、雙壽四個小厮，一逕來到馮紫英門口。有人報與馮紫英，出來迎接進去。只見薛蟠早已在那裏久候，還有許多唱曲兒的小厮並唱小旦的蔣玉菡、錦香院的妓女雲兒。大家都見過了，然後吃茶。

寶玉擎茶笑道：「前兒所言幸與不幸之事，我晝懸夜想，今日一聞呼喚即至。」馮紫英笑道：「你們令表兄弟倒都心實。前日不過是我的設辭，誠心請你們一飲，恐又推託，故説下這句話。今日一邀即至，誰知都信真了。」説畢大家一笑，然後擺上酒來，依次坐定。馮紫英先命唱曲兒的小厮過來讓酒，然後命雲兒也來敬。

甲 若真有一事，則不成《石頭記》文字矣。作者得三昧在兹，批書人得書中三昧亦在兹。[壬午孟夏。]

那薛蟠三杯下肚，不覺忘了情，拉着雲兒的手笑道：「你把那梯己新樣兒的曲子唱個我聽，我吃一罈如何？」雲兒聽説，只得拿起琵琶來，唱道：

兩個冤家，都難丟下，想着你來又記掛着他。兩個人形容俊俏，都難描畫。想昨宵幽期私訂在荼蘼架，一個偷情，一個尋拿，拿住了三曹對案，我也無回話。〔甲〕此唱一曲爲直刺寶玉。唱畢笑道：「你喝一罈子罷了。」薛蟠聽說，笑道：「不值一罈，再唱好的來。」

寶玉笑道：「聽我說來：如此濫飲，易醉而無味。我先吃一大海，發一新令，有不遵者，連罰十大海，〔甲〕誰曾經過？嘆嘆！西堂故事。逐出席外與人斟酒。」〔庚〕大海飲酒，西堂産九臺靈芝日也，批書至此，寧不悲乎？壬午重陽日。馮紫英、蔣玉菡等都道：「有理，有理。」寶玉拿起海來，一氣飲盡，說道：「如今要說悲、愁、喜、樂四字，都要說出女兒來，還要註明這四字的原故。說完了，飲門杯。酒面要唱一個新鮮時樣的曲子；酒底要席上生風一樣東西，或古詩舊對、《四書》《五經》成語。」薛蟠未等說完，先站起來攔住道：「我不來，〔甲〕爽人爽語。別算我。這竟是捉弄我呢！〔庚〕豈敢？」雲兒便站起來，推他坐下，笑道：「怕什麽？這還虧你天天吃酒呢，難道連我也不如！我回來還說呢。說是了，罷；不是了，不過罰上幾杯酒，那裏就醉死了。你如今一亂令，倒喝十大杯，下去給人斟酒不成？〔庚〕有理。」衆人都拍手道妙。薛蟠聽說，無法可治，只得坐下。

聽寶玉先說，寶玉便道：

女兒悲，青春已大守空閨。

女兒愁，悔教夫婿覓封侯。

女兒喜，對鏡晨妝顏色美。

女兒樂，鞦韆架上春衫薄。

衆人聽了，都道：「説得有理。」薛蟠獨揚着臉摇頭説：「不好，該罰！」衆人問道：「如何該罰？」薛蟠道：「他説的我都不懂，怎麽不該罰？」雲兒便擰他一把，笑道：「你悄悄的想你的罷。回來説不出，纔是該罰呢。」於是拿琵琶聽寶玉唱道：

滴不盡相思血淚抛紅豆，開不完春柳春花滿畫樓。睡不穩紗窗風雨黄昏後，忘不了新愁與舊愁，咽不下玉粒金蒓噎滿喉，照不見菱花鏡裏形容瘦。展不開的眉頭，捱不明的更漏。呀！恰便似遮不住的青山隱隱，流不斷的緑水悠悠。

唱完，大家齊聲喝彩，獨薛蟠説無板。寶玉飲了門杯，便拈起一片梨來，説道：「雨打梨花深閉門。」完了令。

下該馮紫英。聽馮紫英説道：

女兒悲，兒夫染病在垂危。

女兒愁，大風吹倒梳妝樓。

女兒喜，頭胎養了雙生子。

女兒樂，私向花園掏蟋蟀。甲紫英口中應當如是。

説畢，端起酒來，唱道：

你是個可人，你是個多情，你是個刁鑽古怪鬼靈精，你是個神仙也不靈。我説的話兒你全不信，只叫你去背地裏細打聽，纔知道我疼你不疼！

唱完，飲了門杯，説道：「鷄鳴茅店月。」令完，下該雲兒。雲兒便説道：

女兒悲，將來終身指靠誰？甲道着了。

女兒愁，媽媽打罵何時休！

薛蟠嘆道：「我的兒，有你薛大爺在，你怕什麼！」衆人都道：「別混他，別混他！」雲兒又道：

女兒喜，情郎不捨還家裏。

女兒樂，住了簫管弄絃索。

薛蟠道：「前兒我見了你媽，還吩咐他不叫他打你呢。」衆人都道：「再多言者罰酒十杯。」薛蟠連忙自己打了一個嘴巴子，説道：「沒耳性，再不許説了。」雲兒又道：

説完，便唱道：

荳蔻開花三月三，一個蟲兒往裏鑽。鑽了半日不得進去，爬到花兒上打鞦韆。肉兒小心肝，我不開了你怎麼鑽？甲雙關，妙！

【甲】此段與《金瓶梅》内西門慶、應伯爵在李桂姐家飲酒一回對看，未知孰家生動活潑？

唱畢，飲了門杯，説道：「桃之夭夭。」令完了，下該薛蟠。

薛蟠道：「我可要説了：女兒悲——」説了半日，不見説底下的。馮紫英笑道：「悲什麼？快説來。」薛蟠登時急的眼睛鈴鐺一般，瞪了半日，纔説道：「女兒悲——」【甲】受過此急者，大都不止獃兄一人耳。又咳嗽了兩聲，説道：「女兒悲，嫁了個男人是烏龜。」衆人聽了都大笑起來。薛蟠道：「笑什麼，難道我説的不是？一個女兒嫁了漢子，要當忘八，他怎麼不傷心呢？」衆人笑的彎腰，説道：「你説的很是，快説底下的。」薛蟠瞪了瞪眼，又説道：「女兒愁——」説了這句，又不言語了。衆人道：「怎麼愁？」薛蟠道：「女兒愁，繡房攛出個大馬猴。」【甲】不愁，一笑。衆人呵呵笑道：「該罰，該罰！這句更不通，先還可恕。」説着便要斟酒。寶玉笑道：「押韻就好。」薛蟠道：「令官都准了，你們鬧什麼？」衆人聽説，方罷了。雲兒笑道：「下兩句越發難説了，我替你説罷。」薛蟠道：「胡説！當真的我就没好的了！聽我説罷：女兒喜，洞房花燭朝慵起。」衆人聽了，都詫異道：「這句何其太韻？」薛蟠又道：「女兒樂，一根毛八毛巴往裏戳。」【甲】有前韻句，故有是句。衆人聽了，都扭着臉説道：「該死，該死！快唱了罷。」薛蟠便唱道：「一個蚊子哼哼哼。」衆人都怔了，説「這是個什麽曲兒？」薛蟠還唱道：「兩個蒼蠅嗡嗡嗡。」衆人都道：「罷，罷，罷！」薛蟠道：「愛聽不聽！這個新鮮曲兒，叫作哼哼韻。你們要懶待聽，連酒底都免了，我就不唱。」［甲］何嘗猷？衆人都道：「免了罷，倒别耽誤了别人家。」於是蔣玉菡説道：

女兒悲，丈夫一去不回歸。

女兒愁，無錢去打桂花油。

女兒喜，燈花並頭結雙蕊。［甲］佳讖也。

女兒樂，夫唱婦隨真和合。

説畢，唱道：

可喜你天生成百媚嬌，恰便似活神仙離雲霄。度青春，年正小；配鸞鳳，真也着。

呀！看天河正高，聽譙樓鼓敲，剔銀燈同入鴛幃悄。

唱畢，飲了門杯，笑道：「這詩詞上我倒有限。幸而昨日見了一副對子，（甲：真巧！）可巧只記得這句，幸而席上還有這件東西。」（甲：瞞過衆人。）說畢，便飲乾了酒，拿起一朵木樨來，念道：「花氣襲人知晝暖。」

衆人倒都依了，完令。薛蟠又跳了起來，喧嚷道：「了不得，了不得！該罰，該罰！這席上並沒有寶貝，（甲：奇談。）你怎麽念起寶貝來？」蔣玉菡怔了，說道：「何曾有寶貝？」薛蟠道：「你還賴呢！你再念來。」蔣玉菡只得又念了一遍。薛蟠道：「襲人可不是寶貝是什麽！你們不信，只問他。」說着，指着寶玉。寶玉沒好意思起來，說道：「薛大哥，你該罰多少？」薛蟠道：「該罰，該罰！」說着拿起酒來，一飲而盡。馮紫英與蔣玉菡等不知原故，猶問原故，（甲：用雲兒細說，的是章法。）雲兒便告訴了出來。蔣玉菡忙起身陪罪。衆人都道：「不知者不作罪。」

少刻，寶玉席外解手，蔣玉菡便隨了出來。二人站在廊檐底下，蔣玉菡又陪不是。寶玉見他嫵媚温柔，心中十分留戀，便緊緊的搭着他的手，叫他：「閒了往我們這裏來。還

庚：雲兒知怡紅細事，可想玉兄之風情意也。壬午重陽。

有一句話借問，也是你們貴班中，有一個叫琪官的，他在那裏？如今名馳天下，我獨無緣一見。」蔣玉菡笑道：「就是我的小名兒。」寶玉聽説，不覺欣然跌足笑道：「有幸，有幸！果然名不虛傳。今兒初會，便怎麽樣呢？」想了一想，向袖中取出扇子，將一個玉玦扇墜解下來，遞與琪官道：「微物不堪，略表初見之誼。」琪官接了，笑道：「無功受禄，何以克當！也罷，我這裏也得了一件奇物，今日早起方繫上，還是簇新的，聊可表我一點親熱之意。」説着，將繫小衣兒一條大紅汗巾子解下來，遞與寶玉，道：「這汗巾是茜香國女國王進貢來的，夏天繫着，肌膚生香，不生汗漬。昨日北静王給我的，今日纔上身。若是别人，我斷不肯相贈。二爺請把自己繫的給我繫着。」寶玉聽説，喜不自禁，連忙接了，將自己一條松花汗巾解了下來，遞與琪官。二人方束好，只聽一聲大叫：「我可拿住了！」只見薛蟠跳了出來，拉着二人道：「放着酒不吃，兩個人逃席出來幹什麽？快拿出來我瞧瞧。」二人都道：「没什麽。」薛蟠那裏肯依，還是馮紫英出來纔解開了。於是復又歸座飲酒，至晚方散。

〔甲〕「紅緑牽巾」[六]是這樣用法。一笑。

寶玉回至園中，寬衣吃茶。襲人見扇子上的扇墜兒没了，庚 身上事。便問他：「往那裏去了？」寶玉道：「馬上丢了。」庚 隨口謊言。睡覺時只見腰裏一條血點似的大紅汗巾子，襲人便猜了八九分，因説道：「你有了好的繫褲子，把我那條還我罷。」寶玉聽説，方想起那條汗巾子原是襲人的，不該給人纔是，心裏後悔，口裏説不出來，只得笑道：「我賠你一條罷。」襲人聽了，點頭嘆道：「我就知道又幹這些事！也不該拿着我的東西給那起混賬人去。也難爲你心裏没個算計兒。」再要説上幾句，又恐怕慪上他的酒來，少不得睡了，一宿無話。

至次日天明起來，只見寶玉笑道：「夜裏失了盜也不曉得，你瞧瞧褲子上。」襲人低頭一看，只見昨日寶玉繫的那條汗巾子繫在自己腰裏，便知是寶玉夜間换了，忙一頓把〔七〕解下來，説道：「我不希罕這行子，趁早兒拿了去！」寶玉見他如此，只得委婉解勸了一回。襲人無法，只得繫上。過後寶玉出去，終久解下來，擲在個空箱子裏，自己又换了一條繫着。

寶玉並不理論，因問起昨日可有什麽事情。襲人便回説道：「二奶奶打發了人叫了紅兒去了。他原要等你來，我想什麼要緊，我就作了主，打發他去了。」寶玉道：「很是。我已知道了，不必等我罷了。」襲人又道：「昨兒貴妃差了夏太監出來，送了一百二十兩銀子，叫在清虛觀初一到初三打三天平安醮，唱戲獻供，叫珍大爺領着衆位爺們等跪香拜佛呢。還有端午兒的節禮也賞了。」説着命小丫頭來，將昨日的所賜之物取了出來，只見上等宮扇兩柄，紅麝香珠二串，鳳尾羅二端，芙蓉簟一領。寶玉見了，喜不自勝，問道：「別人的也都是這個麽？」襲人道：「老太太的多着一柄香如意，一個瑪瑙枕。老爺、太太、姨太太的只多着一柄如意。你的同寶姑娘的一樣。〔甲〕金娃玉郎是這樣寫法。林姑娘同二姑娘、三姑娘、四姑娘只單有扇子同數珠兒，別人都没了。大奶奶、二奶奶他兩個是每人兩匹紗、兩匹羅、兩個香袋兒、兩個錠子藥。」寶玉聽了，笑道：「這是怎麽個原故？怎麽林姑娘的倒不同我的一樣，倒是寶姐姐的同我一樣！別是傳錯了罷？」襲人道：「昨兒拿出來，都是一份一份的寫着籤子，怎麽就錯了！你的是在老太太屋裏來着，我去拿了來了。老太太説，明兒叫你一個五更天進去謝恩呢。」寶玉道：

「自然要走一趟。」說着便叫紫綃：「來，拿了這個到林姑娘那裏去，就說是昨兒我得的，愛什麼留下什麼。」紫綃答應了，便拿了去，不一時回來說：「林姑娘說了，昨兒也得了，二爺留着罷。」

寶玉聽說，便命人收了。剛洗了臉出來，要往賈母那邊請安去，只見林黛玉頂頭來了。寶玉趕上去，笑道：「我的東西叫你揀，你怎麼不揀？」林黛玉昨日所惱寶玉的心事早又丟開，只顧今日的事了，因說道：「我没這麼大福禁受，比不得寶姑娘，什麼金什麼玉的，我們不過是草木之人！」〔甲〕自道本是絳珠草也。寶玉聽他提出「金玉」二字來，不覺心動疑猜，便說道：「除了别人說什麼金什麼玉，我心裏要有這個想頭，天誅地滅，萬世不得人身！」林黛玉聽他這話，便知他心裏動了疑，忙又笑道：「好没意思，白白的說什麼誓？管你什麼金什麼玉的呢！」寶玉道：「我心裏的事也難對你們說，日後自然明白。除了老太太、老爺、太太這三個人，第四個就是妹妹了。要有第五個人，我就說個誓。」黛玉道：「你也不用說誓，我很知道你心裏有『妹妹』，但只是見了『姐姐』，就把『妹妹』忘了。」寶玉道：「那是你多心，我再不的。」黛玉道：「昨兒寶丫頭不替你圓謊，爲什麽問着我呢？那要是我，你又不知怎麽樣了。」

正説着，只見寶釵從那邊來了，二人便走開了。寶釵分明看見，只裝看不見，低着頭過去了，到了王夫人那裏，坐了一回，（甲）寶釵往王夫人處去，故寶玉先在賈母處，一絲不亂。然後到了賈母這邊，只見寶玉在這裏呢。寶釵因往日母親對王夫人等曾提過「金鎖是個和尚給的，（甲）此處表明，以後二寶文章，宜換眼看。等日後有玉的方可結爲婚姻」等語，所以總遠着寶玉。昨日見了元春所賜的東西，獨他與寶玉一樣，心裏越發没意思起來。幸虧寶玉被一個黛玉纏綿住了，心心念念只記掛着黛玉，並不理論這事。此刻忽見寶玉笑問道：「寶姐姐，我瞧瞧你的那紅麝串子。」可巧寶釵左腕上籠着一串，見寶玉問他，少不得褪了下來。寶釵原生的肌膚豐澤，容易褪不下來。寶玉在旁邊看着雪白一段酥臂，不覺動了羨慕之心，暗暗想道：「這個膀子要長在林妹妹身上，或者還得摸一摸，偏生長在他身上。」正是恨没福得摸，忽然想起「金玉」一事來，再看看寶釵形容，只見臉若銀盆，眼似水杏，

（甲）峰巒全露，又用煙雲截斷，好文字。

甲 太白所謂「清水出芙蓉」。

唇不點而紅，眉不畫而翠，比黛玉另具一種嫵媚風流，不覺就獃了，甲 忘情，非獃也。寶釵褪了串子來遞與他也忘了接。寶釵見他怔了，自己倒不好意思的，丢下串子，回身纔要走，只見黛玉蹬着門檻子，嘴裏咬着手帕子笑呢。寶釵道：「你又禁不得風兒吹，怎麽又站在那風口裏呢？」黛玉笑道：「何曾不是在屋裏呢。只因聽見天上一聲叫，出來瞧了一瞧，原來是個獃雁。」寶釵道：「獃雁在那裏呢？我也瞧瞧。」黛玉道：「我纔出來，他就『忒兒』一聲飛了。」口裏説着，將手裏的帕子一甩，向寶玉臉上甩來。不防正打在眼上，「噯喲」了一聲。再看下回分明。

甲 總評：茜香羅、紅麝串寫於一回，琪官雖係優人，後回與襲人供奉玉兄寶卿得同終始者，非泛泛之文也。

自「聞曲」回以後，回回寫藥方，是白描顰兒添病也。

前「玉生香」回中顰云「他有金你有玉；他有冷香你豈不該有暖香？」是寶玉無藥可配矣。今顰兒之劑若許材料皆係滋補熱性之藥，兼有許多奇物，而尚未擬名，何不竟以「暖香」

名之？以代補寶玉之不足，豈不三人一體矣。

寶玉忘情，露於寶釵，是後回累累忘情之引。

茜香羅暗繫於襲人腰中，係伏綫之文。

[戚]總評：世間最苦是痴情，不遇知音休應聲。盟誓已成了，莫遲誤今生。

〔一〕庚辰本也有此批，内容基本相同，唯末句作「幸甚幸甚」。按：此批與上回末的硃批應爲同時所作，而且甲戌本（原本）顯然是從庚辰本（原本）過録的。故末句應以「幸甚幸甚」爲是。甲戌本致誤原因是：傳抄過程中某本誤「幸」爲「本」（此本已有第一回「是書何本」、第二十五回「看書人亦要如是看爲本」兩誤例），後之轉抄者以「本」字不通，據文意改爲音同形近的「笨」字。

〔二〕「三百六十兩不足」：此句列藏本缺，楊本爲旁添，戚、蒙本「不足」作「還不够」。此語是寶玉對前文王夫人問「什麼藥就這麼貴」的解釋，也可能是批書人的批註。有人把「三百六十兩」和「不足」斷開分别歸前後句，非是。

〔三〕此處的「飄」字，和下文第二十九回「却拿眼睛飄人」，除戚本作「摽」，舒、辰本作「瞟」外，餘本均同底本。按：「斜眼看人」這個意義來源於口語，「飄」「摽」「瞟」均爲借字記音，無所謂對錯。此義今雖歸屬「瞟」字，但非「瞟」之本義，清段玉裁《説文解字註》：「今江蘇俗謂以目伺察曰瞟。」大概應在雪芹原著流傳以後的事了。

〔四〕列、楊本此處多二十九字，作「『（咱們走）吧。』那丫頭道：『吃不吃，等他一塊兒去。老太太問，讓他説去。』黛玉道：『你就等着。（我先走了。）』」似覺語氣更連貫自然。

〔五〕「你媽的屄」，「屄」原作「毴」，「毴」音義同「屄」，據舒本改。又，諸本「媽」均作「娘」，蒙本「屄」作「屁」，庚、戚、甲辰本則作「放你娘的屁」。按：「倒好」二字，加在駡人話之後，使咒駡帶有嘲駡的意味，亦作「才好」，今山東某些地區方言有類似用法。

〔六〕「紅緑牽巾」，指婚禮時新郎新娘拉的紅緑色的長巾。按：據第五回襲人判詞，她後來是嫁給蔣玉菡的。此批把汗巾比作「牽巾」，即是影射此事，有調侃意味。

〔七〕「一頓把」，北方方言，形容動作的快速，猶言「一下子」「一古腦兒」。

第二十九回　享福人福深還禱福　痴情女情重愈斟情

庚 清虛觀，賈母、鳳姐原意大適意大快樂，偏寫出多少不適意事來，此亦天然至情至理必有之事。

二玉心事，此回大書，是難了割，却用太君一言以定，是道悉通部書之大旨。

話說寶玉正自發怔，不想黛玉將手帕子甩了來，正碰在眼睛上，倒唬了一跳，問是誰。林黛玉搖着頭兒笑道：「不敢，是我失了手。因爲寶姐姐要看獃雁，我比給他看，不想失了手。」寶玉揉着眼睛，待要說什麽，又不好說的。

一時，鳳姐兒來了，因説起初一日在清虛觀打醮的事來，遂約着寶釵、寶玉、黛玉等看戲去。寶釵笑道：「罷，罷，怪熱的。什麽没看過的戲，我就不去了。」鳳姐兒道：「他們那裏涼快，兩邊又有樓。咱們要去，我頭幾天打發人去，把那些道士都趕出去，把樓打掃乾净，掛起簾子來，一個閒人不許放進廟去，纔是好呢。我已經回了太太了，你們不去我去。這些日子也悶的很了。家裏唱動戲，我又不得舒舒服服的看。」

賈母聽説，笑道：「既這麽着，我同你去。」鳳姐聽説，笑道：「老祖宗也去，乾净[一]好了！就只是我又不得受用了。」賈母道：「到明兒，我在正面樓上，你在旁邊樓上，你也不用到我這邊來立規矩，可好不好？」鳳姐兒笑道：「這就是老祖宗疼我了。」賈母因又向寶釵道：「你也去，連你母親也去。長天老日的，在家裏也是睡覺。」寶釵只得答應着。

賈母又打發人去請了薛姨媽，順路告訴王夫人，要帶了他們姊妹去。王夫人因一則身上不好，二則預備着元春有人出來，早已回了不去的；聽賈母如今這樣説，笑道：「還是這麽高興。」因打發人去到園裏告訴：「有要逛的，只管初一跟了老太太逛去。」這個話一傳開了，別人都還可以，只是那些丫頭們天天不得出門檻子，聽了這話，誰不要去。便是各人的主子懶怠去，他也百般攛掇了去，因此李宫裁等都説去。賈母越發心中喜歡，早已吩咐人去打掃安置，都不必細説。

單表到了初一這一日，榮國府門前車輛紛紛，人馬簇簇。那底下凡執事人等，聞得是貴妃作好事，賈母親去拈香，正是初一日乃月之首日，况是端陽節間，因此凡動用的什物，一色都是齊全的，不同往日。少時，賈母等出來。賈母坐一乘八人大轎，李氏、鳳姐兒、薛姨媽每人一乘四人轎，寶釵、黛玉二人共坐一輛翠蓋珠纓八寶車，迎春、探春、惜春三人共坐一輛朱輪華蓋車。然後賈母的丫頭鴛鴦、鸚鵡、琥珀、珍珠，林黛玉的丫頭紫鵑、雪雁、春纖，寶釵的丫頭鶯兒、文杏，迎春的丫頭司棋、繡橘，探春的丫頭待書、翠墨，惜春的丫頭入畫、彩屏，薛姨媽的丫頭同喜、同貴，外帶着香菱，香菱的丫頭臻兒，李氏的丫頭素雲、碧月，鳳姐兒的丫頭平兒、豐兒、小紅，並王夫人兩個丫頭也要跟了鳳姐兒去的金釧、彩雲，奶子抱着大姐兒帶着巧姐兒另在一車，還有兩個丫頭，一共又連上各房的老嬤嬤奶娘並跟出門的家人媳婦子，烏壓壓的佔了一街的車。賈母等已經坐轎去了多遠，這門前尚未坐完。這個説「我不同你在一處」，那個説「你壓了我們奶奶的包袱」，那邊車上又説「蹭了我的花兒」，這邊又説「碰折了我的扇子」，咭咭呱呱，説笑不絶。周瑞家的走來過去的説道：「姑娘們，這是街上，看人笑話。」説了兩遍，方覺好了。前頭的全副執事擺開，早已到了清虛觀了。寶玉騎着馬，在賈母轎前。街上人都站在兩邊。

將至觀前，只聽鐘鳴鼓響，早有張法官執香披衣，帶領衆道士在路旁迎接。賈母的轎剛至山門以内，賈母在轎内因看見有守門大帥並千里眼、順風耳、當方土地、本境城隍各位泥胎聖像，便命住轎。賈珍帶領各子弟上來迎接。鳳姐兒知道鴛鴦等在後面，趕不上來攙賈母，自己下了轎，忙要上來攙。可巧有個十二三歲的小道士兒，拿着剪筒，照管剪各處蠟花，正欲得便且藏出去，不想一頭撞在鳳姐兒懷裏。鳳姐便一揚手，照臉一下，把那小孩子打了一個筋斗，駡道：「野牛肏的，胡朝那裏跑！」那小道士也不顧拾燭剪，爬起來往外還要跑。正值寶釵等下車，衆婆娘媳婦正圍隨的風雨不透，但見一個小道士滾了出來，都喝聲叫「拿，拿，拿！打，打，打！」

賈母聽了忙問：「是怎麼了？」賈珍忙出來問。鳳姐上去攙住賈母，就回說：「一個小道士兒，剪燈花的，没躲出去，這會子混鑽呢。」賈母聽說，忙道：「快帶了那孩子來，别唬着他。小門小户的孩子，都是嬌生慣養的，那裏見的這個勢派。倘或唬着他，倒怪可憐見的，他老子娘豈不疼的慌？」説着，便叫賈珍去好生帶了來。賈珍只得去拉了那孩子來。那孩子還一手拿着蠟剪，跪在地下亂戰。賈母命賈珍拉起來，叫他别怕，問他幾歲了。那孩子通説不出話來。賈母還説「可憐見的」，又向賈珍道：「珍哥兒，帶他去罷。給他些錢買果子吃，别叫人難爲了他。」賈珍答應，領他去了。這裏賈母帶着衆人，一層一層的瞻拜觀玩。外面小厮們見賈母等進入二層山門，忽見賈珍領了一個小道士出來，叫人來帶去，給他幾百錢，不要難爲了他。家人聽説，忙上來領了下去。

賈珍站在堦磯上，因問：「管家在那裏？」底下站的小厮們見問，都一齊喝聲説：「叫管家！」登時林之孝一手整理着帽子跑了來，到賈珍跟前。賈珍道：「雖説這裏地方大，今兒不承望來這麽些人。你使的人，你就帶了往你的那院裏去；使不着的，打發到那院裏去。把小幺兒們多挑幾個在這二層門上同兩邊的角門上，伺候着要東西傳話。你可知道不知道，今兒小姐奶奶們都出來，一個閒人也到不了這裏。」林之孝忙答應「曉得」，又說了幾個「是」。賈珍道：「去罷。」又問：「怎麽不見蓉兒？」一聲未了，只見賈蓉從鐘樓裏跑了出來。賈珍道：「你瞧瞧他，我這裏也還没熱，他倒乘凉去了！」喝命家人啐他。那小厮們都知道賈珍素日的性子，違拗不得，有個小厮便上來向賈蓉臉上啐了一口。賈珍又道：「問着他！」那小厮便問賈蓉道：「爺還不怕熱，哥兒怎麽先乘凉去了？」賈蓉垂着手，一聲不敢説。那賈芸、賈萍、賈芹等聽見了，不但他們慌了，亦且連賈璜、賈㻞、賈瓊等也都忙了，一個一個從墻根下慢慢的溜上來。賈珍又向賈蓉道：「你站着作什麽？還不騎了馬跑到家裏，告訴你娘母子去！老太太同姑娘們都來了，叫他們快來伺候。」賈蓉聽説，忙跑了出來，一叠聲要馬，一面抱怨道：「早都不知作什麽的，這會子尋趁我。」一面又駡小子：「捆着手呢？馬也拉不來。」待要打發小子去，又恐後來對出來，説不得親自走一趟，騎馬去了，不在話下。

且説賈珍方要抽身進去，只見張道士站在旁邊陪笑説道：「論理我不比別人，應該裏頭伺候。只因天氣炎熱，衆位千金都出來了，法官不敢擅入，請爺的示下。恐老太太問，或要隨喜那裏，我只在這裏伺候罷了。」賈珍知道這張道士雖然是當日榮國府國公的替身，曾經先皇御口親呼爲「大幻仙人」，如今現掌「道録司」印，又是當今封爲「終了真人」，現今王公藩鎮都稱他爲「神仙」，所以不敢輕慢。二則他又常往兩個府裏去，凡夫人小姐都是見的。今見他如此説，便笑道：「咱們自己，你又説起這話來。再多説，我把你這鬍子還撏了呢！還不跟我進來。」那張道士呵呵大笑，跟了賈珍進來。

賈珍到賈母跟前，控身陪笑説：「這張爺爺進來請安。」賈母聽了，忙道：「攙他來。」賈珍忙去攙了過來。那張道士先哈哈笑道：「無量壽佛！老祖宗一向福壽安康？衆位奶奶小姐納福？一向没到府裏請安，老太太氣色越發好了。」賈母笑道：「老神仙，你好？」張道士笑道：「託老太太萬福萬壽，小道也還康健。別的倒罷，只記掛着哥兒，一向身上好？前日四月二十六日，我這裏做遮天大王的聖誕，人也來的少，東西也很乾浄，我説請哥兒來逛逛，怎麽説不在家？」賈母説道：「果真不在家。」一面回頭叫寶玉。誰知寶玉解手去了纔來，忙上前問：「張爺爺好？」張道士忙抱住問了好，又向賈母笑道：「哥兒越發發福了。」賈母道：「他外頭好，裏頭弱。又搭着他老子逼着他念書，生生的把個孩子逼出病來了。」張道士道：「前日我在好幾處看見哥兒寫的字、作的詩，都好的了不得，怎麽老爺還抱怨説哥兒不大喜歡念書呢？依小道看來，也就罷了。」又嘆道：「我看見哥兒的這個形容身段，言談舉動，怎麽就同當日國公爺一個稿子！」説着兩眼流下淚來。賈母聽説，也由不得滿臉淚痕，説道：「正是呢，我養這些兒子孫子，也没一個像他爺爺的，就只這玉兒像他爺爺。」

那張道士又向賈珍道：「當日國公爺的模樣兒，爺們一輩的不用説，自然没趕上，大約連大老爺、二老爺也記不清楚了。」説畢呵呵又一大笑，道：「前日在一個人家看見一位小姐，今年十五歲了，生的倒也好個模樣兒。我想着哥兒也該尋親事了。若論這個小姐模樣兒，聰明智慧，根基家當，倒也配的過。但不知老太太怎麽樣，小道也不敢造次。等請了老太太的示下，纔敢向人去説。」賈母道：「上回有和尚説了，這孩子命裏不該早娶，等再大一大兒再定罷。你可如今打聽着，不管他根基富貴，只要模樣配的上就好，來告訴我。便是那家子窮，不過給他幾兩銀子罷了。只是模樣性格兒難得好的。」

説畢，只見鳳姐兒笑道：「張爺爺，我們丫頭的寄名符兒你也不换去。前兒虧你還有那麼大臉，打發人和我要鵝黄緞子去！要不給你，又恐怕你那老臉上過不去。」張道士呵呵大笑道：「你瞧，我眼花了，也没看見奶奶在這裏，也没道多謝。符早已有了，前日原要送去的，不指望娘娘來作好事，就混忘了，還在佛前鎮着。待我取來。」説着跑到大殿上去，一時拿了一個茶盤，搭着大紅蟒緞經袱子，托出符來。大姐兒的奶子接了符。張道士方欲抱過大姐兒來，只見鳳姐笑道：「你就手裏拿出來罷了，又用個盤子托着。」張道士道：「手裏不乾不净的，怎麼拿？用盤子潔净些。」鳳姐兒笑道：「你只顧拿出盤子來，倒唬我一跳。我不説你是爲送符，倒像是和我們化佈施來了。」衆人聽説，哄然一笑，連賈珍也掌不住笑了。賈母回頭道：「猴兒猴兒，你不怕下割舌頭地獄？」鳳姐兒笑道：「我們爺兒們不相干。他怎麼常常的説我該積陰騭，遲了就短命呢！」

張道士也笑道：「我拿出盤子來一舉兩用，却不爲化佈施，倒要將哥兒的這玉請了下來，托出去給那些遠來的道友並徒子徒孫們見識見識。」賈母道：「既這麽着，你老人家老天拔地的跑什麽，就帶他去瞧了，叫他進來，豈不省事？」張道士道：「老太太不知道，看着小道是八十多歲的人，託老太太的福倒也健壯；二則外面的人多，氣味難聞，况是個暑熱的天，哥兒受不慣，倘或哥兒受了腌臢氣味，倒值多了。」賈母聽説，便命寶玉摘下通靈玉來，放在盤內。那張道士兢兢業業的用蟒袱子墊着，捧了出去。

這裏賈母與衆人各處遊玩了一回，方去上樓。只見賈珍回説：「張爺爺送了玉來了。」剛説着，只見張道士捧了盤子，走到跟前笑道：「衆人託小道的福，見了哥兒的玉，實在可罕。都没什麽敬賀之物，這是他們各人傳道的法器，都願意爲敬賀之禮。哥兒便不希罕，只留着在房裏頑耍賞人罷。」賈母聽説，向盤内看時，只見也有金璜，也有玉玦，或有事事如意，或有歲歲平安，皆是珠穿寶貫，玉琢金鏤，共有三五十件。因説道：「你也胡鬧。他們出家人是那裏來的，何必這樣，這不能收。」張道士笑道：「這是他們一點敬心，小道也不能阻擋。老太太若不留下，豈不叫他們看着小道微薄，不像是門下出身了。」賈母聽如此説，方命人接了。寶玉笑道：「老太太，張爺爺既這麽説，又推辭不得，我要這個也無用，不如叫小子們捧了這個，跟着我出去散給窮人罷。」賈母笑道：「這倒説的是。」張道士又忙攔道：「哥兒雖要行好，但這些東西雖説不甚希奇，到底也是幾件器皿。若給了乞丐，一則與他們無益，二則反倒遭塌了這些東西。要捨給窮人，何不就散錢與他們。」寶玉聽説，便命收下，等晚間拿錢施捨罷了。説畢，張道士方退出去。

這裏賈母與衆人上了樓，在正面樓上歸坐。鳳姐等佔了東樓。衆丫頭等在西樓，輪流伺候。賈珍一時來回：「神前拈了戲，頭一本《白蛇記》。」賈母問：「《白蛇記》是什麽故事？」賈珍道：「是漢高祖斬蛇方起首的故事。第二本是《滿床笏》。」賈母笑道：「這倒是第二本上？也罷了。神佛要這樣，也只得罷了。」又問第三本，賈珍道：「第三本是《南柯夢》。」賈母聽了便不言語。賈珍退了下來，至外邊預備着申表、焚錢糧、開戲，不在話下。

且說寶玉在樓上，坐在賈母旁邊，因叫個小丫頭子捧着方纔那一盤子賀物，將自己的玉帶上，用手翻弄尋撥，一件一件的挑與賈母看。賈母因看見有個赤金點翠的麒麟，便伸手拿了起來，笑道：「這件東西好像我看見誰家的孩子也帶着這麼一個的。」寶釵笑道：「史大妹妹有一個，比這個小些。」賈母道：「是雲兒有這個。」寶玉道：「他這麼往我們家去住着，我也没看見。」探春笑道：「寶姐姐有心，不管什麼他都記得。」林黛玉冷笑道：「他在别的上還有限，惟有這些人帶的東西上越發留心。」寶釵聽說，便回頭裝没聽見。寶玉聽見史湘雲有這件東西，自己便將那麒麟忙拿起來揣在懷裏。一面心裏又想到怕人看見他聽見史湘雲有了，他就留這件，因此手裏揣着，却拿眼睛瞟人。只見衆人都倒不大理論，惟有林黛玉瞅着他點頭兒，似有讚歎之意。寶玉不覺心裏没好意思起來，又掏了出來，向黛玉笑道：「這個東西倒好頑，我替你留着，到了家穿上你帶。」林黛玉將頭一扭，説道：「我不希罕。」寶玉笑道：「你果然不希罕，我少不得就拿着。」説着又揣了起來。

剛要説話，只見賈珍、賈蓉的妻子婆媳兩個來了，彼此見過，賈母方説：「你們又來做什麽，我不過没事來逛逛。」一句話没説了，只見人報：「馮將軍家有人來了。」原來馮紫英家聽見賈府在廟裏打醮，連忙預備了猪羊香燭茶銀之類的東西送禮。鳳姐兒聽了，忙趕過正樓來，拍手笑道：「嗳呀！我就不防這個。只説咱們娘兒們來閒逛逛，人家只當咱們大擺齋壇的來送禮。都是老太太鬧的。這又不得預備賞封兒。」剛説了，只見馮家的兩個管家娘子上樓來了。馮家兩個未去，接着趙侍郎也有禮來了。於是接二連三，都聽見賈府打醮，女眷都在廟裏，凡一應遠親近友，世家相與都來送禮。賈母纔後悔起來，説：「又不是什麽正緊齋事，我們不過閒逛逛，就想不到這禮上，没的驚動了人。」因此雖看了一天戲，至下午便回來了，次日便懶怠去。鳳姐又説：「打墻也是動土，已經驚動了人，今兒樂得還去逛逛。」那賈母因昨日張道士提起寶玉説親的事來，誰知寶玉一日心中不自在，回家來生氣，嗔着張道士與他説了親，口口聲聲説從今以後不再見張道士了，别人也並不知爲什麽原故；二則林黛玉昨日回家又中了暑：因此二事，賈母便執意不去了。鳳姐見不去，自己帶了人去，也不在話下。

且説寶玉因見林黛玉又病了，心裏放不下，飯也懶去吃，不時來問。林黛玉又怕他有個好歹，因説道：「你只管看你的戲去，在家裏作什麼？」寶玉因昨日張道士提親，心中大不受用，今聽見林黛玉如此説，心裏因想道：「别人不知道我的心還可恕，連他也奚落起我來。」因此心中更比往日的煩惱加了百倍。若是别人跟前，斷不能動這肝火，只是林黛玉説了這話，倒比往日别人説這話不同，由不得立刻沉下臉來，説道：「我白認得了你。罷了，罷了！」林黛玉聽説，便冷笑了兩聲：「我也知道白認得了我，那裏像人家有什麼配的上呢。」寶玉聽了，便向前來直問到臉上：「你這麼説，是安心咒我天誅地滅？」林黛玉一時解不過這個話來。寶玉又道：「昨兒還爲這個賭了幾回咒，今兒你到底又准我一句。我便天誅地滅，你又有什麼益處？」林黛玉一聞此言，方想起上日的話來。今日原是自己説錯了，又是着急，又是羞愧，便顫顫兢兢的説道：「我要安心咒你，我也天誅地滅。何苦來！我知道，昨日張道士説親，你怕阻了你的好姻緣，你心裏生氣，來拿我煞性子。」

原來那寶玉自幼生成有一種下流痴病，況從幼時和黛玉耳鬢廝磨，心情相對；及如今稍明時事，又看了那些邪書僻傳，凡遠親近友之家所見的那些閨英闈秀，皆未有稍及林黛玉者，所以早存了一段心事，只不好説出來，故每每或喜或怒，變盡法子暗中試探。那林黛玉偏生也是個有些痴病的，也每用假情試探。因你也將真心真意瞞了起來，只用假意，我也將真心真意瞞了起來，只用假意，如此兩假相逢，終有一真。其間瑣瑣碎碎，難保不有口角之争。即如此刻，寶玉的心内想的是：「别人不知我的心，還有可恕，難道你就不想我的心裏眼裏只有你！你不能爲我煩惱，反來以這話奚落堵我。可見我心裏一時一刻白有你，你竟心裏没我。」心裏這意思，只是口裏説不出來。那林黛玉心裏想着：「你心裏自然有我，雖有『金玉相對』之説，你豈是重這邪説不重我的？我便時常提這『金玉』，你只管了然自若無聞的，方見得是待我重，而毫無此心了。如何我只一提『金玉』的事，你就着急，可知你心裏時時有『金玉』，見我一提，你又怕我多心，故意着急，安心哄我。」

看來兩個人原本是一個心，但都多生了枝葉，反弄成兩個心了。那寶玉心中又想着：「我不管怎麽樣都好，只要你隨意，我便立刻因你死了也情願。你知也罷，不知也罷，只由我的心，可見你方和我近，不和我遠。」那林黛玉心裏又想着：「你只管你，你好我自好，你何必爲我而自失。殊不知你失我自失。可見是你不叫我近你，有意叫我遠你了。」如此看來，却都是求近之心，反弄成疎遠之意。如此之話，皆他二人素習所存私心，也難備述。

如今只述他們外面的形容。那寶玉又聽見他説「好姻緣」三個字，越發逆了己意，心裏乾噎，口裏説不出話來，便賭氣向頸上抓下通靈寶玉，咬牙恨命往地下一摔，道：「什麼撈什骨子，我砸了你完事！」偏生那玉堅硬非常，摔了一下，竟文風没動。寶玉見没摔碎，便回身找東西來砸。林黛玉見他如此，早已哭起來，説道：「何苦來，你摔砸那啞吧物件。有砸他的，不如來砸我。」二人鬧着，紫鵑雪雁等忙來解勸。後來見寶玉下死力砸玉，忙上來奪，又奪不下來，見比往日鬧的大了，少不得去叫襲人。襲人忙趕了來，纔奪了下來。寶玉冷笑道：「我砸我的東西，與你們什麼相干！」

襲人見他臉都氣黄了，眼眉都變了，從來没氣的這樣，便拉着他的手，笑道：「你同妹妹拌嘴，不犯着砸他，倘或砸壞了，叫他心裏臉上怎麽過的去？」林黛玉一行哭着，一行聽了這話説到自己心坎兒上來，可見寶玉連襲人不如，越發傷心大哭起來。心裏一煩惱，方纔吃的香薷飲解暑湯便承受不住，「哇」的一聲都吐了出來。紫鵑忙上來用手帕子接住，登時一口一口的把一塊手帕子吐濕。雪雁忙上來搥。紫鵑道：「雖然生氣，姑娘到底也該保重着些。纔吃了藥好些，這會子因和寶二爺拌嘴，又吐出來。倘或犯了病，寶二爺怎麼過的去呢？」寶玉聽了這話説到自己心坎兒上來，可見黛玉不如一紫鵑。又見林黛玉臉紅頭脹，一行啼哭，一行氣湊，一行是淚，一行是汗，不勝怯弱。寶玉見了這般，又自己後悔方纔不該同他較證，這會子他這樣光景，我又替不了他。心裏想着，也由不的滴下淚來了。襲人見他兩個哭，由不得守着寶玉也心酸起來，又摸着寶玉的手冰涼，待要勸寶玉不哭罷，一則又恐寶玉有什麼委曲悶在心裏，二則又恐薄了林黛玉。不如大家一哭，就丢開手了，因此也流下淚來。紫鵑一面收拾了吐的藥，一面拿扇子替林黛玉輕輕的扇着，見三個人都鴉雀無聲，各人哭各人的，也由不得傷心起來，也拿手帕子擦淚。四個人都無言對泣。

一時，襲人勉强笑向寶玉道：「你不看别的，你看看這玉上穿的穗子，也不該同林姑娘拌嘴。」林黛玉聽了，也不顧病，趕來奪過去，順手抓起一把剪子來要剪。襲人紫鵑剛要奪，已經剪了幾段。林黛玉哭道：「我也是白效力。他也不希罕，自有别人替他再穿好的去。」襲人忙接了玉道：「何苦來，這是我纔多嘴的不是了。」寶玉向林黛玉道：「你只管剪，我横竪不帶他，也没什麽。」

只顧裏頭鬧，誰知那些老婆子們見林黛玉大哭大吐，寶玉又砸玉，不知道要鬧到什麽田地，倘或連累了他們，便一齊往前頭回賈母王夫人知道，好不干連了他們。那賈母王夫人見他們忙忙的作一件正緊事來告訴，也都不知有了什麽大禍，便一齊進園來瞧他兄妹。急的襲人抱怨紫鵑爲什麽驚動了老太太、太太，紫鵑又只當是襲人去告訴的，也抱怨襲人。那賈母王夫人進來，見寶玉也無言，林黛玉也無話，問起來又没爲什麽事，便將這禍移到襲人紫鵑兩個人身上，説：「爲什麽你們不小心伏侍，這會子鬧起來都不管了！」因此將他二人連駡帶説教訓了一頓。二人都没話，只得聽着。還是賈母帶出寶玉去了，方纔平服。

過了一日，至初三日，乃是薛蟠生日，家裏擺酒唱戲，來請賈府諸人。寶玉因得罪了林黛玉，二人總未見面，心中正自後悔，無精打采的，那裏還有心腸去看戲，因而推病不去。林黛玉不過前日中了些暑溽之氣，本無甚大病，聽見他不去，心裏想：「他是好吃酒看戲的，今日反不去，自然是因爲昨兒氣着了。再不然，他見我不去，他也没心腸去。只是昨兒千不該萬不該剪了那玉上的穗子。管定他再不帶了，還得我穿了他纔帶。」因而心中十分後悔。

那賈母見他兩個都生了氣，只説趁今兒那邊看戲，他兩個見了也就完了，不想又都不去。老人家急的抱怨説：「我這老冤家是那世裏的孽障，偏生遇見了這麼兩個不省事的小冤家，没有一天不叫我操心。真是俗語説的，『不是冤家不聚頭』。幾時我閉了這眼，斷了這口氣，憑着這兩個冤家鬧上天去，我眼不見心不煩，也就罷了。偏又不咽這口氣。」自己抱怨着也哭了。

這話傳入寶林二人耳内。原來他二人竟是從未聽見過「不是冤家不聚頭」的這句俗語，如今忽然得了這句話，好似參禪的一般，都低頭細嚼此話的滋味，都不覺潸然泣下。雖不曾會面，然一個在瀟湘舘臨風洒淚，一個在怡紅院對月長吁，却不是人居兩地，情發一心！

襲人因勸寶玉道：「千萬不是，都是你的不是。往日家裏小厮們和他們的姊妹拌嘴，或是兩口子分争，你聽見了，你還駡小厮們蠢，不能體貼女孩兒們的心。今兒你也這麽着了。明兒初五，大節下，你們兩個再這麽仇人似的，老太太越發要生氣，一定弄的大家不安生。依我勸，你正緊下個氣，陪個不是，大家還是照常一樣，這麽也好，那麽也好。」那寶玉聽見了不知依與不依，要知端詳，且聽下回分解。

戚 總評：一片哭聲，總因情重；金玉無言，何可爲證？

〔一〕「乾净」，蒙、戚、列本作「趕情」，甲辰本作「敢是」，楊本作「固然」，當係不識「乾净」之臆改。按：乾净，即敢情，明清小説中常見。如《金瓶梅詞話》第二十三回：「想起什麽來對人説，乾净你這嘴頭子就是個走水的槽。」

龄官

第三十回　寶釵借扇機帶雙敲　椿靈〔一〕劃薔痴及局外

庚 借扇敲雙玉，是寫寶釵金蟬脱殼。銀釵畫「薔」字，是［寫］痴女夢中説夢。脚踢襲人，是斷無是理，竟有是事。

話説林黛玉與寶玉角口後，也自後悔，但又無去就他之理，因此日夜悶悶，如有所失。紫鵑度其意，乃勸道：「若論前日之事，竟是姑娘太浮躁了些。别人不知寶玉那脾氣，難道咱們也不知道的？爲那玉也不是鬧了一遭兩遭了。」黛玉啐道：「你倒來替人派我的不是。我怎麼浮躁了？」紫鵑笑道：「好好的，爲什麼又剪了那穗子？豈不是寶玉只有三分不是，姑娘倒有七分不是。我看他素日在姑娘身上就好，皆因姑娘小性兒，常要歪派他，纔這麼樣。」

林黛玉正欲答話，只聽院外叫門。紫鵑聽了一聽，笑道：「這是寶玉的聲音，想必是來賠不是來了。」林黛玉聽了道：「不許開門！」紫鵑道：「姑娘又不是了。這麼熱天毒日頭地下，曬壞了他如何使得呢！」口裏説着，便出去開門，果然是寶玉。一面讓他進來，一面笑道：「我只當是寶二爺再不上我們這門了，誰知這會子又來了。」寶玉笑道：「你們把極小的事倒説大了。好好的爲什麼不來？我便死了，魂也要一日來一百遭。妹妹可大好了？」紫鵑道：「身上病好了，只是心裏氣不大好。」寶玉笑道：「我曉得有什麼氣。」一面説着，一面進來，只見林黛玉又在床上哭。

那林黛玉本不曾哭，聽見寶玉來，由不得傷了心，止不住滾下淚來。寶玉笑着走近床來，道：「妹妹身上可大好了？」林黛玉只顧拭淚，並不答應。寶玉因便挨在床沿上坐了，一面笑道：「我知道妹妹不惱我。但只是我不來，叫旁人看着，倒像是咱們又拌了嘴的似的。若等他們來勸咱們，那時節豈不咱們倒覺生分了？不如這會子，你要打要駡，憑着你怎麽樣，千萬别不理我。」説着，又把「好妹妹」叫了幾萬聲。林黛玉心裏原是再不理寶玉的，這會子見寶玉説别叫人知道他們拌了嘴就生分了似的這一句話，又可見得比人原親近，因又掌不住哭道：「你也不用哄我。從今以後，我也不敢親近二爺，二爺也全當我去了。」寶玉聽了笑道：「你往那去呢？」林黛玉道：「我回家去。」寶玉笑道：「我跟了你去。」林黛玉道：「我死了。」寶玉道：「你死了，我做和尚！」林黛玉一聞此言，登時將臉放下來，問道：「想是你要死了，胡説的是什麽！你家倒有幾個親姐姐親妹妹呢，明兒都死了，你幾個身子去作和尚？明兒我倒把這話告訴别人去評評。」

寶玉自知這話説的造次了，後悔不來，登時臉上紅脹起來，低着頭不敢則一聲。幸而屋裏没人。林黛玉直瞪瞪的瞅了他半天，氣的一聲兒也説不出來。見寶玉憋的臉上紫脹，便咬着牙用指頭狠命的在他額顱上戳了一下，「哼」了一聲，咬牙説道：「你這——」剛説了兩個字，便又嘆了一口氣，仍拿起手帕子來擦眼淚。寶玉心裏原有無限的心事，又兼説錯了話，正自後悔；又見黛玉戳他一下，要説又説不出來，自嘆自泣，因此自己也有所感，不覺滚下淚來。要用帕子揩拭，不想又忘了帶來，便用衫袖去擦。林黛玉雖然哭着，却一眼看見了，見他穿着簇新藕合紗衫，竟去拭淚，便一面自己拭着淚，一面回身將枕邊搭的一方綃帕子拿起來，向寶玉懷裏一摔，一語不發，仍掩面自泣。寶玉見他摔了帕子來，忙接住拭了淚，又挨近前些，伸手攙了林黛玉一隻手，笑道：「我的五臟都碎了，你還只是哭。

〔辰〕寫盡寶、黛無限心曲，假使聖歎見之，正不知批出多少妙處。

走罷，我同你往老太太跟前去。」林黛玉將手一摔道：「誰同你拉拉扯扯的。一天大似一天的，還這麽涎皮賴臉的，連個道理也不知道。」

一句没説完，只聽喊道：「好了！」寶林二人不防，都唬了一跳，回頭看時，只見鳳姐兒跳了進來，笑道：「老太太在那裏抱怨天抱怨地，只叫我來瞧瞧你們好了没有。我説不用瞧，過不了三天，他們自己就好了。老太太駡我，説我懶。我來了，果然應了我的話了。也没見你們兩個人有些什麽可拌的，三日好了，兩日惱了，越大越成了孩子了！有這會子拉着手哭的，昨兒爲什麽又成了烏眼鷄呢！還不跟我走，到老太太跟前，叫老人家也放些心。」説着拉了林黛玉就走。林黛玉回頭叫丫頭們，一個也没有。鳳姐道：「又叫他們作什麽，有我伏侍你呢。」一面説，一面拉了就走。寶玉在後面跟着出了園門。到了賈母跟前，鳳姐笑道：「我説他們不用人費心，自己就會好的。老祖宗不信，一定叫我去説合。我及至到那裏要説合，誰知兩個人倒在一處對賠不是了。對哭對訴，倒像『黄鷹抓住了鷂子的脚』，兩個都扣了環了，那裏還要人去説合。」説的滿屋裏都笑起來。

此時寶釵正在這裏。那林黛玉只一言不發，挨着賈母坐下。寶玉没甚説的，便向寶釵笑道：「大哥哥好日子，偏生我又不好了，没别的禮送，連個頭也不得磕去。大哥哥不知我病，倒像我懶，推故不去的。倘或明兒閒了，姐姐替我分辯分辯。」寶釵笑道：「這也多事。你便要去也不敢驚動，何况身上不好，弟兄們日日一處，要存這個心倒生分了。」寶玉又笑道：「姐姐知道體諒我就好了。」又道：「姐姐怎麽不看戲去？」寶釵道：「我怕熱，看了兩齣，熱的很。要走，客又不散。我少不得推身上不好，就來了。」寶玉聽説，自己由不得臉上没意思，只得又搭訕笑道：「怪不得他們拿姐姐比楊妃，原來也體豐怯熱。」寶釵聽説，不由的大怒，待要怎樣，又不好怎樣。回思了一回，臉紅起來，便冷笑了兩聲，説道：「我倒像楊妃，只是没一個好哥哥好兄弟可以作得楊國忠的！」二人正説着，可巧小丫頭靛兒因不見了扇子，和寶釵笑道：「必是寶姑娘藏了我的。好姑娘，賞我罷。」寶釵指他道：「你要仔細！我和你頑過，你再疑我。和你素日嘻皮笑臉的那些姑娘們跟前，你該問他們去。」説的個靛兒跑了。寶玉自知又把話説造次了，當着許多人，更比纔在林黛玉跟前更不好意思，便急回身又同别人搭訕去了。

林黛玉聽見寶玉奚落寶釵，心中着實得意，纔要搭言也趁勢兒取個笑，不想靛兒因找扇子，寶釵又發了兩句話，他便改口笑道：「寶姐姐，你聽了兩齣什麽戲？」寶釵因見林黛玉面上有得意之態，一定是聽了寶玉方纔奚落之言，遂了他的心願，忽又見問他這話，便笑道：「我看的是李逵駡了宋江，後來又賠不是。」寶玉便笑道：「姐姐通今博古，色色都知道，怎麽連這一齣戲的名字也不知道，就説了這麽一串子。這叫《負荆請罪》。」寶釵笑道：「原來這叫作《負荆請罪》！你們通今博古，纔知道『負荆請罪』，我不知道什麽是『負荆請罪』！」一句話還未説完，寶玉林黛玉二人心裏有病，聽了這話早把臉羞紅了。鳳姐於這些上雖不通達，但只見他三人形景，便知其意，便也笑着問人道：「你們大暑天，誰還吃生薑呢？」衆人不解其意，便説道：「没有吃生薑。」鳳姐故意用手摸着腮，詫異道：「既没人吃生薑，怎麽這麽辣辣的？」寶玉黛玉二人聽見這話，越發不好過了。寶釵再要説話，見寶玉十分討愧，形景改變，也就不好再説，只得一笑收住。别人總未解得他四個人的言語，因此付之流水。

一時寶釵鳳姐去了，林黛玉笑向寶玉道：「你也試着比我利害的人了。誰都像我心拙口笨的，由着人説呢。」寶玉正因寶釵多了心，自己没趣，又見林黛玉來問着他，越發没好氣起來。待要説兩句，又恐林黛玉多心，説不得忍着氣，無精打采一直出來。

誰知目今盛暑之時，又當早飯已過，各處主僕人等多半都因日長神倦之時，寶玉背着手，到一處，一處鴉雀無聞。從賈母這裏出來，往西走過了穿堂，便是鳳姐的院落。到他們院門前，只見院門掩着。知道鳳姐素日的規矩，每到天熱，午間要歇一個時辰的，進去不便，遂進角門，來到王夫人上房内。只見幾個丫頭子手裏拿着針綫，却打盹兒呢。王夫人在裏間凉榻上睡着，金釧兒坐在旁邊搥腿，也乜斜着眼亂恍。

寶玉輕輕的走到跟前，把他耳上帶的墜子一滴〔二〕，金釧兒睁開眼，見是寶玉。寶玉悄悄的笑道：「就睏的這麽着？」金釧抿嘴一笑，擺手令他出去，仍合上眼。寶玉見了他，就有些戀戀不捨的，悄悄的探頭瞧瞧王夫人合着眼，便自己向身邊荷包裹帶的香雪潤津丹掏了出來，便向金釧兒口裏一送。金釧兒並不睁眼，只管噙了。寶玉上來便拉着手，悄悄的笑道：「我明日和太太討你，咱們在一處罷。」金釧兒不答。寶玉又道：「不然，等太太醒了我就討。」金釧兒睁開眼，將寶玉一推，笑道：「你忙什麽！『金簪子掉在井裏頭，有你的只是有你的』，連這句話語難道也不明白？我倒告訴你個巧宗兒，你往東小院子裏拿環哥兒同彩雲去。」寶玉笑道：「憑他怎麽去罷，我只守着你。」只見王夫人翻身起來，照金釧兒臉上就打了個嘴巴子，指着駡道：「下作小娼婦，好好的爺們，都叫你教壞了。」寶玉見王夫人起來，早一溜煙去了。

這裏金釧兒半邊臉火熱，一聲不敢言語。登時衆丫頭聽見王夫人醒了，都忙進來。王夫人便叫玉釧兒：「把你媽叫來，帶出你姐姐去。」金釧兒聽説，忙跪下哭道：「我再不敢了。太太要打罵，只管發落，别叫我出去就是天恩了。我跟了太太十來年，這會子攆出去，我還見人不見人呢！」王夫人固然是個寬仁慈厚的人，從來不曾打過丫頭們一下，今忽見金釧兒行此無恥之事，此乃平生最恨者，故氣忿不過，打了一下，駡了幾句。雖金釧兒苦求，亦不肯收留，到底唤了金釧兒之母白老媳婦來領了下去。那金釧兒含羞忍辱的出去，不在話下。

且説寶玉見王夫人醒來，自己没趣，忙進大觀園來。只見赤日當空，樹陰合地，滿耳蟬聲，静無人語。剛到了薔薇花架，只聽有人哽噎之聲。寶玉心中疑惑，便站住細聽，果然架下那邊有人。如今五月之際，那薔薇正是花葉茂盛之際，寶玉便悄悄的隔着籬笆洞兒一看，只見一個女孩子蹲在花下，手裏拿着根綰頭的簪子在地下摳土，一面悄悄的流淚。寶玉心中想道：「難道這也是個痴丫頭，又像顰兒來葬花不成？」因又自嘆道：「若真也葬花，可謂

『東施效顰』，不但不爲新特，且更可厭了。」想畢，便要叫那女子，説：「你不用跟着那林姑娘學了。」話未出口，幸而再看時，這女孩子面生，不是個侍兒，倒像是那十二個學戲的女孩子之内的，却辨不出他是生旦净丑那一個角色來。寶玉忙把舌頭一伸，將口掩住，自己想道：「幸而不曾造次。上兩次皆因造次了，顰兒也生氣，寶兒也多心，如今再得罪了他們，越發没意思了。」

一面想，一面又恨認不得這個是誰。再留神細看，只見這女孩子眉蹙春山，眼顰秋水，面薄腰纖，裊裊婷婷，大有林黛玉之態。寶玉早又不忍棄他而去，只管痴看。只見他雖然用金簪劃地，並不是掘土埋花，竟是向土上畫字。寶玉用眼隨着簪子的起落，一直一畫一點一勾的看了去，數一數，十八筆。自己又在手心裏用指頭按着他方纔下筆的規矩寫了，猜是個什麼字。寫成一想，原來就是個薔薇花的「薔」字。寶玉想道：「必定是他也要作詩填詞。這會子見了這花，因有所感，或者偶成了兩句，一時興至恐忘，在地下畫着推敲，也未可知。且看他底下再寫什麼。」一面想，一面又看，只見那女孩子還在那裏畫呢，畫來畫去，還是個

「薔」字。再看，還是個「薔」字。裏面的原是早已痴了，畫完一個又畫一個，已經畫了有幾十個「薔」。外面的不覺也看痴了，兩個眼睛珠兒只管隨着簪子動，心裏却想：「這女孩子一定有什麽話説不出來的大心事，纔這樣個形景。外面既是這個形景，心裏不知怎麽熬煎。看他的模樣兒這般單薄，心裏那裏還擱的住熬煎。可恨我不能替你分些過來。」

伏中陰晴不定，扇雲可致雨，忽一陣凉風過了，唰唰的落下一陣雨來。寶玉看着那女子頭上滴下水來，紗衣裳登時濕了。寶玉想道：「這時下雨。他這個身子，如何禁得驟雨一激！」因此禁不住便説道：「不用寫了。你看下大雨，身上都濕了。」那女孩子聽説倒唬了一跳，抬頭一看，只見花外一個人叫他不要寫了，下大雨了。一則寶玉臉面俊秀；二則花葉繁茂，上下俱被枝葉隱住，剛露着半邊臉，那女孩子只當是個丫頭，再不想是寶玉，因笑道：「多謝姐姐提醒了我。難道姐姐在外頭有什麽遮雨的？」一句提醒了寶玉，「噯喲」了一聲，纔覺得渾身冰凉。低頭一看，自己身上也都濕了。説聲「不好」，只得一氣跑回怡紅院去了，心裏却還記掛着那女孩子没處避雨。

原來明日是端陽節，那文官等十二個女子都放了學，進園來各處頑耍。可巧小生寶官、正旦玉官兩個女孩子，正在怡紅院和襲人頑笑，被大雨阻住。大家把溝堵了，水積在院內，把些綠頭鴨、花鸂鶒、彩鴛鴦，捉的捉，趕的趕，縫了翅膀，放在院内頑耍，將院門關了。襲人等都在遊廊上嘻笑。

寶玉見關着門，便以手扣門，裏面諸人只顧笑，那裏聽見。叫了半日，拍的門山響，裏面方聽見了，估諒着寶玉這會子再不回來的。襲人笑道：「誰這會子叫門，没人開去。」寶玉道：「是我。」麝月道：「是寶姑娘的聲音。」晴雯道：「胡説！寶姑娘這會子做什麼來。」襲人道：「讓我隔着門縫兒瞧瞧，可開就開，要不可開，叫他淋着去。」説着，便順着遊廊到門前，往外一瞧，只見寶玉淋的雨打鷄一般。襲人見了又是着忙又是可笑，忙開了門，笑的彎着腰拍手道：「這麼大雨地裏跑什麼？那裏知道爺回來了。」

寶玉一肚子没好氣，滿心裏要把開門的踢幾脚，及開了門，並不看真是誰，還只當是那些小丫頭子們，便抬腿踢在肋上。襲人「噯喲」了一聲。寶玉還駡道：「下流東西們！我素日擔待你們得了意，一點兒也不怕，越發拿我取笑兒了。」口裏説着，一低頭見是襲人哭了，方知踢錯了，忙笑道：「噯喲，是你來了！踢在那裏了？」襲人從來不曾受過大話的，今兒忽見寶玉生氣踢他一下，又當着許多人，又是羞，又是氣，又是疼，真一時置身無地。待要怎麽樣，料着寶玉未必是安心踢他，少不得忍着説道：「没有踢着。還不換衣裳去。」

寶玉一面進房來解衣，一面笑道：「我長了這麽大，今日是頭一遭兒生氣打人，不想就偏遇見了你！」襲人一面忍痛換衣裳，一面笑道：「我是個起頭兒的人，不論事大事小事好事歹，自然也該從我起。但只是别説打了我，明兒順了手也打起别人來。」寶玉道：「我纔也不是安心。」襲人道：「誰説你是安心了！素日開門關門，都是那起小丫頭子們的事。他們是憨皮慣了的，早已恨的人牙癢癢，他們也没個怕懼兒。你當是他們，踢一下子，唬唬他們也好些。纔剛是我淘氣，不叫開門的。」

説着，那雨已住了，寶官、玉官也早去了。襲人只覺肋下疼的心裏發鬧，晚飯也不曾好生吃。至晚間洗澡時脱了衣服，只見肋上青了碗大一塊，自己倒唬了一跳，又不好聲張。一時睡下，夢中作痛，由不得「噯喲」之聲從睡中哼出。寶玉雖説不是安心，因見襲人懶懶的，也睡不安穩。忽夜間聽得「噯喲」，便知踢重了，自己下床悄悄的秉燈來照。剛到床前，只見襲人嗽了兩聲，吐出一口痰來，「噯喲」一聲，睜開眼見了寶玉，倒唬了一跳道：「作什麽？」寶玉道：「你夢裏『噯喲』，必定踢重了。我瞧瞧。」襲人道：「我頭上發暈，嗓子裏又腥又甜，你倒照一照地下罷。」寶玉聽説，果然持燈向地下一照，只見一口鮮血在地。寶玉慌了，只説：「了不得了！」襲人見了，也就心冷了半截。要知端的，且聽下回分解。

戚總評：愛衆不常，多情不壽；風月情懷，醉人如酒。

〔一〕「椿靈」，列、舒、甲辰本同。程本作「椿齡」，蒙、戚本作「齡官」。從諸本異文看，「椿靈」當系原稿。按：對照正文，「椿靈」即爲「齡官」無疑，但其關聯書中並無交代。「椿靈」有長壽義，與「齡」字相關，或爲齡官之本名。

〔二〕「滴」，列本同，楊本、甲辰本作「摘」，蒙、戚本作「撥」。按：「滴」，又寫做「扚」「嫡」，江浙方言，兩指指尖對掐。

翠縷
改琦

第三十一回　撕扇子作千金一笑　因麒麟伏白首雙星

己「撕扇子」是以不知情之物，供嬌嗔不知情事之人一笑，所謂「情不情」。「金玉姻緣」已定，又寫一金麒麟，是間色法也。何顰兒爲其所惑？故顰兒謂「情情」。

話說襲人見了自己吐的鮮血在地，也就冷了半截，想着往日常聽人說：「少年吐血，年月不保，縱然命長，終是廢人了。」想起此言，不覺將素日想着後來争榮誇耀之心盡皆灰了，眼中不覺滴下淚來。寶玉見他哭了，也不覺心酸起來，因問道：「你心裏覺的怎麼樣？」襲人勉强笑道：「好好的，覺怎麼呢。」寶玉的意思即刻便要叫人燙黄酒，要山羊血黎洞丸來。

襲人拉了他的手，笑道：「你這一鬧不打緊，鬧起多少人來，倒抱怨我輕狂。分明人不知道，倒鬧的人知道了，你也不好，我也不好。正經明兒你打發小子問問王太醫去，弄點子藥吃吃就好了。人不知鬼不覺的可不好？」寶玉聽了有理，也只得罷了，向案上斟了茶來，給襲人漱了口。襲人知寶玉心内是不安穩的，待要不叫他伏侍，他又必不依；二則定要驚動别人，不如由他去罷：因此只在榻上由寶玉去伏侍。

一交五更，寶玉也顧不的梳洗，忙穿衣出來，將王濟仁叫來，親自確問。王濟仁問其原故，不過是傷損，便説了個丸藥的名字，怎麽服，怎麽敷。寶玉記了，回園依方調治。不在話下。

這日正是端陽佳節，蒲艾簪門，虎符繫臂。午間，王夫人治了酒席，請薛家母女等賞午。寶玉見寶釵淡淡的，也不和他説話，自知是昨兒的原故。王夫人見寶玉没精打彩，也只當是金釧兒昨日之事，他没好意思的，越發不理他。林黛玉見寶玉懶懶的，只當是他因爲得罪了寶釵的原故，心中不自在，形容也就懶懶的。鳳姐昨日晚間王夫人就告訴了他寶玉金釧的事，知道王夫人不自在，自己如何敢説笑，也就隨着王夫人的氣色行事，更覺淡淡的。賈迎春姊妹見衆人無意思，也都無意思了。因此，大家坐了一坐就散了。

林黛玉天性喜散不喜聚。他想的也有個道理，他説，「人有聚就有散，聚時歡喜，到散時豈不清冷？既清冷則生傷感，所以不如倒是不聚的好。比如那花開時令人愛慕，謝時則增惆悵，所以倒是不開的好。」故此人以爲喜之時，他反以爲悲。那寶玉的情性只願常聚，生怕一時散了添悲；那花只願常開，生怕一時謝了没趣；只到筵散花謝，雖有萬種悲傷，也就無可如何了。

因此，今日之筵，大家無興散了，林黛玉倒不覺得，倒是寶玉心中悶悶不樂，回至自己房中長吁短嘆。偏生晴雯上來換衣服，不防又把扇子失了手跌在地下，將股子跌折。寶玉因嘆道：「蠢才，蠢才！將來怎麽樣？明日你自己當家立事，難道也是這麽顧前不顧後的？」晴雯冷笑道：「二爺近來氣大的很，行動就給臉子瞧。前兒連襲人都打了，今兒又來尋我們的不是。要踢要打憑爺去。就是跌了扇子，也是平常的事。先時連那麼樣的玻璃缸、瑪瑙碗不知弄壞了多少，也没見個大氣兒，這會子一把扇子就這麼着了。何苦來！要嫌我們就打發我們，再挑好的使。好離好散的，倒不好？」寶玉聽了這些話，氣的渾身亂戰，因説道：「你不用忙，將來有散的日子！」

襲人在那邊早已聽見，忙趕過來向寶玉道：「好好的，又怎麼了？可是我説的：『一時我不到，就有事故兒。』」晴雯聽了冷笑道：「姐姐既會説，就該早來，也省了爺生氣。自古以來，就是你一個人伏侍爺的，我們原没伏侍過。因爲你伏侍的好，昨日纔挨窩心脚；我們不會伏侍的，到明兒還不知是個什麼罪呢！」襲人聽了這話，又是惱，又是愧，待要説幾句話，又見寶玉已經氣的黄了臉，少不得自己忍了性子，推晴雯道：「好妹妹，你出去逛逛，原是我們的不是。」

晴雯聽他説「我們」兩個字，自然是他和寶玉了，不覺又添了酸意，冷笑幾聲，道：「我倒不知道你們是誰，别教我替你們害臊了！便是你們鬼鬼祟祟幹的那事兒，也瞞不過我去，那裏就稱起『我們』來了。明公正道，連個姑娘還没挣上去呢，也不過和我似的，那裏就稱上『我們』了！」襲人羞的臉紫脹起來，想一想，原來是自己把話説錯了。寶玉一面説：「你們氣不忿，我明兒偏抬舉他。」襲人忙拉了寶玉的手道：「他一個糊塗人，你和他分證什麼？況且你素日又是有擔待的，比這大的過去了多少，今兒是怎麼了？」晴雯冷笑道：「我原是糊塗人，那裏配和我説話呢！」襲人聽説道：「姑娘倒是和我拌嘴呢，是和二爺拌嘴呢？要是心裏惱我，你只和我説，不犯着當着二爺吵；要是惱二爺，不該這麼吵的萬人知道。我纔也不過爲了事，進來勸開了，大家保重。姑娘倒尋上我的晦氣。又不像是惱我，又不像是惱二爺，夾槍帶棒，終久是個什麼主意？我就不多説，讓你説去。」説着便往外走。

寶玉向晴雯道：「你也不用生氣，我也猜着你的心事了。我回太太去，你也大了，打發你出去好不好？」晴雯聽了這話，不覺又傷起心來，含恨説道：「爲什麼我出去？要嫌我，變着法兒打發我出去，也不能够。」寶玉道：「我何曾經過這個吵鬧？一定是你要出去了。不如回太太，打發你去吧。」説着，站起來就要走。襲人忙回身攔住，笑道：「往那裏去？」寶玉道：「回太太去。」襲人笑道：「好没意思！真個的去回，你也不怕臊了？便是他認真的要去，也等把這氣下去了，等無事中説話兒回了太太也不遲。這會子急急的當作一件正經事去回，豈不叫太太犯疑？」寶玉道：「太太必不犯疑，我只明説是他鬧着要去的。」晴雯哭道：「我多早晚鬧着要去了？饒生了氣，還拿話壓派我。只管去回，我一頭碰死了也不出這門兒。」寶玉道：「這也奇了。你又不去，你又鬧些什麽？我經不起這吵，不如去了倒乾净。」説着一定要去回。襲人見攔不住，只得跪下了。碧痕、秋紋、麝月等衆丫鬟見吵鬧，都鴉雀無聞的在外頭聽消息，這會子聽見襲人跪下央求，便一齊進來都跪下了。寶玉忙把襲人扶起來，嘆了一聲，在床上坐下，叫衆人起去，向襲人道：「叫我怎麽樣纔好！這個心使碎了也没人知道。」説着不覺滴下淚來。襲人見寶玉流下淚來，自己也就哭了。

晴雯在旁哭着，方欲説話，只見林黛玉進來，便出去了。林黛玉笑道：「大節下怎麽好好的哭起來？難道是爲争粽子吃争惱了不成？」寶玉和襲人「嗤」的一笑。黛玉道：「二哥哥不告訴我，我問你就知道了。」一面説，一面拍着襲人的肩，笑道：「好嫂子，你告訴我。

必定是你兩個拌了嘴了。告訴妹妹，替你們和勸和勸。」襲人推他道：「林姑娘你鬧什麽？我們一個丫頭，姑娘只是混説。」黛玉笑道：「你説你是丫頭，我只拿你當嫂子待。」寶玉道：「你何苦來替他招駡名兒。饒這麽着，還有人説閒話，還擱的住你來説他。」襲人笑道：「林姑娘，你不知道我的心事，除非一口氣不來死了倒也罷了。」林黛玉笑道：「你死了，别人不知怎麽樣，我先就哭死了。」寶玉笑道：「你死了，我作和尚去。」襲人笑道：「你老實些罷，何苦還説這些話。」林黛玉將兩個指頭一伸，抿嘴笑道：「作了兩個和尚了。我從今以後都記着你作和尚的遭數兒。」寶玉聽得，知道是他點前兒的話，自己一笑也就罷了。

一時黛玉去後，就有人説「薛大爺請」，寶玉只得去了。原來是吃酒，不能推辭，只得盡席而散。

晚間回來，已帶了幾分酒，踉蹌來至自己院内，只見院中早把乘凉枕榻設下，榻上有個人睡着。寶玉只當是襲人，一面在榻沿上坐下，一面推他，問道：「疼的好些了？」只見那人翻身起來説：「何苦來，又招我！」寶玉一看，原來不是襲人，却是晴雯。寶玉將他一拉，拉在身旁坐下，笑道：「你的性子越發慣嬌了。早起就是跌了扇子，我不過說了那兩句，你就說上那些話。說我也罷了，襲人好意來勸，你又括上他，你自己想想，該不該？」晴雯道：「怪熱的，拉拉扯扯作什麼！叫人來看見像什麼！我這身子也不配坐在這裏。」寶玉笑道：「你既知道不配，爲什麼睡着呢？」晴雯没的話，「嗤」的又笑了，說：「你不來便使得，你來了就不配了。起來，讓我洗澡去。襲人麝月都洗了澡，我叫了他們來。」寶玉笑道：「我纔又吃了好些酒，還得洗一洗。你既没有洗，拿了水來咱們兩個洗。」

晴雯摇手笑道：「罷，罷，我不敢惹爺。還記得碧痕打發你洗澡，足有兩三個時辰，也不知道作什麼呢。我們也不好進去的。後來洗完了，進去瞧瞧，地下的水淹着床腿，連蓆子上都汪着水，也不知是怎麼洗了，笑了幾天。我也没那工夫收拾，也不用同我洗去。今兒也涼快，那會子洗了，可以不用再洗。我倒舀一盆水來，你洗洗臉通通頭。纔剛鴛鴦送了好些果子來，都湃在那水晶缸裏呢，叫他們打發你吃。」寶玉笑道：「既這麼着，你也不許洗去，只洗洗手來拿果子來吃罷。」晴雯笑道：「我慌張的很，連扇子還跌折了，那裏還配打發吃果子。倘或再打破了盤子，還更了不得呢。」寶玉笑道：「你愛打就打，這些東西原不過是借人所用，你愛這樣，我愛那樣，各自性情不同。比如那扇子原是扇的，你要撕着玩也可以使得，只是不可生氣時拿他出氣。就如杯盤，原是盛東西的，你喜聽那一聲響，就故意的碎了也可以使得，只是別在生氣時拿他出氣。這就是愛物了。」晴雯聽了，笑道：「既這麼説，你就拿了扇子來我撕。我最喜歡撕的。」寶玉聽了，便笑着遞與他。晴雯果然接過來，「嗤」的一聲，撕了兩半，接着「嗤嗤」又聽幾聲。寶玉在旁笑着説：「響的好，再撕響些！」

正説着，只見麝月走過來，笑道：「少作些孽罷。」寶玉趕上來，一把將他手裏的扇子也奪了遞與晴雯。晴雯接了，也撕了幾半子，二人都大笑。麝月道：「這是怎麼説，拿我的東西開心兒？」寶玉笑道：「打開扇子匣子你揀去，什麼好東西！」麝月道：「既這麼説，就把匣子搬了出來，讓他盡力的撕，豈不好？」寶玉笑道：「你就搬去。」麝月道：「我可不造這孽。他也没折了手，叫他自己搬去。」晴雯笑着，倚在床上説道：「我也乏了，明兒再撕罷。」寶玉笑道：「古人云：『千金難買一笑。』幾把扇子能值幾何！」一面説着，一面叫襲人。襲人纔換了衣服走出來，小丫頭佳蕙過來拾去破扇，大家乘凉，不消細説。

至次日午間，王夫人、薛寶釵、林黛玉衆姊妹正在賈母房内坐着，就有人回：「史大姑娘來了。」一時，果見史湘雲帶領衆多丫鬟媳婦走進院來。寶釵黛玉等忙迎至堦下相見。青年姊妹間經月不見，一旦相逢，其親密自不必細説。

一時進入房中，請安問好，都見過了。賈母因説：「天熱，把外頭的衣服脱脱罷。」史湘雲忙起身寬衣。王夫人因笑道：「也没見穿上這些作什麽？」史湘雲笑道：「都是二嬸嬸叫穿的，誰願意穿這些。」寶釵一旁笑道：「姨娘不知道，他穿衣裳還更愛穿别人的衣裳。可記得舊年三四月裏，他在這裏住着，把寶兄弟的袍子穿上，靴子也穿上，額子也勒上，猛一瞧倒像是寶兄弟，就是多兩個墜子。他站在那椅子後邊，哄的老太太只是叫『寶玉，你過來，仔細那上頭掛的燈穗子招下灰來迷了眼』。他只是笑，也不過去。後來大家掌不住笑了，老太太纔笑了，説：『倒扮上男人好看了。』」林黛玉道：「這算什麽。惟有前年正月裏接了他來，住了没兩日就下起雪來，老太太和舅母那日想是纔拜了影回來，老太太的一個新新的大紅猩猩毡斗篷放在那裏，誰知眼錯不見他就披了，又大又長，他就拿了個汗巾子攔腰繫上，和丫頭們在後院子撲雪人兒去，一跤栽到溝跟前，弄了一身泥水。」説着，大家想着前情，都笑了。

寶釵笑向那周奶媽道：「周媽，你們姑娘還是那麽淘氣不淘氣了？」周奶娘也笑了。迎春笑道：「淘氣也罷了，我就嫌他愛説話。也没見睡在那裏還是咭咭呱呱，笑一陣，説一陣，也不知那裏來的那些話。」王夫人道：「只怕如今好了。前日有人家來相看，眼見有婆婆家了，還是那麽着。」賈母因問：「今兒還是住着，還是家去呢？」周奶娘笑道：「老太太没有看見衣服都帶了來，可不住兩天？」史湘雲問道：「寶玉哥哥不在家麽？」寶釵笑道：「他再不想着别人，只想寶兄弟，兩個人好憨的。這可見還没改了淘氣。」賈母道：「如今你們大了，别提小名兒了。」

剛只説着，只見寶玉來了，笑道：「雲妹妹來了。怎麽前兒打發人接你去，怎麽不來？」

王夫人道：「這裏老太太纔説這一個，他又來提名道姓的了。」林黛玉道：「你哥哥得了好東西，等着你呢。」史湘雲道：「什麼好東西？」寶玉笑道：「你信他呢！幾日不見，越發高了。」湘雲笑道：「襲人姐姐好？」寶玉道：「多謝你記掛。」湘雲道：「我給他帶了好東西來了。」説着，拿出手帕子來，挽着一個疙瘩。寶玉道：「什麼好的？你倒不如把前兒送來的那種絳紋石的戒指兒帶兩個給他。」湘雲笑道：「這是什麼？」説着便打開。衆人看時，果然就是上次送來的那絳紋戒指，一包四個。林黛玉笑道：「你們瞧瞧他這主意。前兒一般的打發人給我們送了來，你就把他的帶來豈不省事？今兒巴巴的自己帶了來，我當又是什麼新奇東西，原來還是他。真真你是糊塗人。」史湘雲笑道：「你纔糊塗呢！我把這理説出來，大家評一評誰糊塗。給你們送東西，就是使來的不用説話，拿進來一看，自然就知是送姑娘們的了；若帶他們的東西，這得我先告訴來人，這是那一個丫頭的，那是那一個丫頭的，那使來的人明白還好，再糊塗些，丫頭的名字他也不記得，混鬧胡説的，反連你們的東西都攪糊塗了。若是打發個女人素日知道的還罷了，偏生前兒又打發小子來，可怎麼説丫頭們的名字呢？橫竪我來給他們帶來，豈不清白。」説着，把四個戒指放下，説道：「襲人姐姐一個，鴛鴦姐姐一個，金釧兒姐姐一個，平兒姐姐一個：這倒是四個人的，難道小子們也記得這麼清白？」衆人聽了都笑道：「果然明白。」寶玉笑道：「還是這麼會説話，不讓人。」林黛玉聽了，冷笑道：「他不會説話，他的金麒麟會説話。」一面説着，便起身走了。幸而諸人都不曾聽見，只有薛寶釵抿嘴一笑。寶玉聽見了，倒自己後悔又説錯了話，忽見寶釵一笑，由不得也笑了。寶釵見寶玉笑了，忙起身走開，找了林黛玉去説話。

賈母向湘雲道：「吃了茶歇一歇，瞧瞧你的嫂子們去。園裏也涼快，同你姐姐們去逛逛。」湘雲答應了，將三個戒指兒包上，歇了一歇，便起身要瞧鳳姐等人去。衆奶娘丫頭跟着，到了鳳姐那裏，説笑了一回，出來便往大觀園來，見過了李宮裁，少坐片時，便往怡紅院來找襲人。因回頭説道：「你們不必跟着，只管瞧你們的朋友親戚去，留下翠縷伏侍就是了。」衆人聽了，自去尋姑覓嫂，早剩下湘雲翠縷兩個人。

翠縷道：「這荷花怎麼還不開？」史湘雲道：「時候没到。」翠縷道：「這也和咱們家池子裏的一樣，也是樓子花？」湘雲道：「他們這個還不如咱們的。」翠縷道：「他們那邊有棵石榴，接連四五枝，真是樓子上起樓子，這也難爲他長。」史湘雲道：「花草也是同人一樣，氣脉充足，長的就好。」翠縷把臉一扭，説道：「我不信這話。若説同人一樣，我怎麽不見頭上又長出一個頭來的人？」湘雲聽了由不得一笑，説道：「我説你不用説話，你偏好説。這叫人怎麽好答言？天地間都賦陰陽二氣所生，或正或邪，或奇或怪，千變萬化，都是陰陽順逆多少，一生出來，人罕見的就奇，究竟理還是一樣。」翠縷道：「這麽説起來，從古至今，開天闢地，都是些陰陽〔一〕了？」湘雲笑道：「糊塗東西，越説越放屁。什麽『都是些陰陽』，難道還有兩個『陰陽』不成〔二〕！『陰』『陽』兩個字還只是一字，陽盡了就成陰，陰盡了就成陽，不是陰盡了又有個陽生出來，陽盡了又有個陰生出來。」翠縷道：「這糊塗死了我！什麽是個陰陽，没影没形的。我只問姑娘，這陰陽是怎麽個樣兒？」湘雲道：「陰陽可有什麽樣兒，不過是個氣，器物賦了成形。比如天是陽，地就是陰；水是陰，火就是陽；日是陽，月就是陰。」

翠縷聽了，笑道：「是了，是了，我今兒可明白了。怪道人都管着日頭叫『太陽』呢，算命的管着月亮叫什麼『太陰星』，就是這個理了。」湘雲笑道：「阿彌陀佛！剛剛的明白了。」翠縷道：「這些大東西有陰陽也罷了，難道那些蚊子、虼蚤、蠓蟲兒、花兒、草兒、瓦片兒、磚頭兒也有陰陽不成？」湘雲道：「怎麼有没陰陽的呢？比如那一個樹葉兒還分陰陽呢，那邊向上朝陽的便是陽，這邊背陰覆下的便是陰。」翠縷聽了，點頭笑道：「原來這樣，我可明白了。只是咱們這手裏的扇子，怎麼是陽，怎麼是陰呢？」湘雲道：「這邊正面就是陽，那邊反面就爲陰。」翠縷又點頭笑了，還要拿幾件東西問，因想不起個什麼來，猛低頭就看見湘雲宮縧上繫的金麒麟，便提起來問道：「姑娘，這個難道也有陰陽？」湘雲道：「走獸飛禽，雄爲陽，雌爲陰；牝爲陰，牡爲陽。怎麼没有呢！」翠縷道：「這是公的，到底是母的呢？」湘雲道：「這連我也不知道。」翠縷道：「這也罷了，怎麼東西都有陰陽，咱們人倒没有陰陽呢？」湘雲照臉啐了一口道：「下流東西，好生走罷！越問越問出好的來了！」翠縷笑道：「這有什麼不告訴我的呢？我也知道了，不用難我。」湘雲笑道：「你知道什麽？」翠縷道：「姑娘是陽，我就是陰。」説着，湘雲拿手帕子握着嘴，呵呵的笑起來。翠縷道：「説是了，就笑的這樣了。」湘雲道：「很是，很是。」翠縷道：「人規矩主子爲陽，奴才爲陰。我連這個大道理也不懂得？」湘雲笑道：「你很懂得。」

一面説，一面走，剛到薔薇架下，湘雲道：「你瞧那是誰掉的首飾，金晃晃在那裏。」翠縷聽了，忙趕上拾在手裏攥着，笑道：「可分出陰陽來了。」説着，先拿史湘雲的麒麟瞧。湘雲要他揀的瞧，翠縷只管不放手，笑道：「是件寳貝，姑娘瞧不得。這是從那裏來的？好奇怪！我從來在這裏没見有人有這個。」湘雲笑道：「拿來我看。」翠縷將手一撒，笑道：「請看。」湘雲舉目一驗，却是文彩輝煌的一個金麒麟，比自己佩的又大又有文彩。湘雲伸手擎在掌上，只是默默不語，正自出神，忽見寳玉從那邊來了，笑問道：「你兩個在這日頭底下作什麽呢？怎麽不找襲人去？」湘雲連忙將那麒麟藏起道：「正要去呢。咱們一處走。」説着，大家進入怡紅院來。

襲人正在堦下倚檻追風，忽見湘雲來了，連忙迎下來，携手笑説一向久别情況。一時進來歸坐，寶玉因笑道：「你該早來，我得了一件好東西，專等你呢。」説着，一面在身上摸掏，掏了半天，「呵呀」了一聲，便問襲人「那個東西你收起來了麽？」襲人道：「什麽東西？」寶玉道：「前兒得的麒麟。」襲人道：「你天天帶在身上的，怎麽問我？」寶玉聽了，將手一拍説道：「這可丢了，往那裏找去！」就要起身自己尋去。湘雲聽了，方知是他遺落的，便笑問道：「你幾時又有了麒麟了？」寶玉道：「前兒好容易得的呢，不知多早晚丢了，我也糊塗了。」湘雲笑道：「幸而是頑的東西，還是這麽慌張。」説着，將手一撒，「你瞧瞧，是這個不是？」寶玉一見，由不得歡喜非常，因説道……不知是如何，且聽下回分解。

己 後數十回若蘭在射圃所佩之麒麟，正此麒麟也。提綱伏於此回中，所謂「草蛇灰綫，在千里之外」。

〔一〕底本此句原無「些」字，下文湘雲説「什麽『都是些陰陽』」，説明翠縷原話當有這個「些」

字，列、舒、楊、甲辰本正有，據補。

〔二〕據列、舒、楊、甲辰本補「兩」字。按：湘雲主婢這段對話比較費解，依列、舒、楊、甲辰諸本的文字，可以理解爲，翠縷以爲「從古至今，開天闢地，都是些陰陽」，那「陰陽」就有許多，而湘雲告訴她，「陰陽」只有一個，並没有兩個（或更多）。這樣基本可以解通。至於是否符合作者原意，已無從知曉了。

第三十二回　訴肺腑心迷活寶玉　含恥辱情烈死金釧

己 前明顯祖湯先生有懷人詩一絶，讀之堪合此回，故録之以待知音：

無情無盡却情多，情到無多得盡麼？
解到多情情盡處，月中無樹影無波。〔一〕

話説寶玉見那麒麟，心中甚是歡喜，便伸手來拿，笑道：「虧你揀着了。你是那裏揀的？」史湘雲笑道：「幸而是這個，明兒倘或把印也丢了，難道也就罷了不成？」寶玉笑道：「倒是丢了印平常，若丢了這個，我就該死了。」

襲人斟了茶來與史湘雲吃，一面笑道：「大姑娘，聽見前兒你大喜了。」史湘雲紅了臉，吃茶不答。襲人道：「這會子又害臊了。你還記得十年前，咱們在西邊暖閣住着，晚上你同我説的話兒？那會子不害臊，這會子怎麼又害臊了？」史湘雲笑道：「你還説呢。那會子咱們那麼好。後來我們太太没了，我家去住了一程子，怎麼就把你派了跟二哥哥，我來了，你就不像先待我了。」襲人笑道：「你還説呢。先姐姐長姐姐短哄着我替你梳頭洗臉，（蒙 大家風範，情景逼真。）作這個弄那個，如今大了，就拿出小姐的款來。你既拿小姐的款，我怎敢親近呢？」史湘雲道：「阿彌陀佛，冤枉冤哉！我要這樣，就立刻死了。你瞧瞧，這麼大熱天，我來了，必定趕來先瞧瞧你。不信你問問縷兒，我在家時時刻刻那一回不念你幾聲。」話未了，忙的襲人和寶玉都勸道：「頑話你又認真了。還是這麼性急。」史湘雲道：「你不説你的話噎人，倒説人性急。」一面説，一面打開手帕子，（蒙 心中意中，多少情致。）將戒指遞與襲人。

襲人感謝不盡，因笑道：「你前兒送你姐姐們的，我已得了；今兒你親自又送來，可見是没忘了我。只這個就試出你來了。戒指兒能值多少，可見你的心真。」史湘雲道：「是誰給你的？」襲人道：「是寶姑娘給我的。」湘雲笑道：「我只當是林姐姐給你的，原來是寶釵姐姐給了你。我天天在家裏想着，這些姐姐們再没一個比寶姐姐好的。可惜我們不是一個娘養的。蒙感知己之一嘆。我但凡有這麼個親姐姐，就是没了父母，也是没妨礙的。」説着，眼睛圈兒就紅了。蒙千古同慨。寶玉道：「罷，罷，罷！不用提這個話。」史湘雲道：「提這個便怎麼？我知道你的心病，恐怕你的林妹妹聽見，又怪嗔我讚了寶姐姐。可是爲這個不是？」襲人在旁「嗤」的一笑，説道：「雲姑娘，你如今大了，越發心直口快了。」寶玉笑道：「我説你們這幾個人難説話，果然不錯。」史湘雲道：「好哥哥，你不必説話教我噁心。只會在我們跟前説話，見了你林妹妹，又不知怎麼了。」蒙豪爽情形如畫。

襲人道：「且别説頑話，正有一件事還要求你呢。」史湘雲便問：「什麼事？」襲人道：「有一雙鞋，摳了墊心子。我這兩日身上不好，不得做，你可有工夫替我做做？」史湘雲笑道：「這又奇了，你家放着這些巧人不算，還有什麼針綫上的，裁剪上的，怎麼教我做起來？你的活計叫誰做，誰好意思不做呢。」襲人笑道：「你又糊塗了。你難道不知道，〔蒙〕「我們這屋裏」等字，精神活跳。我們這屋裏的針綫，是不要那些針綫上的人做的。」史湘雲聽了，便知是寶玉的鞋了，因笑道：「既這麽説，我就替你做了罷。只是一件，你的我纔作，別人的我可不能。」襲人笑道：「又來了，我是個什麽，就煩你做鞋了。實告訴你，可不是我的。你別管是誰的，横竪我領情就是了。」史湘雲道：「論理，你的東西也不知煩我做了多少了，今兒我倒不做了的原故，你必定也知道。」襲人道：〔蒙〕反襯叠起，靈活之至。「倒也不知道。」史湘雲冷笑道：「前兒我聽見把我做的扇套子拿着和人家比，賭氣又鉸了。我早就聽見了，你還瞞我。這會子又叫我做，我成了你們的奴才了。」寶玉忙笑道：「前兒的那事，本不知是你做的。」襲人也笑道：「他本不知是你做的。是我哄他的話，説是新近外頭有個會做活的女孩子，説紥的出奇的花，我叫他拿了一個扇套子試試看好不好。他就信了，拿出去給這個瞧給那個看的。不知怎麽又惹惱了林姑娘，鉸了兩段。回來他還叫趕着做去，我纔説了是你作的，他後悔的什麽似的。」〔蒙〕描神！史湘雲道：「越發奇了。林姑娘他也犯不上生氣，他既會剪，就叫他做。」襲人道：「他可不作呢。饒這麽着，老太太還怕他勞碌着了。大夫又説好生静養纔好，誰還煩他做？舊年好一年的工夫，做了個香袋兒；今年半年，還沒見拿針綫呢。」

正説着，有人來回説：「興隆街的大爺來了，老爺叫二爺出去會。」寶玉聽了，便知是賈雨村來了，心中好不自在。襲人忙去拿衣服。寶玉一面蹬着靴子，一面抱怨道：「有老爺和

蒙 原本煩俗。

他坐着就罷了，回回定要見我。」史湘雲一邊搖着扇子，笑道：「自然你能會賓接客，老爺纔叫你出去呢。」寶玉道：「那裏是老爺，都是他自己要請我去見的。」湘雲笑道：「主雅客來勤，自然你有些警他的好處，他纔只要會你。」寶玉道：「罷，罷，我也不敢稱雅，俗中又俗

蒙 我也不知寶玉是雅是俗，請諸同類一擬。

的一個俗人，並不願同這些人往來。」

湘雲笑道：「還是這個情性不改。如今大了，你就不願讀書去考舉人進士的，也該常常的會會這些爲官做宰的人們，談談講講些仕途經濟的學問，也好將來應酬世務，日後也有個朋友。没見你成年家只在我們隊裏攪些什麽！」寶玉聽了道：「姑娘請別的姊妹屋裏坐坐，

蒙 此際不同湘雲一語，湘雲也實難出一語。

我這裏仔細污了你知經濟學問的。」襲人道：「雲姑娘快別説這話。上回也是寶姑娘也説過一回，他也不管人臉上過的去過不去，他就「咳」了一聲，拿起脚來走了。這裏寶姑娘的話也

没説完，見他走了，登時羞的臉通紅，説又不是，不説又不是。幸而是寶姑娘，那要是林姑娘，不知又鬧到怎麽樣，哭的怎麽樣呢。提起這個話來，真真的寶姑娘叫人敬重，自己訕了一會子去了。〔蒙〕襲人善解忿。我倒過不去，只當他惱了。誰知過後還是照舊一樣，真真有涵養，心地寬大。誰知這一個反倒同他生分了。那林姑娘見你賭氣不理他，你得賠多少不是呢。」寶玉道：「林姑娘從來説過這些混賬話不曾？〔蒙〕花愛水清明，水憐花色鮮。浮落雖同流，空惹魚龍涎。若他也説過這些混賬話〔二〕，我早和他生分了。」襲人和湘雲都點頭笑道：「這原是混賬話。」〔辰〕寫足！憨寶玉殊可發一大笑。

原來林黛玉知道史湘雲在這裏，寶玉一定又趕來説麒麟的原故。因此心下忖度着，近日寶玉弄來的外傳野史，多半才子佳人都因小巧玩物上撮合，或有鴛鴦，或有鳳凰，或玉環金珮，或鮫帕鸞絛，皆由小物而遂終身。今忽見寶玉亦有麒麟，便恐借此生隙，同史湘雲也做出那些風流佳事來。因而悄悄走來，見機行事，以察二人之意。不想剛走來，正聽見史湘雲説經濟一事，寶玉又説：「林妹妹不説這樣混賬話，若説這話，我也和他生分了。」林黛玉聽了這話，不覺又喜又驚，又悲又嘆。所喜者，果然自己眼力不錯，素日認他是個知己，果然是個知己。所驚者，他在人前一片私心稱揚於我，其親熱厚密，竟不避嫌疑。所嘆者，你既爲我之知己，自然我亦可爲你之知己矣；既你我爲知己，則又何必有金玉之論哉；既有金玉之論，亦該你我有之，則又何必來一寶釵哉！所悲者，父母早逝，雖有銘心刻骨之言，無人爲我主張。況近日每覺神思恍惚，病已漸成，醫者更云氣弱血虧，恐致勞怯之症。你我雖爲知己，但恐自不能久待；你縱爲我知己，奈我薄命何！想到此間，不禁滾下淚來。【蒙】普天下才子佳人、英雄俠［士］都同來一哭！我雖愚濁，也願同聲一哭。待進去相見，自覺無味，便一面拭淚，一面抽身回去了。

這裏寶玉忙忙的穿了衣裳出來，忽見林黛玉在前面慢慢的走着，似有拭淚之狀，便忙趕上來，【蒙】關心情致。笑道：「妹妹往那裏去？怎麼又哭了？又是誰得罪了你？」林黛玉回頭見是寶玉，便勉强笑道：「好好的，我何曾哭了。」寶玉笑道：「你瞧瞧，眼睛上的淚珠兒未乾，還撒謊呢。」一面說，一面禁不住抬起手來替他拭淚。林黛玉忙向後退了幾步，說道：「你又要死了！【蒙】嬌羞態！作什麼這麼動手動腳的！」寶玉笑道：「說話忘了情，不覺的動了手，也就顧不的死活。」林黛玉道：「你死了倒不值什麼，只是丢下了什麼金，又是什麼麒麟，可怎麼樣呢？」一句話又把寶玉説急了，趕上來問道：「你還説這話，到底是咒我還是氣我呢？」林黛玉見問，方想起前日的事來，遂自悔自己又説造次了，忙笑道：「你别着急，我原説錯了。這有什麽的，筋都暴起來，急的一臉汗。」一面説，一面禁不住近前伸手替他拭面上的汗。【蒙】痴情態。

寶玉瞅了半天，【蒙】連我今日看之也不懂。是何等文章！方説道「你放心」三個字。林黛玉聽了，怔了半天，方説道：「我有什麽不放心的？我不明白這話。你倒説説怎麽放心不放心？」寶玉嘆了一口氣，問道：「你果不明白這話？難道我素日在你身上的心都用錯了？連你的意思若體貼不着，就難怪你天天爲我生氣了。」林黛玉道：「果然我不明白放心不放心的話。」寶玉點頭嘆道：「好妹妹，你别哄我。果然不明白這話，不但我素日之意白用了，且連你素日待我之意也都辜負了。【蒙】第二層。你皆因總是不放心的原故，纔弄了一身病。但凡寬慰些，【蒙】真疼真愛、真憐真惜中，每每生出此等心病來。這病也不得一日重似一日。」

林黛玉聽了這話，如轟雷掣電，細細思之，【蒙】何等神佛開慧眼，照見衆生業障，爲現此錦繡文章，説此上乘功德法。竟比自己肺腑中掏出來的還覺懇切，竟有萬句言語，滿心要説，只是半個字也不能吐，却怔怔的望着他。此時寶玉心中也有萬句言語，不知從那一句上説起，却也怔怔的望着黛玉。兩個人怔了半天，林黛玉只「咳」了一聲，兩眼不覺滚下淚來，〔蒙〕下筆時用一「走」，文之大力，孟賁不若也。回身便要走。寶玉忙上前拉住，説道：「好妹妹，且略站住，我説一句話再走。」林黛玉一面拭淚，一面將手推開，説道：「有什麽可説的。你的話我早知道了！」口裏説着，却頭也不回竟去了。

寶玉站着，只管發起獃來。〔辰〕兒女之情畢露，至此極矣！原來方纔出來慌忙，不曾帶得扇子，襲人怕他熱，忙拿了扇子趕來送與他，忽抬頭見了林黛玉和他站着。一時黛玉走了，他還站着不動，因而趕上來説道：「你也不帶了扇子去，虧我看見，趕了送來。」寶玉出了神，見襲人和他説話，並未看出是何人來，便一把拉住，説道：「好妹妹，我的這心事，從來也不敢説，今兒我大膽説出來，死也甘心！我爲你也弄了一身的病在這裏，又不敢告訴人，只好掩着。只等你的病好了，只怕我的病纔得好呢。睡裏夢裏也忘不了你！」襲人聽了這話，嚇得魄消魂散，只叫「神天菩薩，坑死我了！」便推他道：「這是那裏的話！敢是中了邪？還不快去？」寶玉一時醒過來，方知是襲人送扇子來，羞的滿面紫漲，奪了扇子，便忙忙的抽身跑了。

這裏襲人見他去了，自思方纔之言，一定是因黛玉而起，如此看來，將來難免不才之事，令人可驚可畏。想到此間，也不覺怔怔的滴下淚來，心下暗度如何處治方免此醜禍。正裁疑間，忽有寶釵從那邊走來，笑道：「大毒日頭地下，出什麼神呢？」襲人見問，忙笑道：「那邊兩個雀兒打架，倒也好玩，我就看住了。」寶釵道：「寶兄弟這會子穿了衣服，忙忙的那去了？我纔看見走過去，倒要叫住問他呢。他如今説話越發没了經緯，我故此没叫他了，由他過去罷。」襲人道：「老爺叫他出去。」寶釵聽了，忙道：「嗳喲！這麼黄天暑熱的，叫他做什麼！别是想起什麼來生了氣，〔蒙〕偏是近。叫出去教訓一場。」襲人笑道：「不是這個，想是有客要會。」寶釵笑道：「這個客也没意思，這麼熱天，不在家裏涼快，還跑些什麼！」襲人笑道：「倒是你説説罷。」

寶釵因而問道：「雲丫頭在你們家做什麼呢？」襲人笑道：「纔説了一會子閒話。你瞧，我前兒黏的那雙鞋，明兒叫他做去。」寶釵聽見這話，便兩邊回頭，看無人來往，便笑道：「你這麼個明白人，怎麼一時半刻的就不會體諒人情。我近來看着雲丫頭神情，再風裏言風裏語的聽起來，那雲丫頭在家裏竟一點兒作不得主。他們家嫌費用大，竟不用那些針綫上的人，差不多的東西多是他們娘兒們動手。爲什麼這幾次他來了，他和我説話兒，見没人在跟前，他就説家裏累的很。我再問他兩句家常過日子的話，他就連眼圈兒都紅了，口裏含含糊糊待説不説的。想其形景來，（蒙）真是知己，不枉湘雲前言。自然從小兒没爹娘的苦。我看着他，也不覺的傷起心來。」襲人見説這話，將手一拍，説：「是了，是了。怪道上月我煩他打十根蝴蝶結子，過了那些日子纔打發人送來，還説『打的粗，且在别處能着使罷；要匀净的，等明兒來住着再好生打罷』。如今聽寶姑娘這話，想來我們煩他他不好推辭，不知他在家裏怎麼三更半夜的做呢。可是我也糊塗了，早知是這樣，我也不煩他了。」寶釵道：「上次他就告訴我，在家裏做活做到三更天，若是替别人做一點半點，他家的那些奶奶太太們還不受用呢。」襲人道：「偏（蒙）多情的常有這樣「牛心左性」之癖。生我們那個牛心左性的小爺，憑着小的大的活計，一概不要家裏這些活計上的人作。我又弄不開這些。」寶釵笑道：「你理他呢！只管叫人做去，只説是你做的就是了。」襲人笑道：「那裏哄的信他，他纔是認得出來呢。説不得我只好慢慢的累去罷了。」（蒙）痴心的情願。寶釵笑道：「你不必忙，我替你作些如何？」襲人笑道：「當真的這樣，就是我的福了。晚上我親自送過來。」

一句話未了，忽見一個老婆子忙忙走來，說道：「這是那裏說起！金釧兒姑娘好好的投井死了！」襲人唬了一跳，忙問：「那個金釧兒？」那老婆子道：「那裏還有兩個金釧兒呢？就是太太屋裏的。前兒不知爲什麼攆他出去，在家裏哭天哭地的，也都不理會他，誰知找他不見了。剛纔打水的人在那東南角上井裏打水，見一個屍首，趕着叫人打撈起來，誰知是他。他們家裏還只管亂着要救活，那裏中用了！」寶釵道：「這也奇了。」襲人聽說，點頭讚歎，想素日同氣之情，不覺流下淚來。〔蒙〕又一哭法。寶釵聽見這話，忙向王夫人處來道安慰。這裏襲人回去不提。

卻說寶釵來至王夫人處，只見鴉雀無聞，獨有王夫人在裏間房內坐着垂淚。〔蒙〕又一哭法。寶釵便不好提這事，只得一旁坐了。王夫人便問：「你從那裏來？」寶釵道：「從園裏來。」王夫人道：〔蒙〕世人多是凡事欲瞞人，偏不意中將要着逗露，理之所無而事則多有，何也？「你從園裏來，可見你寶兄弟？」寶釵道：「纔倒看見了。他穿了衣服出去了，不知那裏去。」

王夫人點頭哭道：「你可知道一樁奇事？金釧兒忽然投井死了！」寶釵見說，道：「怎麼好好的投井？這也奇了。」王夫人道：「原是前兒他把我一件東西弄壞了，我一時生氣，打了他幾下，攆了他下去。我只說氣他兩天，還叫他上來，誰知他這麼氣性大，就投井死了。豈不是我的罪過。」寶釵嘆道：「姨娘是慈善人，故然這麼想〔三〕。據我看來，他並不是賭氣投井。多半他下去住着，或是在井跟前憨頑，失了脚掉下去的。他在上頭拘束慣了，這一出去，自然要到各處去頑頑逛逛，豈有這樣大氣的理！〔蒙〕善勸人，大見解！惜乎不知其情，雖精〔金〕美玉之言，不中奈何！縱然有這樣大氣，也不過是個糊塗人，也不爲可惜。」王夫人點頭嘆道：「這話雖然如此說，到底我心不安。」寶釵嘆道：「姨娘也不必念念於茲，十分過不去，不過多賞他幾兩銀子發送他，也就盡主僕之情了。」

王夫人道：「剛纔我賞了他娘五十兩銀子，原要還把你妹妹們的新衣服拿兩套給他妝裹。誰知鳳丫頭說可巧都没什麼新做的衣服，只有你林妹妹作生日的兩套。我想你林妹妹那個孩子素日是個有心的，况且他也三災八難的，既說了給他過生日，這會子又給人妝裹去，豈不忌諱。因爲這麼樣，我現叫裁縫趕兩套給他。要是别的丫頭，賞他幾兩銀子也就完了，只是金釧兒雖然是個丫頭，素日在我跟前比我的女兒也差不多。」口裏說着，不覺淚下。寶釵忙道：「姨娘這會子又何用叫裁縫趕去，我前兒倒做了兩套，拿來給他豈不省事。況且他活着的時候也穿過我的舊衣服，身量又相對。」王夫人道：「雖然這樣，難道你不忌諱？」寶釵笑道：「姨娘放心，我從來不計較這些。」一面說，一面起身就走。王夫人忙叫了兩個人來跟寶姑娘去。

一時寶釵取了衣服回來，只見寶玉在王夫人旁邊坐着垂淚。王夫人正纔說他，因寶釵來了，〔蒙〕雲龍現影法，可愛煞人。却掩了口不說了。寶釵見此光景，察言觀色，早知覺了八分，於是將衣服交割明白。王夫人將他母親叫來拿了去。再看下回便知。

〔戚〕總評：世上無情空大地，人間少愛景何窮。其中世界其中了，含笑同歸造化功。襲人、湘雲、黛玉、寶釵等之愛之哭，各具一心，各具一見。而寶玉、黛玉之痴情痴性，行文如繪，真是現身說法。豈三家村老學究之可能夢見者！不禁炷香再拜！

〔一〕此詩見於湯顯祖《玉茗堂詩》之九，題《江中見月懷達公》。「却」原作「恰」。

〔二〕「不曾若他也説過這些混賬話」十二字原缺，據己、蒙、戚本補，餘本文字小異。

〔三〕「寶釵嘆道……故然這麼想」：「嘆」字，己、蒙、戚本同，餘本作「笑」。「故然」，己、蒙本同，餘本作「固然」。按：「故然」意爲「因此、所以」，用在此處更貼切些。

第三十三回　手足耽耽小動唇舌　不肖種種大承笞撻

戚富貴公子，侯王應襲，容易在紅粉場中作罪。風流情性，詩賦文詞，偏只爲鶯花路間留滯。笑嘻嘻，哭啼啼，總是一般情事。

却説王夫人喚他母親上來，拿幾件簪環當面賞與，又吩咐請幾衆僧人念經超度。他母親磕頭謝了出去。

原來寶玉會過雨村回來聽見了，便知金釧兒含羞賭氣自盡，心中早又五内摧傷，進來被王夫人數落教訓，也無可回説。見寶釵進來，方得便出來，茫然不知何往，背着手，低頭一面感嘆，一面慢慢的走着，信步來至廳上。剛轉過屏門，不想對面來了一人正往裏走，可巧兒撞了個滿懷。只聽那人喝了一聲「站住！」寶玉唬了一跳，抬頭一看，不是别人，却是他父親，不覺的倒抽了一口氣，只得垂手一旁站了。賈政道：「好端端的，你垂頭喪氣嗐些什麽？方纔雨村來了要見你，叫你那半天你纔出來；既出來了，全無一點慷慨揮洒談吐，仍是葳葳蕤蕤。我看你臉上一團思欲愁悶氣色，這會子又咳聲嘆氣。你那些還不足，還不自在？無故這樣，却是爲何？」寶玉素日雖是口角伶俐，只是此時一心總爲金釧兒感傷，恨不得此時也身亡命殞，〔蒙〕真有此情，真有此理。跟了金釧兒去。如今見了他父親説這些話，究竟不曾聽見，只是怔呵呵的站着。

賈政見他惶悚，應對不似往日，原本無氣的，這一來倒生了三分氣。方欲説話，忽有回事人來回：「忠順親王府裏有人來，要見老爺。」賈政聽了，心下疑惑，暗暗思忖道：「素日並不和忠順府來往，爲什麽今日打發人來？」一面想，一面令「快請」，急走出來看時，却是忠順府長史官，忙接進廳上坐了獻茶。

未及叙談，那長史官先就説道：「下官此來，並非擅造潭府，皆因奉王命而來，有一件事相求。看王爺面上，敢煩老大人作主，不但王爺知情，且連下官輩亦感謝不盡。」賈政聽了這話，抓不住頭腦，忙陪笑起身問道：「大人既奉王命而來，不知有何見諭，望大人宣明，學生好遵諭承辦。」那長史官便冷笑道：「也不必承辦，只用大人一句話就完了。我們府裏有一個做小旦的琪官，一向好好在府裏，如今竟三五日不見回去，各處去找，又摸不着他的道路，因此各處訪察。這一城內，十停人倒有八停人都說，他近日和啣玉的那位令郎相與甚厚。下官輩等聽了，尊府不比別家，可以擅入索取，因此啓明王爺。王爺亦云：『若是別的戲子呢，一百個也罷了；只是這琪官隨機應答，謹慎老誠，甚合我老人家的心，竟斷斷少不得此人。』故此求老大人轉諭令郎，請將琪官放回，一則可慰王爺諄諄奉懇，二則下官輩也可免操勞求覓之苦。」〔二〕說畢，忙打一躬。

賈政聽了這話，又驚又氣，即命喚寶玉來。寶玉也不知是何原故，忙趕來時，賈政便問：「該死的奴才！你在家不讀書也罷了，怎麼又做出這些無法無天的事來！那琪官現是忠順王爺駕前承奉的人，你是何等草芥，無故引逗他出來，如今禍及於我。」寶玉聽了唬了一跳，忙回道：「實在不知此事。究竟連『琪官』兩個字不知爲何物，豈更又加『引逗』二字！」説着便哭了。

賈政未及開言，只見那長史官冷笑道：「公子也不必掩飾。或隱藏在家，或知其下落，早説了出來，我們也少受些辛苦，豈不念公子之德？」寶玉連説不知，「恐是訛傳，也未見得。」那長史官冷笑道：「現有據證，何必還賴？必定當着老大人説了出來，公子豈不吃虧？既云不知此人，那紅汗巾子怎麽到了公子腰裏？」寶玉聽了這話，不覺轟去魂魄，目瞪口呆，心下自思：「這話他如何得知！他既連這樣機密事都知道了，大約别的瞞他不過，不如打發他去了，免的再説出别的事來。」因説道：「大人既知他的底細，如何連他置買房舍這樣大事倒不曉得了？聽得説他如今在東郊離城二十里有個什麽紫檀堡，他在那裏置了幾畝田地幾間房舍。想是在那裏也未可知。」那長史官聽了，笑道：「這樣説，一定是在那裏。我且去找一

〔蒙〕寶玉其人，愛之有餘，豈可撻者？用此等文章逼之，能不使人肝膽憤烈，以成下文之嚴酷耶？

回，若有了便罷，若没有，還要來請教。」説着，便忙忙的走了。

賈政此時氣的目瞪口歪，一面送那長史官，一面回頭命寶玉「不許動！回來有話問你！」

一直送那官員去了。纔回身，忽見賈環帶着幾個小廝一陣亂跑。賈政喝令小廝「快打，快打！」賈環見了他父親，唬的骨軟筋酥，忙低頭站住。賈政便問：「你跑什麽？帶着你的那些人都不管你，不知往那裏逛去，由你野馬一般！」喝令叫跟上學的人來。賈環見他父親盛怒，便乘機説道：「方纔原不曾跑，只因從那井邊一過，那井裏淹死了一個丫頭，我看見人頭這樣大，身子這樣粗，泡的實在可怕，所以纔趕着跑了過來。」賈政聽了驚疑，問道：「好端端的，誰去跳井？我家從無這樣事情，自祖宗以來，皆是寬柔以待下人。——大約我近年於家務疎懶，自然執事人操尅奪之權，致使生出這暴殄輕生的禍患。若外人知道，祖宗顏面何在！」喝令快叫賈璉、賴大（興）來〔二〕。

小廝們答應了一聲，方欲叫去，賈環忙上前拉住賈政的袍襟，貼膝跪下道：「父親不用生氣。此事除太太房裏的人，別人一點也不知道。我聽見我母親説……」説到這裏，便回頭四顧一看。[蒙]如畫。賈政知意，將眼一看衆小廝，小廝們明白，都往兩邊後面退去。賈環便悄悄説道：「我母親告訴我説，寶玉哥哥前日在太太屋裏，拉着太太的丫頭金釧兒强姦不遂，打了[蒙]再逼下文，有不得不盡情苦打之勢。

一頓。那金釧兒便賭氣投井死了。」話未説完，把個賈政氣的面如金紙，大喝：「快拿寶玉來！」一面説，一面便往裏邊書房裏去，喝令：「今日再有人勸我，我把這冠帶家私一應交與他與寶玉過去！我免不得做個罪人，把這幾根煩惱鬢毛剃去，尋個乾净去處自了，也免得上辱先人下生逆子之罪。」〔蒙 一激再激，實文實事。〕衆門客僕從見賈政這個形景，便知又是爲寶玉了，一個個都是唉指咬舌，連忙退出。那賈政喘吁吁直挺挺坐在椅子上，〔蒙 爲天下父母一哭。〕滿面淚痕，一叠聲「拿寶玉！拿大棍！拿索子捆上！把各門都關上！有人傳信往裏頭去，立刻打死！」衆小厮們只得齊聲答應，有幾個來找寶玉。

那寶玉聽見賈政吩咐他「不許動」，早知多凶少吉，那裏承望賈環又添了許多的話。正在廳上乾轉，怎得個人來往裏頭去捎信，偏生没個人，連茗煙也不知在那裏。正盼望時，只見一個老姆姆出來。寶玉如得了珍寶，便趕上來拉他，説道：「快進去告訴：老爺要打我呢！快去，快去！要緊，要緊！」寶玉一則急了，説話不明白；二則老婆子偏生又聾，竟不曾聽見是什麽話，把「要緊」二字只聽作「跳井」二字，便笑道：「跳井讓他跳去，二爺怕什麽？」寶玉見是個聾子，便着急道：「你出去叫我的小厮來罷。」那婆子道：「有什麽不了的事？老早的完了。太太又賞了衣服，又賞了銀子，怎麽不了事的！」（蒙：寫老婆子愛說無要緊的話，真如見其人，如聞其聲。）

寶玉急的跺脚，正没抓尋處，只見賈政的小厮走來，逼着他出去了。賈政一見，眼都紅紫了，也不暇問他在外流蕩優伶，表贈私物，在家荒踈學業，淫辱母婢等語，（蒙：了結得靈活。）只喝令：「堵起嘴來，着實打死！」小厮們不敢違拗，只得將寶玉按在凳上，舉起大板打了十來下。賈政猶嫌打輕了，一脚踢開掌板的，自己奪過來，咬着牙狠命蓋了三四十下。衆門客見打的不祥了，忙上前奪勸。賈政那裏肯聽，説道：「你們問問他幹的勾當可饒不可饒！素日皆是你們這些人把他釀壞了，到這步田地還來解勸。明日釀到他弑君殺父，你們纔不勸不成！」

衆人聽這話不好聽，知道氣急了，忙又退出，只得覓人進去給信。王夫人不敢先回賈母，只得忙穿衣出來，也不顧有人没人，（蒙：爲天下慈母一哭。）忙忙趕往書房中來，慌的衆門客小厮等避之不及。王夫人一進房來，賈政更如火上澆油一般，那板子越發下去的又狠又快。按寶玉的兩個小厮忙鬆了手走開，寶玉早已動彈不得了。賈政還欲打時，早被王夫人抱住板子。賈政道：「罷了，罷了！今日必定要氣死我纔罷！」王夫人哭道：「寶玉雖然該打，老爺也要自重。况且炎天暑日的，老太太身上也不大好，打死寶玉事小，【蒙】父母之心，昊天罔極。賈政、王夫人易地則皆然。倘或老太太一時不自在了，豈不事大！」賈政冷笑道：「倒休提這話。我養了這不肖的孽障，已經不孝；教訓他一番，又有衆人護持；不如趁今日一發勒死了，以絶將來之患！」説着，便要繩索來勒死。

王夫人連忙抱住哭道：「老爺雖然應當管教兒子，也要看夫妻分上。我如今已將五十歲的人，只有這個孽障，必定苦苦的以他爲法，我也不敢深勸。今日越發要他死，豈不是有意絶我。既要勒死他，快拿繩子來先勒死我，再勒死他。我們娘兒們不敢含怨，到底在陰司裏得個依靠。」【蒙】使人讀之，聲哽咽而淚如雨下。【己】未喪母者來細玩，既喪母者來痛哭。説畢，爬在寶玉身上大哭起來。賈政聽了此話，不覺長嘆一聲，向椅上坐了，淚如雨下。王夫人抱着寶玉，只見他面白氣弱，底下穿着一條緑紗小衣皆是血漬。禁不住解下汗巾看，由臀至脛，或青或紫，或整或破，竟無一點好處，不覺失聲大哭起來，「苦命的兒嚇！」因哭出「苦命兒」來，忽又想起賈珠來，便叫着賈珠哭道：「若有你活着，便死一百個我也不管了。」【蒙】慈母如畫。此時裏面的人聞得王夫人出來，那李宮裁、王熙鳳與迎春姊妹早已出來了。王夫人哭着賈珠的名字，別人還可，惟有宮裁禁不住也放聲哭了。

賈政聽了，那淚珠更似滾瓜一般滾了下來。

正沒開交處，忽聽丫鬟來説：「老太太來了。」一句話未了，只聽窗外顫巍巍的聲氣説道：（蒙 老人家神影活現。）「先打死我，再打死他，豈不乾净了！」賈政見他母親來了，又急又痛，連忙迎接出來，只見賈母扶着丫頭，喘吁吁的走來。

賈政上前躬身陪笑道：「大暑熱天，母親有何生氣親自走來？有話只該叫了兒子進去吩咐。」賈母聽説，（蒙 大家規模，一絲不亂。）便止住步喘息一回，厲聲説道：「你原來是和我説話！我倒有話吩咐，只是可憐我一生沒養個好兒子，却教我和誰説去！」賈政聽這話不像，忙跪下含淚説道：「爲兒的教訓兒子，也爲的是光宗耀祖。母親這話，我做兒的如何禁得起？」賈母聽説，便啐了一口，説道：「我説一句話，你就禁不起，你那樣下死手的板子，難道寶玉就禁得起了？（蒙 偏有是理。）你説教訓兒子是光宗耀祖，（蒙 如此礙犯文字，隨景生情，毫無牽滯。）當初你父親怎麼教訓你來！」説着，不覺就滾下淚來。

賈政又陪笑道：「母親也不必傷感，皆是作兒的一時性起，從此以後再不打他了。」賈母便冷笑道：「你也不必和我使性子賭氣的。你的兒子，我也不該管你打不打。我猜着你也厭煩我們娘兒們。不如我們趕早兒離了你，大家乾净！」説着便令人去看轎馬，「我和你太太寶玉立刻回南京去！」家下人只得乾答應着。賈母又叫王夫人道：「你也不必哭了。如今寶玉年紀小，你疼他，他將來長大成人，爲官作宰的，也未必想着你是他母親了。你如今倒不要疼他，只怕將來還少生一口氣呢。」賈政聽説，忙叩頭哭道：「母親如此説，賈政無立足之地。」賈母冷笑道：「你分明使我無立足之地，你反説起你來！只是我們回去了，你心裏乾净，看有誰來許你打。」一面説，一面只令快打點行李車轎回去。賈政苦苦叩求認罪。

賈母一面説話，一面又記掛寶玉，忙進來看時，只見今日這頓打不比往日，又是心疼，又是生氣，也抱着哭個不了。王夫人與鳳姐等解勸了一會，方漸漸的止住。早有丫鬟媳婦等上來，要攙寶玉，鳳姐便罵道：(蒙)能事者自不凡。「糊塗東西，也不睁開眼瞧瞧！打的這麼個樣兒，還要攙着走！還不快進去把那藤屜子春凳抬出來呢。」衆人聽説連忙進去，果然抬出春凳來，將寶玉抬放凳上，隨着賈母王夫人等進去，送至賈母房中。

彼時賈政見賈母氣未全消，不敢自便，也跟了進去。看看寶玉，果然打重了。再看看王夫人，「兒」一聲，「肉」一聲，「你替珠兒早死了，留着珠兒，免你父親生氣，我也不白操這半世的心了。這會子你倘或有個好歹，丢下我，叫我靠那一個！」數落一場，又哭「不争氣的兒」。【蒙】天下作父兄者，教子弟時亦當留意。賈政聽了，也就灰心，自悔不該下毒手打到如此地步。先勸賈母，賈母含淚説道：「你不出去，還在這裏做什麼！難道於心不足，還要眼看着他死了纔去不成！」【蒙】遣之有法。賈政聽説，方退了出來。

此時薛姨媽同寶釵、香菱、襲人、史湘雲也都在這裏。襲人滿心委屈，只不好十分使出來，見衆人圍着，灌水的灌水，打扇的打扇，自己插不下手去，便越性走出來到二門前，令【蒙】各自有各自一番作用。小廝們找了茗煙來細問：「方纔好端端的，爲什麼打起來？你也不早來透個信兒！」茗煙急的説：「偏生我没在跟前，打到半中間我纔聽見了。忙打聽原故，却是爲琪官金釧姐姐的事。」襲人道：「老爺怎麼得知道的？」茗煙道：「那琪官的事，多半是薛大爺素日吃醋，没法兒出氣，不知在外頭唆挑了誰來，在老爺跟前下的火。那金釧兒的事是三爺説的，我也是聽見老爺的人説的。」襲人聽了這兩件事都對景，心中也就信了八九分。然後回來，只見衆人都替寶玉療治。調停完備，賈母令「好生抬到他房内去」。衆人答應，七手八脚，忙把寶玉送入怡紅院内自己床上臥好。又亂了半日，衆人漸漸散去，襲人方進前來經心扶侍，問他端的。且聽下回分解。

戚 總評：嚴酷其刑以教子，不情中十分用情；牽連不斷以思婢，有恩處一等無恩。嚴父慈母一般愛子，親優溺婢總是乖淫。蒙頭花柳，誰解春光？跳出樊籠，一場笑話！

〔一〕長史官這段話，列藏本有獨特異文：「……我們府裏有一個作小旦的琪官，那原是奉旨由内園賜出，只從出來，好好在府裏住了不上半年，如今三日五日不見了，各處去找，又摸不着他的道路，因此各處察訪。這一城内，十停人到有八停人都説，他竟日和啣玉的那位令郎相與甚厚。下官輩聽了，尊府不比別家，可以擅來索取，因此啓明王爺。王爺亦云：『若是別的戲子，一百個也罷了，只是這琪官，乃奉旨所賜，不便轉贈令郎。』若令郎十分愛慕，老大人竟密題一本請旨，豈不兩便。若大人不題奏時，還得轉達令郎，請將琪官放出。一則可免王爺負恩之罪，二則下官輩也可免操勞求覓之苦。」比別本多出的話，是拉扯上朝廷，稱琪官乃「奉旨所賜」，如此上綱上綫，寶玉的罪名就大了。這段異文究竟是作者原稿，還是後人妄改，學界存在不同看法，録以備考。

〔二〕「興來」，除列本作「來興兒來」、楊本作「來興」外，諸本均同。按：「興來」不通，故諸校本多據楊、列本校改作「來興」，這樣就衍生了一個人名出來。雖然書中偶有這種曇花一現的人物，但此處賈政要找管理家務的人來問話，一個主子賈璉、一個奴才大總管賴大，已經够了，也無須第三人的。目前没有其他更好的校法，暫參程本删「興」字。

第三十四回　情中情因情感妹妹　錯裏錯以錯勸哥哥

戚 兩條素帕，一片真心；三首新詩，萬行珠淚。襲卿高見動夫人，薛家兄妹空争氣。自古道情是苦根苗，慧性靈心的，回頭須早。

話説襲人見賈母王夫人等去後，便走來寶玉身邊坐下，含淚問他：「怎麼就打到這步田地？」寶玉嘆氣説道：「不過爲那些事，問他做什麼！只是下半截疼的很，你瞧瞧打壞了那裏。」襲人聽説，便輕輕的伸手進去，將中衣褪下。寶玉略動一動，便咬着牙叫「噯喲」，襲人連忙停住手，如此三四次纔褪了下來。襲人看時，只見腿上半段青紫，都有四指寬的僵痕高了起來。襲人咬着牙說道：「我的娘，怎麼下般的這麼狠手〔一〕！你但凡聽我一句話，也不得到這步地位。幸而没動筋骨，倘或打出個殘疾來，可叫人怎麼樣呢！」

正說着，只聽丫鬟們說：「寶姑娘來了。」襲人聽見，知道穿不及中衣，便拿了一床夾紗被替寶玉蓋了。只見寶釵手裏托着一丸藥走進來，蒙 請問是關心不是關心？ 向襲人說道：「晚上把這藥用酒研開，替他敷上，把那淤血的熱毒散開，可以就好了。」說畢，遞與襲人，又問道：「這會子可好些？」寶玉一面道謝說：「好了。」又讓坐。寶釵見他睜開眼說話，不像先時，心中也寬慰了好些，便點頭嘆道：「早聽人一句話，蒙 同襲人語。 也不至今日。別說老太太、太太心疼，就是我們看着，心裏也……」〔二〕剛說了半句又忙咽住，自悔說的話急了，不覺的就紅了臉，蒙 行雲流水語，微露半含時。 低下頭來。寶玉聽得這話如此親切稠密，大有深意，忽見他又咽住不往下說，紅了臉，低下頭只管弄衣帶，那一種嬌羞怯怯，非可形容得出者，不覺心中大暢，將疼痛早丢在九霄雲外，心中自思：「我不過捱了幾下打，他們一個個就有這些憐惜悲感之態露出，令人可玩可觀，可憐可敬。假若我一時竟遭殃橫死，蒙 得遇知己者，多生此等痴思痴喜。 他們還不知是何等悲感呢！既是他們這樣，我便一時死了，得他們如此，一生事業縱然盡付東流，亦無足嘆惜，冥冥之中若不怡然自得，亦可謂糊塗鬼祟矣。」想着，只聽寶釵問襲人道：「怎麽好好的動了氣，就打起來了？」襲人便把茗煙的話説了出來。

寶玉原來還不知道賈環的話，見襲人説出方纔知道。因又拉上薛蟠，惟恐寶釵沉心，忙又止住襲人道：「薛大哥哥從來不這樣的，你們不可混猜度。」寶釵聽説，便知道是怕他多心，用話相攔襲人，因心中暗暗想道：「打的這個形像，疼還顧不過來，還是這樣細心，怕得罪了人，可見在我們身上也算是用心了。〔蒙〕天下古今英雄同一感慨。你既這樣用心，何不在外頭大事上做工夫，老爺也歡喜了，也不能吃這樣虧。但你固然怕我沉心，所以攔襲人的話，難道我就不知我的哥哥素日恣心縱慾，毫無防範的那種心性。當日爲一個秦鍾，還鬧的天翻地覆，自然如今比先又更利害了。」想畢，因笑道：「你們也不必怨這個，怨那個。據我想，到底寶兄弟素日不正，肯和那些人來往，老爺纔生氣。就是我哥哥説話不防頭，一時説出寶兄弟來，也不是有心調唆：〔蒙〕心頭口頭不覺透漏。一則也是本來的實話，二則他原不理論這些防嫌小事。襲姑娘從小兒只見寶兄弟這麽樣細心的人，你何嘗見過天不怕地不怕、心裏有什麽口裏就説什麽的人。」

襲人因説出薛蟠來，見寶玉攔他的話，早已明白自己説造次了，恐寶釵没意思，聽〔三〕寶釵如此説，更覺羞愧無言。寶玉又聽寶釵這番話，一半是堂皇正大，一半是去己疑心，更覺比先暢快了。方欲説話時，只見寶釵起身説道：「明兒再來看你，你好生養着罷。方纔我拿了藥來交給襲人，晚上敷上管就好了。【蒙：何等關心！】」説着便走出門去。襲人趕着送出院外，説：「姑娘倒費心了。改日寶二爺好了，親自來謝。」寶釵回頭笑道：「有什麽謝處。你只勸他好生静養，別胡思亂想的就好了。【蒙：的確真心。】要想什麽吃的頑的，你悄悄的往我那裏取去〔四〕，不必驚動老太太、太太衆人，倘或吹到老爺耳朵裏，雖然彼時不怎麽樣，將來對景，終是要吃虧的。【蒙：要緊。】」説着，一面去了。

襲人抽身回來，心内着實感激寶釵。進來見寶玉沉思默默似睡非睡的模樣，因而退出房外，自去櫛沐。寶玉默默的躺在床上，無奈臀上作痛，如針挑刀挖一般，更又熱如火炙，略展轉時，禁不住「噯喲」之聲。那時天色將晚，因見襲人去了，却有兩三個丫鬟伺候，此時並無呼唤之事，因説道：「你們且去梳洗，等我叫時再來。」衆人聽了，也都退出。

這裏寶玉昏昏默默，只見蔣玉菡走了進來，訴說忠順府拿他之事；又見金釧兒進來哭說爲他投井之情。寶玉半夢半醒，都不在意。忽又覺有人推他，恍恍惚惚聽得有人悲戚之聲。寶玉從夢中驚醒，睁眼一看，不是别人，却是林黛玉。寶玉猶恐是夢，忙又將身子欠起來，向臉上細細一認，只見兩個眼睛腫的桃兒一般，滿面淚光，不是黛玉，却是那個？寶玉還欲看時，怎奈下半截疼痛難忍，支持不住，便「嗳喲」一聲，仍就倒下，嘆了一聲，說道：「你又做什麽跑來！雖說太陽落下去，那地上的餘熱未散，走兩趟又要受了暑。我雖然捱了打，並不覺疼痛。我這個樣兒，只裝出來哄他們，好在外頭佈散與老爺聽，其實是假的。你不可認真。」〔蒙〕有這樣一段語，方不没滅顰兒之痛哭眼腫。英雄失足，每每至死不改，皆猶此耳。

此時林黛玉雖不是嚎啕大哭，然越是這等無聲之泣，氣噎喉堵，更覺得利害。聽了寶玉這番話，心中雖然有萬句言詞，只是不能說得，半日，方抽抽噎噎的說道：「你從此可都改了罷！」〔蒙〕心血淋漓，釀成此數字。寶玉聽說，便長嘆一聲，道：「你放心，别說這樣話。就便爲這些人死了，〔蒙〕文氣斬截。也是情願的！」一句話未了，只見院外人說：「二奶奶來了。」林黛玉便知是鳳姐來了，連忙立起身說道：「我從後院子去罷，回來再來。」寶玉一把拉住道：「這可奇了，好好的怎麽怕起他來。」林黛玉急的跺脚，悄悄的説道：【蒙】不避嫌疑，不惜聲名，破格牽連，誠爲可嘆，着實可憐。「你瞧瞧我的眼睛，又該他取笑開心呢。」寶玉聽説，趕忙的放手。黛玉三步兩步轉過床後，出後院而去。鳳姐從前頭已進來了，問寶玉：「可好些了？想什麼吃，叫人往我那裏取去。」接着，薛姨媽又來了。一時賈母又打發了人來。

至掌燈時分，寶玉只喝了兩口湯，便昏昏沉沉的睡去。接着，周瑞媳婦、吴新登媳婦、鄭好時媳婦這幾個有年紀常往來的，聽見寶玉捱了打，也都進來。襲人忙迎出來，悄悄的笑道：【蒙】襲卿善詞令，會周旋。「嬸嬸們來遲了一步，二爺纔睡着了。」説着，一面帶他們到那邊房裏坐了，倒茶與他們吃。那幾個媳婦子都悄悄的坐了一回，向襲人説：「等二爺醒了，你替我們説罷。」

襲人答應了，送他們出去。剛要回來，只見王夫人使個婆子來，口稱「太太叫一個跟二爺的人呢」。襲人見説，想了一想，便回身悄悄告訴晴雯、麝月、檀雲、秋紋等説：「太太叫人，你們好生在房裏，【蒙】身任其責，不憚勞煩。我去了就來。」説畢，同那婆子一逕出了園子，來至上房。王夫人正坐在涼榻上摇着芭蕉扇子，見他來了，説：「不管叫個誰來也罷了。你又丢下他來了，誰伏侍他呢？」襲人見説，連忙陪笑回道：「二爺纔睡安穩了，那四五個丫頭如今也好了，會伏侍二爺了，太太請放心。恐怕太太有什麽話吩咐，打發他們來，一時聽不明白，倒耽誤了。」（蒙：能事解事，能了事。）王夫人道：「也没甚話，白問問他這會子疼的怎麽樣。」襲人道：「寶姑娘送去的藥，我給二爺敷上了，（蒙：補足。）比先好些了。先疼的躺不穩，這會子都睡沉了，可見好些了。」王夫人又問：「吃了什麽没有？」襲人道：「老太太給的一碗湯，喝了兩口，只嚷乾渴，要吃酸梅湯。我想着酸梅是個收斂的東西，纔剛捱了打，又不許叫喊，自然急的那熱毒熱血未免不存在心裏，倘或吃下這個去激在心裏，再弄出大病來，可怎麽樣呢。因此我勸了半天纔没吃，（蒙：能事處。）只拿那糖腌的玫瑰滷子和了吃，吃了半碗，又嫌吃絮了，不香甜。」王夫人道：「嗳喲，你不該早來和我説。前兒有人送了兩瓶子香露來，原要給他點子的，我怕他胡遭塌了，就没給。既是他嫌那些玫瑰膏子絮煩，把這個拿兩瓶子去。一碗水裏只用挑一茶匙兒，就香的了不得呢。」説着就唤彩雲來，「把前兒的那幾瓶香露拿了來。」襲人道：「只拿兩瓶來罷，多了也白遭塌。等不够再要，再來取也是一樣。」彩雲聽説，去了半日，果然拿了兩瓶來，付與襲人。襲人看時，只見兩個玻璃小瓶，却有三寸大小，上面螺絲銀蓋，鵝黄箋上寫着「木樨清露」，那一個寫着

「玫瑰清露」。襲人笑道：「好金貴東西！這麼個小瓶兒，能有多少？」王夫人道：「那是進上的，你没看見鵝黄箋子？你好生替他收着，别遭塌了。」

襲人答應着，方要走時，王夫人又叫：「站着，我想起一句話來問你。」襲人忙又回來。王夫人見房内無人，便問道：「我恍惚聽見寶玉今兒捱打，是環兒在老爺跟前説了什麼話。你可聽見這個了？你要聽見，告訴我聽聽，我也不吵出來教人知道是你説的。」襲人道：「我倒没聽見這話，爲二爺霸佔着戲子，人家來和老爺要，爲這個打的。」王夫人摇頭説道：「也爲這個，還有别的原故。」襲人道：「别的原故實在不知道了。我今兒在太太跟前大膽説句不知好歹的話。論理……」説了半截忙又咽住。王夫人道：「你只管説。」襲人笑道：「太太别生氣，我就説了。」王夫人道：「我有什麼生氣的，你只管説來。」

襲人道：「論理，我們二爺也須得老爺教訓兩頓。【蒙】能了事處。若老爺再不管，將來不知做出什麼事來呢。」王夫人一聞此言，便合掌念聲「阿彌陀佛」，由不得趕着襲人叫了一聲「我的兒，

【蒙】襲卿之心，所謂「良人所仰望而終身也，今若此！」能不痛哭流（泣）［涕］，以成此語？

虧了你也明白，這話和我的心一樣。我何曾不知道管兒子，先時你珠大爺在，我是怎麼樣管

他，難道我如今倒不知管兒子了？只是有個原故：如今我想，我已經快五十歲的人，通共剩了他一個，他又長的單弱，况且老太太寶貝似的，若管緊了他，倘或再有個好歹，或是老太太氣壞了，那時上下不安，豈不倒壞了，所以就縱壞了他。我常常掰着口兒勸一陣，說一陣，氣的罵一陣，哭一陣，彼時他好，過後兒還是不相干，端的吃了虧纔罷了。若打壞了，將來我靠誰呢！」說着，由不得滚下淚來。

〔蒙〕變轉之句，勉强之言，真體貼盡溺愛之心。

襲人見王夫人這般悲感，自己也不覺傷了心，陪着落淚。又道：「二爺是太太養的，豈不心疼。便是我們做下人的伏侍一場，大家落個平安，也算是造化了。要這樣起來，連平安都不能了。那一日那一時我不勸二爺，只是再勸不醒。偏生那些人又肯親近他，也怨不得他這樣，總是我們勸的倒不好了。今兒太太提起這話來，我還記掛着一件事，每要來回太太，討太太個主意。只是我怕太太疑心，不但我的話白說了，且連葬身之地都没了。」

〔蒙〕打進一層。非有前項如許講究，這一層即爲唐突了。

王夫人聽了這話内有因，忙問道：「我的兒，你有話只管說。近來我因聽見衆人背前背後都誇你，我只說你不過是在寶玉身上留心，或是諸人跟前和氣，這些小意思好，所以將你和老姨娘一體行事。誰知你方纔和我説的話全是大道理，正和我的想頭一樣。你有什麼只管説什麼，只別教別人知道就是了。」

襲人道：「我也没什麼别的説。我只想着討太太一個示下，怎麼變個法兒，以後竟還教二爺搬出園外來就好了。」王夫人聽了，吃一大驚，忙拉了襲人的手問道：「寶玉難道和誰作怪了不成？」襲人忙回道：「太太别多心，並没有這話。這不過是我的小見識。如今二爺也大了，裏頭姑娘們也大了，况且林姑娘寶姑娘又是兩姨姑表姊妹，雖説是姊妹們，到底是男女之分，日夜一處起坐不方便，蒙遠憂近慮，言言字字，真是可人。由不得叫人懸心，便是外人看着也不像。一家子的事，俗語説的『没事常思有事』，世上多少無頭腦的事，多半因爲無心中做出，有心人看見，當做有心事，反説壞了。只是預先不防着，斷然不好。二爺素日性格，太太是知道的。他又偏好在我們隊裏鬧，倘或不防，前後錯了一點半點，不論真假，人多口雜，那起小人的嘴有什麼避諱，心順了，説的比菩薩還好，心不順，就貶的連畜牲不如。二爺將來倘或有人説好，不過大家直過没事；若叫人説出一個不好字來，我們不用説，粉身碎骨，罪有萬重，都是平常小事，

〔蒙〕襲卿愛人以德，竟至如此。字字逼來，不覺令人敬聽。看官自省，切［不］可闊略，戒之。但後來二爺一生的聲名品行豈不完了，二則太太也難見老爺。俗語又説『君子防不然』，不如這會子防避的爲是。太太事情多，一時固然想不到。我們想不到則可，既想到了，若不回明太太，罪越重了。近來我爲這事日夜懸心，又不好説與人，惟有燈知道罷了。」

王夫人聽了這話，如雷轟電掣一般，正觸了金釧兒之事，心内越發感愛襲人不盡，忙笑道：「我的兒，你竟有這個心胸，想的這樣週全！我何曾又不想到這裏，只是這幾次有事就忘了。你今兒這一番話提醒了我。難爲你成全我娘兒兩個聲名體面，真真我竟不知道你這樣好。罷了，你且去罷，〔蒙〕溺愛者偏會如此說。我自有道理。只是還有一句話：你如今既説了這樣的話，我就把他交給你了，好歹留心，保全了他，就是保全了我。我自然不辜負你。」

襲人連連答應着去了。回來正值寶玉睡醒，襲人回明香露之事。寶玉喜不自禁，即令調來嘗試，果然香妙非常。因心下記掛着黛玉，滿心裏要打發人去，只是怕襲人，便設一法，先使襲人往寶釵那裏去借書。

襲人去了，寶玉便悄命晴雯〔己〕前文晴雯放肆，原有把柄所持也。吩咐道：「你到林姑娘那裏看看他做什麼呢。他要問我，只說我好了。」晴雯道：「白眉赤眼〔五〕做什麼去呢？到底說句話兒，也像一件事。」寶玉道：「没有什麼可説的。」晴雯道：「若不然，或是送件東西，或是取件東西，不然我去了怎麼搭訕呢？」寶玉想了一想，便伸手拿了兩條手帕子撂與晴雯，笑道：「也罷，就説我叫你送這個給他去了。」晴雯道：「這又奇了。他要這半新不舊的兩條手帕子？他又要惱了，説你打趣他。」寶玉笑道：「你放心，他自然知道。」

晴雯聽了，只得拿了帕子往瀟湘館來。〔蒙〕送的是手帕，晾的是手帕，妙文。只見春纖正在欄杆上晾手帕子，見他進來，忙擺手兒，説：「睡下了。」晴雯走進來，滿屋魆黑，並未點燈。黛玉已睡在床上，問是誰。晴雯忙答道：「晴雯。」黛玉道：「做什麼？」晴雯道：「二爺送手帕子來給姑娘。」黛玉聽了，心中發悶：「做什麼送手帕子來給我？」因問：「這帕子是誰送他的？必是上好的，叫他留着送别人罷，我這會子不用這個。」晴雯笑道：「不是新的，就是家常舊的。」林黛玉聽見，越發悶住，着實細心搜求，思忖一時，方大悟過來，連忙説：「放下，去罷。」晴雯聽了，只得放下，抽身回去，一路盤算，不解何意。

這裏林黛玉體貼出手帕子的意思來，不覺神魂馳蕩：寶玉這番苦心，能領會我這番苦意，又令我可喜；我這番苦意，不知將來如何，又令我可悲；忽然好好的送兩塊舊帕子來，若不是領我深意，單看了這帕子，又令我可笑；再想令人私相傳遞與我，又可懼；我自己每每好哭，想來也無味，又令我可愧。如此左思右想，一時五内沸然炙起。黛玉由不得餘意綿纏，令掌燈，也想不起嫌疑避諱等事，便向案上研墨蘸筆，便向那兩塊舊帕上走筆寫道：

眼空蓄淚淚空垂，暗灑閒抛却爲誰？
尺幅鮫鮹勞解贈，叫人焉得不傷悲！

其二

抛珠滚玉只偷潸，鎮日無心鎮日閒；
枕上袖邊難拂拭，任他點點與斑斑。

其三

彩綫難收面上珠，湘江舊跡已模糊；

窗前亦有千竿竹，不識香痕漬也無？

林黛玉還要往下寫時，覺得渾身火熱，面上作燒，走至鏡臺揭起錦袱一照，只見腮上通紅，自羨壓倒桃花，却不知病由此萌。一時方上床睡去，猶拿着那帕子思索，不在話下。

却説襲人來見寶釵，誰知寶釵不在園内，往他母親那裏去了，襲人便空手回來。等至二更，寶釵方回來。原來寶釵素知薛蟠情性，心中已有一半疑是薛蟠調唆了人來告寶玉的，誰知又聽襲人説出來，越發信了。究竟襲人是聽茗煙説的，那茗煙也是私心窺度，並未據實。大家都是一半猜度〔六〕，一半據實，竟認準是他説的。那薛蟠都因素日有這個名聲，其實這一次却不是他幹的，被人生生的一口咬死是他，有口難分。這日正從外頭吃了酒回來，見過母親，只見寶釵在這裏，説了幾句閒話，因問：「聽見寶兄弟吃了虧，是爲什麼？」薛姨媽正爲這個不自在，見他問時，便咬着牙道：「不知好歹的東西，都是你鬧的，你還有臉來問！」薛蟠見説，便怔了，忙問道：「我何嘗鬧什麼？」薛姨媽道：「你還裝憨呢！人人都知道是你說的，還賴呢。」薛蟠道：「人人說我殺了人，也就信了罷？」薛姨媽道：「連你妹妹都知道是你說的，難道他也賴你不成？」寶釵忙勸道：「媽和哥哥且別叫喊，消消停停的，就有個青紅皂白了。」因向薛蟠道：「是你說的也罷，不是你說的也罷，事情也過去了，不必較證，倒把小事兒弄大了。我只勸你從此以後在外頭少去胡鬧，少管別人的事。天天一處大家胡逛，你是個不防頭的人，過後兒没事就罷了，倘或有事，不是你幹的，人人都也疑惑是你幹的，不用說别人，我就先疑惑。」

薛蟠本是個心直口快的人，一生見不得這樣藏頭露尾的事，又見寶釵勸他不要逛去，他母親又說他犯舌，寶玉之打是他治的，早已急的亂跳，賭身發誓的分辯。又罵衆人：「誰這樣臟派我？我把那囚攮的牙敲了纔罷！分明是爲打了寶玉，没的獻勤兒，拿我來作幌子。難道寶玉是天王？他父親打他一頓，一家子定要鬧幾天。那一回爲他不好，姨爹打了他兩下子，過後老太太不知怎麽知道了，説是珍大哥哥治的，好好的叫了去駡了一頓。今兒越發拉上我了！既拉上，我也不怕，越性進去把寶玉打死了，我替他償了命，大家乾净。」一面嚷，一面抓起一根門閂來就跑。慌的薛姨媽一把抓住，駡道：「作死的孽障，你打誰去？你先打我來！」

薛蟠急的眼似銅鈴一般，嚷道：「何苦來！又不叫我去，又好好的賴我。將來寶玉活一日，我擔一日的口舌，不如大家死了清浄。」寶釵忙也上前勸道：「你忍耐些兒罷。媽急的這個樣兒，你不説來勸媽，你還反鬧的這樣。别説是媽，便是旁人來勸你，也爲你好，倒把你的性子勸上來了。」薛蟠道：「這會子又説這話。都是你説的！」寶釵道：「你只怨我説，再不怨你顧前不顧後的形景。」薛蟠道：「你只會怨我顧前不顧後，你怎麽不怨寶玉外頭招風惹草的那個樣子！别説多的，只拿前兒琪官的事比給你們聽：那琪官，我們見過十來次的，我並未和他説一句親熱話；怎麽前兒他見了，連姓名還不知道，就把汗巾子給他了？難道這也是我説的不成？」薛姨媽和寶釵急的説道：「還提這個！可不是爲這個打他呢。可見是你説的了。」薛蟠道：「真真的氣死了人了！賴我説的我不惱，我只爲一個寶玉鬧的這麽天翻地覆的。」寶釵道：「誰鬧了？你先持刀動杖的鬧起來，倒説别人鬧。」

薛蟠見寶釵説的句句有理，難以駁正，比母親的話反難回答，因此便要設法拿話堵回他去，就無人敢攔自己的話了；也因正在氣頭兒上，未曾想話之輕重，便説道：「好妹妹，你不用和我鬧，我早知道你的心了。從先媽和我説，你這金要揀有玉的纔可正配，你留了心，見寶玉有那勞什骨子，你自然如今行動護着他。」話未説了，把個寶釵氣怔了，拉着薛姨媽哭道：

蒙 插寫薛蟠，不過要補足寶釵告襲人前項之言。

「媽媽你聽，哥哥説的是什麽話！」薛蟠見妹妹哭了，便知自己冒撞了，便賭氣走到自己房裏安歇不提。

這裏薛姨媽氣的亂戰，一面又勸寶釵道：「你素日知那孽障説話没道理，明兒我叫他給你陪不是。」寶釵滿心委屈氣忿，待要怎樣，又怕他母親不安，少不得含淚别了母親，各自回來，到房裏整哭了一夜。次日早起來，也無心梳洗，胡亂整理整理，便出來瞧母親。可巧遇見林黛玉獨立在花陰之下，問他那裏去。薛寶釵因説「家去」，口裏説着，便只管走。黛玉見他無精打采的去了，又見眼上有哭泣之狀，大非往日可比，便在後面笑道：「姐姐也自保重些兒。

蒙 自己眼腫爲誰？偏是以此笑人。世間人多犯此症。

就是哭出兩缸眼淚來，也醫不好棒瘡！」不知寶釵如何答對，且聽下回分解。

戚總評：人有百折不回之真心，方能成曠世稀有之事業。寶玉意中諸多輻輳，所謂「求仁得仁，又何怨？」凡人作臣作子，出入家庭廊廟，能推此心此志，何患忠孝之不全、事業之不立耶？

〔一〕「怎麼下般的這麼狠手」，己本同。蒙、戚、辰本作「怎麼下這般的狠手」，列、楊本作「怎麼下的這麼毒手」，當係不知「下般」詞義而擅改。按：下般，猶忍心。《金瓶梅詞話》第二六回：「月娘見他唬得那等腔兒，心中又下般不的。」同書第七五回：「緊教人疼的魂也没了，還要那等掇弄人，虧你也下般的。」

〔二〕原作「心裏也疼」，除列、楊本無「疼」字，餘本均同。按：「心裏也疼」，不像「説了半句」，依列、楊本删「疼」字。

〔三〕「寶玉攔他……没意思聽」二十三字原缺，諸本均有，文字小異，據己卯、甲辰本補。

〔四〕「要想什麽……取去」十八字，據列本補，楊本文字小異。餘本同缺。

〔五〕「白眉赤眼」，平白無故的意思。下文第六十九回又作「白眉赤臉」。

〔六〕「並未據實。大家都是一半猜度」十二字，底本及己、蒙、戚本同缺，據其餘諸本補。

第三十五回　白玉釧親嘗蓮葉羹　黄金鶯巧結梅花絡

戚 情因相愛反相傷，何事人多不揣量。黛玉徘徊還自苦，蓮羹甘受使兒狂。

話説寶釵分明聽見林黛玉刻薄他，因記掛着母親哥哥，並不回頭，一逕去了。這裏林黛玉還自立於花陰之下，遠遠的却向怡紅院内望着，只見李宫裁、迎春、探春、惜春並各項人等都向怡紅院内去過之後，一起一起的散盡了，只不見鳳姐兒來，心裏自己盤算道：「如何他不來瞧寶玉？便是有事纏住了，他必定也是要來打個花胡哨，討老太太和太太的好兒纔是。今兒這早晚不來，必有原故。」一面猜疑，一面抬頭再看時，只見花花簇簇一群人又向怡紅院内來了。定睛看時，只見賈母搭着鳳姐兒的手，後頭邢夫人王夫人跟着周姨娘並丫鬟媳婦等人都進院去了。

黛玉看了不覺點頭，想起有父母的人的好處來，早又淚珠滿面。少頃，只見寶釵薛姨媽等也進去了。忽見紫鵑從背後走來，説道：「姑娘吃藥去罷，開水又冷了。」黛玉道：「你到底要怎麽様？只是催，我吃不吃，管你什麽相干！」紫鵑笑道：「咳嗽的纔好了些，又不吃藥了。蒙閨中相憐之情，令人羨慕之至。如今雖然是五月裏，天氣熱，到底也該還小心些。大清早起，在這個潮地方站了半日，也該回去歇息歇息了。」一句話提醒了黛玉，方覺得有點腿酸，呆了半日，方慢慢的扶着紫鵑，回瀟湘舘來。

一進院門，只見滿地下竹影參差，苔痕濃淡，不覺又想起《西厢記》中所云「幽僻處可有人行，點蒼苔白露泠泠」二句來，因暗暗的嘆道：「雙文，雙文，誠爲命薄人矣。然你雖命薄，尚有孀母弱弟；今日林黛玉之命薄，一併連孀母弱弟俱無。古人云『佳人命薄』，然我又非佳人，何命薄勝於雙文哉！」一面想，一面只管走，不防廊上的鸚哥見林黛玉來了，

「嘎」的一聲撲了下來，倒嚇了一跳，因説道：「作死的，又扇了我一頭灰。」那鸚哥仍飛上架去，便叫：「雪雁，快掀簾子，姑娘來了。」黛玉便止住步，以手扣架道：「添了食水不曾？」那鸚哥便長嘆一聲，竟大似林黛玉素日吁嗟音韻，接着念道：「儂今葬花人笑痴，他年葬儂知是誰？試看春盡花漸落，便是紅顔老死時。一朝春盡紅顔老，花落人亡兩不知！」〔蒙〕哭成的句子，到今日聽了，竟作一場笑話。黛玉紫鵑聽了都笑起來。紫鵑笑道：「這都是素日姑娘念的，難爲他怎麽記了。」黛玉便令將架摘下來，另掛在月洞窗外的鈎上，於是進了屋子，在月洞窗内坐了。吃畢藥，只見窗外竹影映入紗來，滿屋内陰陰翠潤，几簟生凉。黛玉無可釋悶，便隔着紗窗調逗鸚哥作戲，又將素日所喜的詩詞也教與他念。這且不在話下。

且説薛寶釵來至家中，只見母親正自梳頭呢。一見他來了，便説道：「你大清早起跑來作什麽？」寶釵道：「我瞧瞧媽身上好不好。昨兒我去了，不知他可又過來鬧了没有？」一面説，一面在他母親身旁坐了，由不得哭將起來。薛姨媽見他一哭，自己掌不住，也就哭了一場，一面又勸他：「我的兒，你别委曲了，你等我處分他。你要有個好歹，我指望那一個來！」薛蟠在外邊聽見，連忙跑了過來，對着寶釵，左一個揖，右一個揖，只説：「好妹妹，恕我這一次罷！原是我昨兒吃了酒，回來的晚了，路上撞客着了，來家未醒，不知胡説了什麽，連自己也不知道，怨不得你生氣。」寶釵原是掩面哭的，聽如此説，由不得又好笑了，遂抬頭向地下啐了一口，説道：「你不用做這些像生兒。我知道你的心裏多嫌我們娘兒兩個，是要變着法兒叫我們離了你，你就心净了。」

薛蟠聽説，連忙笑道：「妹妹這話從那裏説起來的，這樣我連立足之地都没了。妹妹從來不是這樣多心説歪話的人。」薛姨媽忙又接着道：「你只會聽見你妹妹的歪話，難道昨兒晚上你説的那話就應該的不成？當真是你發昏了！」薛蟠道：「媽也不必生氣，妹妹也不用煩惱，從今以後我再不同他們一處吃酒閒逛如何？」寶釵笑道：〔蒙〕親生兄妹，形景逼真貼切。「這不明白過來了！」薛姨媽道：「你要有這個横勁，那龍也下蛋了。」薛蟠道：「我若再和他們一處逛，妹妹聽見了只管啐我，再叫我畜生，不是人，如何？何苦來，爲我一個人，娘兒兩個天天操心！媽爲我生氣還有可恕，若只管叫妹妹爲我操心，我更不是人了。如今父親没了，我不能多孝順媽多疼妹妹，反教娘生氣妹妹煩惱，真連個畜生也不如了。」口裏説着，蒙 又是一樣哭法，不過是情之所至。眼睛裏禁不起也滚下淚來。

薛姨媽本不哭了，聽他一説又勾起傷心來。寶釵勉强笑道：「你鬧够了，這會子又招着媽哭起來了。」薛蟠聽説，忙收了淚，笑道：「我何曾招媽哭來！罷，罷，罷，丢下這個别提了。叫香菱來倒茶妹妹吃。」寶釵道：「我也不吃茶，等媽洗了手，我們就過去了。」薛蟠道：「妹妹的項圈我瞧瞧，只怕該炸一炸去了。」寶釵道：「黃澄澄的又炸他作什麽？」薛蟠又道：「妹妹如今也該添補些衣裳了。要什麽顔色花樣，告訴我。」寶釵道：「連蒙 一寫骨肉悔過之情，一寫本等貞静之女。那些衣服我還没穿遍了，又做什麽？」一時薛姨媽换了衣裳，拉着寶釵進去，薛蟠方出去了。

這裏薛姨媽和寶釵進園來瞧寶玉，到了怡紅院中，只見抱厦裏外迴廊上許多丫鬟老婆站着，便知賈母等都在這裏。母女兩個進來，大家見過了，只見寶玉躺在榻上。薛姨媽問他可好些。寶玉忙欲欠身，口裏答應着「好些」，又説：「只管驚動姨娘、姐姐，我禁不起。」薛姨娘忙扶他睡下，又問他：「想什麽，只管告訴我。」寶玉笑道：「我想起來，自然和姨娘要去的。」王夫人又問：「你想什麽吃？回來好給你送來的。」寶玉笑道：「也倒不想什麽吃，倒是那一回做的那小荷葉兒小蓮蓬兒的湯還好些。」鳳姐一旁笑道：「聽聽，口味不算高貴，只是太磨牙了。巴巴的想這個吃了。」賈母便一叠聲的叫人做去。鳳姐兒笑道：「老祖宗别急，等我想一想這模子誰收着呢。」因回頭吩咐個婆子去問管厨房的要去。那婆子去了半天，來回説：「管厨房的説，四副湯模子都交上來了。」鳳姐兒聽説，想了一想，道：「我記得交上來了，就不記得交給誰了，多半在茶房裏。」一面又遣人去問管茶房的，也不曾收。次後還是管金銀器皿的送了來。

薛姨媽先接過來瞧時，原來是個小匣子，裏面裝着四副銀模子，都有一尺多長，一寸見方，上面鑿着有豆子大小，也有菊花的，也有梅花的，也有蓮蓬的，也有菱角的，共有三四十樣，打的十分精巧。因笑向賈母王夫人道：「你們府上也都想絶了，吃碗湯還有這些樣子。若不説出來，我見這個也不認得這是作什麽用的。」鳳姐兒也不等人説話，便笑道：「姑媽那裏曉得，這是舊年備膳，他們想的法兒。不知弄些什麽麵印出來，借點新荷葉的清香，全仗着好湯，究竟没意思，誰家常吃他了。那一回呈樣的作了一回，他今日怎麽想起來了。」説着接了過來，遞與個婦人，吩咐厨房裏立刻拿幾隻鷄，另外添了東西，做出十來碗來。王夫人道：「要這些做什麽？」鳳姐兒笑道：「有個原故：這一宗東西家常不大作，今兒寶兄弟提起來了，單做給他吃，老太太、姑媽、太太都不吃，似乎不大好。不如借勢兒弄些大家吃，託賴連我也上個俊兒。」賈母聽了，笑道：「猴兒，把你乖的！拿着官中的錢你做人。」說的大家笑了。鳳姐也忙笑道：「這不相干。這個小東道我還孝敬的起。」便回頭吩咐婦人，「說給厨房裏，只管好生添補着做了，在我的賬上來領銀子。」婦人答應着去了。

寶釵一旁笑道：「我來了這麽幾年，留神看起來，鳳丫頭憑他怎麽巧，再巧不過老太太去。」賈母聽說，便答道：「我如今老了，那裏還巧什麽。當日我像鳳哥兒這麽大年紀，比他還來得呢。他如今雖說不如我們，也就算好了，比你姨娘强遠了。你姨娘可憐見的，不大說話，和木頭似的，在公婆跟前就不大顯好。鳳兒嘴乖，怎麽怨得人疼他。」寶玉笑道：「若這麽說，不大說話的就不疼了？」賈母道：「不大說話的又有不大說話的可疼之處，嘴乖的也有一宗可嫌的，倒不如不說話的好。」寶玉笑道：「這就是了。我說大嫂子倒不大說話呢，老太太也是和鳳姐姐的一樣看待。若是單是會説話的可疼，這些姊妹裏頭也只是鳳姐姐和林妹妹可疼了。」賈母道：「提起姊妹，不是我當着姨太太的面奉承，千真萬真，從我們家四個女孩兒算起，全不如寶丫頭。」薛姨媽聽説，忙笑道：「這話是老太太説偏了。」王夫人忙又笑道：「老太太時常背地裏和我説寶丫頭好，這倒不是假話。」寶玉勾着賈母原爲讚林黛玉的，不想反讚起寶釵來，倒也意出望外，便看着寶釵一笑。寶釵早扭過頭去和襲人説話去了。

忽有人來請吃飯，賈母方立起身來，命寶玉好生養着，又把丫頭們囑咐了一回，方扶着鳳姐兒，讓着薛姨媽，大家出房去了。因問湯好了不曾，又問薛姨媽等：「想什麽吃，只管告訴我，我有本事叫鳳丫頭弄了來咱們吃。」薛姨媽笑道：「老太太也會慪他的。時常他弄了東西孝敬，究竟又吃不了多少。」鳳姐兒笑道：「姑媽倒别這樣説。我們老祖宗只是嫌人肉酸，若不嫌人肉酸，早已把我還吃了呢。」

一句話没説了，引的賈母衆人都哈哈的笑起來。寶玉在房裏也掌不住笑了。襲人笑道：「真真的二奶奶的這張嘴怕死人！」寶玉伸手拉着襲人笑道：「你站了這半日，可乏了？」

一面説，一面拉他身旁坐了。襲人笑道：「可是又忘了。趁寶姑娘在院子裏，你和他説，煩他鶯兒來打上幾根絡子。」寶玉笑道：「虧你提起來。」説着，便仰頭向窗外道：「寶姐姐，吃過飯叫鶯兒來，煩他打幾根絡子，可得閒兒？」寶釵聽見，回頭道：「怎麽不得閒兒，一會叫他來就是了。」賈母等尚未聽真，都止步問寶釵。寶釵説明了，大家方明白。賈母又説道：「好孩子，叫他來替你兄弟作幾根。你要無人使喚，我那裏閒着的丫頭多呢，你喜歡誰，只管叫了來使喚。」薛姨媽寶釵等都笑道：「只管叫他來作就是了，有什麽使喚的去處。他天天也是閒着淘氣。」

大家説着，往前邁步正走，忽見史湘雲、平兒、香菱等在山石邊掐鳳仙花呢，見了他們走來，都迎上來了。少頃至園外，王夫人恐賈母乏了，便欲讓至上房内坐。賈母也覺腿酸，便點頭依允。王夫人便令丫頭忙先去鋪設坐位。那時趙姨娘推病，只有周姨娘與衆婆娘丫頭們忙着打簾子，立靠背，鋪褥子。賈母扶着鳳姐兒進來，與薛姨媽分賓主坐了。薛寶釵史湘雲坐在下面。王夫人親捧了茶奉與賈母，李宫裁奉與薛姨媽。賈母向王夫人道：「讓他們小妯娌伏侍，你在那裏坐了，好説話兒。」王夫人方向一張小杌子上坐下，便吩咐鳳姐兒道：「老太太的飯在這裏放，添了東西來。」鳳姐兒答應出去，便令人去賈母那邊告訴，那邊的婆娘忙往外傳了，丫頭們忙都趕過來。王夫人便令「請姑娘們去」。請了半天，只有探春惜春兩個來了；迎春身上不奈煩，不吃飯；林黛玉自不消説，平素十頓飯只好吃五頓，衆人也不着意了。少頃飯至，衆人調放了桌子。鳳姐兒用手巾裹着一把牙箸站在地下，笑道：「老祖宗和姑媽不用讓，還聽我説就是了。」賈母笑向薛姨媽道：「我們就是這樣。」薛姨媽笑着應了。於是鳳姐放了四雙：上面兩雙是賈母薛姨媽，兩邊是薛寶釵史湘雲的。王夫人李宮裁等都站在地下看着放菜。鳳姐先忙着要乾净傢伙來，替寶玉揀菜。蒙家庭之間，亦復如此。

少頃，荷葉湯來，賈母看過了。王夫人回頭見玉釧兒在那邊，便令玉釧與寶玉送去。鳳姐道：「他一個人拿不去。」可巧鶯兒和喜兒都來了。寶釵知道他們已吃了飯，便向鶯兒道：「寶兄弟正叫你去打絡子，你們兩個一同去罷。」鶯兒答應，同着玉釧兒出來。鶯兒道：「這麽遠，怪熱的，怎麽端了去？」玉釧笑道：「你放心，我自有道理。」説着，便令一個婆子來，將湯飯等物放在一個捧盒裏，【蒙】大家氣象。令他端了跟着，他兩個却空着手走。一直到了怡紅院門內，玉釧兒方接了過來，同鶯兒進入寶玉房中。襲人、麝月、秋紋三個人正和寶玉頑笑呢，見他兩個來了，都忙起來，笑道：「你兩個怎麽來的這麽碰巧，一齊來了。」一面説，一面接了下來。玉釧便向一張杌子上坐了，【蒙】兩人不一樣寫，真是各進其文於後。鶯兒不敢坐下。襲人便忙端了個脚踏來，【蒙】寶卿之婢，自應與衆不同。鶯兒還不敢坐。寶玉見鶯兒來了，却倒十分歡喜；忽見了玉釧兒，便想到他姐姐金釧兒身上，又是傷心，又是慚愧，便把鶯兒丢下，且和玉釧兒説話。襲人見把鶯兒不理，恐鶯兒没好意思的，【蒙】能事者。又見鶯兒不肯坐，便拉了鶯兒出來，到那邊房裏去吃茶説話兒去了。

這裏麝月等預備了碗箸來伺候吃飯。寶玉只是不吃，問玉釧兒道：「你母親身子好？」玉釧兒滿臉怒色，正眼也不看寶玉，半日，方説了一個「好」字。寶玉便覺没趣，半日，只得又陪笑問道：【蒙】何等涵度。「誰叫你給我送來的？」玉釧兒道：「不過是奶奶太太們！」【蒙】金釧兒如若有知，該何等感激！寶玉見他還是這樣哭喪，便知他是爲金釧兒的原故；待要虚心下氣磨轉他，又見人多，不好下氣的，因而變盡方法，將人都支出去，然後又陪笑問長問短。

那玉釧兒先雖不悦，只管見寶玉一些性子没有，憑他怎麽喪謗，他還是温存和氣，自己倒不好意思的了，臉上方有三分喜色。寶玉便笑求他：「好姐姐，你把那湯拿了來我嚐嚐。」玉釧兒道：「我從不會喂人東西，等他們來了再吃。」寶玉笑道：「我不是要你喂我。我因爲走不動，你遞給我吃了，你好趕早兒回去交代了，你好吃飯的。我只管耽誤時候，你豈不餓壞了。你要懶待動，我少不了忍了疼下去取來。」説着便要下床來，扎挣起來，禁不住噯喲之聲。玉釧兒見他這般，忍不住起身説道：「躺下罷！那世裏造了來的業，這會子現世現報。教我那一個眼睛看的上！」一面説，一面「哧」的一聲又笑了，端過湯來。

蒙 我看到此處，也着實不過意。

蒙 偏於此間寫此不情之態，以表白多情之苦。

寶玉笑道：「好姐姐，你要生氣只管在這裏生罷，見了老太太、太太可放和氣些，若還這樣，你就又捱駡了。」玉釧兒道：「吃罷，吃罷！不用和我甜嘴蜜舌的，我可不信這樣話！」説着，催寶玉喝了兩口湯。寶玉故意説：「不好吃，不吃了。」玉釧兒道：「阿彌陀佛！這還不好吃，什麽好吃？」寶玉道：「一點味兒也没有，你不信，嚐一嚐就知道了。」玉釧兒真就賭氣嚐了一嚐。寶玉笑道：「這可好吃了。」玉釧兒聽説，方解過意來，原是寶玉哄他吃一口，便説道：「你既説不好吃，這會子説好吃也不給你吃了。」〔蒙〕寫盡多情人無限委屈柔腸。寶玉只管央求陪笑要吃，玉釧兒又不給他，一面又叫人打發吃飯。

丫頭方進來時，忽有人來回話：「傅二爺家的兩個嬤嬤來請安，來見二爺。」寶玉聽説，便知是通判傅試家的嬤嬤來了。那傅試原是賈政的門生，歷年來都賴賈家的名勢得意，賈政也着實看待，故與別個門生不同，他那裏常遣人來走動。寶玉素習最厭勇男蠢婦〔一〕的，今日却如何又令兩個婆子過來？其中原來有個原故：只因那寶玉聞得傅試有個妹子，名喚傅秋芳，也是個瓊閨秀玉，常聞人傳説才貌俱全，雖自未親睹，然遐思遥愛之心十分誠敬，不命他們進來，恐薄了傅秋芳，〔己〕痴想。因此連忙命讓進來。

那傅試原是暴發的，〔蒙〕大抵諸色非情不生，非情不合。情之表見於愛，愛衆則心無定象，心不定則諸幻叢生，諸魔蜂起，則汲汲乎流於無情。此寶玉之多情而不情之案，凡我同人其留意！因傅秋芳有幾分姿色，聰明過人，那傅試安心仗着妹妹要與豪門貴族結姻，不肯輕易許人，所以耽誤到如今。目今傅秋芳年已二十三歲，尚未許人。争奈那些豪門貴族又嫌他窮酸，根基淺薄，不肯求配。那傅試與賈家親密，也自有一段心事。今日遣來的兩個婆子偏生是極無知識的，聞得寶玉要見，進來只剛問了好，説了没兩句話。那玉釧見生人來，也不和寶玉厮鬧了，手裏端着湯只顧聽話。寶玉又只顧和婆子説話，一面吃飯，一面伸手去要湯。兩個人的眼睛都看着人，不想伸猛了手，便將碗碰翻，將湯潑了寶玉手上。玉釧兒倒不曾燙着，唬了一跳，忙笑了，「這是怎麽説！」慌的丫頭們忙上來接碗。寶玉自己燙了手倒不覺的，却只管問玉釧兒：「燙了那裏了？疼不疼？」玉釧兒和衆人都笑了。〔蒙〕多情人每於苦惱時不自覺，反説彼家苦惱。愛之至、惜之深之故也。玉釧兒道：「你自己燙了，只管問我。」寶玉聽説，方覺自己燙了。衆人上來連忙收拾。寶玉也不吃飯了，洗手吃茶，又和那兩個婆子説了兩句話。然後兩個婆子告辭出去，晴雯等送至橋邊方回。

那兩個婆子見没人了，一行走，一行談論。這一個笑道：「怪道有人説他家寶玉是外像好裏頭糊塗，中看不中吃的，果然有些獃氣。他自己燙了手，倒問人疼不疼，這可不是個獃子？」那一個又笑道：「我前一回來，聽見他家裏許多人抱怨，千真萬真的有些獃氣。大雨淋的水鷄似的，他反告訴别人：『下雨了，快避雨去罷。』你説可笑不可笑？時常没人在跟前，就自哭自笑的；看見燕子，就和燕子説話；河裏看見了魚，就和魚説話；見了星星月亮，不是長吁短嘆，就是咕咕噥噥的。且是連一點剛性也沒有，連那些毛丫頭的氣都受的。愛惜東西，連個綫頭兒都是好的；遭塌起來，那怕值千值萬的都不管了。」〔蒙〕如人飲水，冷暖自知。其中深意味，豈能持告君？兩個人一面說，一面走出園來，辭別諸人回去，不在話下。〔己〕寶玉之爲人，非此一論，亦描寫不盡；寶玉之不肖，非此一鄙，亦形容不到。試問作者是醜寶玉乎，是讚寶玉乎？試問觀者是喜寶玉乎，是惡寶玉乎？

如今且說襲人見人去了，便携了鶯兒過來，問寶玉打什麼絡子。寶玉笑向鶯兒道：「纔只顧說話，就忘了你。煩你來不爲別的，却爲替我打幾根絡子。」鶯兒道：「裝什麼的絡子？」寶玉見問，便笑道：「不管裝什麼的，你都每樣打幾個罷。」〔蒙〕富家子弟每多有如是語，只不自覺耳。鶯兒拍手笑道：「這還了得！要這樣，十年也打不完了。」寶玉笑道：「好姐姐，你閒着也沒事，都替我打了罷。」襲人笑道：「那裏一時都打得完，如今先揀要緊的打兩個罷。」鶯兒道：「什麼要緊，不過是扇子、香墜兒、汗巾子。」寶玉道：「汗巾子就好。」鶯兒道：「汗巾子是什麼顏色的？」寶玉道：「大紅的。」鶯兒道：「大紅的須是黑絡子纔好看的，或是石青的纔壓的住顏色。」寶玉道：「松花色配什麼？」鶯兒道：「松花配桃紅。」寶玉笑道：「這纔嬌艷。再要雅淡之中帶些嬌艷。」鶯兒道：「葱緑柳黃是我最愛的。」寶玉道：「也罷了，也打一條桃紅，再打一條葱緑。」鶯兒道：「什麼花樣呢？」寶玉道：「共有幾樣花樣？」鶯兒道：「一炷香、朝天凳、象眼塊、方勝、連環、梅花、柳葉。」寶玉道：「前兒你替三姑娘打的那花樣是什麽？」鶯兒道：「那是攢心梅花。」寶玉道：「就是那樣好。」一面説，一面叫襲人，剛拿了綫來，窗外婆子説：「姑娘們的飯都有了。」寶玉道：「你們吃飯去，快吃了來罷。」襲人笑道：「有客在這裏，蒙 人情物理，一絲不亂。我們怎好去的！」鶯兒一面理綫，一面笑道：「這話又打那裏説起，正經快吃了來罷。」襲人等聽説方去了，只留下兩個小丫頭聽呼唤。

寶玉一面看鶯兒打絡子，一面説閒話，因問他：「十幾歲了？」鶯兒手裏打着，一面答話説：「十六歲了。」寶玉道：「你本姓什麼？」鶯兒道：「姓黄。」寶玉笑道：「這個名姓倒對了，果然是個黄鶯兒。」鶯兒笑道：「我的名字本來是兩個字，叫作金鶯。姑娘嫌拗口，就單叫鶯兒，如今就叫開了。」寶玉道：「寶姐姐也算疼你了。明兒寶姐姐出閣，少不得是你跟去了。」鶯兒抿嘴一笑。蒙 是有心？是無心？寶玉笑道：「我常常和襲人説，明兒不知那一個有福的消受你們主子奴才兩個呢。」鶯兒笑道：「你還不知道，我們姑娘有幾樣世人都没有的好處呢，模樣兒還在次。」寶玉見鶯兒嬌憨婉轉，語笑如痴，早不勝其情了，那更提起寶釵來！便問他道：「好處在那裏？好姐姐，細細告訴我聽。」鶯兒笑道：「我告訴你，你可不許又告訴他去。」【蒙】閨房閒話，着實幽韻。寶玉笑道：「這個自然的。」正說着，只聽外頭說道：「怎麼這樣靜悄悄的！」二人回頭看時，不是別人，正是寶釵來了。寶玉忙讓坐。寶釵坐了，因問鶯兒：「打什麼呢？」一面問，一面向他手裏去瞧，纔打了半截。寶釵笑道：「這有什麼趣兒，倒不如打個絡子把玉絡上呢。」一句話提醒了寶玉，便拍手笑道：「倒是姐姐說得是，我就忘了。只是配個什麼顏色纔好？」寶釵道：「若用雜色斷然使不得，大紅又犯了色，黃的又不起眼，黑的又過暗。等我想個法兒：把那金綫拿來，配着黑珠兒綫，一根一根的拈上，打成絡子，這纔好看。」

寶玉聽說，喜之不盡，一疊聲便叫襲人來取金綫。正值襲人端了兩碗菜走進來，告訴寶玉道：「今兒奇怪，纔剛太太打發人給我送了兩碗菜來。」寶玉笑道：「必定是今兒菜多，送來給你們大家吃的。」襲人道：「不是，指名給我送來的，還不叫我過去磕頭。這可是奇了。」

寶釵笑道：「給你的，你就吃了，這有什麽可猜疑的。」襲人笑道：「從來没有的事，倒叫我不好意思的。」寶釵抿嘴一笑，説道：【蒙】寶（玉）［釵］之慧性靈心。「這就不好意思了？明兒比這個更叫你不好意思的還有呢。」襲人聽了話内有因，素知寶釵不是輕嘴薄舌奚落人的，自己方想起上日王夫人的意思來，便不再提，將菜與寶玉看了，説：「洗了手來拿綫。」説畢，便一直的出去了。吃過飯，洗了手，進來拿金綫與鶯兒打絡子。此時寶釵早被薛蟠遣人來請出去了。

這裏寶玉正看着打絡子，忽見邢夫人那邊遣了兩個丫鬟送了兩樣果子來與他吃，問他「可走得了？若走得動，叫哥兒明兒過來散散心，太太着實記掛着呢。」寶玉忙道：「若走得了，必請太太的安去。疼的比先好些，請太太放心罷。」一面叫他兩個坐下，一面又叫秋紋來，把纔拿來的那果子拿一半送與林姑娘去。秋紋答應了，剛欲去時，只聽黛玉在院内説話，寶玉忙叫：「快請。」要知端的，且聽下回分解。

【戚】總評：此回是以情説法，警醒世人。黛玉因情凝思默度，忘其有身，忘其有病；而寶玉千屈萬折，因情忘其尊卑，忘其痛苦，並忘其性情。愛河之深無底，何可泛濫，一溺其中，非死不止。且泛愛者不專，新舊叠增，豈能盡了？其多情之心不能不流於無情之地。究其立意，倏忽千里而自不覺。誠可悲乎！

〔一〕原作「男男蠢女」，據己、蒙、戚、辰諸本改，餘本則作「勇蠢婦人」。

賈蔷

第三十六回　繡鴛鴦夢兆絳芸軒　識分定情悟梨香院

己 絳芸軒夢兆是金針暗度法，夾寫月錢是爲襲人漸入金屋地步，梨香院是明寫大家蓄戲，不免姦淫之陋。可不慎哉，慎哉！

戚 造物何嘗作主張，任人稟受福修長。劃薔亦自非容易，解得臣忠子也良。

話説賈母自王夫人處回來，見寶玉一日好似一日，心中自是歡喜。因怕將來賈政又叫他，遂命人將賈政的親隨小厮頭兒喚來，吩咐他「以後倘有會人待客諸樣的事，你老爺要叫寶玉，你不用上來傳話，就回他説我説了：一則打重了，得着實將養幾個月纔走得；二則他的星宿不利，祭了星不見外人，過了八月纔許出二門。」那小廝頭兒聽了，領命而去。賈母又命李嬷嬷襲人等來，將此話説與寶玉，使他放心。

那寶玉本就懶與士大夫諸男人接談，又最厭峨冠禮服賀弔往還等事，今日得了這句話，越發得了意，不但將親戚朋友一概杜絕了，而且連家庭中晨昏定省亦發都隨他的便了，日日只在園中遊卧，不過每日一清早到賈母王夫人處走走就回來了，却每每甘心爲諸丫鬟充役，竟也得十分閒消日月。或如寶釵輩有時見機導勸，反生起氣來，只説：「好好的一個清净潔白女兒，也學的釣名沽譽，入了國賊禄鬼之流。這總是前人無故生事，立言竪辭，原爲導後世的鬚眉濁物。不想我生不幸，亦且瓊閨繡閣中亦染此風，〔蒙〕寶玉何等心思，作者何等意見，此文何等筆墨！真真有負天地鍾靈毓秀之德！」因此禍延古人，除四書外，竟將别的書焚了。衆人見他如此瘋顛，也都不向他説這些正經話了。獨有林黛玉自幼不曾勸他去立身揚名等語，所以深敬黛玉。

閒言少述。如今且説王鳳姐自見金釧死後，忽見幾家僕人常來孝敬他些東西，〔蒙〕爲當塗人一笑。又不時的來請安奉承，自己倒生了疑惑，不知何意。這日又見人來孝敬他東西，因晚間無人時笑問平兒道：「這幾家人不大管我的事，爲什麽忽然這麽和我貼近？」平兒冷笑道：「奶奶連這個都想不起來了？我猜他們的女兒都必是太太房裏的丫頭，如今太太房裏有四個大的，一個月一兩銀子的分例，下剩的都是一個月幾百錢。如今金釧兒死了，必定他們要弄這兩銀子的巧宗兒呢。」鳳姐聽了，笑道：「是了，是了，倒是你提醒了。我看這些人也太不知足，錢也賺够了，苦事情又侵不着，弄個丫頭搪塞着身子也就罷了，又還想這個。也罷了，他們幾家的錢容易也不能花到我跟前，這是他們自尋的，（蒙）確見高論！而其心思則不可問矣。任事者戒之！送什麽來，我就收什麽，横竪我有主意。」鳳姐兒安下這個心，所以自管遷延着，等那些人把東西送足了，然後乘空方回王夫人。

這日午間，薛姨媽母女兩個與林黛玉等正在王夫人房裏，大家吃東西呢，鳳姐兒得便回王夫人道：「自從玉釧兒姐姐死了，太太跟前少着一個人。太太或看準了那個丫頭好，就吩咐，下月好發放月錢的。」王夫人聽了，想了一想，道：「依我說，什麽是例，必定四個五個的，够使就罷了，竟可以免了罷。」鳳姐笑道：「論理，太太說的也是。這原是舊例，别人屋裏還有兩個呢，太太倒不按例了。況且省下一兩銀子也有限。」王夫人聽了，又想一想，道：

「也罷，這個分例只管關了來，不用補人，就把這一兩銀子給他妹妹玉釧兒罷。他姐姐伏侍了我一場，没個好結果，剩下他妹妹跟着我，吃個雙分子也不爲過逾了。」鳳姐答應着，回頭找玉釧兒，笑道：「大喜，大喜。」玉釧兒過來磕了頭。

王夫人問道：「正要問你，如今趙姨娘周姨娘的月例多少？」鳳姐道：「那是定例，每人二兩。趙姨娘有環兄弟的二兩，共是四兩，另外四串錢。」王夫人道：「可都按數給他們？」鳳姐見問的奇怪，忙道：「怎麽不按數給！」王夫人道：「前兒我恍惚聽見有人抱怨，説短了一吊錢，是什麽原故？」鳳姐忙笑道：「姨娘們的丫頭，月例原是人各一吊。從舊年他們外頭商議的，姨娘們每位的丫頭分例減半，人各五百錢，每位兩個丫頭，所以短了一吊錢。這也抱怨不着我，我倒樂得給他們呢，他們外頭又扣着，難道我添上不成。這個事我不過是接手兒，怎麽來，怎麽去，由不得我作主。我倒説了兩三回，仍舊添上這兩分的。他們説只有這個項數，叫我也難再説了。蒙能事能言。如今我手裏每月連日子都不錯給他們呢。先時在外頭關，那個月不打饑荒，何曾順順溜溜的得過一遭兒。」王夫人聽説，也就罷了，半日又問：「老太太屋裏幾個一兩的？」鳳姐道：「八個。如今只有七個，那一個是襲人。」王夫人道：「這就是了。你寶兄弟也並沒有一兩的丫頭，襲人還算是老太太房裏的人。」鳳姐笑道：「襲人原是老太太的人，不過給了寶兄弟使。他這一兩銀子還在老太太的丫頭分例上領。如今説因爲襲人是寶玉的人，裁了這一兩銀子，斷然使不得。若説再添一個人給老太太，這個還可以裁他的。若不裁他的，須得環兄弟屋裏也添上一個纔公道均勻了。就是晴雯麝月等七個大丫頭，每月人各月錢一吊，佳蕙等八個小丫頭，每月人各月錢五百，還是老太太的話，別人如何惱得氣得呢。」薛姨娘笑道：「只聽鳳丫頭的嘴，倒像倒了核桃車子的，只聽他的賬也清楚，理也公道。」鳳姐笑道：「姑媽，難道我説錯了不成？」薛姨媽笑道：「説的何嘗錯，只是你慢些説豈不省力。」鳳姐纔要笑，忙又忍住了，聽王夫人示下。

王夫人想了半日，向鳳姐兒道：「明兒挑一個好丫頭送去老太太使，補襲人，把襲人的一分裁了。把我每月的月例二十兩銀子裏，拿出二兩銀子一吊錢來給襲人。（蒙 寫盡慈母苦心。）以後凡事有趙姨娘周姨娘的，也有襲人的，只是襲人的這一分都從我的分例上勻出來，不必動官中的就是了。」鳳姐一一的答應了，笑推薛姨媽道：「姑媽聽見了，我素日說的話如何？今兒果然應了我的話。」薛姨媽道：「早就該如此。模樣兒自然不用說的，他的那一種行事大方，說話見人和氣裏頭帶着剛硬要强，這個實在難得。」王夫人含淚說道：「你們那裏知道襲人那孩子的好處？〔己〕「孩子」二字愈見親熱，故後文連呼二聲「我的兒」。比我的寶玉强十倍！〔己〕忽加「我的寶玉」四字，愈令人墮淚，加「我的」二字者，是明顯襲人是「彼的」。然彼的何如此好，我的何如此不好？又氣又愧，寶玉罪有萬重矣。作者有多少眼淚寫此一句，觀者又不知有多少眼淚也。寶玉果然是有造化的，能够得他長長遠遠的伏侍他一輩子，也就罷了。」〔己〕真好文字，此批得出者。鳳姐道：「既這麼樣，就開了臉，明放他在屋裏豈不好？」王夫人道：「那就不好了，一則都年輕，二則老爺也不許，三則那寶玉見襲人是個丫頭，縱有放縱的事，倒能聽他的勸，如今作了跟前人，〔蒙〕苦心！作子弟的，讀此等文章，能不墜淚？那襲人該勸的也不敢十分勸了。如今且渾着，等再過二三年再說。」

說畢半日，鳳姐見無話，便轉身出來。剛至廊檐上，只見有幾個執事的媳婦子正等他回事呢，見他出來，都笑道：「奶奶今兒回什麼事，這半天？可是要熱着了。」鳳姐把袖子挽了幾挽，〔蒙〕能事得意之人，如畫。跐着那角門的門檻子，笑道：「這裏過門風倒凉快，吹一吹再走。」又告訴衆人道：

「你們說我回了這半日的話，太太把二百年頭裏的事都想起來問我，難道我不說罷。」又冷笑道：「我從今以後倒要幹幾樣尅毒事了。抱怨給太太聽，我也不怕。糊塗油蒙了心，爛了舌頭，不得好死的下作東西，別作娘的春夢！明兒一裏腦子扣的日子還有呢。（蒙：的真活現。）如今裁了丫頭的錢，就抱怨了咱們。也不想一想是奴幾，也配使兩三個丫頭！」一面罵，一面方走了，自去挑人回賈母話去，不在話下。

却說王夫人等這裏吃畢西瓜，又說了一回閒話，各自方散去。寶釵與黛玉等回至園中，寶釵因約黛玉往藕香榭去，黛玉回說立刻要洗澡，便各自散了。寶釵獨自行來，順路進了怡紅院，意欲尋寶玉談講以解午倦。不想一入院來，鴉雀無聞，一併連兩隻仙鶴在芭蕉下都睡着了。寶釵便順着遊廊來至房中，只見外間床上橫三竪四，都是丫頭們睡覺。轉過十錦槅子，來至寶玉的房內。寶玉在床上睡着了，襲人坐在身旁，手裏做針綫，旁邊放着一柄白犀麈。寶釵走近前來，悄悄的笑道：「你也過於小心了，這個屋裏那裏還有蒼蠅蚊子，還拿蠅帚子趕什麽？」襲人不防，猛抬頭見是寶釵，忙放下針綫，起身悄悄笑道：「姑娘來了，

蒙 閒情閒景，隨便拈來，便是佳文佳話。我倒也不防，唬了一跳。姑娘不知道，雖然没有蒼蠅蚊子，誰知有一種小蟲子，從這紗眼裏鑽進來，人也看不見，只睡着了，咬一口，就像螞蟻夾的。」寶釵道：「怨不得。這屋子後頭又近水，又都是香花兒，這屋子裏頭又香。這種蟲子都是花心裏長的，聞香就撲。」

説着，一面又瞧他手裏的針綫，原來是個白綾紅裏的兜肚，上面紥着鴛鴦戲蓮的花樣，紅蓮緑葉，五色鴛鴦。寶釵道：「噯喲，好鮮亮活計！這是誰的，也值的費這麼大工夫？」襲人向床上努嘴兒。蒙 妙形景。寶釵笑道：「這麼大了，還帶這個？」襲人笑道：「他原是不帶，所以特特的做的好了，叫他看見由不得不帶。如今天氣熱，睡覺都不留神，哄他帶上了，便是夜裏縱蓋不嚴些兒，也就不怕了。你説這一個就用了工夫，還没看見他身上現帶的那一個呢。」寶釵笑道：「也虧你奈煩。」襲人道：蒙 隨便寫來，有神有理，生出下文多少故事。「今兒做的工夫大了，脖子低的怪酸的。」又笑道：「好姑娘，你略坐一坐，我出去走走就來。」説着便走了。寶釵只顧看着活計，便不留心，一蹲身，剛剛的也坐在襲人方纔坐的所在，因又見那活計實在可愛，不由的拿起針來，替他代刺。

不想林黛玉因遇見史湘雲約他來與襲人道喜，二人來至院中，見靜悄悄的，湘雲便轉身先到廂房裏去找襲人。林黛玉却來至窗外，隔着紗窗往裏一看，只見寶玉穿着銀紅紗衫子，隨便睡着在床上，寶釵坐在身旁做針綫，旁邊放着蠅帚子，林黛玉見了這個景兒，連忙把身子一藏，手握着嘴不敢笑出來，招手兒叫湘雲。湘雲一見他這般景况，只當有什麼新聞，忙也來一看，也要笑時，忽然想起寶釵素日待他厚道，便忙掩住口。知道林黛玉不讓人，怕他言語之中取笑，便忙拉過他來道：「走罷。我想起襲人來，他說午間要到池子裏去洗衣裳，想必去了，咱們那裏找他去。」林黛玉心下明白，冷笑了兩聲，只得隨他走了。〔蒙〕觸眼偏生礙，多心偏是痴。萬魔隨事起，何日是完時？

這裏寶釵只剛做了兩三個花瓣，忽見寶玉在夢中喊駡說：「和尚道士的話如何信得？什麼是金玉姻緣，我偏說是木石姻緣！」薛寶釵聽了這話，不覺怔了。〔蒙〕請問：此「怔了」是囈語之故，還是囈語之意不妥之故？猜猜。忽見襲人走過來，笑道：「還没有醒呢。」寶釵搖頭。襲人又笑道：「我纔碰見林姑娘史大姑娘，他們可曾進來？」寶釵道：「没見他們進來。」因向襲人笑道：「他們没告訴你什麼話？」襲人笑道：「左不過是他們那些玩話，有什麼正緊說的。」寶釵笑道：「他們說的可不是玩話，我正要告訴你呢，你又忙忙的出去了。」

一句話未完，只見鳳姐兒打發人來叫襲人。寶釵笑道：「就是爲那話了。」襲人只得喚起兩個丫鬟來，一同寶釵出怡紅院，自往鳳姐這裏來。果然是告訴他這話，又叫他與王夫人叩頭，且不必去見賈母，倒把襲人不好意思的。見過王夫人急忙回來，寶玉已醒了，問起原故，襲人且含糊答應，至夜間人静，襲人方告訴。

〔蒙〕「夜深人静」時，不減長生殿風味。何等告法？何等聽法？人生不遇此等景況，實辜負此一生！

寶玉喜不自禁，又向他笑道：「我可看你回家去不去了！那一回往家裏走了一趟，回來就説你哥哥要贖你，又説在這裏没着落，終久算什麽，説了那麽些無情無義的生分話唬我。

〔己〕「唬」字妙！爾果係明决男子，何得畏女子唬哉？

從今以後，我可看誰來敢叫你去。」襲人聽了，便冷笑道：「你倒别這麽説。從此以後我是太太的人了，我要走連你也不必告訴，只回了太太就走。」寶玉笑道：「就便算我不好，你回了太太竟去了，叫别人聽見説我不好，你去了你也没意思。」襲人笑道：「有什麽没意思，難道作了强盜賊，我也跟着罷。再不然，還有一個死呢。人活百歲，横竪要死，這一口氣不在，聽不見看不見就罷了。」

〔蒙〕自古及今，大凡大英雄、大豪傑，忠臣孝子，至其真極，不過一死，嗚呼哀哉！

寶玉聽見這話，便忙握他的嘴，説道：「罷，罷，罷，不用説這些話了。」襲人深知寶玉性情古怪，聽見奉承吉利話又厭虚而不實，聽了這些盡情實話又生悲感，便悔自己説冒撞了，連忙笑着用話截開，只揀那寶玉素喜談者問之。先問他春風秋月，再談及粉淡脂瑩，然後談到女兒如何好，又談到女兒死，襲人忙掩住口。

寶玉談至濃快時，見他不説了，便笑道：「人誰不死，只要死的好。那些個鬚眉濁物，只知道文死諫，武死戰，這二死是大丈夫死名死節。竟何如不死的好！必定有昏君他方諫，他只顧邀名，猛拚一死，將來棄君於何地！必定有刀兵他方戰，猛拚一死，他只顧圖汗馬之名，將來棄國於何地！所以這皆非正死。」襲人道：「忠臣良將，出於不得已他纔死。」寶玉道：「那武將不過仗血氣之勇，踈謀少略，他自己無能，送了性命，這難道也是不得已！那文官更不可比武官了，他念兩句書汙〔一〕在心裏，若朝廷少有疵瑕，他就胡談亂勸，只顧他邀忠烈之名，濁氣一湧，即時拚死，這難道也是不得已！還要知道，那朝廷是受命於天，他不聖不仁，那天地斷不把這萬幾重任與他了。〔蒙〕此一段議論文武之死，真真確確，的非凡常可能道者。可知那些死的都是沽名，並不知大義。比如我此時若果有造化，該死於此時的，趁你們在，我就死了，再能够你們哭我的眼淚流成大河，把我的屍首漂起來，送到那鴉雀不到的幽僻之處，隨風化了，自此再不要託生爲人，就是我死的得時了。」襲人忽見説出這些瘋話來，忙説睏了，不理他。那寶玉方合眼睡着，至次日也就丢開了。

一日，寶玉因各處遊的煩膩，便想起《牡丹亭》曲來，自己看了兩遍，猶不愜懷，因聞得梨香院的十二個女孩子中有小旦齡官最是唱的好，因着意出角門來找時，只見寶官玉官都在院内，見寶玉來了，都笑嘻嘻的讓坐。寶玉因問：「齡官獨在那裏？」衆人都告訴他説：「在他房裏呢。」寶玉忙至他房内，只見齡官獨自倒在枕上，見他進來，文風不動。【蒙】另有風味。寶玉素習與別的女孩子頑慣了的，只當齡官也同別人一樣，因進前來身旁坐下，又陪笑央他起來唱「裊晴絲」一套。不想齡官見他坐下，忙抬身起來躲避，正色説道：「嗓子啞了。前兒娘娘傳進我們去，我還没有唱呢。」寶玉見他坐正了，再一細看，原來就是那日薔薇花下劃「薔」字那一個。又見如此景況，從來未經過這番被人棄厭，自己便訕訕的紅了臉，只得出來了。寶

㊟非齡官不能如此作勢，非寶玉不能如此忍［耐］。其文冷中濃，其意韻而誠，有「富貴不能移，威武不能屈」之意。

官等不解何故，因問其所以。寶玉便説了，遂出來。寶官便説道：「只略等一等，薔二爺來了叫他唱，是必唱的。」寶玉聽了，心下納悶，因問：「薔哥兒那去了？」寶官道：「纔出去了，一定還是齡官要什麽，他去變弄去了。」

寶玉聽了，以爲奇特，少站片時，果見賈薔從外頭來了，手裏又提着個雀兒籠子，上面紮着個小戲臺，並一個雀兒，興興頭頭的往裏走着找齡官。見了寶玉，只得站住。寶玉問他：「是個什麽雀兒，會啣旗串戲臺？」賈薔笑道：「是個玉頂金豆。」寶玉道：「多少錢買的？」賈薔道：「一兩八錢銀子。」一面説，一面讓寶玉坐，自己往齡官房裏來。寶玉此刻把聽曲子的心都没了，且要看他和齡官是怎樣。只見賈薔進去笑道：「你起來，瞧這個頑意兒。」齡官起身問是什麽，賈薔道：「買了雀兒你頑，省得天天悶悶的無個開心。我先頑個你看。」説着，便拿些穀子哄的那個雀兒在戲臺上亂串，啣鬼臉旗幟。衆女孩子都笑道「有趣」，獨齡官冷笑了兩聲，賭氣仍睡去了。賈薔還只管陪笑，問他好不好。齡官道：「你們家把好好的人弄了來，關在這牢坑裏學這個勞什子還不算，你這會子又弄個雀兒來，也偏生幹這個。

你分明是弄了他來打趣形容我們，還問我好不好。」賈薔聽了，不覺慌起來，連忙賭身立誓。又道：「今兒我那裏的香脂油蒙了心！費一二兩銀子買他來，原説解悶，就没有想到這上頭。〔蒙〕此一番文章從「劃薔」而來，「薔」之劃爲不謬矣。罷，罷，放了生，免免你的災病。」説着，果然將雀兒放了，一頓把將籠子拆了。齡官還説：「那雀兒雖不如人，他也有個老雀兒在窩裏，你拿了他來弄這個勞什子也忍得！今兒我咳嗽出兩口血來，太太叫大夫來瞧，不説替我細問問[二]，你且弄這個來取笑。偏生我這没人管没人理的，又偏病。」説着又哭起來。賈薔忙道：「昨兒晚上我問了大夫，他説不相干。他説吃兩劑藥，後兒再瞧。誰知今兒又吐了。這會子請他去。」説着，便要請去。齡官又叫「站住，這會子大毒日頭地下，你賭氣子去請了來我也不瞧。」賈薔聽如此説，只得又站住。寶玉見了這般景況，不覺痴了，這纔領會了劃「薔」深意。〔蒙〕點明。自己站不住，也抽身走了。賈薔一心都在齡官身上，也不顧送，倒是別的女孩子送了出來。

那寶玉一心裁奪盤算，痴痴的回至怡紅院中，正值林黛玉和襲人坐着説話兒呢。寶玉一進來，就和襲人長嘆，説道：「我昨晚上的話竟説錯了，怪道老爺説我是『管窺蠡測』。昨夜說你們的眼淚單葬我，這就錯了。我竟不能全得了。從此後只是各人各得眼淚罷了。」〔蒙：這樣悟了，纔是真悟。〕襲人昨夜不過是些頑話，已經忘了，不想寶玉今又提起來，便笑道：「你可真真有些瘋了。」寶玉默默不對，自此深悟人生情緣，各有分定，只是每每暗傷「不知將來葬我灑淚者爲誰？」此皆寶玉心中所懷，也不可十分妄擬。

且說林黛玉當下見了寶玉如此形像，便知是又從那裏着了魔來，也不便多問，因向他說道：「我纔在舅母跟前聽的明兒是薛姨媽的生日，叫我順便來問你出去不出去。你打發人前頭說一聲去。」寶玉道：「上回連大老爺的生日我也沒去，這會子我又去，倘或碰見了人呢？我一概都不去。這麼怪熱的，又穿衣裳，我不去姨媽也未必惱。」襲人忙道：「這是什麼話？他比不得大老爺。這裏又住的近，又是親戚，你不去豈不叫他思量。你怕熱，只清早起到那裏磕個頭，吃鍾茶再來，豈不好看。」寶玉未說話，黛玉便先笑道：「你看着人家趕蚊子分上，也該去走走。」寶玉不解，忙問：「怎麼趕蚊子？」襲人便將昨日睡覺無人作伴，寶姑娘坐了一坐的話說了出來。寶玉聽了，忙說：「不該。我怎麼睡着了，褻瀆了他。」一面又說：

「明日必去。」

正説着，忽見史湘雲穿的齊齊整整的走來辭，説家裏打發人來接他。寶玉林黛玉聽説，忙站起來讓坐。史湘雲也不坐，寶、林兩個只得送他至前面。那史湘雲只是眼淚汪汪的，見有他家人在跟前，又不敢十分委曲。少時薛寶釵趕來，愈覺繾綣難捨。還是寶釵心内明白，他家人若回去告訴了他嬸娘，待他家去又恐受氣，因此倒催他走了。衆人送至二門前，寶玉還要往外送，㊁每逢此時就忘却嚴父，可知前云「爲你們死也情願」不假。倒是湘雲攔住了。一時，回身又叫寶玉到跟前，悄悄的囑道：「便是老太太想不起我來，你時常提着打發人接我去。」寶玉連連答應了。眼看着他上車去了，大家方纔進來。要知端的，且聽下回分解。

㊇總評：絳芸軒夢兆是金針暗度法，夾寫月錢是爲襲人漸入金屋地步，梨香院是明寫大家蓄戲，不免姦淫之陋。可慎哉，慎哉！

〔一〕底本此字被塗改爲「横」，原字已不可辨。據己卯本改。諸本則改作「記」「窩」「安」等，均未見佳。

〔二〕原作「太太叫大夫來細問問」，己、蒙、戚諸本同，原文當有脱漏。「瞧，不説替我」是底本後人旁添文字，補後語意銜接尚可。列、楊、舒、辰等本則補作「太太打發人來找你，叫你請大夫來細問問」，似乎還未請過醫生，但後面賈薔所言，至少昨天大夫是來過的。略感矛盾，不從。

第三十七回　秋爽齋偶結海棠社　蘅蕪苑夜擬菊花題

己 美人用别號，亦新奇花樣，且韻且雅，呼去覺滿口生香。起社出自探春意，作者已伏下回「興利除弊」之文也。

此回纔放筆寫詩、寫詞、作札，看他詩復詩、詞復詞、札又札，總不相犯。

湘雲，詩客也，前回寫之。其今纔起社，後用不即不離閒人數語數折，仍歸社中。何巧活之筆如此？

戚 海棠名詩社，林史傲秋闈。縱有才八斗，不如富貴兒。

這年賈政又點了學差，擇於八月二十日起身。是日拜過宗祠及賈母起身，寶玉諸子弟等送至灑淚亭。

却說賈政出門去後，外面諸事不能多記〔一〕。單表寶玉每日在園中任意縱性的曠蕩，真把光陰虛度，歲月空添。這日正無聊之際，只見翠墨進來，手裏拿着一副花箋送與他。寶玉因道：「可是我忘了，纔說要瞧瞧三妹妹去的，可好些了，你偏走來。」翠墨道：「姑娘好了，今兒也不吃藥了，不過是凉着一點兒。」寶玉聽說，便展開花箋看時，上面寫道：

娣探謹奉

二兄文几：前夕新霽，月色如洗，因惜清景難逢，詎忍就卧，時漏已三轉，猶徘徊於桐檻之下，未防風露所欺，致獲採薪之患。昨蒙親勞撫囑，復又數遣侍兒問切，兼以鮮荔並真卿墨跡見賜，何痌瘝惠愛之深哉！今因伏几憑床處默之時，因思及歷來古人中處名攻利敵之場，猶置一些山滴水之區，遠招近揖，投轄攀轅，務結二三同志盤桓於其中，或豎詞壇，或開吟社，雖一時之偶興，遂成千古之佳談。娣雖不才，竊同叨棲處於泉石之間，而兼慕薛林之技。風庭月榭，惜未宴集詩人；帘杏溪桃，或可醉飛吟盞。孰謂蓮社之雄才，獨許鬚眉；直以東山之雅會，讓余脂粉。若蒙棹雪而來，娣則掃花以待。此謹奉。

寶玉看了，不覺喜的拍手笑道：「倒是三妹妹的高雅，我如今就去商議。」一面說，一面就走，翠墨跟在後面。

剛到了沁芳亭，只見園中後門上值日的婆子手裏拿着一個字帖走來，見了寶玉，便迎上去，口内說道：「芸哥兒請安，在後門只等着，叫我送來的。」寶玉打開看時，寫道是：

不肖男芸恭請

父親大人萬福金安。男思自蒙天恩，認於膝下，日夜思一孝順，竟無可孝順之處。前因買辦花草，上託大人金福，竟認得許多花兒匠，〔己〕直欲噴飯，真好新鮮文字。並認得許多名園。因忽見有白海棠一種，不可多得。故變盡方法，只弄得兩盆。大人若視男是親男一般，〔己〕皆千古未有之奇文，初讀令人不解，思之則噴飯。便留下賞玩。因天氣暑熱，恐園中姑娘們不便，故不敢面見。奉書恭啓，並叩臺安。男芸跪書。〔戚〕一笑。〔辰〕接連二啓，字句因人而施，誠作者之妙。寶玉看了，笑道：「獨他來了，還有什麽人？」婆子道：「還有兩盆花兒。」寶玉道：「你出去説，我知道了，難爲他想着。你便把花兒送到我屋裏去就是了。」一面説，一面同翠墨往秋爽齋來，只見寶釵、黛玉、迎春、惜春已都在那裏了。〔己〕却因芸之一字工夫，已將諸艷請來，省却多少閒文。不然必云如何請如何來，則必至有犯寶玉，終成重複之文矣。

衆人見他進來，都笑説：「又來了一個。」探春笑道：「我不算俗，偶然起個念頭，寫了幾個帖兒試一試，誰知一招皆到。」寶玉笑道：「可惜遲了，早該起個社的。」黛玉道：「你們只管起社，可别算上我，我是不敢的。」迎春笑道：「你不敢誰還敢呢。」〔己〕必得如此方是妙文。若也如寶玉説興頭話，則不是黛玉矣。寶玉道：「這是一件正緊大事，大家鼓舞起來，不要你謙我讓的。各有主意自管説出來大家平章。〔己〕「這是正緊大事」已妙，且曰「平章」，更妙！的是寶玉口角。寶姐姐也出個主意，林妹妹也説個話兒。」寶釵道：「你忙什麽，人還不全呢。」〔己〕妙！寶釵自有主見，真不誣也。一語未了，李紈也來了，進門笑道：「雅的緊！要起詩社，我自薦我掌壇。前兒春天我原有這個意思的。我想了一想，我又不會作詩，瞎亂些什麼，因而也忘了，就没有説得。既是三妹妹高興，我就幫你作興起來。」〔己〕看他又是一篇文字，分叙單傳之法也。

黛玉道：「既然定要起詩社，咱們都是詩翁了，先把這些姐妹叔嫂的字樣改了纔不俗。」〔己〕看他寫黛玉，真可人也。李紈道：「極是，何不大家起個别號，彼此稱呼則雅。〔己〕未起詩社，先起别號。我是定了『稻香老農』，再無人佔的。」〔己〕最妙！一個花樣。探春笑道：「我就是『秋爽居士』罷。」寶玉道：「『居士』『主人』到底不恰，且又瘰贅。這裏梧桐芭蕉盡有，或指梧桐芭蕉起個倒好。」探春笑道：「有了，我最喜芭蕉，就稱『蕉下客』罷。」衆人都道别致有趣。黛玉笑道：「你們快牽了他去，燉了脯子吃酒。」衆人不解。黛玉笑道：「古人曾云『蕉葉覆鹿』。他自稱『蕉下客』，可不是一隻鹿了？快做了鹿脯來。」衆人聽了都笑起來。探春因笑道：「你别忙中使巧話來駡人，我已替你想了個極當的美號了。」又向衆人道：「當日娥皇女英灑淚在竹上成斑，故今斑竹又名湘妃竹。如今他住的是瀟湘館，他又愛哭，將來他想林姐夫，那些竹子也是要變成斑竹的。以後都叫他作『瀟湘妃子』就完了。」大家聽説，都拍手叫妙。林黛玉低了頭方不言語。[己]妙極趣極！所謂「夫人必自侮然後人侮之」，看因一謔便勾出一美號來，何等妙文哉！另一花樣。李紈笑道：「我替薛大妹妹也早已想了個好的，也只三個字。」惜春迎春都問是什麼。[己]妙文！迎春惜春固不能答言，然不便置之不敘，故插他二人問。試思近日諸豪宴集雄語偉辯之時，座上或有一二愚夫不敢接談，然偏好問，亦真可厭之事也。李紈道：「我是封他爲『蘅蕪君』了，不知你們如何。」探春笑道：「這個封號極好。」寶玉道：「我呢？你們也替我想一個。」[己]必有是問。寶釵笑道：「你的號早有了，『無事忙』三字恰當的很。」[己]真恰當，形容的盡。李紈道：「你還是你的舊號『絳洞花王』就好。」[己]妙極！又點前文。通部中從頭至末，前文已過者恐去之冷落，使人忘懷，得便一點。未來者恐來之突然，或先伏一綫。皆行文之妙訣也。寶玉笑道：「小時候幹的營生，還提他作什麼。」[己]報言如聞，不知大時又有何營生。探春道：「你的號多的很，又起什麼。我們愛叫你什麼，你就答應着就是了。」[己]更妙！若只管挨次一個一個亂起，則成何文字？◇另一花樣。寶釵道：「還得我送你個號罷。有最俗的一個號，却於你最當。天下難得的是富貴，又難得的是閒散，這兩樣再不能兼有，不想你兼有了，就叫你『富貴閒人』也罷了。」寶玉笑道：「當不起，當不起，倒是隨你們混叫去罷。」李紈道：「二姑娘四姑娘起個什麼號？」迎春道：「我們又不大會詩，白起個號作什麼？」[己]假斯文守錢虜來看這句。探春道：「雖如此，也起個纔是。」寶釵道：「他住的是紫菱洲，就叫他『菱洲』；四丫頭在藕香榭，就叫他『藕榭』就完了。」

李紈道：「就是這樣好。但序齒我大，你們都要依我的主意，管情説了大家合意。我們七個人起社，我和二姑娘四姑娘都不會作詩，須得讓出我們三個人去。我們三個各分一件事。」探春笑道：「已有了號，還只管這樣稱呼，不如不有了。以後錯了，也要立個罰約纔好。」李紈道：「立定了社，再定罰約。我那裏地方大，竟在我那裏作社。我雖不能作詩，這些詩人竟不厭俗客，我作個東道主人，我自然也清雅起來了。若是要推我作社長，我一個社長自然不够，必要再請兩位副社長，就請菱洲藕榭二位學究來，一位出題限韻，一位謄録監場。亦不可拘定了我們三個人不作，若遇見容易些的題目韻脚，我們也隨便作一首。你們四個却是要限定的。若如此便起，若不依我，我也不敢附驥了。」迎春惜春本性懶於詩詞，又有薛林在前，聽了這話便深合己意，二人皆説：「極是。」探春等也知此意，見他二人悦服，也不好强，只得依了。因笑道：「這話也罷了，只是自想好笑，好好的我起了個主意，反叫你們三個來管起我來了。」寶玉道：「既這樣，咱們就往稻香村去。」李紈道：「都是你忙，今日不過商議了，等我再請。」寶釵道：「也要議定幾日一會纔好。」探春道：「若只管會的多，又没趣了。一月之中，只可兩三次纔好。」寶釵點頭道：「一月只要兩次就够了。擬定日期，風雨無阻。除這兩日外，倘有高興的，他情願加一社的，或情願到他那裏去，或附就了來，亦可使得，豈不活潑有趣。」衆人都道：「這個主意更好。」

探春道：「只是原係我起的意，我須得先作個東道主人，方不負我這興。」李紈道：「既這樣說，明日你就先開一社如何？」探春道：「明日不如今日，此刻就很好。你就出題，菱洲限韻，藕榭監場。」迎春道：「依我說，也不必隨一人出題限韻，竟是拈鬮公道。」李紈道：「方纔我來時，看見他們抬進兩盆白海棠來，倒是好花。你們何不就咏起他來？」〔己〕真正好題目。妙在未起詩社先得了題目。迎春道：「都還未賞，先倒作詩。」寶釵道：「不過是白海棠，又何必定要見了纔作。古人的詩賦，也不過都是寄興寫情耳。若都是等見了作，如今也沒這些詩了。」〔己〕真詩人語。迎春道：「既如此，待我限韻。」說着，走到書架前抽出一本詩來，隨手一揭，這首竟是一首七言律，遞與衆人看了，都該作七言律。迎春掩了詩，又向一個小丫頭道：「你隨口說一個字來。」那丫頭正倚門立着，便說了個「門」字。迎春笑道：「就是門字韻，『十三元』了。頭一個韻定要這『門』字。」說着，又要了韻牌匣子過來，抽出「十三元」一屜，又命那小丫頭隨手拿四塊。那丫頭便拿了「盆」「魂」「痕」「昏」四塊來。寶玉道：「這

『盆』『門』兩個字不大好作呢！」

待書一樣預備下四份紙筆，便都悄然各自思索起來。獨黛玉或撫梧桐，或看秋色，或又和丫鬟們嘲笑。〔己〕看他單寫黛玉。迎春又令丫鬟炷了一支「夢甜香」。原來這「夢甜香」只有三寸來長，有燈草粗細，以其易燼，故以此燼爲限，如香燼未成便要罰。〔己〕好香！專能撰此新奇字樣。一時探春便先有了，自提筆寫出，又改抹了一回，遞與迎春。因問寶釵：「蘅蕪君，你可有了？」寶釵道：「有却有了，只是不好。」寶玉背着手，在迴廊上踱來踱去，因向黛玉説道：「你聽，他們都有了。」黛玉道：「你別管我。」寶玉又見寶釵已謄寫出來，因説道：「了不得！香只剩了一寸了，我纔有了四句。」又向黛玉道：「香就完了，只管蹲了那潮地下作什麼？」黛玉也不理。寶玉道：「我可顧不得你了，好歹也寫出來罷。」説着也走在案前寫了。李紈道：「我們要看詩了，若看完了還不交卷是必罰的。」寶玉道：「稻香老農雖不善作却善看，又最公道，〔己〕理豈不公。你就評閱優劣，我們都服的。」衆人都道：「自然。」於是先看探春的稿上寫道是：

咏白海棠　限門盆魂痕昏

斜陽寒草帶重門，苔翠盈鋪雨後盆。
玉是精神難比潔，雪爲肌骨易消魂。
芳心一點嬌無力，倩影三更月有痕。
莫謂縞仙能羽化，多情伴我咏黄昏。

大家看了，稱賞一回，又看寶釵的道：

珍重芳姿晝掩門，㊂寶釵詩全是自寫身分，諷刺時事。只以品行爲先，才技爲末。纖巧流蕩之詞、綺靡穠艷之語，一洗皆盡。非不能也，屑而不爲也。最恨近日小説中，一百美人詩詞語氣，只得一個艷稿。自携手甕灌苔盆。
胭脂洗出秋堦影，冰雪招來露砌魂。㊂看他清潔自厲，終不肯作一輕浮語。
淡極始知花更艷，㊂好極！高情巨眼能幾人哉！正「一鳥不鳴山更幽」也。愁多焉得玉無痕。㊂看他諷刺林、寶二人，省手。
欲償白帝憑清潔，㊂看他收到自己身上來，是何等身分。不語婷婷日又昏。

李紈笑道：「到底是蘅蕪君。」説着又看寶玉的，道是：

秋容淺淡映重門，七節攢成雪滿盆。

出浴太真冰作影，捧心西子玉爲魂。

曉風不散愁千點，［己］這句直是自己一生心事。宿雨還添淚一痕。［己］妙在終不忘黛玉。

獨倚畫欄如有意，清砧怨笛送黄昏。［己］寶玉再細心作，只怕還有好的。只是一心掛着黛玉，故平妥不警也。

大家看了，寶玉説探春的好，李紈纔要推寶釵這詩有身分，因又催黛玉。黛玉道：「你們都有了？」説着提筆一揮而就，擲與衆人。李紈等看他寫道是：

半捲湘簾半掩門，［己］且不説花，且説看花的人，起的突然别致。碾冰爲土玉爲盆。［己］極妙！料定他自與别人不同。

看了這句，寶玉先喝起彩來，只説「從何處想來！」又看下面道：

偷來梨蕊三分白，借得梅花一縷魂。

衆人看了也都不禁叫好，説「果然比别人又是一樣心腸。」又看下面道是：

月窟仙人縫縞袂，秋閨怨女拭啼痕。［己］虚敲旁比，真逸才也。且不脱落自己。

嬌羞默默同誰訴，倦倚西風夜已昏。［己］看他終結道自己，一人是一人口氣。逸才仙品固讓顰兒，温雅沉着終是寶釵。今日之作寶玉自應居末。

衆人看了，都道是這首爲上。李紈道：「若論風流別致，自是這首；若論含蓄渾厚，終讓蘅稿。」探春道：「這評的有理，瀟湘妃子當居第二。」李紈道：「怡紅公子是壓尾，你服不服？」寶玉道：「我的那首原不好了，這評的最公。」（己）話内細思，則似有不服先評之意。又笑道：「只是蘅瀟二首還要斟酌。」李紈道：「原是依我評論，不與你們相干，再有多説者必罰。」寶玉聽説，只得罷了。李紈道：「從此後我定於每月初二、十六這兩日開社，出題限韻都要依我。這其間你們有高興的，你們只管另擇日子補開，那怕一個月每天都開社，我只不管。只是到了初二、十六這兩日，是必往我那裏去。」寶玉道：「到底要起個社名纔是。」探春道：「俗了又不好，特新了，刁鑽古怪也不好。可巧纔是海棠詩開端，就叫個海棠社罷。雖然俗些，因真有此事，也就不礙了。」説畢大家又商議了一回，略用些酒果，方各自散去。也有回家的，也有往賈母王夫人處去的。當下別人無話。（己）一路總不大寫薛、林興頭，可見他二人並不着意於此。◇不寫薛、林，正是大手筆，獨他二人長於詩，必使他二人爲之則板腐矣。

全是錯綜法。

且說襲人〔己〕忽然寫到襲人，真令人不解。看他如何終此詩社之文。因見寶玉看了字貼兒便慌慌張張的同翠墨去了，也不知是何事。後來又見後門上婆子送了兩盆海棠花來。襲人問是那裏來的，婆子便將寶玉前一番緣故說了。襲人聽說便命他們擺好，讓他們在下房裏坐了，自己走到自己房内秤了六錢銀子封好，又拿了三百錢走來，都遞與那兩個婆子道：「這銀子賞那抬花來的小子們，這錢你們打酒吃罷。」那婆子們站起來，眉開眼笑，千恩萬謝的不肯受，見襲人執意不收，方領了。襲人又道：「後門上外頭可有該班的小子們？」婆子忙應道：「天天有四個，原預備裏面差使的。姑娘有什麽差使，我們吩咐去。」襲人笑道：「有什麽差使？今兒寶二爺要打發人到小侯爺家與史大姑娘送東西去，可巧你們來了，順便出去叫後門小子們僱輛車來。回來你們就往這裏拿錢，不用叫他們又往前頭混碰去。」婆子答應着去了。

襲人回至房中，拿碟子盛東西與史湘雲送去，〔己〕綫頭却牽出，觀者猶不理會。不知是何碟何物，令人犯思奪。◇却見槅子上碟槽空着。〔己〕妙極，細極！因此處係依古董式樣摳成槽子，故無此件，此槽遂空。若忘却前文，此句不解。因回頭見晴雯、秋紋、麝月等都在一處做針黹，襲人問道：「這一個纏絲白瑪瑙碟子那去了？」衆人見問，都你看我我看你，都想不起來。

半日，晴雯笑道：「給三姑娘送荔枝去的，還沒送來呢。」襲人道：「家常送東西的傢伙也多，巴巴的拿這個去。」晴雯道：「我何嘗不也這樣説。他説這個碟子配上鮮荔枝纔好看。〔己〕自然好看，原該如此。可恨今之有一二好花者，不肯像景而用。我送去，三姑娘見了也説好看，叫連碟子放着，就沒帶來。你再瞧，那槅子儘上頭的一對聯珠瓶還沒收來呢。」

秋紋笑道：「提起瓶來，我又想起笑話。我們寶二爺説聲孝心一動，也孝敬到二十分。因那日見園裏桂花，折了兩枝，原是自己要插瓶的，忽然想起來説，這是自己園裏的纔開的新鮮花，不敢自己先頑，巴巴的把那一對瓶拿下來，親自灌水插好了，叫個人拿着，親自送一瓶進老太太，又進一瓶與太太。誰知他孝心一動，連跟的人都得了福了。可巧那日是我拿去的。老太太見了這樣，喜的無可無不可，見人就説：『到底是寶玉孝順我，連一枝花兒也想的到。別人還只抱怨我疼他。』你們知道，老太太素日不大同我説話的，有些不入他老人家的眼的。那日竟叫人拿幾百錢給我，説我可憐見的，生的單柔。這可是再想不到的福氣。幾百錢是小事，難得這個臉面。及至到了太太那裏，太太正和二奶奶、趙姨奶奶、周姨奶奶好些人翻箱子，找太太當日年輕的顏色衣裳，不知給那一個。一見了，連衣裳也不找了，且看花兒。又有二奶奶在旁邊湊趣兒，誇寶玉又是怎麽孝敬，又是怎樣知好歹，有的没的説了兩車話。當着衆人，太太自爲又增了光，堵了衆人的嘴。太太越發喜歡了，現成的衣裳就賞了我兩件。衣裳也是小事，年年横竪也得，却不像這個彩頭。」

晴雯笑道：「呸！没見世面的小蹄子！那是把好的給了人，挑剩下的纔給你，你還充有臉呢。」秋紋道：「憑他給誰剩的，到底是太太的恩典。」晴雯道：「要是我，我就不要。若是給别人剩下的給我，也罷了。一樣這屋裏的人，難道誰又比誰高貴些？把好的給他，剩下的纔給我，我寧可不要，衝撞了太太，我也不受這口軟氣。」秋紋忙問：「給這屋裏誰的？我因爲前兒病了幾天，家去了，不知是給誰的。好姐姐，你告訴我知道知道。」晴雯道：「我告訴了你，難道你這會退還太太去不成？」秋紋笑道：「胡説。我白聽了喜歡喜歡。那怕給這屋裏的狗剩下的，我只領太太的恩典，也不犯管别的事。」衆人聽了都笑道：「駡的巧，可不是給了那西洋花點子哈巴兒了。」襲人笑道：「你們這起爛了嘴的！得了空就拿我取笑打牙兒。一個個不知怎麽死呢。」秋紋笑道：「原來姐姐得了，我實在不知道。我陪個不是罷。」襲人笑道：「少輕狂罷。你們誰取了碟子來是正緊。」[己]看他忽然夾寫女兒喁喁一段，總不脱落正事。所謂此書一回是兩段，兩段中却有無限事體，或有一語透至下回者，或有反補上回者，錯綜穿插，從不一氣直起直瀉，至終爲了。麝月道：「那瓶得空兒也該收來了。老太太屋裏還罷了，太太屋裏人多手雜。別人還可以，趙姨奶奶一夥的人見是這屋裏的東西，又該使黑心弄壞了纔罷。太太也不大管這些，不如早些收來正緊。」晴雯聽説，便擲下針黹道：「這話倒是，等我取去。」秋紋道：「還是我取去罷，你取你的碟子去。」晴雯笑道：「我偏取一遭兒去。是巧宗兒你們都得了，難道不許我得一遭兒？」麝月笑道：「通共秋丫頭得了一遭兒衣裳，那裏今兒又巧，你也遇見找衣裳不成。」晴雯冷笑道：「雖然碰不見衣裳，或者太太看見我勤謹，一個月也把太太的公費裏分出二兩銀子來給我，也定不得。」説着，又笑道：「你們別和我裝神弄鬼的，什麽事我不知道。」一面説，一面往外跑了。秋紋也同他出來，自去探春那裏取了碟子來。

襲人打點齊備東西，叫過本處的一個老宋媽媽來，[己]「宋」，送也。隨事生文，妙！向他説道：「你先好生梳洗了，換了出門的衣裳來，如今打發你與史姑娘送東西去。」那宋嬷嬷道：「姑娘只管交給我，有話説與我，我收拾了就好一順去的。」襲人聽説，便端過兩個小掐絲盒子來。先揭開一個，裏面裝的是紅菱和鷄頭〔己〕妙！兩樣鮮果；又那一個是一碟子桂花糖蒸新栗粉糕。又説道：「這都是今年咱們這裏園裏新結的果子，寶二爺送來與姑娘嚐嚐。再前日姑娘説這瑪瑙碟子好，姑娘就留下頑罷。〔己〕妙！隱這一件公案。余想襲人必要瑪瑙碟子盛去，何必嬌奢輕發如是耶？因有此一案，則無怪矣。這絹包兒裏頭是姑娘上日叫我作的活計，姑娘別嫌粗糙，能着用罷。替我們請安，替二爺問好就是了。」宋嬤嬤道：「寶二爺不知還有什麼説的，姑娘再問問去，回來又別説忘了。」襲人因問秋紋：「方纔可見在三姑娘那裏？」秋紋道：「他們都在那裏商議起什麼詩社呢，又都作詩。想來没話，你只去罷。」宋嬤嬤聽了，便拿了東西出去，另外穿戴了。襲人又囑咐他：「從後門出去，有小子和車等着呢。」宋媽去後，不在話下。

一時，寶玉回來，先忙着看了一回海棠，至房内告訴襲人起詩社的事。襲人也把打發宋媽媽與史湘雲送東西去的話告訴了寶玉。寶玉聽了，拍手道：「偏忘了他。我自覺心裏有件事，只是想不起來，虧你提起來，正要請他去。這詩社裏若少了他還有什麽意思。」襲人勸道：「什麽要緊，不過玩意兒。他比不得你們自在，家裏又作不得主兒。告訴他，他要來又由不得他；不來，他又牽腸掛肚的，没的叫他不受用。」寶玉道：「不妨事，我回老太太打發人接他去。」正説着，宋媽媽已經回來，回復道生受，與襲人道乏，又説：「問二爺作什麽呢，我説和姑娘們起什麽詩社作詩呢。史姑娘説，他們作詩也不告訴他去，急的了不的。」寶玉聽了立身便往賈母處來，立逼着叫人接去。賈母因説：「今兒天晚了，明日一早再去。」寶玉只得罷了，回來悶悶的。

次日一早，便又往賈母處來催逼人接去。直到午後，史湘雲纔來，寶玉方放了心，見面時就把始末原由告訴他，又要與他詩看。李紈等因説道：「且别給他詩看，先説與他韻。他後來，先罰他和了詩：若好，便請入社；若不好，還要罰他一個東道再説。」史湘雲道：「你們忘了請我，我還要罰你們呢。就拿韻來，我雖不能，只得勉强出醜。容我入社，掃地焚香我也情願。」衆人見他這般有趣，越發喜歡，都埋怨昨日怎麽忘了他，遂忙告訴他韻。史湘雲一心興頭，等不得推敲删改，一面只管和人説着話，心内早已和成，即用隨便的紙筆録出，己可見越是好文字，不管怎樣就有了。越用工夫，越講究筆墨，終成塗鴉。先笑説道：「我却依韻和了兩首，己更奇！想前四律已將形容盡矣，一首猶恐重犯，不知二首又從何處着筆。好歹我却不知，不過應命而已。」説着遞與衆人。衆人道：「我們四首也算想絶了，再一首也不能了。你倒弄了兩首，那裏有許多話説，必要重了我們。」一面説，一面看時，只見那兩首詩寫道：

其一

神仙昨日降都門，己落想便新奇，不落彼四套。種得藍田玉一盆。己好！「盆」字押得更穩，總不落彼（三）［四］套。

自是霜娥偏愛冷，己又不脱自己將來形景。非關倩女亦離魂。

秋陰捧出何方雪，己拍案叫絶！壓倒群芳在此一句。雨漬添來隔宿痕。

却喜詩人吟不倦，豈令寂寞度朝昏。己真好！

其二

蘅芷堦通蘿薜門，也宜墻角也宜盆。己更好！

花因喜潔難尋偶，人爲悲秋易斷魂。
玉燭滴乾風裏淚，晶簾隔破月中痕。
幽情欲向嫦娥訴，無奈虛廊夜色昏。〔己〕二首真可壓卷。◇詩是好詩，文是奇奇怪怪之文，總令人想不到，忽有二首來壓卷。

衆人看一句，驚訝一句，看到了，讚到了，都說：「這個不枉作了海棠詩，真該要起海棠社了。」史湘雲道：「明日先罰我個東道，就讓我先邀一社可使得？」衆人道：「這更妙了。」因又將昨日的與他評論了一回。

至晚，寶釵將湘雲邀往蘅蕪苑安歇去。湘雲燈下計議如何設東擬題。寶釵聽他說了半日，皆不妥當，〔己〕却於此刻方寫寶釵。因向他說道：「既開社，便要作東。雖然是頑意兒，也要瞻前顧後，又要自己便宜，又要不得罪了人，然後方大家有趣。你家裏你又作不得主，一個月通共那幾串錢，你還不够盤纏呢。這會子又幹這没要緊的事，你嬸子聽見了，越發抱怨你了。況且你就都拿出來，做這個東道也是不够。難道爲這個家去要不成？還是往這裏要呢？」一席話提醒了湘雲，倒躊蹰起來。寶釵道：「這個我已經有個主意。我們當舖裏有個夥計，他家田上出的很好的肥螃蟹，前兒送了幾斤來。現在這裏的人，從老太太起連上園裏的人，有多一半都是愛吃螃蟹的。前日姨娘還說要請老太太在園裏賞桂花吃螃蟹，因爲有事還沒有請呢。你如今且把詩社別提起，只管普通一請。等他們散了，咱們有多少詩作不得的。我和我哥哥說，要幾簍極肥極大的螃蟹來，再往舖子裏取上幾罎好酒，再備上四五桌果碟，豈不又省事又大家熱鬧了。」湘雲聽了，心中自是感服，極讚他想的週到。寶釵又笑道：「我是一片真心爲你的話。你千萬別多心，想着我小看了你，咱們兩個就白好了。你若不多心，我就好叫他們辦去的。」湘雲忙笑道：「好姐姐，你這樣說，倒多心待我了。憑他怎麼糊塗，連個好歹也不知，還成個人了？我若不把姐姐當親姐姐一樣看，上回那些家常話煩難事也不肯盡情告訴你了。」寶釵聽說，便叫一個婆子來：「出去和大爺說，依前日的大螃蟹要幾簍來，明日飯後請老太太姨娘賞桂花。你說大爺好歹別忘了，我今兒已請下人了。」[己]必得如此叮嚀，阿獃兄方記得。那婆子出去說明，回來無話。

這裏寶釵又向湘雲道：「詩題也不要過於新巧了。你看古人詩中那些刁鑽古怪的題目和那極險的韻了，若題過於新巧，韻過於險，再不得有好詩，終是小家氣。詩固然怕說熟話，更不可過於求生，只要頭一件立意清新，自然措詞就不俗了。究竟這也算不得什麽，還是紡績針黹是你我的本等。一時閒了，倒是於你我深有益的書看幾章是正經。」

湘雲只答應着，因笑道：「我如今心裏想着，昨日作了海棠詩，我如今要作個菊花詩如何？」寶釵道：「菊花倒也合景，只是前人太多了。」湘雲道：「我也是如此想着，恐怕落套。」寶釵想了一想，説道：「有了，如今以菊花爲賓，以人爲主，竟擬出幾個題目來，都是兩個字：一個虚字，一個實字，實字便用『菊』字，虚字就用通用門的。如此又是咏菊，又是賦事，前人也没作過，也不能落套。賦景咏物兩關着，又新鮮，又大方。」湘雲笑道：「這却很好。只是不知用何等虚字纔好。你先想一個我聽聽。」寶釵想了一想，笑道：「《菊夢》就好。」湘雲笑道：「果然好。我也有一個，《菊影》可使得？」寶釵道：「也罷了。只是也有人作過，若題目多，這個也夾的上。我又有了一個。」湘雲道：「快説出來。」寶釵道：「《問菊》如何？」湘雲拍案叫妙，因接説道：「我也有了，《訪菊》如何？」寶釵也讚有趣，因説道：「越性擬出十個來，寫上再來。」説着，二人研墨蘸筆，湘雲便寫，寶釵便念，一時湊了十個。湘雲看了一遍，又笑道：「十個還不成幅，越性湊成十二個便全了，也如人家的字畫册頁一樣。」寶釵聽説，又想了兩個，一共湊成十二。又説道：「既這樣，越性編出他個次序先後來。」湘雲道：「如此更妙，竟弄成個菊譜了。」寶釵道：「起首是《憶菊》；憶之不得，故訪，第二是《訪菊》；訪之既得，便種，第三是《種菊》；種既盛開，故相對而賞，第四是《對菊》；相對而興有餘，故折來供瓶爲玩，第五是《供菊》；既供而不吟，亦覺菊無彩色，第六便是《咏菊》；既入詞章，不可不供筆墨，第七便是《畫菊》；既爲菊如是碌碌，究竟不知菊有何妙處，不禁有所問，第八便是《問菊》；菊如解語，使人狂喜不禁，第九便是《簪菊》；如此人事雖盡，猶有菊之可咏者，《菊影》《菊夢》二首續在第十第十一；末卷便以《殘菊》總收前題之盛。這便是三秋的妙景妙事都有了。」

湘雲依説將題録出，又看了一回，又問「該限何韻？」寶釵道：「我平生最不喜限韻的，分明有好詩，何苦爲韻所縛。咱們别學那小家派，只出題不拘韻。原爲大家偶得了好句取樂，並不爲那般[二]難人。」湘雲道：「這話很是。這樣大家的詩還進一層。但只咱們五個人，這十二個題目，難道每人作十二首不成？」寶釵道：「那也太難人了。將這題目謄好，都要七言律，明日貼在墻上。他們看了，誰作那一個就作那一個。有力量者，十二首都作也可；不能的，一首不成也可。高才捷足者爲尊。若十二首已全，便不許他後趕着又作，罰他就完了。」湘雲道：「這倒也罷了。」二人商議妥貼，方纔息燈安寢。要知端的，且聽下回分解。

戚 總評：薛家女子何貞俠，總因富貴不須誇。發言行事何其嘉，居心用意不狂奢。世人若肯平心度，便解雲、釵兩不暇。

〔一〕回首賈政點學差一段，列、楊本無，而舒本僅有「却説賈政出差去後，外邊諸事不能多記」一句。按：此處出現賈政點學差的情節，顯得有些突兀，一般認爲是作者後改，爲了讓寶玉能够「每日在園中任意縱性的曠蕩」，而把賈政支開的。

〔二〕「那般」，原作「奈邦」，己、蒙、楊、列本同，當爲早期母本原誤。戚本作「那些」，舒本作「奈那」，甲辰本作「此而」，則應爲後人所改。現酌以音訛校改如是，今人也有校作「愛那」「奈何」的，可參考。

翠墨小螺入畫
改琦

第三十八回　林瀟湘魁奪菊花詩　薛蘅蕪諷和螃蟹咏

己 題曰「菊花詩」「螃蟹咏」，偏自太君前阿鳳若許詼諧中不失體、鴛鴦平兒寵婢中多少放肆之迎合取樂寫來，似難入題，却輕輕用弄水戲魚看花等遊玩事及王夫人云「這裏風大」一句收住入題，並無纖毫牽强。此重作輕抹法也。妙極，好看煞！

話説寶釵湘雲二人計議已妥，一宿無話。湘雲次日便請賈母等賞桂花。賈母等都説道：「是他有興頭，須要擾他這雅興。」己 若在世俗小家，則云：「你是客，在我們舍下，怎麽反擾你的？」一何可笑。至午，果然賈母帶了王夫人鳳姐兼請薛姨媽等進園來。賈母因問：「那一處好？」己 必如此問方好。王夫人道：「憑老太太愛在那一處，就在那一處。」【己】必是王夫人如此答方妙。鳳姐道：「藕香榭已經擺下了，那山坡下兩顆桂花開的又好，河裏的水又碧清，坐在河當中亭子上豈不敞亮，看着水眼也清亮。」【己】智者樂水，豈其然乎？賈母聽了，說：「這話很是。」説着，就引了衆人往藕香榭來。原來這藕香榭蓋在池中，四面有窗，左右有曲廊可通，亦是跨水接岸，後面又有曲折竹橋暗接。衆人上了竹橋，鳳姐忙上來攙着賈母，口裏說：「老祖宗只管邁大步走，不相干的，這竹子橋規矩是咯吱咯喳的。」【己】如見其勢，如臨其上，非走過者必形容不出。

一時進入榭中，只見欄杆外另放着兩張竹案，一個上面設着杯箸酒具，一個上頭設着茶筅茶盂各色茶具。那邊有兩三個丫頭煽風爐煮茶，這一邊另外幾個丫頭也煽風爐燙酒呢。賈母喜的忙問：「這茶想的到，且是地方，東西都乾净。」湘雲笑道：「這是寶姐姐幫着我預備的。」賈母道：「我說這個孩子細緻，凡事想的妥當。」一面說，一面又看見柱上掛的黑漆嵌蚌的對子，命人念。湘雲念道：

芙蓉影破歸蘭槳，菱藕香深寫竹橋。【己】妙極！此處忽又補出一處，不入賈政「試才」一回，皆錯綜其事，不作一直筆也。

賈母聽了，又抬頭看匾，因回頭向薛姨媽道：「我先小時，家裏也有這麽一個亭子，叫做什麽『枕霞閣』。我那時也只像他們這麽大年紀，同姊妹們天天頑去。那日誰知我失了脚掉下去，幾乎没淹死，好容易救了上來，到底被那木釘把頭碰破了。如今這鬢角上那指頭頂大一塊窩兒就是那殘破了。衆人都怕經了水，又怕冒了風，都説活不得了，誰知竟好了。」

鳳姐不等人説，先笑道：「那時要活不得，如今這大福可叫誰享呢！可知老祖宗從小兒的福壽就不小，神差鬼使碰出那個窩兒來，好盛福壽的。壽星老兒頭上原是一個窩兒，因爲萬福萬壽盛滿了，所以倒凸高出些來了。」未及説完，賈母與衆人都笑軟了。

己 看他忽用賈母數語，閒閒又補出此書之前似已有一部《十二釵》的一般，令人遥憶不能一見，余則將欲補出枕霞閣中十二釵來，豈不又添一部新書？

賈母笑道：「這猴兒慣的了不得了，只管拿我取笑起來，恨的我撕你那油嘴。」鳳姐笑道：「回來吃螃蟹，恐積了冷在心裏，討老祖宗笑一笑開開心，一高興多吃兩個就無妨了。」賈母笑道：「明兒叫你日夜跟着我，我倒常笑笑覺的開心，不許回家去。」王夫人笑道：「老太太因爲喜歡他，纔慣的他這樣，還這樣説，他明兒越發無禮了。」賈母笑道：「我喜歡他這樣，况且他又不是那不知高低的孩子。

家常没人，娘兒們原該這樣。橫竪禮體不錯就罷，没的倒叫他從神兒似的作什麽。」己近之暴發專講禮法，竟不知禮法，此似無禮而禮法井井，所謂「整瓶不動半瓶摇」，又曰「習慣成自然」，真不謬也。

説着，一齊進入亭子，獻過茶，鳳姐忙着搭桌子，要杯箸。上面一桌，賈母、薛姨媽、寶釵、黛玉、寶玉；東邊一桌，史湘雲、王夫人、迎、探、惜；西邊靠門一桌，李紈和鳳姐的，虛設坐位，二人皆不敢坐，只在賈母王夫人兩桌上伺候。鳳姐吩咐：「螃蟹不可多拿來，仍舊放在蒸籠裏，拿十個來，吃了再拿。」一面又要水洗了手，站在賈母跟前剥蟹肉，頭次讓薛姨媽。薛姨媽道：「我自己掰着吃香甜，不用人讓。」鳳姐便奉與賈母。二次的便與寶玉，又説：「把酒燙的滾熱的拿來。」又命小丫頭們去取了菊花葉兒、桂花蕊熏的緑豆面子來，預備着洗手。史湘雲陪着吃了一個，就下座來讓人，又出至外頭，令人盛兩盤子與趙姨娘周姨娘送去。又見鳳姐走來道：「你不慣張羅，你吃你的去。我先替你張羅，等散了我再吃。」湘雲不肯，又令人在那邊廊上擺了兩桌，讓鴛鴦、琥珀、彩霞、彩雲、平兒去坐。鴛鴦因向鳳姐笑道：「二奶奶在這裏伺候，我們可吃去了。」鳳姐兒道：「你們只管去，都交給我就是了。」説着，史湘雲仍入了席。鳳姐和李紈也胡亂應個景兒。

鳳姐仍是下來張羅，一時出至廊上，鴛鴦等正吃的高興，見他來了，鴛鴦等站起來道：「奶奶又出來作什麽？讓我們也受用一會子。」鳳姐笑道：「鴛鴦小蹄子越發壞了，我替你當差，倒不領情，還抱怨我。還不快斟一鍾酒來我喝呢。」鴛鴦笑着忙斟了一杯酒，送至鳳姐脣邊，鳳姐一揚脖子吃了。琥珀、彩霞二人也斟上一杯，送至鳳姐脣邊，那鳳姐也吃了〔二〕。平兒早剔了一殼黄子送來，鳳姐道：「多倒些薑醋。」一面也吃了，笑道：「你們坐着吃罷，我可去了。」

鴛鴦笑道：「好没臉，吃我們的東西。」鳳姐兒笑道：「你和我少作怪。你知道你璉二爺愛上了你，要和老太太討了你做小老婆呢。」鴛鴦道：「啐，這也是作奶奶説出來的話！我不拿腥手抹你一臉算不得。」説着趕來就要抹。鳳姐兒央道：「好姐姐，饒我這一遭兒罷。」琥珀笑道：「鴛丫頭要去了，平丫頭還饒他？你們看看他，没有吃了兩個螃蟹，倒喝了一碟子醋，他也算不會攬酸了。」平兒手裏正掰了個滿黄的螃蟹，聽如此奚落他，便拿着螃蟹照着琥珀臉上抹來，口内笑駡「我把你這嚼舌根的小蹄子！」琥珀也笑着往旁邊一躲，平兒使空了，往前一撞，正恰恰的抹在鳳姐兒腮上。鳳姐兒正和鴛鴦嘲笑，不防唬了一跳，「噯喲」了一聲。衆人掌不住都哈哈的大笑起來。鳳姐也禁不住笑駡道：「死娼婦！吃離了眼了，混抹你娘的。」平兒忙趕過來替他擦了，親自去端水。鴛鴦道：「阿彌陀佛！這是個報應。」

賈母那邊聽見，一叠聲問：「見了什麽這樣樂，告訴我們也笑笑。」鴛鴦等忙高聲笑回道：「二奶奶來搶螃蟹吃，平兒惱了，抹了他主子一臉的螃蟹黄子。主子奴才打架呢。」賈母和王夫人等聽了也笑起來。賈母笑道：「你們看他可憐見的，把那小腿子臍子給他點子吃也就完了。」鴛鴦等笑着答應了，高聲又説道：「這滿桌子的腿子，二奶奶只管吃就是了。」鳳姐洗了臉走來，又伏侍賈母等吃了一回。黛玉獨不敢多吃，只吃了一點兒夾子肉就下來了。

賈母一時不吃了，大家方散，都洗了手，也有看花的，也有弄水看魚的，遊玩了一回。王夫人因回賈母説：「這裏風大，纔又吃了螃蟹，老太太還是回房去歇歇罷了。若高興，明日再來逛逛。」賈母聽了，笑道：「正是呢。我怕你們高興，我走了又怕掃了你們的興。既這麽說，咱們就都去吧。」回頭又囑咐湘雲：「别讓你寶哥哥、林姐姐多吃了。」湘雲答應着。又囑咐湘雲、寶釵二人説：「你兩個也别多吃。那東西雖好吃，不是什麽好的，吃多了肚子疼。」二人忙應着送出園外，仍舊回來，令將殘席收拾了另擺。寶玉道：「也不用擺，咱們且作詩。把那大團圓桌就放在當中，酒菜都放着。也不必拘定坐位，有愛吃的大家去吃，散坐豈不便宜。」寶釵道：「這話極是。」湘雲道：「雖如此説，還有别人。」因又命另擺一桌，揀了熱螃蟹來，請襲人、紫鵑、司棋、待書、入畫、鶯兒、翠墨等一處共坐。山坡桂樹底下鋪下兩條花毡，命答應的婆子並小丫頭等也都坐了，只管隨意吃喝，等使唤再來。

湘雲便取了詩題，用針綰在墻上。衆人看了，都説：「新奇固新奇，只怕作不出來。」湘雲又把不限韻的原故説了一番。寶玉道：「這纔是正理，我也最不喜限韻。」林黛玉因不大吃酒，又不吃螃蟹，自令人掇了一個繡墩倚欄杆坐着，拿着釣竿釣魚。寶釵手裏拿着一枝桂花玩了一回，俯在窗檻上掐了桂蕊擲向水面，引的游魚浮上來唼喋。湘雲出一回神，又讓一回襲人等，又招呼山坡下的衆人只管放量吃。探春和李紈惜春立在垂柳陰中看鷗鷺。迎春又獨在花陰下拿着花針穿茉莉花。[己]看他各人各式，亦如畫家有孤聳獨出，則有攢三聚五，疎疎密密，直是一幅《百美圖》。寶玉又看了一回黛玉釣魚，一回又俯在寶釵旁邊説笑兩句，一回又看襲人等吃螃蟹，自己也陪他飲兩口酒。襲人又剥一殼肉給他吃。

黛玉放下釣竿，走至座間，拿起那烏銀梅花自斟壺來，[己]寫壺非寫壺，正寫黛玉。揀了一個小小的海棠凍石蕉葉杯。[己]妙杯！非寫杯，正寫黛玉。「揀」字有神理，蓋黛玉不善飲，此任興也。丫鬟看見，知他要飲酒，忙着走上來斟。黛玉道：「你們只管吃去，讓我自斟，這纔有趣兒。」説着便斟了半盞，看時却是黃酒，因説道：「我吃了一點子螃蟹，覺得心口微微的疼，須得熱熱的喝口燒酒。」寶玉忙道：「有燒酒。」便令將那合歡花浸的酒燙一壺來。[己]傷哉！作者猶記矮𩾣舫前以合歡花釀酒乎？屈指二十年矣。黛玉也只吃了一口便放下了。

寶釵也走過來，另拿了一隻杯來，也飲了一口，便蘸筆至墻上把頭一個《憶菊》勾了，底下又贅了一個「蘅」字。[己]妙極韻極！寶玉忙道：「好姐姐，第二個我已經有了四句了，你讓我作罷。」寶釵笑道：「我好容易有了一首，你就忙的這樣。」黛玉也不説話，接過筆來把第八個《問菊》勾了，接着把第十一個《菊夢》也勾了，也贅一個「瀟」字。〔己 這兩個妙題，料定黛玉必喜，豈讓人作去哉？〕寶玉也拿起筆來，將第二個《訪菊》也勾了，也贅上一個「絳」字。探春走來看看道：「竟没有人作《簪菊》，讓我作這《簪菊》。」又指着寶玉笑道：「纔宣過總不許帶出閨閣字樣來，你可要留神。」

説着，只見史湘雲走來，將第四第五《對菊》《供菊》一連兩個都勾了，也贅上一個「湘」字。探春道：「你也該起個號。」湘雲笑道：「我們家裏如今雖有幾處軒舘，我又不住着，借了來也没趣。」〔己 近之不讀書暴發户偏愛起一别號。一笑。〕寶釵笑道：「方纔老太太説，你們家也有這個水亭叫『枕霞閣』，難道不是你的。如今雖没了，你到底是舊主人。」衆人都道有理，寶玉不待湘雲動手，便代將「湘」字抹了，改了一個「霞」字。

又有頓飯工夫，十二題已全，各自謄出來，都交與迎春，另拿了一張雪浪箋過來，一併謄録出來，某人作的底下贅明某人的號。李紈等從頭看起：

憶菊　蘅蕪君 〔己〕真用此號，妙極！

悵望西風抱悶思，蓼紅葦白斷腸時。
空籬舊圃秋無跡，瘦月清霜夢有知。
念念心隨歸雁遠，寥寥坐聽晚砧痴。
誰憐我爲黄花病，慰語重陽會有期。

訪菊　怡紅公子

閒趁霜晴試一遊，酒杯藥盞莫淹留。
霜前月下誰家種，檻外籬邊何處秋。
蠟屐遠來情得得，冷吟不盡興悠悠。
黄花若解憐詩客，休負今朝掛杖頭。

種菊　怡紅公子

携鋤秋圃自移來，籬畔庭前故故栽。

昨夜不期經雨活，今朝猶喜帶霜開。
冷吟秋色詩千首，醉酹寒香酒一杯。
泉溉泥封勤護惜，好知井徑絶塵埃。

對菊　枕霞舊友

別圃移來貴比金，一叢淺淡一叢深。
蕭踈籬畔科頭坐，清冷香中抱膝吟。
數去更無君傲世，看來惟有我知音。
秋光荏苒休辜負，相對原宜惜寸陰。

供菊　枕霞舊友

彈琴酌酒喜堪儔，几案婷婷點綴幽。
隔座香分三徑露，拋書人對一枝秋。
霜清紙帳來新夢，圃冷斜陽憶舊遊。

傲世也因同氣味，春風桃李未淹留。

咏菊　瀟湘妃子

無賴詩魔昏曉侵，繞籬欹石自沉音。
毫端運秀臨霜寫，口齒噙香對月吟。
滿紙自憐題素怨，片言誰解訴秋心。
一從陶令平章後，千古高風説到今。

畫菊　蘅蕪君

詩餘戲筆不知狂，豈是丹青費較量。
聚葉潑成千點墨，攢花染出幾痕霜。
淡濃神會風前影，跳脱秋生腕底香。
莫認東籬閒採掇，黏屏聊以慰重陽。

問菊　瀟湘妃子

欲訊秋情衆莫知，喃喃負手叩東籬。
孤標傲世偕誰隱，一樣花開爲底遲？
圃露庭霜何寂寞，雁歸蛩病可相思？
休言舉世無談者，解語何妨片語時。

簪菊　蕉下客

瓶供籬栽日日忙，折來休認鏡中妝。
長安公子因花癖，彭澤先生是酒狂。
短鬢冷沾三徑露，葛巾香染九秋霜。
高情不入時人眼，拍手憑他笑路旁。

菊影　枕霞舊友

秋光叠叠復重重，潛度偷移三徑中。

窗隔疎燈描遠近，籬篩破月鎖玲瓏。
寒芳留照魂應駐，霜印傳神夢也空。
珍重暗香休踏碎，憑誰醉眼認朦朧。

菊夢　瀟湘妃子

籬畔秋酣一覺清，和雲伴月不分明。
登仙非慕莊生蝶，憶舊還尋陶令盟。
睡去依依隨雁斷，驚回故故惱蛩鳴。
醒時幽怨同誰訴，衰草寒煙無限情。

殘菊　蕉下客

露凝霜重漸傾欹，宴賞纔過小雪時。
蒂有餘香金淡泊，枝無全葉翠離披。
半床落月蛩聲病，萬里寒雲雁陣遲。

明歲秋風知再會，暫時分手莫相思。

衆人看一首，讚一首，彼此稱揚不已。李紈笑道：「等我從公評來。通篇看來，各有各人的警句。今日公評：《咏菊》第一，《問菊》第二，《菊夢》第三，題目新，詩也新，立意更新，惱不得要推瀟湘妃子爲魁了；然後《簪菊》《對菊》《供菊》《畫菊》《憶菊》次之。」寶玉聽説，喜的拍手叫「極是，極公道。」黛玉道：「我那首也不好，到底傷於纖巧些。」李紈道：「巧的却好，不露堆砌生硬。」

黛玉道：「據我看來，頭一句好的是『圃冷斜陽憶舊遊』，這句背面傅粉。『抛書人對一枝秋』已經妙絶，將供菊説完，没處再説，故翻回來想到未折未供之先，意思深透。」李紈笑道：「固如此説，你的『口齒噙香』句也敵的過了。」探春又道：「到底要算蘅蕪君沉着，『秋無跡』『夢有知』，把個憶字竟烘染出來了。」寶釵笑道：「你的『短鬢冷沾』『葛巾香染』，也就把簪菊形容的一個縫兒也没了。」湘雲道：「『偕誰隱』『爲底遲』，真個把個菊花問的無言可對。」李紈笑道：「你的『科頭坐』『抱膝吟』，竟一時也不能别開，菊花有知，也必膩煩了。」説的大家都笑了。

寶玉笑道：「我又落第。難道『誰家種』『何處秋』『蠟屐遠來』『冷吟不盡』都不是訪，『昨夜雨』『今朝霜』都不是種不成？但恨敵不上『口齒噙香對月吟』『清冷香中抱膝吟』『短鬢』『葛巾』『金淡泊』『翠離披』『秋無跡』『夢有知』這幾句罷了。」【己】總寫寶玉不及，妙極！又道：「明兒閒了，我一個人作出十二首來。」李紈道：「你的也好，只是不及這幾句新巧就是了。」

大家又評了一回，復又要了熱蟹來，就在大圓桌子上吃了一回。寶玉笑道：「今日持螯賞桂，亦不可無詩。【己】全是他忙，全是他不及。妙極！我已吟成，誰還敢作呢？」説着，便忙洗了手提筆寫出。【己】且莫看詩，只看他偏於如許一大回詩後又寫一回詩，豈世人想的到的？衆人看道：

持螯更喜桂陰涼，潑醋擂薑興欲狂。
饕餮王孫應有酒，橫行公子却無腸。
臍間積冷饞忘忌，指上沾腥洗尚香。
原爲世人美口腹，坡仙曾笑一生忙。

黛玉笑道：「這樣的詩，要一百首也有。」〔己〕看他這一説。寶玉笑道：「你這會子才力已盡，不説不能作了，還貶人家。」黛玉聽了，並不答言，也不思索，提起筆來一揮，已有了一首。衆人看道：

鐵甲長戈死未忘，堆盤色相喜先嘗。
螯封嫩玉雙雙滿，殼凸紅脂塊塊香。
多肉更憐卿八足，助情誰勸我千觴。〔戚〕不脱自己身分。
對斯佳品酬佳節，桂拂清風菊帶霜。

寶玉看了正喝彩，黛玉便一把撕了，令人燒去，因笑道：「我的不及你的，我燒了他。你那個很好，比方纔的菊花詩還好，你留着他給人看。」寶釵接着笑道：「我也勉强了一首，未必好，寫出來取笑兒罷。」説着也寫了出來。大家看時，寫道是：

桂靄桐陰坐舉觴，長安涎口盼重陽。
眼前道路無經緯，皮裏春秋空黑黃。

看到這裏，衆人不禁叫絶。寶玉道：「寫得痛快！我的詩也該燒了。」又看底下道：

酒未敵腥還用菊，性防積冷定須薑。

於今落釜成何益，月浦空餘禾黍香。

衆人看畢，都説這是食螃蟹絶唱，這些小題目，原要寓大意纔算是大才，只是諷刺世人太毒了些。説着，只見平兒復進園來。不知作什麽，且聽下回分解。

戚 總評：請看此回中，閨中兒女能作此等豪情韻事，且筆下各能自盡其性情，毫不乖舛。作者之錦心繡口，無庸贅瀆。其用意之深，獎勸之勤，讀此文者，亦不得輕忽，戒之。

〔一〕「琥珀……那鳳姐也吃了。」一句，楊本無。按：鴛鴦等在廊上吃，鳳姐在亭裏侍候，本不依禮。故鴛鴦也是鳳姐索討纔給斟酒的，琥珀、彩霞二人不必回應。否則，這裏僅五人，獨彩雲無表示，也不合適。當以楊本爲是。

第三十九回　村姥姥是信口開河　情哥哥偏尋根究底

戚　只爲貧寒不揀行，富家趨入且逢迎。豈知着意無名利，便是三才最上乘。

話説衆人見平兒來了，都説：「你們奶奶作什麼呢，怎麼不來了？」平兒笑道：「他那裏得空兒來。因爲説没有好生吃得，又不得來，所以叫我來問還有没有，叫我要幾個拿了家去吃罷。」湘雲道：「有，多着呢。」忙令人拿了十個極大的。平兒道：「多拿幾個團臍的。」衆人又拉平兒坐，平兒不肯。李紈拉着他笑道：「偏要你坐。」拉着他身邊坐下，端了一杯酒送到他嘴邊。平兒忙喝了一口就要走。李紈道：「偏不許你去。顯見得只有鳳丫頭，就不聽我的話了。」説着，又命嬷嬷們：「先送了盒子去，就説我留下平兒了。」那婆子一時拿了盒子回來説：「二奶奶説，叫奶奶和姑娘們别笑話要嘴吃。這個盒子裏是方纔舅太太那裏送來的菱粉糕和鷄油捲兒，給奶奶姑娘們吃的。」又向平兒道：「説使你來你就貪住頑不去了。勸你少喝一杯兒罷。」平兒笑道：「多喝了又把我怎麽樣？」一面説，一面只管喝，又吃螃蟹。李紈攬着他笑道：「可惜這麽個好體面模樣兒，命却平常，只落得屋裏使唤。不知道的人，誰不拿你當作奶奶太太看。」

平兒一面和寶釵湘雲等吃喝，一面回頭笑道：「奶奶，别只摸的我怪癢的。」李氏道：「嗳喲！這硬的是什麽？」平兒道：「鑰匙。」李氏道：「什麽鑰匙？要緊梯己東西怕人偷了去，却帶在身上。我成日家和人説笑，有個唐僧取經，就有個白馬來馱他；劉智遠打天下，就有個瓜精來送盔甲；有個鳳丫頭，就有個你。你就是你奶奶的一把總鑰匙，還要這鑰匙作什麽。」平兒笑道：「奶奶吃了酒，又拿了我來打趣着取笑兒了。」

寶釵笑道：「這倒是真話。我們没事評論起人來，你們這幾個都是百個裏頭挑不出一個來，妙在各人有各人的好處。」李紈道：「大小都有個天理。比如老太太屋裏，要没那個鴛鴦如何使得。從太太起，那一個敢駁老太太的回，現在他敢駁回。偏老太太只聽他一個人的話。老太太那些穿戴的，别人不記得，他都記得，要不是他經管着，不知叫人誆騙了多少去呢。那孩子心也公道，雖然這樣，倒常替人説好話兒，還倒不依勢欺人的。」惜春笑道：「老太太昨兒還説呢，他比我們還强呢。」平兒道：「那原是個好的，我們那裏比的上他。」寶玉道：「太太屋裏的彩霞，是個老實人。」探春道：「可不是，外頭老實，心裏有數兒。太太是那麽佛爺似的，事情上不留心，他都知道。凡百一應事都是他提着太太行。連老爺在家出外去的一應大小事，他都知道。太太忘了，他背地裏告訴太太。」李紈道：「那也罷了。」指着寶玉道：「這一個小爺屋裏要不是襲人，你們度量到個什麽田地！鳳丫頭就是楚霸王，也得這兩隻膀子好舉千斤鼎。他不是這丫頭，就得這麽週到了！」平兒笑道：「先時陪了四個丫頭，死的死，去的去，只剩下我一個孤鬼了。」李紈道：「你倒是有造化的。鳳丫頭也是有造化的。想當初你珠大爺在日，何曾也没兩個人。你們看我還是那容不下人的？天天只見他兩個不自在。所以你珠大爺一没了，趁年輕我都打發了。若有一個守得住，我倒有個膀臂。」説着滴下淚來。衆人都道：「又何必傷心，不如散了倒好。」説着便都洗了手，大家約往賈母王夫人處問安。

衆婆子丫頭打掃亭子，收拾杯盤。襲人和平兒同往前去，襲人因讓平兒到房裏坐坐，再喝一杯茶。平兒説：「不喝茶了，再來吧。」説着便要出去。襲人又叫住問道：「這個月的月錢，連老太太和太太還没放呢，是爲什麽？」平兒見問，忙轉身至襲人跟前，見方近無人，纔悄悄説道：「你快别問，横竪再遲幾天就放了。」

襲人笑道：「這是爲什麽，唬得你這樣？」平兒悄悄告訴他道：「這個月的月錢，我們奶奶早已支了，放給人使呢。等别處的利錢收了來，凑齊了纔放呢。因爲是你，我纔告訴你，你可不許告訴一個人去。」襲人道：「難道他還短錢使，還没個足厭？何苦還操這心。」平兒笑道：「何曾不是呢。這幾年拿着這一項銀子，翻出有幾百來了。他的公費月例又使不着，十兩八兩零碎攢了放出去，只他這梯己利錢，一年不到，上千的銀子呢。」〔一〕襲人笑道：「拿着我們的錢，你們主子奴才賺利錢，哄的我們獃獃的等着。」平兒道：「你又說沒良心的話。你難道還少錢使？」襲人道：「我雖不少，只是我也沒地方使去，就只預備我們那一個。」平兒道：「你倘若有要緊的事用錢使時，我那裏還有幾兩銀子，你先拿來使，明兒我扣下你的就是了。」襲人道：「此時也用不着，怕一時要用起來不够了，我打發人去取就是了。」

平兒答應着，一逕出了園門，來至家內，只見鳳姐兒不在房裏。忽見上回來打抽豐的那劉姥姥和板兒又來了，坐在那邊屋裏，還有張材家的周瑞家的陪着，又有兩三個丫頭在地下倒口袋裏的棗子倭瓜並些野菜。衆人見他進來，都忙站起來了。〔己〕妙文！上回是先見平兒後見鳳姐，此則先見鳳姐後見平兒也。何錯綜巧妙得情得理之至耶？劉姥姥因上次來過，知道平兒的身分，忙跳下地來問「姑娘好」，又說：「家裏都問好。早要來請姑奶奶的安看姑娘來的，因爲莊家忙。好容易今年多打了兩石糧食，瓜果菜蔬也豐盛。這是頭一起摘下來的，並沒敢賣呢，留的尖兒孝敬姑奶奶姑娘們嚐嚐。姑娘們天天山珍海味的也吃膩了，這個吃個野意兒，也算是我們的窮心。」

平兒忙道：「多謝費心。」又讓坐，自己也坐了。又讓「張嬸子周大娘坐」，又令小丫頭子倒茶去。周瑞張材兩家的因笑道：「姑娘今兒臉上有些春色，眼圈兒都紅了。」平兒笑道：「可不是。我原是不吃的，大奶奶和姑娘們只是拉着死灌，不得已喝了兩盅，臉就紅了。」張材家的笑道：「我倒想着要吃呢，又沒人讓我。明兒再有人請姑娘，可帶了我去罷。」説着大家都笑了。

周瑞家的道：「早起我就看見那螃蟹了，一斤只好秤兩個三個。這麼三大簍，想是有七八十斤呢。」周瑞家的道：「若是上上下下只怕還不够。」平兒道：「那裏够，不過都是有名兒的吃兩個子。那些散衆的，也有摸得着的，也有摸不着的。」劉姥姥道：「這樣螃蟹，今年就值五分一斤。十斤五錢，五五二兩五，三五一十五，再搭上酒菜，一共倒有二十多兩銀子。阿彌陀佛！這一頓的錢够我們莊家人過一年了。」

平兒因問：「想是見過奶奶了？」【己】寫平兒伶俐如此。劉姥姥道：「見過了，叫我們等着呢。」説着又往窗外看天氣，【己】是八月中，當開窗時，細緻之甚。説道：「天好早晚了，我們也去罷，別出不去城纔是饑荒呢。」周瑞家的道：「這話倒是，我替你瞧瞧去。」説着一逕去了，半日方來，笑道：「可是你老的福來了，竟投了這兩個人的緣了。」平兒等問怎麽樣，周瑞家的笑道：「二奶奶在老太太的跟前呢。我原是悄悄的告訴二奶奶，『劉姥姥要家去呢，怕晚了趕不出城去。』二奶奶說：『大遠的，難爲他扛了那些沉東西來，晚了就住一夜明兒再去。』這可不是投上二奶奶的緣了。這也罷了，偏生老太太又聽見了，問劉姥姥是誰。二奶奶便回明白了。老太太說：『我正想個積古的老人家說話兒，請了來我見一見。』這可不是想不到天上緣分了。」說着，催劉姥姥下來前去。劉姥姥道：「我這生像兒怎好見的。好嫂子，你就說我去了罷。」平兒忙道：「你快去罷，不相干的。我們老太太最是惜老憐貧的，比不得那個狂三詐四的那些人。想是你怯上，我和周大娘送你去。」說着，同周瑞家的引了劉姥姥往賈母這邊來。

二門口該班的小廝們見了平兒出來，都站起來了，又有兩個跑上來，趕着平兒叫「姑娘」。[己]想這一個「姑娘」非下稱上之「姑娘」也，按北俗以姑母曰「姑姑」，南俗曰「娘娘」，此「姑娘」定是「姑姑」「娘娘」之稱。每見大家風俗多有小童稱少主妾曰「姑娘」者。按此書中若干人說話語氣及動用器物飲食諸類，皆東西南北互相兼用，此「姑娘」之稱，亦南北相兼而用無疑矣。 平兒問：「又說什麽？」那小廝笑道：「這會子也好早晚了，我媽病了，等着我去請大夫。好姑娘，我討半日假可使的？」平兒道：「你們倒好，都商議定了，一天一個告假，又不回奶奶，只和我胡纏。前兒住兒去了，二爺偏生叫他，叫不着，我應起來了，還説我作了情。你今兒又來了。」〔己〕分明幾回沒寫到賈璉，今忽閒中一語，便補得賈璉這邊天天鬧熱，令人却如看見聽見一般。所謂不寫之寫也。劉姥姥眼中耳中又一番識面，奇妙之甚！周瑞家的道：「當真的他媽病了，姑娘也替他應着，放了他罷。」平兒道：「明兒一早來。聽着，我還要使你呢，再睡的日頭曬着屁股再來！你這一去，帶個信兒給旺兒，就説奶奶的話，問着他那剩的利錢。明兒若不交了來，奶奶也不要了，就越性送他使罷。」〔己〕交代過襲人的話，看他如此説，真比鳳姐又甚一層。李紈之語不謬也。不知阿鳳何等福得此一人。那小厮歡天喜地答應去了。

平兒等來至賈母房中，彼時大觀園中姊妹們都在賈母前承奉。〔己〕妙極！連寶玉一併算入姊妹隊中了。劉姥姥進去，只見滿屋裏珠圍翠繞，花枝招展，並不知都係何人。只見一張榻上歪着一位老婆婆，身後坐着一個紗羅裏的美人一般的一個丫鬟在那裏搥腿，鳳姐兒站着正説笑。〔己〕奇奇怪怪文章。在劉姥姥眼中，以爲阿鳳至尊至貴，普天下人（獨）〔都〕該站着説，阿鳳獨坐纔是。如何今見阿鳳獨站哉？真妙文字。劉姥姥便知是賈母了，忙上來陪着笑，福了幾福，口裏説：「請老壽星安。」〔己〕更妙！賈母之號何其多耶？在諸人口中則曰「老太太」，在阿鳳口中則曰「老祖宗」，在僧尼口中則曰「老菩薩」，在劉姥姥口中則曰「老壽星」，（者）〔看〕去似有數人，想去則皆賈母，難得如此各盡其妙。劉姥姥亦善應接。賈母亦欠身問好，又命周瑞家的端過椅子來坐着。那板兒仍是怯人，不知問候。〔己〕「仍」字妙！蓋有上文故也。不知教訓者來看此句。

賈母道：「老親家，你今年多大年紀了？」〔己〕神妙之極！看官至此必愁賈母以何相稱，誰知公然曰「老親家」。何等現成，何等大方，何等有情理。若云作者心中編出，余斷斷不信。何也？蓋編得出者，斷不能有這等情理。劉姥姥忙立身答道：「我今年七十五了。」賈母向衆人道：「這麼大年紀了，還這麼健朗。比我大好幾歲呢。我要到這麼大年紀，還不知怎麼動不得呢。」劉姥姥笑道：「我們生來是受苦的人，老太太生來是享福的。若我們也這樣，那些莊家活也沒人作了。」賈母道：「眼睛牙齒都還好？」劉姥姥道：「都還好，就是今年左邊的槽牙活動了。」賈母道：「我老了，都不中用了，眼也花，耳也聾，記性也沒了。你們這些老親戚，我都不記得了。親戚們來了，我怕人笑我，我都不會，不過嚼的動的吃兩口，睡一覺，悶了時和這些孫子孫女兒頑笑一回就完了。」劉姥姥笑道：「這正是老太太的福了。我們想這麼着也不能。」賈母道：「什麼福，不過是個老廢物罷了。」說的大家都笑了。賈母又笑道：「我纔聽見鳳哥兒說，你帶了好些瓜菜來，叫他快收拾去了，我正想個地裏現擷的瓜兒菜兒吃。外頭買的，不像你們田地裏的好吃。」劉姥姥笑道：「這是野意兒，不過吃個新鮮。依我們想魚肉吃，只是吃不起。」賈母又道：「今兒既認着了親，別空空兒的就去。不嫌我這裏，就住一兩天再去。我們也有個園子，園子裏頭也有果子，你明日也嚐嚐，帶些家去，你也算看親戚一趟。」

鳳姐兒見賈母喜歡，也忙留道：「我們這裏雖不比你們的場院大，空屋子還有兩間。你住兩天罷，把你們那裏的新聞故事兒説些與我們老太太聽聽。」賈母笑道：「鳳丫頭別拿他取笑兒。他是鄉屯裏的人，老實，那裏擱的住你打趣他。」説着，又命人去先抓果子與板兒吃。板兒見人多了，又不敢吃。賈母又命拿些錢給他，叫小幺兒們帶他外頭頑去。劉姥姥吃了茶，便把些鄉村中所見所聞的事情説與賈母，賈母亦發得了趣味。正説着，鳳姐兒便令人來請劉姥姥吃晚飯。賈母又將自己的菜揀了幾樣，命人送過去與劉姥姥吃。

鳳姐知道合了賈母的心，吃了飯便又打發過來。鴛鴦忙令老婆子帶了劉姥姥去洗了澡，自己挑了兩件隨常的衣服令給劉姥姥換上。〔己〕一段鴛鴦身分、權勢、心機，只寫賈母也。那劉姥姥那裏見過這般行事，忙換了衣裳出來，坐在賈母榻前，又搜尋些話出來説。彼時寶玉姊妹們也都在這裏坐着，他們何曾聽見過這些話，自覺比那些瞽目先生説的書還好聽。

那劉姥姥雖是個村野人，却生來的有些見識，况且年紀老了，世情上經歷過的，見頭一個賈母高興，第二見這些哥兒姐兒們都愛聽，便没了説的也編出些話來講。因説道：「我們村莊上種地種菜，每年每日，春夏秋冬，風裏雨裏，那有個坐着的空兒，天天都是在那地頭子上作歇馬凉亭，什麽奇奇怪怪的事不見呢。就像去年冬天，接連下了幾天雪，地下壓了三四尺深。我那日起的早，還没出房門，只聽外頭柴草響。我想着必定是有人偷柴草來了。我爬着窗户眼兒一瞧，却不是我們村莊上的人。」賈母道：「必定是過路的客人們冷了，見現成的柴，抽些烤火去也是有的。」劉姥姥笑道：「也並不是客人，所以説來奇怪。老壽星當個什麽人？原來是一個十七八歲的極標緻的一個小姑娘，梳着溜油光的頭，穿着大紅襖兒，白綾裙子——」〔己〕劉姥姥的口氣如此。

剛説到這裏，忽聽外面人吵嚷起來，又説：「不相干的，别唬着老太太。」賈母等聽了，忙問怎麽了，丫鬟回説：「南院馬棚裏走了水，不相干，已經救下去了。」賈母最膽小的，聽了這個話，忙起身扶了人出至廊上來瞧，只見東南上火光猶亮。賈母唬的口内念佛，忙命人去火神跟前燒香。王夫人等也忙都過來請安，又回説「已經下去了，老太太請進房去罷。」賈母足的看着火光息了方領衆人進來。〔己〕一段爲後回作引，然偏於寶玉愛聽時截住。寶玉且忙着問劉姥姥：「那女孩兒大雪地作什麼抽柴草？倘或凍出病來呢？」賈母道：「都是纔説抽柴草惹出火來了，你還問呢。别説這個了，再説别的罷。」寶玉聽説，心内雖不樂，也只得罷了。

劉姥姥便又想了一篇，説道：「我們莊子東邊莊上，有個老奶奶子，今年九十多歲了。他天天吃齋念佛，誰知就感動了觀音菩薩夜裏來託夢説：『你這樣虔心，原來你該絶後的，如今奏了玉皇，給你個孫子。』原來這老奶奶只有一個兒子，這兒子也只一個兒子，好容易養到十七八歲上死了，哭的什麼似的。後果然又養了一個，今年纔十三四歲，生的雪團兒一般，聰明伶俐非常。可見這些神佛是有的。」這一席話，暗合了賈母王夫人的心事，連王夫人也都聽住了。

寶玉心中只記掛着抽柴的故事，因悶悶的心中籌畫。探春因問他：「昨日擾了史大妹妹，咱們回去商議着邀一社，又還了席，也請老太太賞菊花，何如？」寶玉笑道：「老太太說了，還要擺酒還史妹妹的席，叫咱們作陪呢。等着吃了老太太的，咱們再請不遲。」探春道：「越往前去越冷了，老太太未必高興。」寶玉道：「老太太又喜歡下雨下雪的。不如咱們等下頭場雪，請老太太賞雪豈不好？咱們雪下吟詩，也更有趣了。」林黛玉忙笑道：「咱們雪下吟詩？依我說，還不如弄一捆柴火，雪下抽柴，還更有趣兒呢。」說着，寶釵等都笑了。寶玉瞅了他一眼，也不答話。

一時散了，背地裏寶玉足的拉了劉姥姥，細問那女孩兒是誰。劉姥姥只得編了告訴他道：「那原是我們莊北沿地埂子上有一個小祠堂裏供的，不是神佛，當先有個什麼老爺。」說着又想名姓。寶玉道：「不拘什麼名姓，你不必想了，只說原故就是了。」劉姥姥道：「這老爺没有兒子，只有一位小姐，名叫茗玉。小姐知書識字，老爺太太愛如珍寶。可惜這茗玉小姐生到十七歲，一病死了。」寶玉聽了，跌足嘆惜，又問後來怎麽樣。劉姥姥道：「因爲老爺太太思念不盡，便蓋了這祠堂，塑了這茗玉小姐的像，派了人燒香撥火。如今日久年深的，人也没了，廟也爛了，那個像就成了精。」寶玉忙道：「不是成精，規矩這樣人是雖死不死的。」劉姥姥道：「阿彌陀佛！原來如此。不是哥兒説，我們都當他成精。他時常變了人出來各村莊店道上閒逛。我纔説這抽柴火的就是他了。我們村莊上的人還商議着要打了這塑像平了廟呢。」寶玉忙道：「快别如此。若平了廟，罪過不小。」劉姥姥道：「幸虧哥兒告訴我，我明兒回去告訴他們就是了。」寶玉道：「我們老太太、太太都是善人，合家大小也都好善喜捨，最愛修廟塑神的。我明兒做一個疏頭，替你化些佈施，你就做香頭，攢了錢把這廟修蓋，再裝潢了泥像，每月給你香火錢燒香豈不好？」劉姥姥道：「若這樣，我託那小姐的福，也有幾個錢使了。」寶玉又問他地名莊名，來往遠近，坐落何方。劉姥姥便順口胡謅了出來。

寶玉信以爲真，回至房中，盤算了一夜。次日一早，便出來給了茗煙幾百錢，按着劉姥姥説的方向地名，着茗煙去先踏看明白，回來再做主意。那茗煙去後，寶玉左等也不來，右等也不來，急的熱鍋上的螞蟻一般。

好容易等到日落，方見茗煙興興頭頭的回來。寶玉忙道：「可有廟了？」茗煙笑道：

「爺聽的不明白，叫我好找。那地名座落不似爺説的一樣，所以找了一日，找到東北上田埂子上纔有一個破廟。」寶玉聽説，喜的眉開眼笑，忙説道：「劉姥姥有年紀的人，一時錯記了也是有的。你且説你見的。」茗煙道：「那廟門却倒是朝南開，也是稀破的。我找的正没好氣，一見這個，我説『可好了』，連忙進去。一看泥胎，唬的我跑出來了，活似真的一般。」寶玉喜的笑道：「他能變化人了，自然有些生氣。」茗煙拍手道：「那裏有什麼女孩兒，竟是一位青臉紅髮的瘟神爺。」寶玉聽了，啐了一口，罵道：「真是一個無用的殺才！這點子事也幹不來。」茗煙道：「二爺又不知看了什麼書，或者聽了誰的混話，信真了，把這件没頭腦的事派我去碰頭，怎麼説我没用呢？」寶玉見他急了，忙撫慰他道：「你别急。改日閒了你再找去。若是他哄我們呢，自然没了，若真是有的，你豈不也積了陰騭。我必重重的賞你。」正説着，只見二門上的小廝來説：「老太太房裏的姑娘們站在二門口找二爺呢。」

戚 總評：此回第一寫勢利之好財，第二寫窮苦趨勢之求財。且文章不得雷同，先既有詩社，而今不得不用套坡公聽鬼之遺事，以振其餘響，即此以點染寶玉之痴。其文真如環轉，無端倪可指。

〔一〕「襲人因……上千的銀子呢」一段文字，底本同己、蒙、戚本文字甚簡略，楊、列、舒、甲辰本比較詳細，據楊本並参各本補改。

惜春

第四十回　史太君兩宴大觀園　金鴛鴦三宣牙牌令

戚 兩宴不覺已深秋，惜春只如畫春遊。可憐富貴誰能保，只有恩情得到頭。

話説寶玉聽了，忙進來看時，只見琥珀站在屏風跟前説：「快去吧，立等你説話呢。」寶玉來至上房，只見賈母正和王夫人、衆姊妹商議給史湘雲還席。寶玉因説道：「我有個主意。既没有外客，吃的東西也别定了樣數，誰素日愛吃的揀樣兒做幾樣。也不要按桌席，每人跟前擺一張高几，各人愛吃的東西一兩樣，再一個什錦攢心盒子，自斟壺，豈不别致。」賈母聽了，説「很是」，忙命傳與厨房：「明日就揀我們愛吃的東西作了，按着人數，再装了盒子來。早飯也擺在園裏吃。」商議之間早又掌燈，一夕無話。

次日清早起來，可喜這日天氣清朗。李紈侵晨先起，看着老婆子丫頭們掃那些落葉，並擦抹桌椅，預備茶酒器皿。只見豐兒帶了劉姥姥板兒進來，說「大奶奶倒忙的緊。」〔己〕是八月盡。李紈笑道：「我說你昨兒去不成，只忙着要去。」劉姥姥笑道：「老太太留下我，叫我也熱鬧一天去。」豐兒拿了幾把大小鑰匙，說道：「我們奶奶說了，外頭的高几恐不够使，不如開了樓把那收着的拿下來使一天罷。奶奶原該親自來的，因和太太說話呢，請大奶奶開了，帶着人搬罷。」李氏便令素雲接了鑰匙，又令婆子出去把二門上的小厮叫幾個來。李氏站在大觀樓下往上看，令人上去開了綴錦閣，一張一張往下抬。小厮、老婆子、丫頭一齊動手，抬了二十多張下來。李紈道：「好生着，别慌慌張張鬼趕來似的，仔細碰了牙子。」又回頭向劉姥姥笑道：「姥姥，你也上去瞧瞧。」劉姥姥聽說，巴不得一聲兒〔一〕，便拉了板兒登梯上去進裏面，只見烏壓壓的堆着些圍屏、桌椅、大小花燈之類，雖不大認得，只見五彩炫耀，各有奇妙。念了幾聲佛，便下來了。然後鎖上門，一齊纔下來。李紈道：「恐怕老太太高興，越性把舡上划子、篙槳、遮陽幔子都搬了下來預備着。」衆人答應，復又開了，色色的搬了下來。令小厮傳駕娘們到舡塢裏撐出兩隻船來。

正亂着安排，只見賈母已帶了一群人進來了。李紈忙迎上去，笑道：「老太太高興，倒進來了。我只當還没梳頭呢，纔擷了菊花要送去。」一面説，一面碧月早捧過一個大荷葉式的翡翠盤子來，裏面盛着各色的折枝菊花。賈母便揀了一朵大紅的簪了鬢上。因回頭看見了劉姥姥，忙笑道：「過來帶花兒。」一語未完，鳳姐便拉過劉姥姥，笑道：「讓我打扮你。」説着，將一盤子花横三豎四的插了一頭。賈母和衆人笑的了不得。劉姥姥笑道：「我這頭也不知修了什麽福，今兒這樣體面起來。」衆人笑道：「你還不拔下來摔到他臉上呢，把你打扮的成了個老妖精了。」劉姥姥笑道：「我雖老了，年輕時也風流，愛個花兒粉兒的，今兒老風流纔好。」

説笑之間，已來至沁芳亭子上。丫鬟們抱了一個大錦褥子來，鋪在欄杆榻板上。賈母倚柱坐下，命劉姥姥也坐在旁邊，因問他：「這園子好不好？」劉姥姥念佛説道：「我們鄉下人到了年下，都上城來買畫兒貼。時常閒了，大家都説，怎麽得也到畫兒上去逛逛。想着那個畫兒也不過是假的，那裏有這個真地方呢。誰知我今兒進這園裏一瞧，竟比那畫兒還强十倍。怎麽得有人也照着這個園子畫一張，我帶了家去，給他們見見，死了也得好處。」賈母聽説，便指着惜春笑道：「你瞧我這個小孫女兒，他就會畫。等明兒叫他畫一張如何？」劉姥姥聽了，喜的忙跑過來，拉着惜春説道：「我的姑娘，你這麽大年紀兒，又這麽個好模樣，還有這個能幹，别是神仙託生的罷。」

賈母少歇一回，自然領着劉姥姥都見識見識。先到了瀟湘舘。一進門，只見兩邊翠竹夾路，土地下蒼苔佈滿，中間羊腸一條石子漫的路。劉姥姥讓出路來與賈母衆人走，自己却走土地。琥珀拉着他説道：「姥姥，你上來走，仔細蒼苔滑了。」劉姥姥道：「不相干的，我們走熟了的，姑娘們只管走罷。可惜你們的那繡鞋，别沾髒了。」他只顧上頭和人説話，不防底下果踩滑了，咕咚一跤跌倒。衆人拍手都哈哈的笑起來。賈母笑駡道：「小蹄子們，還不攙起來，只站着笑。」説話時，劉姥姥已爬了起來，自己也笑了，説道：「纔説嘴就打了嘴。」

賈母問他：「可扭了腰了不曾？叫丫頭們捶一捶。」劉姥姥道：「那裏說的我這麽嬌嫩了。那一天不跌兩下子，都要捶起來，還了得呢。」

紫鵑早打起湘簾，賈母等進來坐下。林黛玉親自用小茶盤捧了一蓋碗茶來奉與賈母。王夫人道：「我們不吃茶，姑娘不用倒了。」林黛玉聽說，便命丫頭把自己窗下常坐的一張椅子挪到下首，請王夫人坐了。劉姥姥因見窗下案上設着筆硯，又見書架上磊着滿滿的書，劉姥姥道：「這必定是那位哥兒的書房了。」賈母笑指黛玉道：「這是我這外孫女兒的屋子。」劉姥姥留神打量了黛玉一番，方笑道：「這那像個小姐的繡房，竟比那上等的書房還好。」賈母因問：「寶玉怎麽不見？」衆丫頭們答說：「在池子裏舡上呢。」賈母道：「誰又預備下舡了？」李紈忙回說：「纔開樓拿几，我恐怕老太太高興，就預備下了。」賈母聽了方欲説話時，有人回說：「姨太太來了。」賈母等剛站起來，只見薛姨媽早進來了，一面歸坐，笑道：「今兒老太太高興，這早晚就來了。」賈母笑道：「我纔説來遲了的要罰他，不想姨太太就來遲了。」

説笑一會，賈母因見窗上紗的顏色舊了，便和王夫人説道：「這個紗新糊上好看，過了後來就不翠了。這個院子裏頭又没有個桃杏樹，這竹子已是緑的，再拿這緑紗糊上反不配。我記得咱們先有四五樣顏色糊窗的紗呢，明兒給他把這窗上的换了。」鳳姐兒忙道：「昨兒我開庫房，看見大板箱裏還有好些匹銀紅蟬翼紗，也有各樣折枝花樣的，也有流雲萬福花樣的，也有百蝶穿花花樣的，顏色又鮮，紗又輕軟，我竟没見過這樣的。拿了兩匹出來，作兩床綿紗被，想來一定是好的。」賈母聽了笑道：「呸，人人都説你没有不經過不見過，連這個紗還不認得呢，明兒還説嘴。」薛姨媽等都笑説：「憑他怎麽經過見過，如何敢比老太太呢。老太太何不教導了他，我們也聽聽。」鳳姐兒也笑説：「好祖宗，教給我罷。」

賈母笑向薛姨媽衆人道：「那個紗，比你們的年紀還大呢。怪不得他認作蟬翼紗，原也有些像，不知道的，都認作蟬翼紗。正緊名字叫作『軟煙羅』。」鳳姐兒道：「這個名兒也好聽。只是我這麽大了，紗羅也見過幾百樣，從没聽見過這個名色。」賈母笑道：「你能够活了多大，見過幾樣没處放的東西，就説嘴來了。那個軟煙羅只有四樣顏色：一樣雨過天晴，一樣秋香色，一樣松緑的，一樣就是銀紅的。若是做了帳子，糊了窗屜，遠遠的看着，就似煙霧一樣，所以叫作『軟煙羅』，那銀紅的又叫作『霞影紗』。如今上用的府紗也没有這樣軟厚輕密的了。」

薛姨媽笑道：「别説鳳丫頭没見，連我也没聽見過。」鳳姐兒一面説，早命人取了一匹來了。賈母説：「可不是這個！先時原不過是糊窗屜，後來我們拿這個作被作帳子，試試也竟好。明兒就找出幾匹來，拿銀紅的替他糊窗子。」鳳姐答應着。衆人都看了，稱讚不已。劉姥姥也覷着眼看個不了，念佛説道：「我們想他作衣裳也不能，拿着糊窗子，豈不可惜？」賈母道：「倒是做衣裳不好看。」鳳姐忙把自己身上穿的一件大紅綿紗襖子襟兒拉了出來，向賈母薛姨媽道：「看我的這襖兒。」賈母薛姨媽都説：「這也是上好的了，這是如今的上用内造的，竟比不上這個。」鳳姐兒道：「這個薄片子，還説是上用内造呢，竟連官用的也比不上了。」賈母道：「再找一找，只怕還有青的。若有時都拿出來，送這劉親家兩匹，做一個帳子我掛，下剩的添上裏子，做些夾背心子給丫頭們穿，白收着霉壞了。」鳳姐忙答應了，仍令人送去。

賈母起身笑道：「這屋裏窄，再往別處逛去。」劉姥姥念佛道：「人人都説大家子住大房。昨兒見了老太太正房，配上大箱大櫃大桌子大床，果然威武。那櫃子比我們那一間房子還大還高。怪道後院子裏有個梯子。我想並不上房曬東西，預備個梯子作什麽？後來我想起來，定是爲開頂櫃收放東西，非離了那梯子，怎麽得上去呢。如今又見了這小屋子，更比大的越發齊整了。滿屋裏的東西都只好看，都不知叫什麽，我越看越捨不得離了這裏。」鳳姐道：「還有好的呢，我都帶你去瞧瞧。」

説着，一逕離了瀟湘舘，遠遠望見池中一群人在那裏撑舡。賈母道：「他們既預備下船，咱們就坐。」一面説着，便向紫菱洲、蓼溆一帶走來。未至池前，只見幾個婆子手裏都捧着一色捏絲戧金五彩大盒子走來。鳳姐忙問王夫人早飯在那裏擺。王夫人道：「問老太太在那裏，就在那裏罷了。」賈母聽説，便回頭説：「你三妹妹那裏就好。你就帶了人擺去，我們從這裏坐了舡去。」

鳳姐聽説，便回身同了探春、李紈、鴛鴦、琥珀帶着端飯的人等，抄着近路到了秋爽齋，就在曉翠堂上調開桌案。鴛鴦笑道：「天天咱們説外頭老爺們吃酒吃飯都有一個篾片相公，拿他取笑兒。咱們今兒也得了一個女篾片了。」李紈是個厚道人，聽了不解。鳳姐兒却知是説的是劉姥姥了，也笑説道：「咱們今兒就拿他取個笑兒。」二人便如此這般的商議。李紈笑勸道：「你們一點好事也不做，又不是個小孩兒，還這麽淘氣，仔細老太太説。」鴛鴦笑道：「很不與你相干，有我呢。」

正説着，只見賈母等來了，各自隨便坐下。先着丫鬟端過兩盤茶來，大家吃畢。鳳姐手裏拿着西洋布手巾，裹着一把烏木三鑲銀箸，敁敪人位，按席擺下。賈母因説：「把那一張小楠木桌子抬過來，讓劉親家近我這邊坐着。」衆人聽説，忙抬了過來。鳳姐一面遞眼色與鴛鴦，鴛鴦便拉了劉姥姥出去，悄悄的囑咐了劉姥姥一席話，又説：「這是我們家的規矩，若錯了我們就笑話呢。」調停已畢，然後歸坐。

薛姨媽是吃過飯來的，不吃，只坐在一邊吃茶。㊁妙！若只管寫薛姨媽來則吃飯，則成何文理？賈母帶着寶玉、湘雲、黛玉、寶釵一桌，王夫人帶着迎春姊妹三個人一桌，劉姥姥傍着賈母一桌。賈母素日吃飯，皆有小丫鬟在旁邊，拿着漱盂、麈尾、巾帕之物。如今鴛鴦是不當這差的了，今日鴛鴦偏接過麈尾來拂着。丫鬟們知道他要撮弄劉姥姥，便躲開讓他。鴛鴦一面侍立，一面悄向劉姥姥説道：「别忘了。」劉姥姥道：「姑娘放心。」那劉姥姥入了坐，拿起箸來，沉甸甸的不伏手。原是鳳姐和鴛鴦商議定了，單拿一雙老年四楞象牙鑲金的筷子與劉姥姥。劉姥姥見了，説道：「這叉爬子比俺那裏鐵鍁還沉，那裏强的過他。」説的衆人都笑起來。

只見一個媳婦端了一個盒子站在當地，一個丫鬟上來揭去盒蓋，裏面盛着兩碗菜。李紈端了一碗放在賈母桌上。鳳姐兒偏揀了一碗鴿子蛋放在劉姥姥桌上。賈母這邊説聲「請」，劉姥姥便站起身來，高聲説道：「老劉，老劉，食量大似牛，吃一個老母猪不抬頭。」自己却鼓着腮不語。

衆人先是發怔，後來一聽，上上下下都哈哈的大笑起來。史湘雲掌不住，一口飯都噴了出來；林黛玉笑岔了氣，伏着桌子「噯喲」；寶玉早滚到賈母懷裏，賈母笑的摟着寶玉叫「心肝」，王夫人笑的用手指着鳳姐兒，只説不出話來；薛姨媽也掌不住，口裏茶噴了探春一裙子；探春手裏的飯碗都合在迎春身上；惜春離了坐位，拉着他奶母叫揉一揉腸子。地下的無一個不彎腰屈背，也有躲出去蹲着笑去的，也有忍着笑上來替他姊妹換衣裳的，獨有鳳姐鴛鴦二人掌着，還只管讓劉姥姥。

劉姥姥拿起箸來，只覺不聽使，又説道：「這裏的雞兒也俊，下的這蛋也小巧，怪俊的。我且肏攮一個。」衆人方住了笑，聽見這話又笑起來。賈母笑的眼淚出來，琥珀在後捶着。賈母笑道：「這定是鳳丫頭促狹鬼兒鬧的，快別信他的話了。」那劉姥姥正誇雞蛋小巧，要肏攮一個，鳳姐兒笑道：「一兩銀子一個呢，你快嘗嘗罷，那冷了就不好吃了。」劉姥姥便伸箸子要夾，那裏夾的起來，滿碗裏鬧了一陣，好容易撮起一個來，纔伸着脖子要吃，偏又滑下來滾在地下，忙放下箸子要親自去撿，早有地下的人撿了出去了。劉姥姥嘆道：「一兩銀子，也没聽見響聲兒就没了。」衆人已没心吃飯，都看着他笑。

賈母又説：「這會子又把那個筷子拿了出來，又不請客擺大筵席。都是鳳丫頭支使的，還不換了呢。」地下的人原不曾預備這牙箸，本是鳳姐和鴛鴦拿了來的，聽如此説，忙收了過去，也照樣换上一雙烏木鑲銀的。劉姥姥道：「去了金的，又是銀的，到底不及俺們那個伏手。」鳳姐兒道：「菜裏若有毒，這銀子下去了就試的出來。」劉姥姥道：「這個菜裏若有毒，俺們那菜都成了砒霜了。那怕毒死了也要吃盡了。」賈母見他如此有趣，吃的又香甜，把自己的也都端過來與他吃。又命一個老嬷嬷來，將各樣的菜給板兒夾在碗上。

一時吃畢，賈母等都往探春卧室中去説閒話。這裏收拾過殘桌，又放了一桌。劉姥姥看着李紈與鳳姐兒對坐着吃飯，嘆道：「别的罷了，我只愛你們家這行事。怪道説『禮出大家』。」鳳姐兒忙笑道：「你可别多心，纔剛不過大家取笑兒。」一言未了，鴛鴦也進來笑道：「姥姥别惱，我給你老人家賠個不是。」劉姥姥笑道：「姑娘説那裏話，咱們哄着老太太開個心兒，可有什麽惱的！你先囑咐我，我就明白了，不過大家取個笑兒。我要心裏惱，也就不説了。」鴛鴦便駡人「爲什麽不倒茶給姥姥吃？」劉姥姥忙道：「剛纔那個嫂子倒了茶來，我吃過了。姑娘也該用飯了。」鳳姐兒便拉鴛鴦：「你坐下和我們吃了罷，省的回來又鬧。」鴛鴦便坐下了。婆子們添上碗箸來，三人吃畢。

劉姥姥笑道：「我看你們這些人都只吃這一點兒就完了，虧你們也不餓。怪只道風兒都吹的倒。」鴛鴦便問：「今兒剩的菜不少，都那去了？」婆子們道：「都還没散呢，在這裏等着一齊散與他們吃。」鴛鴦道：「他們吃不了這些，挑兩碗給二奶奶屋裏平丫頭送去。」鳳姐兒道：「他早吃了飯了，不用給他。」鴛鴦道：「他不吃了，喂你們的猫。」婆子聽了，忙揀了兩樣拿盒子送去。鴛鴦道：「素雲那去了？」李紈道：「他們都在這裏一處吃，又找他作什麽。」鴛鴦道：「這就罷了。」鳳姐兒道：「襲人不在這裏，你倒是叫人送兩樣給他去。」鴛鴦聽説，便命人也送兩樣去後，鴛鴦又問婆子們：「回來吃酒的攢盒可裝上了？」婆子道：「想必還得一會子。」鴛鴦道：「催着些兒。」婆子應喏了。

鳳姐兒等來至探春房中，只見他娘兒們正説笑。探春素喜闊朗，這三間屋子並不曾隔斷。當地放着一張花梨大理石大案，案上磊着各種名人法帖，並數十方寶硯，各色筆筒，筆海内插的筆如樹林一般。那一邊設着斗大的一個汝窑花囊，插着滿滿的一囊水晶球兒的白菊。西墻上當中掛着一大幅米襄陽《煙雨圖》，左右掛着一副對聯，乃是顔魯公墨跡，其詞云：

煙霞閒骨格，泉石野生涯。

案上設着大鼎。左邊紫檀架上放着一個大觀窑的大盤，盤内盛着數十個嬌黄玲瓏大佛手。右邊洋漆架上懸着一個白玉比目磬，旁邊掛着小錘。

那板兒略熟了些，便要摘那錘子要擊，丫鬟們忙攔住他。他又要那佛手吃，探春揀了一個與他説：「頑罷，吃不得的。」東邊便設着卧榻，拔步床上懸着葱緑雙繡花卉草蟲的紗帳。板兒又跑過來看，説：「這是蟈蟈，這是螞蚱。」劉姥姥忙打了他一巴掌，駡道：「下作黄子，没乾没净的亂鬧。倒叫你進來瞧瞧，就上臉了。」打的板兒哭起來，衆人忙勸解方罷。

賈母因隔着紗窗往後院内看了一回，説道：「後廊檐下的梧桐也好了，就只細些。」正説話，忽一陣風過，隱隱聽得鼓樂之聲。賈母問「是誰家娶親呢？這裏臨街倒近。」王夫人等笑回道：「街上的那裏聽的見，這是咱們的那十幾個女孩子們演習吹打呢。」賈母便笑道：「既是他們演，何不叫他們進來演習。他們也逛一逛，咱們可又樂了。」鳳姐聽説，忙命人出去叫來，又一面吩咐擺下條桌，鋪上紅毡子。

賈母道：「就鋪排在藕香榭的水亭子上，借着水音更好聽。回來咱們就在綴錦閣底下吃酒，又寬闊，又聽的近。」衆人都説那裏好。賈母向薛姨媽笑道：「咱們走罷。他們姊妹們都不大喜歡人來坐着，怕髒了屋子。咱們别没眼色，正緊坐一回子船喝酒去。」説着大家起身便走。探春笑道：「這是那裏的話，求着老太太姨太太來坐坐還不能呢。」賈母笑道：「我的這三丫頭却好，只有兩個玉兒可惡。回來吃醉了，咱們偏往他們屋裏鬧去。」

説着，衆人都笑了，一齊出來。走不多遠，已到了荇葉渚。那姑蘇選來的幾個駕娘早把兩隻棠木舫撑來，衆人扶了賈母、王夫人、薛姨媽、劉姥姥、鴛鴦、玉釧兒上了這一隻，落後李紈也跟上去。鳳姐兒也上去，立在舡頭上，也要撑舡。賈母在艙内道：「這不是頑的，雖不是河裏，也有好深的。你快不給我進來。」鳳姐兒笑道：「怕什麽！老祖宗只管放心。」説着便一篙點開。到了池當中，舡小人多，鳳姐只覺亂晃，忙把篙子遞與駕娘，方蹲下了。然後迎春姊妹等並寶玉上了那隻，隨後跟來。其餘老嬤嬤、散衆丫鬟俱沿河隨行。寶玉道：

「這些破荷葉可恨，怎麼還不叫人來拔去。」寶釵笑道：「今年這幾日，何曾饒了這園子閒了，天天逛，那裏還有叫人來收拾的工夫。」林黛玉道：「我最不喜歡李義山的詩，只喜他這一句『留得殘荷聽雨聲』〔二〕。偏你們又不留着殘荷了。」寶玉道：「果然好句，以後咱們就别叫人拔去了。」説着已到了花漵的蘿港之下，覺得陰森透骨，兩灘上衰草殘菱，更助秋情。

賈母因見岸上的清厦曠朗，便問「這是你薛姑娘的屋子不是？」衆人道：「是。」賈母忙命攏岸，順着雲步石梯上去，一同進了蘅蕪苑，只覺異香撲鼻。那些奇草仙藤愈冷愈蒼翠，都結了實，似珊瑚豆子一般，纍垂可愛。及進了房屋，雪洞一般，一色玩器全無，案上只有一個土定瓶中供着數枝菊花，並兩部書，茶奩茶杯而已。床上只吊着青紗帳幔，衾褥也十分樸素。

賈母嘆道：「這孩子太老實了。你没有陳設，何妨和你姨娘要些。我也不理論，也没想到，你們的東西自然在家裏没帶了來。」説着，命鴛鴦去取些古董來，又嗔着鳳姐兒：「不送些玩器來與你妹妹，這樣小器。」王夫人鳳姐兒等都笑回説：「他自己不要的。我們原送了來，他都退回去了。」薛姨媽也笑説：「他在家裏也不大弄這些東西的。」賈母摇頭道：「使不得。雖然他省事，倘或來一個親戚，看着不像；二則年輕的姑娘們，房裏這樣素净，也忌諱。我們這老婆子，越發該住馬圈去了。你們聽那些書上戲上説的小姐們的繡房，精緻的還了得呢。他們姊妹們雖不敢比那些小姐們，也不要很離了格兒。有現成的東西，爲什麽不擺？若很愛素净，少幾樣倒使得。我最會收拾屋子的，如今老了，没有這些閒心了。他們姊妹們也還學着收拾的好，只怕俗氣，有好東西也擺壞了。我看他們還不俗。如今讓我替你收拾，包管又大方又素净。我的梯己兩件，收到如今，没給寶玉看見過，若經了他的眼，也没了。」説着叫過鴛鴦來，親吩咐道：「你把那石頭盆景兒和那架紗桌屏，還有個墨煙凍石鼎，這三樣擺在這案上就够了。再把那水墨字畫白綾帳子拿來，把這帳子也换了。」鴛鴦答應着，笑道：「這些東西都擱在東樓上的不知那個箱子裏，還得慢慢找去，明兒再拿去也罷了。」賈母道：「明日後日都使得，只别忘了。」説着，坐了一回方出來，一逕來至綴錦閣下。文官等上來請過安，因問「演習何曲」。賈母道：「只揀你們生的演習幾套罷。」文官等下來，往藕香榭去不提。

這裏鳳姐兒已帶着人擺設整齊，上面左右兩張榻，榻上都鋪着錦裀蓉簟，每一榻前有兩張雕漆几，也有海棠式的，也有梅花式的，也有荷葉式的，也有葵花式的，也有方的，也有圓的，其式不一。一個上面放着爐瓶，一分攢盒，一個上面空設着，預備放人所喜食物。上面二榻四几，是賈母薛姨媽；下面一椅兩几，是王夫人的，餘者都是一椅一几。東邊是劉姥姥，劉姥姥之下便是王夫人。西邊便是史湘雲，第二便是寶釵，第三便是黛玉，第四迎春、探春、惜春挨次下去，寶玉在末。李紈鳳姐二人之几設於三層檻内，二層紗厨之外。攢盒式樣，亦隨几之式樣。每人一把烏銀洋鏨自斟壺，一個十錦琺琅杯。

大家坐定，賈母先笑道：「咱們先吃兩杯，今日也行一令纔有意思。」薛姨媽等笑道：「老太太自然有好酒令，我們如何會呢，安心要我們醉了。我們都多吃兩杯就有了。」賈母笑道：「姨太太今兒也過謙起來，想是厭我老了。」薛姨媽笑道：「不是謙，只怕行不上來倒是笑話了。」王夫人忙笑道：「便説不上來，就便多吃一杯酒，醉了睡覺去，還有誰笑話咱們不成。」薛姨媽點頭笑道：「依令。老太太到底吃一杯令酒纔是。」賈母笑道：「這個自然。」説着便吃了一杯。

鳳姐兒忙走至當地，笑道：「既行令，還叫鴛鴦姐姐來行更好。」衆人都知賈母所行之令必得鴛鴦提着，故聽了這話，都説：「很是。」鳳姐兒便拉了鴛鴦過來。王夫人笑道：「既在令內，没有站着的理。」回頭命小丫頭子：「端一張椅子，放在你二位奶奶的席上。」鴛鴦也半推半就，謝了坐，便坐下，也吃了一鍾酒，笑道：「酒令大如軍令，不論尊卑，惟我是主。違了我的話，是要受罰的。」王夫人等都笑道：「一定如此，快些説來。」鴛鴦未開口，劉姥姥便下了席，擺手道：「别這樣捉弄人家，我家去了。」衆人都笑道：「這却使不得。」鴛鴦喝令小丫頭子們：「拉上席去！」小丫頭子們也笑着，果然拉入席中。劉姥姥只叫：「饒了我罷！」鴛鴦道：「再多言的罰一壺。」劉姥姥方住了聲。

鴛鴦道：「如今我説骨牌副兒，從老太太起，順領説下去，至劉姥姥止。比如我説一副兒，將這三張牌拆開，先説頭一張，次説第二張，再説第三張，説完了，合成這一副兒的名字。無論詩詞歌賦，成語俗話，比上一句，都要叶韻。錯了的罰一杯。」衆人笑道：「這個令好，就説出來。」

鴛鴦道：「有了一副了。左邊是張『天』。」賈母道：「頭上有青天。」衆人道：「好。」鴛鴦道：「當中是個『五與六』。」賈母道：「六橋梅花香徹骨。」鴛鴦道：「剩得一張『六與幺』。」賈母道：「一輪紅日出雲霄。」鴛鴦道：「凑成便是個『蓬頭鬼』。」賈母道：「這鬼抱住鍾馗腿。」説完，大家笑説：「極妙。」賈母飲了一杯。

鴛鴦又道：「有了一副。左邊是個『大長五』。」薛姨媽道：「梅花朵朵風前舞。」鴛鴦道：「右邊還是個『大五長』。」薛姨媽道：「十月梅花嶺上香。」鴛鴦道：「當中『二五』是雜七。」薛姨媽道：「織女牛郎會七夕。」鴛鴦道：「凑成『二郎遊五嶽』。」薛姨媽道：「世人不及神仙樂。」説完，大家稱賞，飲了酒。

鴛鴦又道：「有了一副。左邊『長幺』兩點明。」湘雲道：「雙懸日月照乾坤。」鴛鴦道：「右邊『長幺』兩點明。」湘雲道：「閒花落地聽無聲。」鴛鴦道：「中間還得『幺四』

來。」湘雲道：「日邊紅杏倚雲栽。」鴛鴦道：「湊成『櫻桃九熟』。」湘雲道：「御園却被鳥啣出。」説完飲了一杯。

鴛鴦道：「有了一副。左邊是『長三』。」寶釵道：「雙雙燕子語梁間。」鴛鴦道：「右邊是『三長』。」寶釵道：「水荇牽風翠帶長。」鴛鴦道：「當中『三六』九點在。」寶釵道：「三山半落青天外。」鴛鴦道：「湊成『鐵鎖練孤舟』。」寶釵道：「處處風波處處愁。」説完飲畢。

鴛鴦又道：「左邊一個『天』。」黛玉道：「良辰美景奈何天。」寶釵聽了，回頭看着他。黛玉只顧怕罰，也不理論。鴛鴦道：「中間『錦屏』顔色俏。」黛玉道：「紗窗也没有紅娘報。」鴛鴦道：「剩了『二六』八點齊。」黛玉道：「雙瞻玉座引朝儀。」鴛鴦道：「湊成『籃子』好採花。」黛玉道：「仙杖香挑芍藥花。」説完，飲了一口。

鴛鴦道：「左邊『四五』成花九。」迎春道：「桃花帶雨濃。」衆人道：「該罰！錯了韻，而且又不像。」迎春笑着飲了一口。原是鳳姐兒和鴛鴦都要聽劉姥姥的笑話，故意都令説錯，都罰了。至王夫人，鴛鴦代説了個，下便該劉姥姥。

劉姥姥道：「我們莊家人閒了，也常會幾個人弄這個，但不如説的這麽好聽。少不得我也試一試。」衆人都笑道：「容易説的。你只管説，不相干。」鴛鴦笑道：「左邊『四四』是個人。」劉姥姥聽了，想了半日，説道：「是個莊家人罷。」衆人哄堂笑了。賈母笑道：「説的好，就是這樣説。」劉姥姥也笑道：「我們莊家人，不過是現成的本色，衆位别笑。」鴛鴦道：「中間『三四』緑配紅。」劉姥姥道：「大火燒了毛毛蟲。」衆人笑道：「這是有的，還説你的本色。」鴛鴦道：「右邊『幺四』真好看。」劉姥姥道：「一個蘿蔔一頭蒜。」衆人又笑了。鴛鴦笑道：「湊成便是一枝花。」劉姥姥兩隻手比着，説道：「花兒落了結個大倭瓜。」衆人大笑起來。只聽外面亂嚷——

戚總評：寫貧賤輩低首豪門，凌辱不計，誠可悲乎！此故作者以警貧賤。而富室貴豪亦當於其間着意。

〔一〕巴不得一聲兒：「巴」原作「爬」。按：底本中此俗語共出現四次，首字兩處作「爬」，一處作「扒」，只有一處作「巴」，其餘諸本也不一致。現統一爲「巴」。

〔二〕語出唐李商隱《宿駱氏亭寄懷崔雍崔衮》詩，原句作「留得枯荷聽雨聲」。

妙玉

第四十一回　櫳翠庵茶品梅花雪　怡紅院劫遇母蝗蟲

[庚]此回櫳翠品茶，怡紅遇劫。蓋妙玉雖以清淨無爲自守，而怪潔之癖未免有過，老嫗只污得一杯，見而勿用，豈似玉兄日享洪福，竟至無以復加而不自知。故老嫗眠其床，卧其蓆，酒屁熏其屋，却被襲人遮過，則仍用其床其蓆其屋。亦作者特爲轉眼不知身後事寫來作戒，紈袴公子可不慎哉？

[戚]任呼牛馬從來樂，隨分清高方可安。自古世情難意擬，淡妝濃抹有千般。立松軒。

話説劉姥姥兩隻手比着説道：「花兒落了結個大倭瓜。」衆人聽了哄堂大笑起來。於是吃過門杯，因又逗趣笑道：「實告訴説罷，我的手脚子粗笨，又喝了酒，仔細失手打了這磁杯。有木頭的杯取個子來，我便失了手，掉了地下也無礙。」衆人聽了，又笑起來。

鳳姐兒聽如此説，便忙笑道：「果真要木頭的，我就取了來。可有一句話先説下：這木頭的可比不得磁的，他都是一套，定要吃遍一套方使得。」劉姥姥聽了心下战敪道：「我方纔不過是趣話取笑兒，誰知他果真竟有！我時常在村莊鄉紳大家也赴過席，金杯銀杯倒都也見過，從來没見有木頭杯之説。哦，是了，想必是小孩子們使的木碗兒，不過誆我多喝兩碗。别管他，横竪這酒蜜水兒似的，多喝點子也無妨。」〔庚〕爲登厠伏脉。想畢，便説：「取來再商量。」鳳姐乃命豐兒：「到前面裏間屋，書架子上有十個竹根套杯取來。」豐兒聽了，答應纔然[一]要去，鴛鴦笑道：「我知道你這十個杯還小。况且你纔説是木頭的，這會子又拿了竹根子的來，倒不好看。不如把我們那裏的黄楊根整摳的十個大套杯拿來，灌他十下子。」鳳姐兒笑道：「更好了。」鴛鴦果命人取來。劉姥姥一看，又驚又喜：驚的是一連十個挨次大小分下來，那大的足似個小盆子，第十個極小的還有手裏的杯子兩個大；喜的是雕鏤奇絶，一色山水、樹木、人物，並有草字以及圖印。因忙説道：「拿了那小的來就是了，怎麽這樣多？」鳳姐兒笑道：「這個杯没有喝一個的理。我們家因没有這大量的，所以没人敢使他。姥姥既要，好容易尋了出來，必定要挨次吃一遍纔使得。」劉姥姥唬的忙道：「這個不敢。好姑奶

蒙（挾炎）〔挨次〕的苦惱。

奶，饒了我罷。」賈母、薛姨媽、王夫人知道他上了年紀的人，禁不起，忙笑道：「説是説，笑是笑，不可多吃了，只吃這頭一杯罷。」劉姥姥道：「阿彌陀佛！我還是小杯吃罷。把這大杯收着，我帶了家去慢慢的吃罷。」説的衆人又笑起來。鴛鴦無法，只得命人滿斟了一大杯，劉姥姥兩手捧着喝。賈母薛姨媽都道：「慢些，不要嗆了。」

薛姨媽又命鳳姐兒佈了菜。鳳姐笑道：「姥姥要吃什麽，説出名兒來，我搛了喂你。」劉姥姥道：「我知什麽名兒，樣樣都是好的。」賈母笑道：「你把茄鮝搛些喂他。」鳳姐兒聽説，依言搛些茄鮝送入劉姥姥口中，因笑道：「你們天天吃茄子，也嚐嚐我們的茄子弄的可口不可口。」劉姥姥笑道：「别哄我了，茄子跑出這個味兒來了，我們也不用種糧食，只種茄子了。」衆人笑道：「真是茄子，我們再不哄你。」劉姥姥詫異道：「真是茄子？我白吃了半日。

姑奶奶再喂我些，這一口細嚼嚼。」鳳姐果又搛了些放入口内。劉姥姥細嚼了半日，笑道：「雖有一點茄子香，只是還不像是茄子。告訴我是個什麽法子弄的，我也弄着吃去。」鳳姐兒笑道：「這也不難。你把纔下來的茄子把皮釗了，只要净肉，切成碎釘子，用鷄油炸了，再用鷄脯子肉並香菌、新笋、蘑菇、五香腐乾、各色乾果子，都切成釘子，拿鷄湯煨乾，將香油一收，外加糟油一拌，盛在磁罐子裏封嚴，要吃時拿出來，用炒的鷄瓜一拌就是。」劉姥姥聽了，摇頭吐舌説道：「我的佛祖！倒得十來隻鷄來配他，怪道這個味兒！」

一面説笑，一面慢慢的吃完了酒，還只管細玩那杯。鳳姐笑道：「還是不足興，再吃一杯罷！」劉姥姥忙道：「了不得，那就醉死了。我因爲愛這樣範，虧他怎麽作了。」鴛鴦笑道：「酒吃完了，到底這杯子是什麽木的？」劉姥姥笑道：「怨不得姑娘不認得，你們在這金門繡户的，如何認得木頭！我們成日家和樹林子作街坊，睏了枕着他睡，乏了靠着他坐，荒年間餓了還吃他，眼睛裏天天見他，耳朵裏天天聽他，口兒裏天天講他，所以好歹真假，我是認得的。【蒙】好充懂得的來看。讓我認一認。」一面説，一面細細端詳了半日，道：「你們這樣人家斷没有那賤東西，那容易得的木頭，你們也不收着了。我掂着這杯體重，斷乎不是楊木，這一定是黃松做的。」衆人聽了，哄堂大笑起來。

只見一個婆子走來請問賈母，說：「姑娘們都到了藕香榭，請示下，就演罷還是再等一會子？」賈母忙笑道：「可是，倒忘了他們，就叫他們演罷。」那個婆子答應去了。不一時，只聽得簫管悠揚，笙笛並發。正值風清氣爽之時，那樂聲穿林度水而來，自然使人神怡心曠。寶玉先禁不住，拿起壺來斟了一杯，（蒙）作者似曾在座。一口飲盡。復又斟上，纔要飲，只見王夫人也要飲，命人換暖酒，寶玉連忙將自己的杯捧了過來，送到王夫人口邊，（庚）妙極！忽寫寶玉如此，便是天地間母子之至情至性。獻芹之民之意，令人酸鼻。王夫人便就他手內吃了兩口。一時暖酒來了，寶玉仍歸舊坐，王夫人提了暖壺下席來，衆人皆都出了席，薛姨媽也立起來，賈母忙命李、鳳二人接過壺來：「讓你姑媽〔二〕坐了，大家纔便。」王夫人見如此說，方將壺遞與鳳姐，自己歸坐。賈母笑道：「大家吃上兩杯，今日着實有趣。」說着擎杯讓薛姨媽，又向湘雲寶釵道：「你姐妹兩個也吃一杯。你妹妹雖不大會吃，也別饒他。」說着自己已乾了。湘雲、寶釵、黛玉也都乾了。當下劉姥姥聽見這般音樂，且又有了酒，越發喜的手舞足蹈起來。寶玉因下席過來向黛玉笑道：「你瞧劉姥姥的樣子。」黛玉笑道：「當日聖樂一奏，百獸率舞，如今纔一牛耳。」〔蒙〕隨筆寫來，趣極。衆姐妹都笑了。

須臾樂止，薛姨媽出席笑道：「大家的酒想也都有了，且出去散散再坐罷。」賈母也正要散散，於是大家出席，都隨着賈母遊玩。賈母因要帶着劉姥姥散悶，遂携了劉姥姥至山前樹下盤桓了半晌，又說與他這是什麼樹，這是什麼石，這是什麼花。劉姥姥一一的領會，又向賈母道：「誰知城裏不但人尊貴，連雀兒也是尊貴的。偏這雀兒到了你們這裏，他也變俊了，也會說話了。」衆人不解，因問什麼雀兒變俊了，會講話。劉姥姥道：「那廊下金架子上站的緑毛紅嘴是鸚哥兒，我是認得的。那籠子裏的黑老鴰子怎麼又長出鳳頭來，也會説話呢。」衆人聽了都笑將起來。

一時只見丫鬟們來請用點心。賈母道：「吃了兩杯酒，倒也不餓。也罷，就拿了這裏來，大家隨便吃些罷。」丫鬟便去抬了兩張几來，又端了兩個小捧盒。揭開看時，每個盒内兩樣：這盒内一樣是藕粉桂糖糕，一樣是松穰鵝油捲；那盒内一樣是一寸來大的小餃兒，賈母因問什麼餡兒，婆子們忙回是螃蟹的。賈母聽了，皺眉說：「這油膩膩的，誰吃這個！」那一樣是奶油炸的各色小麵果，也不喜歡。因讓薛姨媽吃，薛姨媽只揀了一塊糕；賈母揀了一個捲子，只嚐了一嚐，剩的半個遞與丫鬟了。

劉姥姥因見那小麵果子都玲瓏剔透，便揀了一朵牡丹花樣的笑道：「我們那裏最巧的姐兒們，也不能鉸出這麼個紙的來。我又愛吃，又捨不得吃，包些家去給他們做花樣子去倒好。」【蒙】世上竟有這樣人。衆人都笑了。賈母道：「家去我送你一罈子。你先趁熱吃這個罷。」别人不過揀各人愛吃的一兩點就罷了；劉姥姥原不曾吃過這些東西，且都作的小巧，不顯盤堆的，他和板兒每樣吃了些，就去了半盤子。剩的，鳳姐又命攢了兩盤並一個攢盒，與文官等吃去。

忽見奶子抱了大姐兒來，大家哄他頑了一會。那大姐兒因抱着一個大柚子玩的，忽見板兒抱着一個佛手，便也要佛手。【庚】小兒常情，遂成千里伏綫。丫鬟哄他取去，大姐兒等不得，便哭了。衆人忙把柚子與了板兒，【蒙】伏綫千里。將板兒的佛手哄過來與他纔罷。那板兒因頑了半日佛手，此刻又兩手抓着些果子吃，又忽見這柚子又香又圓，更覺好頑，且當球踢着玩去，也就不要佛手了。【蒙】畫工。

庚 柚子即今香（圜）［櫞］之屬也，應與「緣」通。佛手者，正指迷津者也。以小兒之戲暗透前後通部脉絡，隱隱約約，毫無一絲漏泄，豈獨爲劉姥姥之俚言博笑而有此一大回文字哉？

當下賈母等吃過茶，又帶了劉姥姥至櫳翠庵來。妙玉忙接了進去。至院中見花木繁盛，賈母笑道：「到底是他們修行的人，没事常常修理，比別處越發好看。」一面說，一面便往東禪堂來。妙玉笑往裏讓，賈母道：「我們纔都吃了酒肉，你這裏頭有菩薩，沖了罪過。我們這裏坐坐，把你的好茶拿來，我們吃一杯就去了。」妙玉聽了，忙去烹了茶來。寶玉留神看他是怎麽行事。只見妙玉親自捧了一個海棠花式雕漆填金雲龍獻壽的小茶盤，裏面放一個成窑五彩小蓋鍾，捧與賈母。賈母道：「我不吃六安茶。」妙玉笑說：「知道。這是老君眉。」賈母接了，又問是什麽水。妙玉笑回：「是舊年蠲的雨水。」賈母便吃了半盞，便笑着遞與劉姥姥說：「你嚐嚐這個茶。」劉姥姥便一口吃盡，笑道：「好是好，就是淡些，再熬濃些更好了。」賈母衆人都笑起來。然後衆人都是一色官窑脱胎填白蓋碗。

那妙玉便把寶釵和黛玉的衣襟一拉，二人隨他出去，寶玉悄悄的隨後跟了來。只見妙玉讓他二人在耳房内，寶釵坐在榻上，黛玉便坐在妙玉的蒲團上。妙玉自向風爐上扇滚了水，另泡一壺茶。寶玉便走了進來，笑道：「偏你們吃梯己茶呢。」二人都笑道：「你又趕了來飺茶吃。這裏並没你的。」妙玉剛要去取杯，只見道婆收了上面的茶盞來。妙玉忙命：「將那成窑的茶杯别收了，擱在外頭去罷。」寶玉會意，知爲劉姥姥吃了，他嫌髒不要了。又見妙玉另拿出兩隻杯來。一個旁邊有一耳，杯上鐫着「𤓰瓟斝」三個隸字，後有一行小真字是「晋王愷珍玩」，又有「宋元豐五年四月眉山蘇軾見於秘府」一行小字。妙玉便斟了一斝，遞與寶釵。那一隻形似鉢而小，也有三個垂珠篆字，鐫着「杏犀䀉」[三]。妙玉斟了一䀉與黛玉。仍將前番自己常日吃茶的那隻緑玉斗來斟與寶玉。

寶玉笑道：「常言『世法平等』，他兩個就用那樣古玩奇珍，我就是個俗器了。」妙玉道：「這是俗器？不是我説狂話，只怕你家裏未必找的出這麽一個俗器來呢。」寶玉笑道：「俗説『隨鄉入鄉』，到了你這裏，自然把那金玉珠寶一概貶爲俗器了。」妙玉聽如此説，十分歡喜，遂又尋出一隻九曲十環一百二十節蟠虬整雕竹根的一個大盒出來，笑道：「就剩了這一個，你可吃的了這一海？」寶玉喜的忙道：「吃的了。」妙玉笑道：「你雖吃的了，也没這些茶遭塌。〔庚〕茶下「遭塌」二字，成窰杯已不屑再要，妙玉真清潔高雅，然亦怪譎孤僻甚矣。實有此等人物，但罕耳。豈不聞『一杯爲品，二杯即是解渴的蠢物，三杯便是飲牛飲騾了』。你吃這一海便成什麽？」説的寶釵、黛玉、寶玉都笑了。妙玉執壺，只向海内斟了約有一杯。寶玉細細吃了，果覺輕浮無比，賞讚不絶。妙玉正色道：「你這遭吃的茶是託他兩個福，獨你來了，我是不給你吃的。」寶玉笑道：「我深知道的，我也不領你的情，只謝他二人便是了。」妙玉聽了，方説：「這話明白。」

黛玉因問：「這也是舊年的雨水？」妙玉冷笑道：「你這麽個人，竟是大俗人，連水也嘗不出來。這是五年前我在玄墓蟠香寺住着，收的梅花上的雪，共得了那一鬼臉青的花甕一甕，總捨不得吃，埋在地下，今年夏天纔開了。我只吃過一回，這是第二回了。〔蒙〕妙手。層層疊起，竟能以他人所畫之天王作衆神矣。你怎麽嘗不出來？隔年蠲的雨水那有這樣輕浮，如何吃得。」黛玉知他天性怪僻，不好多話，亦不好多坐，吃過茶，便約着寶釵走了出來。

寶玉和妙玉陪笑道：「那茶杯雖然髒了，白撂了豈不可惜？依我説，不如就給那貧婆子罷，他賣了也可以度日。你道可使得。」妙玉聽了，想了一想，點頭説道：「這也罷了。幸而那杯子是我没吃過的，若是我吃過的〔四〕，【蒙】更奇！世上我也見過此等人。我就砸碎了也不能給他。你要給他，我也不管你，只交給你，快拿了去罷。」寶玉道：「自然如此，你那裏和他説話授受去，【蒙】人若忘形，最喜此等言語。越發連你也髒了。只交與我就是了。」妙玉便命人拿來遞與寶玉。寶玉接了，又道：「等我們出去了，我叫幾個小幺兒來河裏打幾桶水來洗地如何？」妙玉笑道：「這更好了，只是你囑咐他們，抬了水只擱在山門外頭墻根下，別進門來。」【蒙】偏於無可寫處，深入一層。寶玉道：「這是自然的。」説着，便袖着那杯，遞與賈母房中小丫頭拿着，説：「明日劉姥姥家去，給他帶去罷。」交代明白，賈母已經出來要回去。妙玉亦不甚留，送出山門，回身便將門閉了。不在話下。

且説賈母因覺身上乏倦，便命王夫人和迎春姊妹陪了薛姨媽去吃酒，自己便往稻香村來歇息。鳳姐忙命人將小竹椅抬來，賈母坐上，兩個婆子抬起，鳳姐李紈和衆丫鬟婆子圍隨去了，不在話下。這裏薛姨媽也就辭出。王夫人打發文官等出去，將攢盒散與衆丫鬟們吃去，自己便也乘空歇着，隨便歪在方纔賈母坐的榻上，命一個小丫頭放下簾子來，又命他捶着腿，吩咐他：「老太太那裏有信，你就叫我。」説着也歪着睡着了。

寶玉湘雲等看着丫鬟們將攢盒擱在山石上，也有坐在山石上的，也有坐在草地下的，也有靠着樹的，也有傍着水的，倒也十分熱鬧。一時又見鴛鴦來了，要帶着劉姥姥各處去逛，〔蒙〕又另是一番氣象。衆人也都趕着取笑。一時來至「省親别墅」的牌坊底下，劉姥姥道：「噯呀！這裏還有個大廟呢。」説着，便爬下磕頭。衆人笑彎了腰。劉姥姥道：「笑什麽？這牌樓上字我都認得。我們那裏這樣的廟宇最多，都是這樣的牌坊，那字就是廟的名字。」衆人笑道：「你認得這是什麽廟？」劉姥姥便抬頭指那字道：「這不是『玉皇寶殿』四字？」衆人笑的拍手打脚，還要拿他取笑。劉姥姥覺得腹内一陣亂響，忙的拉着一個小丫頭，要了兩張紙就解衣。衆人又是笑，又忙喝他：「這裏使不得！」忙命一個婆子帶了東北上去了。那婆子指與地方，便樂得走開去歇息。

那劉姥姥因喝了些酒，他脾氣不與黄酒相宜，且吃了許多油膩飲食，發渴多喝了幾碗茶，不免通瀉起來，蹲了半日方完。及出厠來，酒被風禁，且年邁之人，蹲了半天，忽一起身，只覺得眼花頭眩，辨不出路徑。四顧一望，皆是樹木山石樓臺房舍，却不知那一處是往那裏去的了，只得認着一條石子路慢慢的走來。及至到了房舍跟前，又找不着門，再找了半日，忽見一帶竹籬，劉姥姥心中自忖道：「這裏也有扁豆架子。」一面想，一面順着花障走了來，得了一個月洞門進去。只見迎面忽有一帶水池，只有七八尺寬，石頭砌岸，裏邊碧瀏清水流往那邊去了，蒙借劉姥姥醉中，寫境中景。上面有一塊白石横架在上面。劉姥姥便度石過去，順着石子甬路走去，轉了兩個彎子，只見有一房門。於是進了房門，只見迎面一個女孩兒，滿面含笑迎了出來。劉姥姥忙笑道：「姑娘們把我丢下來了，要我碰頭碰到這裏來。」説了，只覺那女孩兒不答。劉姥姥便趕來拉他的手，「咕咚」一聲，便撞到板壁上，把頭碰的生疼。細瞧了一瞧，原來是一幅畫兒。劉姥姥自忖道：「原來畫兒有這樣活凸出來的。」一面想，一面看，一面又用手摸去，却是一色平的，點頭嘆了兩聲。一轉身方得了一個小門，門上掛着葱緑撒花軟簾。

劉姥姥掀簾進去，抬頭一看，只見四面墻壁玲瓏剔透，琴劍瓶爐皆貼在墻上，錦籠紗罩，金彩珠光，連地下踩的磚，皆是碧緑鑿花，竟越發把眼花了，找門出去，那裏有門？左一架書，右一架屏。剛從屏後得了一門轉去，只見他親家母也從外面迎了進來。劉姥姥詫異，忙問道：「你想是見我這幾日没家去，虧你找我來。那一位姑娘帶你進來的？」他親家只是笑，不還言。劉姥姥笑道：「你好没見世面，見這園裏的花好，你就没死活戴了一頭。」他親家也不答。便心下忽然想起：「常聽大富貴人家有一種穿衣鏡，這别是我在鏡子裏頭呢罷。」説畢伸手一摸，再細一看，可不是，四面雕空紫檀板壁將鏡子嵌在中間。因説：「這已經攔住，如何走出去呢？」一面説，一面只管用手摸。

這鏡子原是西洋機括，可以開合。不意劉姥姥亂摸之間，其力巧合，便撞開消息，掩過鏡子，露出門來。劉姥姥又驚又喜，邁步出來，忽見有一副最精緻的床帳。他此時又帶了七八分醉，又走乏了，便一屁股坐在床上，只説歇歇，不承望身不由己，前仰後合的，朦朧着兩眼，一歪身就睡熟在床上。

且説衆人等他不見，板兒見没了他姥姥，急的哭了。衆人都笑道：「别是掉在茅厠裏了？快叫人去瞧瞧。」因命兩個婆子去找，回來説没有。衆人各處搜尋不見。襲人敁敠其道路：「是他醉了迷了路，順着這一條路往我們後院子裏去了。若進了花障子到後房門進去，雖然碰頭，還有小丫頭們知道；若不進花障子再往西南上去，若繞出去還好，若繞不出去，可够他繞回子好的。我且瞧瞧去。」一面想，一面回來，進了怡紅院便叫人，誰知那幾個房子裏小丫頭已偷空頑去了。

襲人一直進了房門，轉過集錦槅子，就聽的鼾齁如雷。忙進來，只聞見酒屁臭氣滿屋，一瞧，只見劉姥姥扎手舞脚的仰卧在床上。襲人這一驚不小，慌忙趕上來將他没死活的推醒。那劉姥姥驚醒，睁眼見了襲人，連忙爬起來道：「姑娘，我失錯了！並没弄髒了床帳。」一面説，一面用手去撣。

襲人恐驚動了人，被寶玉知道了，只向他摇手，不叫他説話。忙將鼎内貯了三四把百合香，仍用罩子罩上。些須收拾收拾，所喜不曾嘔吐，忙悄悄的笑道：【蒙】這方是襲人的平素，筆至此不得不屈，再增支派則累〔贅〕矣。「不相干，有我呢。你隨我出來。」劉姥姥跟了襲人，出至小丫頭們房中，命他坐了，向他説道：「你就説醉倒在山子石上打了個盹兒。」劉姥姥答應知道。〔蒙〕總是恰好便住。又與他兩碗茶吃，方覺酒醒了，因問道：「這是那個小姐的繡房，這樣精緻？我就像到了天宫裏的一樣。」襲人微微笑道：「這個麽，是寶二爺的卧室。」那劉姥姥嚇的不敢作聲。襲人帶他從前面出去，見了衆人，只説他在草地下睡着了，帶了他來的。衆人都不理會，也就罷了。

一時賈母醒了，就在稻香村擺晚飯。賈母因覺懶懶的，也不吃飯，便坐了竹椅小敞轎，回至房中歇息，命鳳姐兒等去吃飯。他姊妹方復進園來。要知端的——

〔戚〕總評：劉姥姥之憨從利，妙玉尼之怪圖名，寶玉之奇、黛玉之妖亦自斂跡。是何等畫工，能將他人之天王，作我衛護之神祇？文技至此，可爲至矣！

〔一〕「纔然」，諸本無「然」字。按：「然」爲副詞後綴，「纔然」，剛剛、剛纔的意思。此詞明清小説中常用，如《水滸傳》第四十七回：「不説萬事皆休，纔然説罷，晁蓋大怒。」《西遊記》第二十五回：「果子不少……纔然又去查查，還是原數。」

〔二〕「姑媽」，除蒙府本作「姨媽」外，餘本均同底本。按：此處無論作「姑媽」還是「姨媽」，都應該指薛姨媽。如兼顧李、鳳二人的稱呼，作「姨媽」似更恰當。

〔三〕「杏犀䀇」，除甲辰本作「點犀䀇」，餘本均同底本。按：漢揚雄《方言》第十三中有「椀（碗）謂之䀇」。至於䀇名「杏犀」（或「點犀」）何意，歷來論者意見不一。

〔四〕「若是我吃過的」，原無，據列、楊、甲辰諸本補，蒙戚本無「是」字。原旁添「若我使過」，亦通。

巧姐

第四十二回　蘅蕪君蘭言解疑癖　瀟湘子雅謔補餘香

[庚]釵、玉名雖二個，人却一身，此幻筆也。今書至三十八回時，已過三分之一有餘，故寫是回，使二人合而爲一。請看黛玉逝後寶釵之文字，便知余言不謬矣。

[戚]誰説詩書解誤人，豪華相尚失天真。見得古人原立意，不正心身總莫論。

話説他姊妹復進園來，吃過飯，大家散出，都無别話。

且説劉姥姥帶着板兒，先來見鳳姐兒，説：「明日一早定要家去了。雖住了兩三天，日子不多，却把古往今來没見過的，没吃過的，没聽見過的，都經驗了。難得老太太和姑奶奶並那些小姐們，連各房裏的姑娘們，都這樣憐貧惜老照看我。我這一回去後没別的報答，惟有請些高香天天給你們念佛，保佑你們長命百歲的，就算我的心了。」鳳姐兒笑道：「你別喜歡。都是爲你，老太太也被風吹病了，睡着説不好過；我們大姐兒也着了凉，在那裏發熱呢。」劉姥姥聽了，忙嘆道：「老太太有年紀的人，不慣十分勞乏的。」鳳姐兒道：「從來没像昨兒高興。往常也進園子逛去，不過到一二處坐坐就回來了。昨兒因爲你在這裏，要叫你逛逛，一個園子倒走了多半個。大姐兒因爲找我去，太太遞了一塊糕給他，誰知風地裏吃了，就發起熱來。」劉姥姥道：「小姐兒只怕不大進園子，生地方兒，小人兒家原不該去。比不得我們的孩子，會走了，那個墳圈子裏不跑去。一則風撲了也是有的；二則只怕他身上乾净，眼睛又净，或是遇見什麽神了。依我説，給他瞧瞧祟書本子，仔細撞客着了。」一語提醒了鳳姐兒，便叫平兒拿出《玉匣記》着彩明來念。彩明翻了一回念道：「八月二十五日，病者在東南方得遇花神。用五色紙錢四十張，向東南方四十步送之，大吉。」鳳姐兒笑道：「果然不錯，園子裏頭可不是花神！只怕老太太也是遇見了。」一面命人請兩分紙錢來，着兩個人來，一個與賈母送祟，一個與大姐兒送祟。果見大姐兒安穩睡了。〔庚〕豈真送了就安穩哉？蓋婦人之心意皆如此，即不送，豈有一夜不睡之理？作者正描愚人之見耳。

鳳姐兒笑道：「到底是你們有年紀的人經歷的多。我這大姐兒時常肯病，也不知是個什麼原故。」劉姥姥道：「這也有的事。富貴人家養的孩子多太嬌嫩，自然禁不得一些兒委曲；再他小人兒家，過於尊貴了，也禁不起。以後姑奶奶少疼他些就好了。」鳳姐兒道：「這也有理。我想起來，他還沒個名字，你就給他起個名字。一則借借你的壽；二則你們是莊家人，不怕你惱，到底貧苦些，你貧苦人起個名字，只怕壓的住他。」〔庚〕一篇愚婦無理之談，實是世間必有之事。劉姥姥聽說，便想了一想，笑道：「不知他幾時生的？」鳳姐兒道：「正是生日的日子不好呢，可巧是七月初七日。」劉姥姥忙笑道：「這個正好，就叫他是巧哥兒。這叫作『以毒攻毒，以火攻火』的法子。姑奶奶定要依我這名字，他必長命百歲。日後大了，各人成家立業，或一時有不遂心的事，必然是遇難成祥，逢凶化吉，却從這『巧』字上來。」〔蒙〕作讖語以影射後文。

鳳姐兒聽了，自是歡喜，忙道謝，又笑道：「只保佑他應了你的話就好了。」〔辰〕伏後文。說着叫平兒來吩咐道：「明兒咱們有事，恐怕不得閒兒。你這空兒把送姥姥的東西打點了，他明兒一早就好走的便宜了。」劉姥姥忙說：「不敢多破費了。已經遭擾了幾日，又拿着走，越發心裏不安起來。」蒙世俗常態，逼真。鳳姐兒道：「也没有什麽，不過隨常的東西。好也罷，歹也罷，帶了去，你們街坊鄰舍看着也熱鬧些，也是上城一次。」只見平兒走來說：「姥姥過這邊瞧瞧。」

劉姥姥忙趕了平兒到那邊屋裏，只見堆着半炕東西。平兒一一的拿與他瞧着，說道：「這是昨日你要的青紗一匹，奶奶另外送你一個實地子月白紗做裏子。這是兩個繭綢，作襖兒裙子都好。這包袱裏是兩匹綢子，年下做件衣裳穿。這是一盒子各樣内造點心，也有你吃過的，也有你没吃過的，拿去擺碟子請客，比你們買的强些。這兩條口袋是你昨日裝瓜果子來的，如今這一個裏頭裝了兩斗御田粳米，熬粥是難得的；這一條裏頭是園子裏果子和各樣乾果子。這一包是八兩銀子。這都是我們奶奶的。這兩包每包裏頭五十兩，共是一百兩，是太太給的，叫你拿去或者作個小本買賣，或者置幾畝地，以後再别求親靠友的。」說着又悄悄笑道：「這兩件襖兒和兩條裙子，還有四塊包頭，一包絨綫，可是我送姥姥的。衣裳雖是舊的，我也没大狠穿，你要棄嫌，我就不敢説了。」平兒説一樣，劉姥姥就念一句佛，已經念了幾千聲佛了，又見平兒也送他這些東西，又如此謙遜，忙念佛道：「姑娘説那裏話？這樣好東西我還棄嫌！我便有銀子也没處去買這樣的呢。只是我怪臊的，收了又不好，不收又辜負了姑娘的心。」平兒笑道：「休説外話，咱們都是自己，我纔這樣。你放心收了罷，我還和你要東西呢。到年下，你只把你們曬的那個灰條菜乾子和豇豆、扁豆、茄子、葫蘆條兒各樣乾菜帶些來，我們這裏上上下下都愛吃。這個就算了，别的一概不要，别罔費了心。」劉姥姥千恩萬謝答應了。平兒道：「你只管睡你的去。我替你收拾妥當了就放在這裏，明兒一早打發小厮們僱輛車裝上，不用你費一點心的。」

劉姥姥越發感激不盡，過來又千恩萬謝的辭了鳳姐兒，過賈母這一邊睡了一夜，次早梳洗了就要告辭。因賈母欠安，衆人都過來請安，出去傳請大夫。一時婆子回大夫來了，老媽媽請賈母進幔子去坐。賈母道：「我也老了，那裏養不出那阿物兒來，還怕他不成！不要放幔子，就這樣瞧罷。」衆婆子聽了，便拿過一張小桌來，放下一個小枕頭，便命人請。

一時只見賈珍、賈璉、賈蓉三個人將王太醫領來。王太醫不敢走甬路，只走旁堦，跟着賈珍到了堦磯上。早有兩個婆子在兩邊打起簾子，兩個婆子在前導引進去，又見寶玉迎了出來。只見賈母穿着青縐綢一斗珠的羊皮褂子，端坐在榻上，兩邊四個未留頭的小丫鬟都拿着蠅帚漱盂等物；又有五六個老嬤嬤雁翅擺在兩旁，碧紗𢅥後隱隱約約有許多穿紅着緑戴寶簪珠的人。王太醫便不敢抬頭，忙上來請了安。賈母見他穿着六品服色，便知御醫了，也便含笑問：「供奉好？」因問賈珍：「這位供奉貴姓？」賈珍等忙回：「姓王。」賈母道：「當日太醫院正堂王君效，好脉息。」王太醫忙躬身低頭，含笑回說：「那是晚晚生家叔祖。」賈母聽了，笑道：「原來這樣，也是世交了。」一面說，一面慢慢的伸手放在小枕頭上。老嬤嬤端着一張小杌，連忙放在小桌前，略偏些。王太醫便屈一膝坐下，歪着頭診了半日，又診了那隻手，忙欠身低頭退出。賈母笑說：「勞動了。珍兒讓出去好生看茶。」

賈珍賈璉等忙答了幾個「是」，復領王太醫出到外書房中。王太醫說：「太夫人並無別症，偶感一點風凉，究竟不用吃藥，不過略清淡些，暖着一點兒，就好了。如今寫個方子在這裏，若老人家愛吃，便按方煎一劑吃，若懶待吃，也就罷了。」説着吃過茶寫了方子。剛要告辭，只見奶子抱了大姐兒出來，笑説：「王老爺也瞧瞧我們。」王太醫聽説忙起身，就奶子懷中，左手托着大姐兒的手，右手診了一診，又摸了一摸頭，又叫伸出舌頭來瞧瞧，笑道：「我説姐兒又駡我了，只是要清清净净的餓兩頓就好了，不必吃煎藥，我送丸藥來，臨睡時用薑湯研開，吃下去就是了。」説畢作辭而去。

賈珍等拿了藥方來，回明賈母原故，將藥方放在桌上出去，不在話下。這裏王夫人和李紈、鳳姐兒、寶釵姊妹等見大夫出去，方從厨後出來。王夫人略坐一坐，也回房去了。

劉姥姥見無事，方上來和賈母告辭。賈母説：「閒了再來。」又命鴛鴦來：「好生打發劉姥姥出去。我身上不好，不能送你。」劉姥姥道了謝，又作辭，方同鴛鴦出來。

到了下房，鴛鴦指炕上一個包袱説道：〔蒙〕寫富貴常態，一筆作三五筆用，妙文。「這是老太太的幾件衣服，都是往年間生日節下衆人孝敬的，老太太從不穿人家做的，收着也可惜，却是一次也没穿過的。昨日叫我拿出兩套兒送你帶去，或是送人，或是自己家裏穿罷，別見笑。這盒子裏是你要的麵果子。這包子裏是你前兒説的藥：梅花點舌丹也有，紫金錠也有，活絡丹也有，催生保命丹也有，每一樣是一張方子包着，總包在裏頭了。這是兩個荷包，帶着頑罷。」説着便抽繫子，掏出兩個筆錠如意的錁子來給他瞧，又笑道：「荷包拿去，這個留下給我罷。」劉姥姥已喜出望外，早又念了幾千聲佛，聽鴛鴦如此説，便説道：「姑娘只管留下罷。」鴛鴦見他信以爲真，仍與他裝上，笑道：「哄你頑呢，我有好些呢。留着年下給小孩子們罷。」〔蒙〕逼真。説着，只見一個小丫頭拿了個成窑鍾子來遞與劉姥姥，「這是寶二爺給你的。」劉姥姥道：「這是那裏説起。我那一世修了來的，今兒這樣。」説着便接了過來。鴛鴦道：「前兒我叫你洗澡，換的衣裳是我的，你不棄嫌，我還有幾件，也送你罷。」劉姥姥又忙道謝。鴛鴦果然又拿出兩件來與他包好。劉姥姥又要到園中辭謝寶玉和衆姊妹、王夫人等去。鴛鴦道：「不用去了。他們這會子也不見人，回來我替你説罷。閒了再來。」又命了一個老婆子，吩咐他：「二門上叫兩個小厮來，幫着姥姥拿了東西送出去。」婆子答應了，又和劉姥姥到了鳳姐兒那邊一併拿了東西，在角門上命小厮們搬了出去，直送劉姥姥上車去了。不在話下。

且說寶釵等吃過早飯，又往賈母處問過安，回園至分路之處，寶釵便叫黛玉道：「顰兒跟我來，有一句話問你。」黛玉便同了寶釵，來至蘅蕪苑中。進了房，寶釵便坐了笑道：「你跪下，我要審你。」〔蒙〕嚴整。黛玉不解何故，因笑道：「你瞧寶丫頭瘋了！審問我什麼？」寶釵冷笑道：「好個千金小姐！好個不出閨門的女孩兒！滿嘴說的是什麼？你只實說便罷。」黛玉不解，只管發笑，心裏也不免疑惑起來，口裏只說：「我何曾說什麼？你不過要捏我的錯兒罷了。你倒說出來我聽聽。」寶釵笑道：「你還裝憨兒。昨兒行酒令你說的是什麼？〔蒙〕何等愛惜。我竟不知那裏來的。」

黛玉一想，方想起來昨兒失於檢點，那《牡丹亭》《西廂記》說了兩句，不覺紅了臉，便上來摟着寶釵，笑道：「好姐姐，原是我不知道隨口說的。〔蒙〕真能受教。尊重之態，嬌痴之情，令人愛煞！你教給我，再不說了。」寶釵笑道：「我也不知道，聽你說的怪生的，所以請教你。」黛玉道：「好姐姐，你別說與別人，我以後再不說了。」〔蒙〕若無下文，自己何由而知？筆下一絲不露痕跡中補足，存小姐身分，顰兒不得反問。寶釵見他羞得滿臉飛紅，滿口央告，便不肯再往下追問，因拉他坐下吃茶，款款的告訴他道：「你當我是誰，我也是個淘氣的。從小七八歲上也夠個人纏的。我們家也算是個讀書人家，祖父手裏也愛藏書。先時人口多，姊妹弟兄都在一處，都怕看正緊書。弟兄們也有愛詩的，也有愛詞的，〔蒙〕藏書家當留意。諸如這些《西厢》《琵琶》以及『元人百種』，無所不有。他們是偷背着我們看，我們却也偷背着他們看。後來大人知道了，打的打，罵的罵，燒的燒，纔丢開了。所以咱們女孩兒家不認得字的倒好。男人們讀書不明理，尚且不如不讀書的好，何況你我。就連作詩寫字等事，原不是你我分内之事，究竟也不是男人分内之事。男人們〔蒙〕作者一片苦心，代佛説法，代聖講道，看書者不可輕忽。讀書明理，輔國治民，這便好了。只是如今並不聽見有這樣的人，讀了書倒更壞了。這是書誤了他，可惜他也把書遭塌了，所以竟不如耕種買賣，倒没有什麽大害處。你我只該做些針黹紡織的事纔是，偏又認得了字，既認得了字，不過揀那正緊的看也罷了，最怕見了些雜書，移了性情，就不可救了。」一席話，説的黛玉垂頭吃茶，心下暗伏，只有答應「是」的一字。〔蒙〕結得妙。

忽見素雲進來説：「我們奶奶請二位姑娘商議要緊的事呢。二姑娘、三姑娘、四姑娘、史姑娘、寶二爺都在那裏等着呢。」寶釵道：「又是什麽事？」黛玉道：「咱們到了那裏就知道了。」説着便和寶釵往稻香村來，果見衆人都在那裏。

李紈見了他兩個，笑道：「社還没起，就有脱滑的了，四丫頭要告一年的假呢。」黛玉笑道：「都是老太太昨兒一句話，又叫他畫什麽園子圖兒，惹得他樂得告假了。」探春笑道：「也別要怪老太太，都是劉姥姥一句話。」林黛玉忙笑道：「可是呢，都是他一句話。他是那一門子的姥姥，直叫他是個『母蝗蟲』就是了。」説着大家都笑起來。寶釵笑道：「世上的話，到了鳳丫頭嘴裏也就盡了。幸而鳳丫頭不認得字，不大通，不過一概是市俗取笑。更有顰兒這促狹嘴，他用『春秋』的法子，將市俗的粗話，撮其要，删其繁，再加潤色比方出來，一句是一句。這『母蝗蟲』三字，把昨兒那些形景都現出來了。虧他想的倒也快。」衆人聽了，都笑道：「你這一註解，也就不在他兩個以下。」

〔蒙〕觸目驚心，請自回思。

李紈道：「我請你們大家商議，給他多少日子的假。我給了他一個月他嫌少，你們怎麽説？」黛玉道：「論理一年也不多。這園子蓋纔蓋了一年，如今要畫自然得二年工夫呢。又要研墨，又要蘸筆，又要鋪紙，又要着顔色，又要……」剛説到這裏，衆人知道他是取笑惜春，便都笑問說：「還要〔一〕怎樣？」黛玉也自己掌不住笑道：「又要照着這樣兒慢慢的畫，可不得二年的工夫！」衆人聽了，都拍手笑個不住。寶釵笑道：「『又要照着這個慢慢的畫』，這落後一句最妙〔二〕。所以昨兒那些笑話兒雖然可笑，回想是没味的。你們細想顰兒這幾句話雖是淡的，回想却有滋味。我倒笑的動不得了。」【庚】看他劉姥姥笑後復一笑，亦想不到之文也。聽寶卿之評，亦千古定論。惜春道：「都是寶姐姐讚的他越發逞强，這會子拿我也取笑兒。」黛玉忙拉他笑道：「我且問你，還是單畫這園子呢，還是連我們衆人都畫在上頭呢？」惜春道：「原說只畫這園子的，昨兒老太太又說，單畫了園子成個房樣子了，叫連人都畫上，就像『行樂』似的纔好。我又不會這工細樓臺，又不會畫人物，又不好駁回，正爲這個爲難呢。」黛玉道：「人物還容易，你草蟲上不能。」李紈道：「你又說不通的話了，這個上頭那裏又用的着草蟲？或者翎毛倒要點綴一兩樣。」黛玉笑道：「别的草蟲不畫罷了，昨兒『母蝗蟲』不畫上，豈不缺了典！」衆人聽了，又都笑起來。黛玉一面笑的兩手捧着胸口，一面說道：「你快畫罷，我連題跋都有了，起個名字，就叫作《携蝗大嚼圖》。」【蒙】愈出愈奇。

衆人聽了，越發哄然大笑，前仰後合。只聽「咕咚」一聲響，不知什麽倒了，急忙看時，原來是湘雲伏在椅子背兒上，那椅子原不曾放穩，被他全身伏着背子大笑，他又不提防，兩下裏錯了勁，向東一歪，連人帶椅都歪倒了，幸有板壁擋住，不曾落地。衆人一見，越發笑個不住。寶玉忙趕上去扶了起來，方漸漸止了笑。〔蒙〕何等妙文心，故意唐突。寶玉和黛玉使個眼色兒，黛玉會意，便走至裏間將鏡袱揭起，照了一照，只見兩鬢略鬆了些，忙開了李紈的妝奩，拿出抿子來，對鏡抿了兩抿，仍舊收拾好了，方出來，指着李紈道：「這是叫你帶着我們作針綫教道理呢，你反招我們來大頑大笑的。」李紈笑道：「你們聽他這刁話。他領着頭兒鬧，引着人笑了，倒賴我的不是。真真恨的我只保佑明兒你得一個利害婆婆，再得幾個千刁萬惡的大姑子小姑子，試試你那會子還這麽刁不刁了。」〔蒙〕收結轉折，處處情趣。

林黛玉早紅了臉，拉着寶釵說：「咱們放他一年的假罷。」寶釵道：「我有一句公道話，你們聽聽。藕丫頭雖會畫，不過是幾筆寫意。如今畫這園子，非離了肚子裏頭有幾幅丘壑的纔能成畫。這園子却是像畫兒一般，山石樹木，樓閣房屋，遠近疎密，也不多，也不少，恰恰的是這樣。你就照樣兒往紙上一畫，是必不能討好的。這要看紙的地步遠近，該多該少，分主分賓，該添的要添，該減的要減，該藏的要藏，該露的要露。這一起了稿子，再端詳斟酌，方成一幅圖樣。第二件，這些樓臺房舍，是必要用界劃的。一點不留神，欄杆也歪了，柱子也塌了，門窗也倒豎過來，堦磯也離了縫，甚至於桌子擠到墻裏去，花盆放在簾子上來，豈不倒成了一張笑『話』兒了。第三，要插人物，也要有疎密，有高低。衣折裙帶，手指足步，最是要緊；一筆不細，不是腫了手就是跏了腿，染臉撕髮倒是小事。依我看來竟難的很。如今一年的假也太多，一月的假也太少，竟給他半年的假，再派了寶兄弟幫着他。並不是爲寶兄弟知道教着他畫，那就更誤了事；爲的是有不知道的，或難安插的，寶兄弟好拿出去問問那會畫的相公，就容易了。」

寶玉聽了，先喜的說：「這話極是。詹子亮的工細樓臺就極好，程日興的美人是絶技，如今就問他們去。」寶釵道：「我説你是無事忙，説了一聲你就問去。等着商議定了再去。如今且拿什麽畫？」寶玉道：「家裏有雪浪紙，又大又托墨。」寶釵冷笑道：「我説你不中用！

那雪浪紙寫字畫寫意畫兒，或是會山水的畫南宗山水，托墨，禁得皴搜。拿了畫這個，又不托色，又難滃，畫也不好，紙也可惜。我教你一個法子。原先蓋這園子，就有一張細緻圖樣，雖是匠人描的，那地步方向是不錯的。你和太太要了出來，也比着那紙大小，和鳳丫頭要一塊重絹，叫相公礬了，叫他照着這圖樣删補着立了稿子，添了人物就是了。就是配這些青緑顔色並泥金泥銀，也得他們配去。你們也得另攏上風爐子，預備化膠、出膠、洗筆。還得一張粉油大案，鋪上毡子。你們那些碟子也不全，筆也不全，都得從新再置一分兒纔好。」惜春道：「我何曾有這些畫器？不過隨手寫字的筆畫畫罷了。就是顔色，只有赭石、廣花、藤黄、胭脂這四樣。再有，不過是兩支着色筆就完了。」寶釵道：「你不該早説。這些東西我却還有，只是你也用不着，給你也白放着。如今我且替你收着，等你用着這個時候我送你些，也只可留着畫扇子，若畫這大幅的也就可惜了的。今兒替你開個單子，照着單子和老太太要去。你們也未必知道的全，我説着，寶兄弟寫。」

寶玉早已預備下筆硯了，原怕記不清白，要寫了記着，聽寶釵如此説，喜的提起筆來静聽。寶釵説道：「頭號排筆四支，二號排筆四支，三號排筆四支，大染四支，中染四支，小染四支，大南蟹爪十支，小蟹爪十支，鬚眉十支，大着色二十支，小着色二十支，開面十支，柳條二十支，箭頭朱四兩，南赭四兩，石黄四兩，石青四兩，石緑四兩，管黄四兩，廣花八兩，蛤粉四匣，胭脂十片，大赤飛金二百帖，青金二百帖，廣勻膠四兩，净礬四兩。礬絹的膠礬在外，别管他們，你只把絹交出去叫他們礬去。這些顔色，咱們淘澄飛跌着，又頑了，又使了，包你一輩子都够使了。再要頂細絹籮四個，粗絹籮四個，擔筆四支，大小乳鉢四個，大粗碗二十個，五寸粗碟十個，三寸粗白碟二十個，風爐兩個，沙鍋大小四個，新磁罐二口，新水桶四隻，一尺長白布口袋四條，浮炭二十斤，柳木炭一斤，三屜木箱一個，實地紗一丈，生薑二兩，醬半斤。」黛玉忙道：「鐵鍋一口，鍋鏟一個。」寶釵道：「這作什麼？」黛玉笑道：「你要生薑和醬這些作料，我替你要鐵鍋來，好炒顔色吃的。」衆人都笑起來。寶釵笑道：「你那裏知道。那粗色碟子保不住不上火烤，不拿薑汁子和醬預先抹在底子上烤過了，一經了火是要炸的。」衆人聽説，都道：「原來如此。」

黛玉又看了一回單子，笑着拉探春悄悄的道：「你瞧瞧，畫個畫兒又要這些水缸箱子來了。想必他糊塗了，把他的嫁妝單子也寫上了。」探春「噯」了一聲，笑個不住，説道：「寶姐姐，你還不擰他的嘴？你問問他編排你的話。」寶釵笑道：「不用問，狗嘴裏還有象牙不成！」一面説，一面走上來，把黛玉按在炕上，便要擰他的臉。黛玉笑着忙央告：「好姐姐，饒了我罷！顰兒年紀小，只知説，不知道輕重，作姐姐的教導我。姐姐不饒我，還求誰去？」衆人不知話内有因，都笑道：「説的好可憐見的，連我們也軟了，饒了他罷。」寶釵原是和他頑，忽聽他又拉扯前番説他胡看雜書的話，便不好再和他厮鬧，放起他來。黛玉笑道：「到底是姐姐，要是我，再不饒人的。」寶釵笑指他道：「怪不得老太太疼你，衆人愛你伶俐，今兒我也怪疼你的了。過來，我替你把頭髮攏一攏。」黛玉果然轉過身來，寶釵用手攏上去。寶玉在旁看着，只覺更好，不覺後悔不該令他抿上鬢去，也該留着，【蒙】又一點。作者可稱無漏子。此時叫他替他抿去。正自胡思，只見寶釵説道：「寫完了，明兒回老太太去。若家裏有的就罷，若没有的，就拿些錢去買了來，我幫着你們配。」寶玉忙收了單子。

大家又説了一回閒話。至晚飯後又往賈母處來請安。賈母原没有大病，不過是勞乏了，兼着了些涼，温存了一日，又吃了一劑藥踈散一踈散，至晚也就好了。不知次日又有何話，且聽下回分解。

戚 總評：摹寫富貴，至於家人女子無不妝點，論詩書，講畫法，皆盡其妙，而其中隱語，驚人教人，不一而足，作者之用心，誠佛菩薩之用心也。讀者不可因其淺近而渺忽之。

〔一〕「這裏……還要」十九字原缺，據戚本補。

〔二〕此處諸本多「他可不畫去，怎麽就有了呢？」十一字。

焙茗

第四十三回　閒取樂偶攢金慶壽　不了情暫撮土爲香

戚 了與不了在心頭，迷却原來難自由。如有如無誰解得，相生相滅第傳流。

話説王夫人因見賈母那日在大觀園不過着了些風寒，不是什麽大病，請醫生吃了兩劑藥也就好了，便放了心，因命鳳姐來吩咐他預備給賈政帶送東西。正商議着，只見賈母打發人來請，王夫人忙引着鳳姐兒過來。王夫人又請問：「這會子可又覺大安些？」賈母道：「今日可大好了。方纔你們送來野鷄崽子湯，我嚐了一嚐，倒有味兒，又吃了兩塊肉，心裏很受用。」王夫人笑道：「這是鳳丫頭孝敬老太太的。算他的孝心虔，不枉了素日老太太疼他。」

賈母點頭笑道：「難爲他想着。若是還有生的，再炸上兩塊，鹹浸浸的，吃粥有味兒。那湯雖好，就只不對稀飯。」鳳姐聽了，連忙答應，命人去厨房傳話。

這裏賈母又向王夫人笑道：「我打發人請你來，不爲别的。初二是鳳丫頭的生日，上兩年我原早想替他做生日，偏到跟前有大事，就混過去了。今年人又齊全，料着又没事，咱們大家好生樂一日。」〔庚〕賈母猶云「好生樂一日」，可見逐日雖樂，皆還不趁心也。所以世人無論貧富，各有愁腸，終不能時時遂心如意。此是至理，非不足語也。王夫人笑道：「我也想着呢。既是老太太高興，何不就商議定了？」賈母笑道：「我想往年不拘誰作生日，都是各自送各自的禮，這個也俗了，也覺生分的似的。今兒我出個新法子，又不生分，又可取笑。」王夫人忙道：「老太太怎麽想着好，就是怎麽樣行。」賈母笑道：「我想着，咱們也學那小家子大家湊分子，〔庚〕原來湊分子是小家的事。近見多少人家紅白事一出，且籌算分子之多寡，不知何説。多少儘着這錢去辦，你道好頑不好頑？」〔庚〕看他寫與寶釵作生日後，又偏寫與鳳姐作生日。阿鳳何人也，豈不爲彼之華誕大用一回筆墨哉？只是虧他如何想來，特寫於寶釵之後，較姊妹勝而有餘；於賈母之前，較諸父母相去不遠。一部書中，若一個一個只管寫過生日，復成何文哉？故起用寶釵，盛用阿鳳，終用賈母，各有妙文，各有妙景。餘者諸人，或一筆不寫，或偶因一語帶過，或豐或簡，其情當理合，不表可知。豈必諄諄死筆，按數而寫衆人之生日哉？◇迥不犯寶釵。〔蒙〕世家之長上多犯此等「辦壽也要請人」毛病。王夫人笑道：「這個很好，但不知怎麽湊法？」賈母聽説，亦發高興起來，忙遣人去請薛姨媽、邢夫人等，又叫請姑娘們並寶玉，那府裏珍兒媳婦並賴大家的等有頭臉管事的媳婦也都叫了來。

衆丫頭婆子見賈母十分高興，也都高興，忙忙的各自分頭去請的請，傳的傳，没頓飯的工夫，老的少的，上的下的，烏壓壓擠了一屋子。只薛姨媽和賈母對坐，邢夫人王夫人只坐在房門前兩張椅子上，寶釵姊妹等五六個人坐在炕上，寶玉坐在賈母懷前，地下滿滿的站了一地。賈母忙命拿幾個小杌子來，給賴大母親等幾個高年有體面的媽媽坐了。賈府風俗，年高伏侍過父母的家人，比年輕的主子還有體面，所以尤氏鳳姐兒等只管地下站着，那賴大的母親等三四個老媽媽告個罪，都坐在小杌子上了。

賈母笑着把方纔一席話説與衆人聽了。衆人誰不凑這趣兒？再也有和鳳姐兒好的，有情願這樣的；有畏懼鳳姐兒的，巴不得來奉承的：况且都是拿的出來的，所以一聞此言，都欣然應諾。賈母先道：「我出二十兩。」薛姨媽笑道：「我隨着老太太，也是二十兩了。」邢夫人王夫人笑道：「我們不敢和老太太並肩，自然矮一等，每人十六兩罷了。」尤氏李紈也笑道：「我們自然又矮一等，每人十二兩罷。」賈母忙和李紈道：「你寡婦失業的，那裏還拉你出這個錢，我替你出了罷。」〔庚：必如是方妙。〕鳳姐忙笑道：「老太太別高興，且算一算賬再攬事。老太太身上已有兩分呢，這會子又替大嫂子出十二兩，説着高興，一會子回想又心疼了。過後兒又説：『都是爲鳳丫頭花了錢。』使個巧法子，哄着我拿出三四分子來暗裏補上，我還做夢呢。」説的衆人都笑了。賈母笑道：「依你怎麽樣呢？」〔庚〕又寫阿鳳一評，更妙。若一筆直下，有何趣哉？鳳姐笑道：「生日没到，我這會子已經折受的不受用了。我一個錢饒不出，驚動這些人實在不安，不如大嫂子這一分我替他出了罷了。我到了那一日多吃些東西，就享了福了。」邢夫人等聽了，都説：「很是。」賈母方允了。

鳳姐兒又笑道：「我還有一句話呢。我想老祖宗自己二十兩，又有林妹妹寶兄弟的兩分子。姨媽自己二十兩，又有寶妹妹的一分子，這倒也公道。只是二位太太每位十六兩，自己又少，又不替人出，這有些不公道。老祖宗吃了虧了！」賈母聽了，忙笑道：「倒是我的鳳丫頭向着我，這説的很是。要不是你，我叫他們又哄了去了。」鳳姐笑道：「老祖宗只把他姐兒兩個交給兩位太太，一位佔一個，派多派少，每位替出一分就是了。」賈母忙説：「這很公道，就是這樣。」賴大的母親忙站起來笑説道：「這可反了！我替二位太太生氣。在那邊是兒子媳婦，在這邊是内侄女兒，倒不向着婆婆姑娘，倒向着别人。這兒媳婦成了陌路人，内侄女兒竟成了個外侄女兒了。」説的賈母與衆人都大笑起來了。【庚】寫阿鳳全副精神，雖一戲，亦人想不到之文。

賴大之母因又問道：「少奶奶們十二兩，我們自然也該矮一等了。」賈母聽説，道：「這使不得。你們雖該矮一等，我知道你們這幾個都是財主，果位雖低，錢却比他們多。【庚】驚魂奪魄只此一句。所以一部書全是老婆舌頭，全是諷刺世事，反面春秋也。所謂「痴子弟正照風月鑑」，若單看了家常老婆舌頭，豈非痴子弟乎？你們和他們一例纔使得。」衆媽媽聽了，連忙答應。賈母又道：「姑娘們不過應個景兒，每人照一個月的月例就是了。」又回頭叫鴛鴦來，「你們也凑幾個人，商議凑了來。」鴛鴦答應着，去不多時帶了平兒、襲人、彩霞等還有幾個小丫鬟來，也有二兩的，也有一兩的。賈母因問平兒：「你難道不替你主子作生日，還入在這裏頭？」平兒笑道：「我那個私自另外有了，這是官中的，也該出一分。」賈母笑道：「這纔是好孩子。」

鳳姐又笑道：「上下都全了。還有二位姨奶奶，他出不出，也問一聲兒，盡到他們是理。不然，他們只當小看了他們了。」【庚】純寫阿鳳，以襯後文。賈母聽了，忙説：「可是呢，怎麼倒忘了他們！只怕他們不得閒兒，叫一個丫頭問問去。」説着，早有丫頭去了，半日回來説道：「每位也出二兩。」賈母喜道：「拿筆硯來算明，共計多少。」尤氏因悄駡鳳姐道：「我把你這没足厭的小蹄子！這麽些婆婆嬸子來凑銀子給你過生日，你還不足，又拉上兩個苦瓠子作什麽？」鳳姐也悄笑道：「你少胡説，一會子離了這裏，我纔和你算賬。他們兩個爲什麽苦呢？有了錢也是白填送别人，不如拘來咱們樂。」〔庚〕純寫阿鳳以襯後文，二人形景如見，語言如聞，真描畫的到。

説着，早已合算了，共凑了一百五十兩有餘。賈母道：「一日戲酒用不了。」尤氏道：「既不請客，酒席又不多，兩三日的用度都够了。頭等，戲不用錢，省在這上頭。」賈母道：「鳳丫頭説那一班好，就傳那一班。」鳳姐兒道：「咱們家的班子都聽熟了，倒是花幾個錢叫一班來聽聽罷。」賈母道：「這件事我交給珍哥媳婦了。越性叫鳳丫頭别操一點心，受用一日纔算。」〔庚〕所以特受用了，纔有璉卿之變。樂極生悲，自然之理。尤氏答應着。又説了一回話，都知賈母乏了，纔漸漸的都散出來。

尤氏等送邢夫人王夫人二人散去，便往鳳姐房裏來商議怎麽辦生日的話。鳳姐兒道：「你不用問我，你只看老太太的眼色行事就完了。」尤氏笑道：「你這阿物兒，也忒行了大運了。我當有什麽事叫我們去，原來單爲這個。出了錢不算，還要我來操心，你怎麽謝我？」鳳姐笑道：「你别扯臊，我又没叫你來，謝你什麽！你怕操心？你這會子就回老太太去，再派一個就是了。」尤氏笑道：「你瞧他興的這樣兒！我勸你收着些兒好。太滿了就潑出來了。」二人又説了一回方散。

次日將銀子送到寧國府來，尤氏方纔起來梳洗，因問是誰送過來的，丫鬟們回説：「是林大娘。」尤氏便命叫了他來。丫鬟走至下房，叫了林之孝家的過來。尤氏命他脚踏上坐了，一面忙着梳洗，一面問他：「這一包銀子共多少？」林之孝家的回説：「這是我們底下人的銀子，湊了先送過來。老太太和太太們的還没有呢。」正説着，丫鬟們回説：「那府裏太太和姨太太打發人送分子來了。」尤氏笑駡道：「小蹄子們，專會記得這些没要緊的話。昨兒不過老太太一時高興，故意的要學那小家子湊分子，你們就記得，到了你們嘴裏當正緊的説。〔蒙：世家風調。〕還不快接了進來好生待茶，再打發他們去。」丫鬟應着，忙接了進來，一共兩封，連寶釵黛玉的都有了。尤氏問還少誰的，林之孝家的道：「還少老太太、太太、姑娘們的和底下姑娘們的。」尤氏道：「還有你們大奶奶的呢？」林之孝家的道：「奶奶過去，這銀子都從二奶奶手裏發，〔蒙：伏綫。〕一共都有了。」

説着，尤氏已梳洗了，命人伺候車輛。一時來至榮府，先來見鳳姐。只見鳳姐已將銀子封好，正要送去。尤氏問：「都齊了？」鳳姐兒笑道：庚「笑」字就有神情。「都有了，快拿了去罷，丢了我不管。」蒙鬭起。尤氏笑道：「我有些信不及，倒要當面點一點。」説着果然按數一點，只沒有李紈的一分。蒙點明題面。尤氏笑道：「我説你肏鬼呢，怎麼你大嫂子的沒有？」鳳姐兒笑道：「那麼些還不够使？短一分兒也罷了，等不够了我再給你。」庚可見阿鳳處處心機。尤氏道：「昨兒你在人跟前作人，今兒又來和我賴，這個斷不依你。我只和老太太要去。」鳳姐兒笑道：「我看你利害。明兒有了事，我也『丁是丁卯是卯』的，你也別抱怨。」尤氏笑道：「你一般的也怕。不看你素日孝敬我，我纔是不依你呢。」蒙處處是世情作趣，處處是隨筆埋伏。説着，把平兒的一分拿了出來，説道：「平兒，來！把你的收起去，等不够了，我替你添上。」平兒會意，因説道：「奶奶先使着，若剩下了再賞我一樣。」尤氏笑道：「只許你那主子作弊，就不許我作情兒。」蒙請看。平兒只得收了。尤氏又道：「我看着你主子這麼細緻，弄這些錢那裏使去！使不了，明兒帶了棺材裏使去。」庚此言不假，伏下後文短命。尤氏亦能幹事矣，惜不能勸夫治家，惜哉痛哉！

一面説着，一面又往賈母處來。先請了安，大概説了兩句話，便走到鴛鴦房中和鴛鴦商議，只聽鴛鴦的主意行事，何以討賈母的喜歡。二人計議妥當。尤氏臨走時，也把鴛鴦

（蒙　請看世情。可笑可笑！）二兩銀子還他，說：「這還使不了呢。」說着，一逕出來，又至王夫人跟前說了一回話。因王夫人進了佛堂，把彩雲的一分也還了他。見鳳姐不在跟前[一]，一時把周、趙二人的也還了。（蒙　另是一番作用。）他兩個還不敢收。（庚　阿鳳聲勢亦甚矣。）尤氏道：「你們可憐見的，那裏有這些閒錢？鳳丫頭便知道了，有我應着呢。」二人聽說，千恩萬謝的方收了。（庚　尤氏亦可謂有才矣。論有德比阿鳳高十倍，惜乎不能諫夫治家，所謂「人各有當」也。此方是至理至情，最恨近之野史中，惡則無往不惡，美則無一不美，何不近情理之如是耶？[二]）

展眼已是九月初二日，園中人都打聽得尤氏辦得十分熱鬧，（蒙　剩筆，且影射能事不獨熙鳳。）不但有戲，連耍百戲並說書的男女先兒全有，都打點取樂頑耍。李紈又向衆姊妹道：「今兒是正緊社日，可別忘了。（庚　看書者已忘，批書者亦已忘了，作者竟未忘。忽寫此事，真忙中愈忙、緊處愈緊也。）寶玉也不來，想必他只圖熱鬧，把清雅就丟開了。」（庚　此獨寶玉乎？亦罵世人。余亦謂寶玉忘了，不然何不來耶？）說着，便命丫鬟去瞧作什麽，快請了來。丫鬟去了半日，回說：「花大姐姐說，今兒一早就出門去了。」（庚　奇文。）衆人聽了，都詫異說：「再没有出門之理。這丫頭糊塗，不知說話。」因又命翠墨去。

一時翠墨回來說：「可不真出了門了。說有個朋友死了，出去探喪去了。」〔庚〕奇文。信有之乎？花團錦簇之日偏如此寫法。探春道：「斷然没有的事。憑他什麽，再没今日出門之理。你叫襲人來，我問他。」剛說着，只見襲人走來。李紈等都說道：「今兒憑他有什麽事，也不該出門。頭一件，你二奶〔蒙〕因行文不肯平，下一反筆，則文語並奇，好看煞人。奶的生日，老太太都這等高興，兩府上下衆人來凑熱鬧，他倒走了；第二件，又是頭一社的正日子，他也不告假，就私自去了！」襲人嘆道：「昨兒晚上就說了，今兒一早起有要緊的事到北静王府裏去，就趕回來的。勸他不要去，他必不依。今兒一早起來，又要素衣裳穿，想必是北静王府裏的要緊姬妾没了，也未可知。」李紈等道：「若果如此，也該去走走，只是也該回來了。」說着，大家又商議：「咱們只管作詩，等他回來罰他。」剛說着，只見賈母已打發人來請，便都往前頭來了。襲人回明寶玉的事，賈母不樂，便命人去接。

原來寶玉心裏有件私事，於頭一日就吩咐茗煙：「明日一早要出門，備下兩匹馬在後門口等着，不要别一個跟着。說給李貴，我往北府裏去了。倘或要有人找我，叫他攔住不用找，只說北府裏留下了，横竪就來的。」茗煙也摸不着頭腦，只得依言說了。今兒一早，果然備了兩匹馬在園後門等着。天亮了，只見寶玉遍體純素，從角門出來，一語不發跨上馬，一彎腰，順着街就顛下去了。茗煙也只得跨馬加鞭趕上，在後面忙問：「往那裏去？」寶玉道：「這條路是往那裏去的？」茗煙道：「這是出北門的大道。出去了冷清清沒有可頑的。」寶玉聽説，點頭道：「正要冷清清的地方好。」説着，越性加了鞭，那馬早已轉了兩個彎子，出了城門。茗煙越發不得主意，只得緊緊跟着。

一氣跑了七八里路出來，人煙漸漸稀少，寶玉方勒住馬，回頭問茗煙道：「這裏可有賣香的？」茗煙道：「香倒有，不知是那一樣？」寶玉想道：「別的香不好，須得檀、芸、降三樣。」茗煙笑道：「這三樣可難得。」寶玉爲難。茗煙見他爲難，因問道：「要香作什麼使？我見二爺時常小荷包有散香，何不找一找。」一句提醒了寶玉，便回手向衣襟上拉出一個荷包來，摸了一摸，竟有兩星沉速，心内歡喜：「只是不恭些。」再想自己親身帶的，倒比買的又好些。於是又問爐炭。茗煙道：「這可罷了。荒郊野外那裏有？用這些何不早説，帶了來豈不便宜。」寶玉道：「糊塗東西，若可帶了來，又不這樣没命的跑了。」庚 奇奇怪怪，不知爲何？看他下文怎樣。

茗煙想了半日，笑道：「我得了個主意，不知二爺心下如何？我想二爺不只用這個呢，只怕還要用別的。這也不是事。如今我們往前再走二里地，就是水仙庵了。」寶玉聽了忙問：「水仙庵就在這裏？更好了，我們就去。」説着，就加鞭前行，一面回頭向茗煙道：「這水仙庵的姑子長往咱們家去，咱們這一去到那裏，和他借香爐使使，他自然是肯的。」茗煙道：「別説他是咱們家的香火，就是平白不認識的廟裏，和他借，他也不敢駁回。只是一件，我常見二爺最厭這水仙庵的，如何今兒又這樣喜歡了？」寶玉道：「我素日因恨俗人不知原故，混供神混蓋廟，這都是當日有錢的老公們和那些有錢的愚婦們聽見有個神，就蓋起廟來供着，也不知那神是何人，因聽些野史小説，便信真了。〔庚〕近聞剛丙廟，又有三教庵，以如來爲尊，太上爲次，先師爲末，真殺有餘辜，所謂此書救世之溺不假。比如這水仙庵裏面因供的是洛神，故名水仙庵，殊不知古來並没有個洛神，那原是曹子建的謊話，誰知這起愚人就塑了像供着。今兒却合我的心事，故借他一用。」

説着早已來至門前。那老姑子見寶玉來了，事出意外，竟像天上掉下個活龍來的一般，忙上來問好，命老道來接馬。寶玉進去，也不拜洛神之像，却只管賞鑑。雖是泥塑的，却真有「翩若驚鴻，婉若游龍」之態，「荷出緑波，日映朝霞」之姿。庚 妙極！用《洛神賦》讚洛神，本地風光，愈覺新奇。寶玉不覺滴下淚來。老姑子獻了茶。寶玉因和他借香爐。那姑子去了半日，連香供紙馬都預備了來。寶玉道：「一概不用。」説着，命茗煙捧着爐出至後園中，揀一塊乾净地方兒，竟揀不出。茗煙道：「那井臺兒上如何？」寶玉點頭，一齊來至井臺上，將爐放下。庚 妙極之文。寶玉心中揀定是井臺上了，故意使茗煙説出，使彼不犯疑猜矣。寶玉亦有欺人之才，蓋不用耳。

茗煙站過一旁。寶玉掏出香來焚上，含淚施了半禮，庚 奇文。云「只施半禮」，終不知爲何事也。回身命收了去。茗煙答應，且不收，忙爬下磕了幾個頭，口内祝道：「我茗煙跟二爺這幾年，二爺的心事，我没有不知道的，只有今兒這一祭祀没有告訴我，我也不敢問。只是這受祭的陰魂雖不知名姓，想來自然是那人間有一、天上無雙，極聰明極俊雅的一位姐姐妹妹了。二爺心事不能出口，讓我代祝：若芳魂有感，香魄多情，雖然陰陽間隔，既是知己之間，時常來望候二爺，未嘗不可。你在陰間保佑二爺來生也變個女孩兒，和你們一處相伴，再不可又託生這鬚眉濁物了。」説畢，又磕幾個頭，纔爬起來。庚 忽插入茗煙一篇流言，粗看則小兒戲語，亦甚無味。細玩則大有深意。試思寶玉之爲人，豈不應有一極伶俐乖巧小童哉？此一祝亦如

《西厢記》中雙文降香，第三炷則不語，紅娘則代祝數語，直將雙文心事道破。此處若寫寶玉一祝，則成何文字？若不祝直成一啞謎，如何散場？故寫茗煙一戲，直戲入寶玉心中，又發出前文，又可收後文，又寫茗煙素日之乖覺可人，且襯出寶玉直似一個守禮待嫁的女兒一般，其素日脂香粉氣不待寫而全現出矣。今看此回，直欲將寶玉當作一個極清俊羞怯的女兒，看茗煙則極乖覺可人之丫鬟也。

寶玉聽他没説完，便掌不住笑了，〔庚〕方一笑，蓋原可發笑，且説的合心，愈見可笑也。因踢他道：「休胡説，看人聽見笑話。」〔庚〕也知人笑，更奇。茗煙起來收過香爐，和寶玉走着，因道：「我已經和姑子説了，二爺還没用飯，叫他隨便收拾了些東西，二爺勉强吃些。我知道今兒咱們裏頭大排筵宴，熱鬧非常，二爺爲此纔躲了出來的。横竪在這裏清净一天，也就盡到禮了。若不吃東西，斷使不得。」寶玉道：「戲酒既不吃，這隨便素的吃些何妨。」茗煙道：「這便纔是。還有一説，咱們來了，還有人不放心。若没有人不放心，便晚了進城何妨？若有人不放心，二爺須得進城回家去纔是。第一老太太、太太也放了心，第二禮也盡了，不過如此。就是家去了看戲吃酒，也並不是二爺有意，原不過陪着父母盡孝道。二爺若單爲了這個，不顧老太太、太太懸心，就是方纔那受祭的陰魂也不安生。二爺想我這話如何？」寶玉笑道：「你的意思我猜着了，你想着只你一個跟了我出來，回來你怕擔不是，所以拿這大題目來勸我。〔庚〕亦知這個大，妙極！我纔來了，不過爲盡個禮，再去吃酒看戲，並没説一日不進城。這已完了心願，趕着進城，大家放心，豈不兩盡其道。」〔庚〕這是大通的意見，世人不及的去處。茗煙道：「這更好了。」説着二人來至禪堂，果然那姑子收拾了一桌素菜，寶玉胡亂吃了些，茗煙也吃了。

二人便上馬仍回舊路。茗煙在後面只囑咐：「二爺好生騎着，這馬總没大騎的，手裏提緊着。」〔庚〕看他偏不寫鳳姐那樣熱鬧，却寫這般清冷，真世人意料不到這一篇文字也。一面説着，早已進了城，仍從後門進去，忙忙來至怡紅院中。襲人等都不在房裏，只有幾個老婆子看屋子，見他來了，都喜的眉開眼笑，説：「阿彌陀佛，可來了！把花姑娘急瘋了！上頭正坐席呢，二爺快去罷。」寶玉聽説忙將素服脱了，自去尋了華服换上，問在什麼地方坐席，老婆子回説在新蓋的大花廳上。

寶玉聽説，一逕往花廳來，耳内早已隱隱聞得歌管之聲。剛至穿堂那邊，只見玉釧兒獨坐在廊檐下垂淚，〔庚〕總是千奇百怪的文字。一見他來，便收淚説道：「鳳凰來了，快進去罷。再一會子不來，都反了。」〔庚〕是平常言語，却是無限文章，無限情理。看至後文，再細思此言，則可知矣。寶玉陪笑道：「你猜我往那裏去了？」玉釧兒不答，只管擦淚。〔庚〕無限情理。寶玉忙進廳裏，見了賈母王夫人等，衆人真如得了鳳凰一般。

寶玉忙趕着與鳳姐兒行禮。賈母王夫人都説他不知道好歹，「怎麽也不説聲就私自跑了，這還了得！明兒再這樣，等老爺回家來，必告訴他打你。」説着又駡跟的小厮們都偏聽他的話，説那裏去就去，也不回一聲兒。一面又問他到底那去了，可吃了什麽，可唬着了。〔庚〕奇文，畢肖。寶玉只回説：「北静王的一個愛妾昨日没了，給他道惱去。他哭的那樣，不好撇下就回來，所以多等了一會子。」賈母道：「以後再私自出門，不先告訴我們，一定叫你老子打你。」寶玉答應着。因又要打跟的小子們，衆人又忙説情，又勸道：「老太太也不必過慮了，他已經回來，大家該放心樂一回了。」賈母先不放心，自然發狠，如今見他來了，喜且有餘，那裏還恨，也就不提了；還怕他不受用，或者别處没吃飽，路上着了驚怕，反百般的哄他。襲人早過來伏侍。大家仍舊看戲。當日演的是《荆釵記》，賈母薛姨媽等都看的心酸落淚，也有嘆的，也有駡的。要知端的，下回分解。

戚 總評：攢金辦壽家常樂，素服焚香無限情。寫辦事不獨熙鳳，寫多情不漏亡人，情之所鍾必讓若輩。此所謂「情情」者也。

〔一〕「說了一回話……見鳳姐不在跟前」三十字原缺，諸本皆有，據列本補。

〔二〕此後戚、蒙本多「於是尤氏一逕出來，坐車回家。不在話下。且說」一十八字。